Spis treści

Święta w Ridgewater

Amazonki z Ridgewater
Tom 5

CAITLYN LYNCH

shenaniganspress.com/PL

Podziękowania

TA SERIA NIE MOGŁABY powstać bez hojności specjalistów od koni z najróżniejszych obszarów branży, którzy podzielili się ze mną swoją wiedzą, w większości przypadków nie mając bladego pojęcia, dlaczego zadaję te, najwyraźniej kompletnie szalone, pytania.

Charlotte, niezrównana lekarka weterynarii koni

Caleb, kowal, który ma rozsądne ceny i jest niezawodny (skarb!)

Emma, terapeutka metody Mastersona o naprawdę magicznych dłoniach

Tamara, trenerka i specjalistka od OTTB

I ludzie ze społeczności jeździeckiej w Elimbah, którzy obecnie walczą o swoje domy z molochem Main Roads, a z tej batalii czerpałam inspirację do walki o obwodnicę, którą toczą McKenzie'owie.

I przepraszam; pozwoliłam sobie potraktować dość swobodnie kilka faktów dotyczących konkursów skokowych na Ekkce w tej książce, bo musiałam skrócić harmonogram rekonwalescencji Phoenixa, żeby pasował do historii. Żeby wystartować w Showcase, musiałby wcześniej zakwalifikować się na innych zawodach. Ekka (the Royal Queensland Show) jest jednak dokładnie taka, jak ją opisałam, i jeszcze więcej; a jeśli kiedykolwiek będziecie mieć okazję przyjechać do Brisbane, naprawdę warto przyjechać w sierpniu, żeby tego doświadczyć!

Rozdział
pierwszy

Zoe Webb zmrużyła oczy przed już ostrym, porannym słońcem Queensland, idąc przez główny dziedziniec Ridgewater. Choć był dopiero początek listopada, żar falował znad metalowych dachów stajni, zapowiadając piekielnie gorący dzień, i Zoe mimowolnie pomyślała o jeszcze gorszych upałach, przed którymi ją ostrzegano. Odgarnęła niesforny loczek za ucho i zerknęła na zegarek. Było kilka minut po szóstej, a temperatura zdążyła już podskoczyć do nieprzyjemnej. Sześć miesięcy w Australii jeszcze jej nie uodporniło na bezlitosne słońce, ale poranki — kiedy świat wydaje się świeżo stworzony, a konie cicho rżą z oczekiwaniem na śniadanie — nie różniły się aż tak bardzo od tych w Anglii. Tyle że było zdecydowanie mniejsze ryzyko przemoknięcia do suchej nitki albo zmarznięcia na kość, i ta myśl wywołała u Zoe uśmiech.

Porządnie wypisana lista klientów i lekcji zerkała na nią z deski z klipsem, którą zabrała z biurka w biurze. Pip wszystko zorganizowała skrupulatnie, zanim pojechała z Jake'em na urlop na Tasmanię. Imiona, godziny, przydzielone kucyki, specjalne uwagi o każdym jeźdźcu — wszystko rozpisane. Zoe sunęła palcem po grafiku, w myślach przygotowując się do każdej lekcji i układając w głowie ćwiczenia dla poszczególnych dzieci i ich wierzchowców.

— No dobrze — mruknęła do siebie; mimo miesięcy spędzonych w Ridgewater jej brytyjski akcent wciąż brzmiał wyraźnie. — Pierwsza o siódmej: Lucy Wareham na Foxie. Pierwsza lekcja, zupełnie początkująca.

Zatrzymała się, stukając długopisem przy tym wpisie. Ojcem Lucy był Danny Wareham, dziennikarz. Pamiętała go z niedawnego wywiadu z Kate, tego, który pomógł odbudować reputację Kate. Marcus wspominał, że Danny Wareham niedawno przeprowadził się w okolicę z małą córką. Kate wydawała się pod wrażeniem jego uczciwości, co wiele znaczyło, biorąc pod uwagę ogólną nieufność rodziny wobec prasy i niedawną nagonkę na Kate po tym, jak jej koń nie przeszedł testu antydopingowego z powodu sabotażu konkurentki. Zoe sama poznała Warehama, gdy zwiedzał Ridgewater z Kate, i była mile zaskoczona jego szczerym zainteresowaniem i przemyślanymi, a nie wścibskimi pytaniami.

Chrzęst opon na żwirze przerwał jej rozmyślania. Na parking wturlał się nowy sedan europejskiej marki, lekko przykurzony po wiejskich drogach. Zoe patrzyła, jak z samochodu wysiada Wareham — wysoki, szczupły, o krótkich brązowych włosach. Wyglądał, jakby pasował do tutejszych klimatów, przynajmniej w znoszonych dżinsach, sfatygowanych butach i zwykłej szarej koszulce.

Jednak to drobna postać podskakująca przy nim z ekscytacji przyciągnęła jej uwagę. Dziewczynka — zapewne Lucy — dosłownie drżała z entuzjazmu. Brązowe loki lśniły jej w porannym świetle, gdy ciągnęła ojca za rękę i wskazywała na padoki, gdzie pasło się kilka kucyków.

— Tato! Patrz! Czy któryś z nich będzie mój? Ciekawe, czy mogłabym pojeździć na tym w cętki?

Zoe uśmiechnęła się na widok dziecięcej ekscytacji, ale zauważyła też mowę ciała Danny'ego. Skrzyżował ramiona na piersi, rozstawił szeroko nogi, a wzrokiem, z wyraźną ostrożnością, omiatał podwórze. Rozpoznała ochronną postawę samotnego ojca — widywała ją niezliczoną ilość razy w swojej pracy z dziećmi i końmi.

Wsunęła deskę z klipsem pod ramię i podeszła do nich. Wyciągnęła rękę do Danny'ego z profesjonalnym uśmiechem, jednocześnie kucając, by znaleźć się na wysokości Lucy.

— Dzień dobry! Ty na pewno jesteś Lucy! Miło Pana znów widzieć, Panie Wareham. Jestem Zoe Webb. Pip dziś mnie zastępuje — to znaczy, to ja zastępuję Pip. — Pokręciła głową i roześmiała się z własnego przejęzyczenia. — Jestem Pani Zoe i będę dziś twoją instruktorką, Lucy.

Uścisk dłoni Danny'ego był stanowczy, a on sam przyjrzał jej się uważnie. — Jest pani behawiorystką koni? Pamiętam Panią z mojej wizyty z Kate.

— Zgadza się — potwierdziła Zoe. — Jestem w Australii od mniej więcej sześciu miesięcy. Na co dzień prowadzę terapię z udziałem koni, ale kiedy trzeba, pomagam też w nauce jazdy tutaj.

Lucy zerknęła na Zoe spod rzęs, pytając cichutko: — Na którym kucyku będę jeździć? Na tym w cętki? On jest taki słodki!

Zoe uśmiechnęła się ciepło do dziewczynki, która w jednej chwili, gdy Zoe podeszła, skuliła się w nieśmiałości. — Ten w cętki to Freckles i jak na pierwszą lekcję jest trochę zbyt wymagający. Mamy dla ciebie śliczną kasztanowatą kucyczkę, która nazywa się Foxie. Jest łagodna i cierpliwa, idealna dla początkujących.

— Co znaczy kasztanowata? — zmarszczyła brwi Lucy.

— To znaczy, że jest rudo-brązowa, jak kolor... no, kasztanów — wyjaśniła Zoe, nieco się plącząc, próbując wymyślić australijski odpowiednik — nie była pewna, czy tu rosną kasztanowce. — Albo lisów. Macie tu lisy, prawda? Dlatego właśnie ma na imię Foxie. — Mówiła za szybko — to jej zły nawyk, gdy się denerwowała. A denerwowała się odrobinę; choć miała brytyjskie kwalifikacje instruktorskie, nie uczyła dużo i reputacja Pip poniekąd zależała teraz od jej umiejętności.

Sposób, w jaki Danny Wareham na nią patrzył — jakby czekał, aż się potknie — plątał jej język jeszcze bardziej.

Danny chrząknął, nadal mając skrzyżowane ramiona. — A jak doświadczona jest ta Foxie z dziećmi? Zwłaszcza z zupełnie początkującymi? Lucy nigdy wcześniej nie siedziała na koniu.

W jego głosie nie dało się nie wychwycić nuty protekcjonalnej troski. Zoe wyprostowała się na pełną wysokość, choć i tak musiała zadrzeć głowę, by spojrzeć Danny'emu w oczy.

— Foxie uczy dzieci jeździć w Ridgewater od ośmiu lat i nie miała ani jednego incydentu — zapewniła. — W naszym świecie mówimy o takich koniach, że są jak skała — absolutnie nie do wyprowadzenia z równowagi. To znaczy spokojne i stabilne nawet wtedy, gdy wydarzy się coś nieoczekiwanego. Pip dobrała ją Lucy bardzo starannie — pod względem temperamentu i wzrostu.

— A co z wyposażeniem ochronnym? — dociekał Danny, zerkając po podwórzu. — Kaski? Kamizelki ochronne?

Zoe stłumiła uśmiech. Nie pierwszy raz miała do czynienia z zatroskanymi rodzicami. — Mamy w przymierzalni cały wybór atestowanych kasków w różnych rozmiarach. Lucy nie wsiądzie, dopóki nie dopasujemy jej kasku; nikt w Ridgewater nie wsiada na konia bez kasku. To nienaruszalna zasada wynikająca z wymogów ubezpieczyciela. Mamy też kamizelki ochronne, ale na pierwszą lekcję, w stępie i na zamkniętym placu, większość początkujących uważa je za krępujące. Oczywiście, jeśli Pan woli, Lucy może ją założyć.

Postawa Danny'ego odrobinę złagodniała. — A będzie Pani prowadziła kucyka przez cały czas?

— Na pierwszej lekcji tak się spodziewam — potwierdziła Zoe. — Lucy nauczy się podstawowego dosiadu, trzymania wodzy i prostych sygnałów, ale to ja będę mieć kontrolę nad Foxie, dopóki nie nabiorę pewności, że Lucy opanowała podstawy.

Lucy spojrzała na ojca błagalnie. — Możemy zacząć już teraz? Proszę, tato?

Danny w końcu rozplótł ramiona i położył dłoń na ramieniu córki. — Najpierw dobierzemy ci kask, Luce.

Zoe sprawdziła godzinę. — Przyjechaliście idealnie na czas. — Ridgewater zapraszał klientów, by pojawiali się nawet godzinę przed lekcją i pomagali przygotować konia. Tutejsza filozofia kładła ogromny nacisk na więź między koniem a jeźdźcem, której nie dało się zbudować wyłącznie w siodle. Zoe w pełni to popierała. Warehamowie nie przyjechali tym razem aż tak wcześnie, ale Zoe się tego spodziewała; Foxie była już przez nią osiodłana i miała założone ogłowie. — Mamy dość czasu, żeby Lucy poczuła się ze wszystkim swobodnie, zanim lekcja oficjalnie się zacznie. — Wskazała na blok stajni. — Przymierzalnia kasków jest tędy. Jestem pewna, że chcesz poznać Foxie, Lucy, ale najpierw zajmijmy się kaskiem.

Wyraz twarzy Danny'ego nieco złagodniał. Normalnie Zoe zaproponowałaby, żeby dziecko najpierw poznało kucyka, a kask dopasowało tuż przed lekcją, ale przeczuwała, że Danny jest raczej nadopiekuńczym rodzicem. Skupienie się najpierw na bezpieczeństwie było lepszą drogą, by go do siebie przekonać.

— W porządku — zgodził się. — Proszę prowadzić.

Gdy Zoe prowadziła ich do przymierzalni, zanotowała w myślach, że po lekcji dopisze do uwag o kliencie: *Lucy Wareham, entuzjastyczna początkująca, ochronny ojciec. Poświęcić więcej czasu na tłumaczenie zasad bezpieczeństwa, żeby uspokoić tatę.* Z doświadczenia wiedziała, że czasem nauczanie rodzica jest równie ważne jak nauczanie dziecka.

Przymierzalnia kasków była małym, schludnym pomieszczeniem, w którym unosił się delikatny zapach środka do dezynfekcji używanego do czyszczenia kasków między kolejnymi jeźdźcami. Półki ustawione wzdłuż trzech ścian uginały się od kasków w różnych rozmiarach, każdy starannie opisany. Na czwartej ścianie, nad wieszakiem z kamizelkami ochronnymi, wisiała tablica korkowa z dziesiątkami zdjęć uśmiechniętych dzieci w siodle. Zoe zapaliła światło i wskazała Lucy małą ławeczkę na środku.

— No dobrze, znajdźmy ci kask, który będzie leżał jak trzeba — powiedziała, zerkając po półkach. Danny kręcił się w przejściu, znów ze skrzyżowanymi ramionami, uważnie obserwując.

— Czy one wszystkie mają odpowiednie atesty? — zapytał, kiwając głową w stronę rzędów kasków.

Zoe sięgnęła po granatowy kask ze środkowej półki. — Oczywiście. Wszystkie spełniają aktualne australijskie normy bezpieczeństwa, są czyszczone między użytkownikami i regularnie sprawdzane pod kątem uszkodzeń czy zużycia. — Odwróciła kask, by pokazać Danny'emu etykietę certyfikacyjną w środku. — Wycofujemy je po każdym uderzeniu, nawet drobnym, i wymieniamy co kilka lat niezależnie od intensywności użytkowania.

Lucy spojrzała z nadzieją. — Mogę mieć różowy?

— Najpierw skupmy się na dopasowaniu — zaproponowała Zoe, kucając przed Lucy. — Najbezpieczniejszy kask to ten, który dobrze leży. Mamy kilka marek i one lepiej pasują do nieco innych kształtów głowy, nie tylko rozmiarów.

Delikatnie nałożyła granatowy kask na głowę Lucy. — Za duży — mruknęła i od razu zdjęła. — Powinien leżeć równo, jakieś dwa palce nad brwiami.

Danny zrobił krok w głąb pomieszczenia. — Skąd wiadomo, że jest za ciasny albo za luźny?

— Dobre pytanie — pochwaliła Zoe, sięgając po mniejszy kask z niższej półki. — Luźny będzie się przesuwał, jak potrząśniesz głową, co mija się z celem. Za ciasny powoduje ból głowy albo ucisk. — Zademonstrowała, dociskając palcami skroń. — Prawidłowo dopasowany kask porusza skórę na czole, gdy delikatnie go przekręcamy, ale sam się nie ślizga.

Nałożyła mniejszy kask na głowę Lucy i wyregulowała go. — Jak się czujesz, Lucy? Coś cię uwiera?

Lucy skrzywiła nos. — Dziwnie.

— A jak dziwnie? — od razu zaniepokoił się Danny.

— Kaski jeździeckie inaczej leżą niż rowerowe — wyjaśniła Zoe, sprawdzając dopasowanie przy skroniach Lucy. — Chronią trochę inne partie głowy i przy innych rodzajach upadków. — Poruszyła delikatnie kaskiem, po czym zmarszczyła brwi i zdjęła go. — Wciąż nie to. Spróbujmy innego.

Gdy Zoe sięgała po trzeci kask, spojrzenie Danny'ego powędrowało ku tablicy ze zdjęciami. Zoe zauważyła, jak łagodnieje mu wyraz twarzy, gdy dostrzegł dzieci promieniejące z dumy.

— To duma Pip — powiedziała Zoe. — Każde zdjęcie to jakiś kamień milowy: pierwszy kłus bez prowadzenia, pierwszy skok, pierwsza wstążka. Ta mała blondyneczka na kilku zdjęciach to Jemima, córka Emmy. Też zaczynała na Foxie, tak jak dziś Lucy. Wtedy mnie tu jeszcze nie było, ale słyszałam, że Jim McKenzie kupił Foxie jako prezent na pierwsze urodziny Jemimy. — Uśmiechnęła się do Danny'ego, zachęcając, by podzielił absurd — kupić kucyka roczniakowi! Kąciki jego ust ledwo dostrzegalnie drgnęły ku górze.

— A gdzie teraz jest Jemima? Jeździ już na większych koniach? — zapytała Lucy.

Zoe roześmiała się, nakładając trzeci kask na głowę Lucy — tym razem różowy, zgodnie z życzeniem. — Jemima? Teraz startuje w skokach na swojej klaczy pełnej krwi, Pepper. Znasz ją? Chyba jesteście w podobnym wieku. Chodzisz do Ridgemont Primary?

Lucy przyjrzała się zdjęciom, a oczy jej rozbłysły. — Och, Jemima McKenzie! Tak, jest w mojej klasie! Jest miła.

Danny wyglądał na lekko zaskoczonego, ale zadowolonego. — To dobrze, skarbie. — Odwrócił się do Zoe i ściszył głos: — Zaczęła w Ridgemont dopiero w tym semestrze. Niełatwo wchodzić w środek roku, ale to chyba dobra szkoła.

Ten kask zdawał się leżeć lepiej. Zoe wprowadziła drobne korekty, sprawdzając odstęp nad brwiami Lucy i upewniając się, że paski po bokach tworzą „Y" tuż pod uszami.

— Ten wygląda obiecująco. Wyregulujmy uprząż. — Popracowała przy pasku pod brodą, dociągając go tak, by mieściły się tam na styk dwa palce. — Pasek powinien być na tyle dopasowany, żeby kiedy szeroko otworzysz usta, poczuć, jak kask lekko się dociąga.

Lucy szeroko rozwarła usta, po czym zachichotała. — Łaskocze mnie pod brodą!

— I tak wiemy, że jest dobrze. — Zoe uśmiechnęła się, wygarniając kosmyk włosów Lucy sprzed klamerki.

— Włosy wpięte w zapięcie potrafią ciągnąć, więc dobrze mieć je porządnie związane.

Danny podszedł bliżej, z zainteresowaniem przyglądając się całemu procesowi. — A jeśli spadnie? Jak dobrze te kaski naprawdę chronią przed wstrząśnieniem mózgu?

Zoe wzięła oddech, rozpoznając strach zawarty w tym pytaniu. Słyszała je od niezliczonych rodziców. — Żaden kask nie daje stuprocentowej gwarancji, ale nowoczesne kaski jeździeckie są projektowane tak, by absorbować uderzenie i rozpraszać siłę. Do upadków podchodzimy tu bardzo poważnie. — Wskazała segregator na półce pod tablicą. — To nasze procedury powypadkowe. W przypadku początkujących, takich jak Lucy, minimalizujemy ryzyko, używając najbardziej niezawodnych kucyków, prowadząc je przez cały czas i ucząc poprawnej pozycji od samego początku.

— A ile było upadków podczas pierwszych lekcji? — zapytał Danny.

— U początkujących na prowadzeniu u Pip? Nigdy, ani jednego — odparła Zoe. — Zwłaszcza Foxie ma nienaganny rekord bezpieczeństwa. Prowadzimy dla każdego konia i kuca w Ridgewater indywidualne karty i w teczce Foxie nie ma żadnego incydentu zagrażającego bezpieczeństwu.

Lucy siedziała cierpliwie w kasku, ale teraz podskoczyła z ekscytacji. — Możemy już iść do Foxie? Proszę?

Zoe wprowadziła ostatnią poprawkę. — Ten kask leży dobrze. Jak się czujesz, Lucy? Coś uciska?

— Jest okej — stwierdziła Lucy, wyraźnie bardziej zainteresowana poznaniem swojego kucyka.

— Pokręć głową na boki. — Lucy posłusznie wykonała polecenie, a kask pozostał na miejscu. — Teraz góra–dół. — Kask poruszał się razem z głową Lucy, nie niezależnie.

— Idealnie — oznajmiła Zoe. Spojrzała na Danny'ego. — Co Pan na to? Jest Pan zadowolony?

Danny przyjrzał się córce. — Wygląda na solidnie dopasowany. I proszę mówić mi Danny. „Pan Wareham" sprawia, że czuję się, jakbym był w pracy.

Zoe zauważyła lekkie rozluźnienie w jego postawie. Wciąż był czujny, ale mniej sztywny niż wcześniej. Postęp.

— W takim razie — Danny — uśmiechnęła się. — Czy chciałby Pan zobaczyć naszą ujeżdżalnię, zanim przedstawimy Lucy Foxie? Mogę Panu opowiedzieć o naszych zasadach bezpieczeństwa.

— Tak — odparł Danny — byłbym wdzięczny.

Lucy zeskoczyła z ławeczki, a jej nowy kask był porządnie zapięty. — Tato, ale wstyd — wyszeptała teatralnie, wystarczająco głośno, by Zoe usłyszała.

— Taka moja rola, Luce — odparł, miękko mierzwiąc jej włosy. — Po prostu o ciebie dbam. Ale... dobrze. Pani Zoe ma odpowiedź na każde moje pytanie i nie jestem tu po to, żeby psuć ci zabawę. Chodź po swoją chwilę z kucykiem.

Zoe zapisała na desce rozmiar kasku Lucy, dając ojcu i córce moment dla siebie. Z jej doświadczenia wynikało, że najbardziej nadopiekuńczy rodzice często stają się najwierniejszymi kibicami, gdy już uspokoi się ich obawy. Danny Wareham mógł teraz krążyć nad córką jak helikopter, ale było aż nadto oczywiste, że pod tą ostrożnością kryje się ojciec, który chce dla dziecka radości i poczucia osiągnięcia.

— No to chodźmy poznać Foxie, dobrze? — powiedziała raźno, wsuwając deskę pod ramię. — Mam przeczucie, że świetnie się dogadacie.

Foxie cierpliwie czekała w korytarzu stajni, a jej kasztanowata sierść lśniła jak wypolerowana miedź. Zoe gładko przesunęła dłonią po szyi kuca, sprawdzając, czy poranne szczotkowanie nie pominęło żadnych odstających włosków. Sprzęt Foxie był prosty, ale nienaganny: zadbane skórzane siodło ze strzemionami bezpieczeństwa, dobrze wyregulowany nachrapnik w ogłowiu z gumowym wędzidłem oraz wodze z kolorowymi oznaczeniami, które miały pomóc Lucy w nauce prawidłowego trzymania rąk.

Lucy podeszła z szeroko otwartymi oczami i odrobinę niepewnym krokiem — najwyraźniej teraz, gdy nadszedł moment prawdy, poczuła lekką tremę. Danny kroczył krok za nią, gotów wkroczyć do akcji przy pierwszym sygnale kłopotu.

— To jest Foxie — oznajmiła Zoe, wskazując flegmatyczną kucyczkę. — Ma szesnaście lat, co w przeliczeniu na kucyki znaczy, że jest bardzo doświadczona i mądra, ale jeszcze nie staruszka. Ma przed sobą jeszcze sporo lat uczenia takich dzieci jak ty.

— Jest taka śliczna — westchnęła Lucy. — Mogę ją dotknąć?

— Oczywiście. Stań tutaj przy mnie, a pokażę ci, jak się grzecznie przywitać.

Danny chrząknął. — Jest coś, czego nie powinna robić? Coś, czego kucyk nie lubi?

Zoe uśmiechnęła się. — Staramy się nigdy nie zaskakiwać koni, bo to zwierzęta roślinożerne i na niespodzianki reagują strachem, a wtedy mogą chcieć uciec. Widzisz, jak mają oczy bardziej po bokach głowy? One świetnie widzą na boki, podczas gdy my lepiej widzimy na wprost. Dlatego zawsze podchodzimy do konia od boku.

Poprowadziła Lucy do przodu i ustawiła ją przy łopatce Foxie. — Wyciągnij dłoń płasko, tak. — Zoe zademonstrowała. — Niech cię najpierw obwącha. W ten sposób konie mówią „cześć".

Lucy posłusznie wyciągnęła rękę i zachichotała, gdy wibrysy Foxie połaskotały ją w dłoń. — Ma taki miękki nosek!

— Teraz możesz pogłaskać ją po szyi, delikatnie, płaską dłonią — poinstruowała Zoe, pokazując ruch. — Nie klep. Nie zrobisz jej krzywdy, ale konie wolą gładkie pociągnięcia.

Kątem oka Zoe dostrzegła zbielałe kostki u Danny'ego — zaciśnięte pięści przy udach. Nieraz już to widziała: rodzic targany sprzecznymi impulsami — pragnieniem, by dziecko spróbowało czegoś nowego, i instynktem, by je przed wszystkim uchronić. Walczył z odruchem, żeby odciągnąć Lucy w bezpieczniejsze miejsce.

— No dobrze — powiedziała Zoe po kilku minutach, w trakcie których Lucy oswajała się z Foxie. — Gotowa, żeby wsiąść?

Lucy energicznie pokiwała głową. Danny przeniósł ciężar z nogi na nogę.

— Przejdźmy na ujeżdżalnię. Pokażę ci, jak bezpiecznie ją prowadzić. — Zoe zdjęła kantar założony na ogłowie Foxie i podała Lucy wodze, pokazując, jak trzymać je w obu dłoniach — pewnie, ale nie za blisko pyska, by nie sprawiać kucykowi dyskomfortu. Foxie, przyzwyczajona do dzieci, ruszyła posłusznie już od pierwszego kroku Lucy i cała trójka razem doszła do krytej ujeżdżalni.

— A ja... gdzie... — zaczął Danny przy bramce.

— Może Pan wybrać — odparła Zoe. — Są miejsca dla widzów na zewnątrz, ale jeśli Panu albo Lucy będzie tak raźniej, zapraszamy Pana do środka na tę pierwszą lekcję. Jak Lucy już wsiądzie, schodki do wsiadania to całkiem wygodne siedzisko.

Danny wyglądał na trochę skrępowanego, jakby właśnie uświadomił sobie, że krąży zbyt blisko. — Co ty na to, Luce? — zapytał, zostawiając decyzję córce.

— Możesz usiąść w środku tym razem, tato — zdecydowała Lucy, a kąciki ust Danny'ego drgnęły, jakby miał ochotę śmiać się z samego siebie.

— Doceniam to — powiedział, zamykając za nimi bramkę, po czym podążył z Zoe, Lucy i Foxie do schodków do wsiadania.

— Pierwsza rzecz to bezpiecznie wsiąść — wyjaśniła Zoe, kierując słowa zarówno do dziecka, jak i do ojca. — Zawsze wsiadamy z lewej strony. To taka jeździecka tradycja. — Ustawiła Lucy przy schodkach, a Foxie — stary wyjadacz — sama już się wyrównała. — Używamy stopnia, żeby łatwiej było wsiąść i nie ciągnąć za siodło, bo byłoby to nieprzyjemne dla Foxie. Najpierw sprawdzamy, czy popręg jest dobrze dociągnięty, żeby siodło nie zsunęło się, gdy wsiądziesz, i opuszczamy strzemiona. Długość strzemion oszacowałam na podstawie twojego wzrostu, ale dociągniemy je, kiedy już usiądziesz. Gdy nie jeździmy, podciągamy je do góry, żeby nie kołysały się przy bokach Foxie i jej nie drażniły.

Zoe prowadziła Lucy krok po kroku, tłumacząc jasno. — Lewa stopa w strzemię, wodze i odrobina grzywy w lewą dłoń dla równowagi, a prawą nogę przełóż delikatnie nad grzbietem. Pomogę ci włożyć drugą stopę w strzemię.

Lucy uważnie wykonała polecenia. Gdy usiadła, jej twarz rozbłysła tym promiennym uśmiechem, który nigdy się nie nudzi miłośnikom koni — magiczna chwila, kiedy dziecko pierwszy raz siedzi w siodle i uświadamia sobie, że naprawdę to robi.

— Idealnie — pochwaliła Zoe, dopasowując długość strzemion. — Teraz sprawdzimy twój dosiad. Usiądź prosto, jakby ktoś ciągnął cię za sznurek przymocowany do czubka kasku. Ramiona do tyłu i rozluźnij.

Delikatnie skorygowała ustawienie nóg Lucy. — Pięty w dół, palce do przodu. Pomyśl, że twoje nogi czule przytulają Foxie — takie małe przytulenie.

Danny zbliżył się, całkowicie skupiony na córce. Zoe zauważyła, że jego oddech przyspieszył, a wyraz twarzy był zatroskany.

— Siedzi bardzo pewnie — zapewniła go cicho, poprawiając jednocześnie dłonie Lucy na wodzach. — Siodło jest przeznaczone dla początkujących, ma głębszy łęk niż większość. Mamy do niego dodatkowe paski dla jeźdźców z niepełnosprawnościami — Foxie uczy także ich — ale Lucy ich nie potrzebuje. — Rzuciła Danny'emu krótki uśmiech. — Zawsze powtarzam, że to właściwie łatwiejsze niż jazda na rowerze. Konie nie przewracają się, kiedy przestajesz pedałować.

To wywołało u Danny'ego kolejny mały uśmiech i skinienie głową.

Lucy poruszyła się odrobinę, przyzwyczajając do nowego uczucia. — Z tak wysoko! Prawie jestem tak wysoka jak ty, tato!

— Idzie ci świetnie — zachęciła Zoe. — Teraz poprowadzę Foxie, a ty oswoisz się z ruchem. Wystarczy, że będziesz siedzieć prosto i rozluźniona. Foxie zna swoją robotę.

Zoe wpięła uwiąz w ogłowie Foxie i zaczęła prowadzić kucyka po delikatnym kole. Lucy na początku lekko się kołysała, po czym zaczęła łapać równowagę, a początkowa sztywność stopniała w bardziej naturalną postawę.

— Właśnie tak — pochwaliła Zoe. — Pięknie dopasowujesz się do jej rytmu, Lucy. Jakie to uczucie?

— Podskakuje! Ale fajnie-podskakuje — odparła Lucy, a jej uśmiech się poszerzył.

Po kilku okrążeniach Zoe pokazała Lucy, jak prawidłowo trzymać wodze, wykorzystując kolorowe oznaczenia, by łatwiej było zrozumieć właściwy chwyt.

— Czerwony idzie między mały a serdeczny, a niebieski między wskazujący a kciuk, z kciukiem na górze — tłumaczyła Zoe. — Kiedy chcesz, żeby Foxie się zatrzymała, delikatnie dociśnij palce i usiądź jeszcze wyżej, mówiąc spokojnym głosem: stój.

Ćwiczyły ruszanie i zatrzymania, a z każdą udaną komendą pewność siebie Lucy rosła. Zoe zerknęła na Danny'ego i z satysfakcją zauważyła, że jego spięta postawa zelżała, choć nadal nie usiadł na schodkach i ani na moment nie spuścił wzroku z córki.

— Idzie ci tak dobrze, że spróbujemy odrobiny kłusa — zaproponowała Zoe po piętnastu minutach. — Jest nieco bardziej sprężysty niż stęp, ale będę cię trzymać. Po prostu postaraj się rozluźnić i poruszać razem z Foxie.

— Spadnę? — zapytała Lucy, a po twarzy przemknął jej cień niepokoju.

— Będę tuż obok, trzymając i ciebie, i Foxie — zapewniła ją Zoe. — I pamiętaj, masz kask. Ale Foxie od lat prowadzi początkujących i jest bardzo delikatna.

Lucy zacisnęła usta z determinacją. — Chcę spróbować.

Zoe ustawiła się tak, by jednocześnie móc prowadzić Foxie i asekurować Lucy. — Gotowa? No to ruszamy. Tylko kilka kroków kłusa.

Cmoknęła na Foxie, która posłusznie przeszła w powolny, miękki kłus. Lucy przez pierwsze kroki zabawnie podskakiwała, z oczami rozszerzonymi ze zdziwienia, po czym wybuchnęła radosnym śmiechem, gdy zaczęła łapać rytm.

— Robię to! Tato, patrz, kłusuję!

Zoe zerknęła na Danny'ego i uchwyciła przemianę na jego twarzy — niepokój ustępujący miejsca dumie i radości, gdy patrzył na sukces córki.

— Widzę cię, Luce! Świetnie ci idzie! — zawołał.

Po krótkim kłusie Zoe wróciła do stępa i zaczęła uczyć Lucy skręcania, używając delikatnych sygnałów na wodzy, by kierować Foxie.

— Jeśli chcesz skręcić w prawo, lekko „otwórz" prawą rękę — to znaczy, wysuń ją odrobinę na bok — i patrz tam, gdzie chcesz jechać — wyjaśniła Zoe. — Foxie wyczuwa nawet malutkie ruchy na wodzach.

Lucy skupiła się całym sobą, aż wystawiła koniuszek języka między zęby, manewrując Foxie po kilku szerokich łukach, a na końcu po całej ósemce. Kiedy skończyła figurę, jej twarz rozjaśniła się triumfem.

— Udało się! Widziałeś, tato? Pojechała dokładnie tam, gdzie chciałam!

— Widziałem, kochanie — odkrzyknął Danny, pierwszy raz naprawdę się uśmiechając. — Masz do tego smykałkę.

Czterdzieści pięć minut lekcji minęło szybko. Wkrótce Zoe tłumaczyła, jak bezpiecznie zsiadać. Na wieść, że czas z Foxie dobiega końca, twarz Lucy posmutniała.

— Przecież dopiero zaczęłyśmy — zaprotestowała, choć Zoe widziała już w jej ciele zmęczenie mięśniami, które dotąd nie pracowały.

— Mięśnie potrzebują czasu, żeby przyzwyczaić się do jazdy — wyjaśniła łagodnie Zoe. — Lepiej skończyć, kiedy wszystko idzie dobrze, żeby zostało dobre wrażenie. Następnym razem zrobimy więcej.

— Następnym razem? — Lucy natychmiast się ożywiła. — Kiedy mogę wrócić?

Zoe pomogła Lucy zsiąść, podtrzymując ją, gdy nogi trochę się jej ugięły po powrocie na ziemię. — To już zależy od twojego taty — powiedziała, zerkając na Danny'ego.

— Możemy przyjść niedługo, tato? — błagała Lucy, podbiegając do niego chwiejnym krokiem. — Proszę? Foxie jest najlepszym kucykiem na świecie, a pani Zoe mówi, że dobrze mi idzie!

Danny spojrzał na pełną nadziei twarz córki, potem na Zoe i na Foxie, która stała cierpliwie obok.

— Chyba moglibyśmy sprawdzić, kiedy Zoe albo Pip ma znów wolny termin — ustąpił, a uśmiech złagodził rysy jego twarzy. — Byłoby to możliwe?

— Myślę, że Pip z radością doda Lucy do swojej stałej listy — odparła Zoe, nie kryjąc satysfakcji. — Wróci dopiero za trzy tygodnie, ale jeśli chcielibyście przyjść wcześniej, mam wolny termin w piątek o 16.30, jeśli pasuje Panu popołudnie. Weekend mamy w pełni zajęty, ale kiedy Lucy nabierze trochę doświadczenia, mamy miejsca w niektórych grupach, do których mogłaby dołączyć. Co wychodzi taniej — dodała, nie mając pewności, czy cena będzie miała znaczenie. Nie miała pojęcia, ile zarabiają dziennikarze, ale zazwyczaj nie jeździ się prawie nowym sedanem europejskiej marki, jeśli budżet jest napięty.

— Piątek po południu byłby świetny — powiedział Danny.

Lucy rzuciła się ojcu na szyję. — Dziękuję, dziękuję, dziękuję!

Danny trochę niezgrabnie poklepał córkę po plecach, a jego spojrzenie spotkało się z oczami Zoe ponad głową Lucy. Ostrożność zastąpiło coś cieplejszego — wdzięczność, a może nowy szacunek.

— Do zobaczenia w piątek — powiedział. — I... dziękuję. Jest Pani w tym naprawdę dobra.

Zoe uśmiechnęła się, wdzięcznie poklepując Foxie. — To kucyki wykonują większość pracy. My tylko tłumaczymy ich język, dopóki dzieci same nie nauczą się z nimi porozumiewać. A teraz, Lucy, wiem, że musisz dziś iść do szkoły, więc ja rozsiodłam Foxie. Ale następnym razem, jeśli uda wam się przyjechać piętnaście minut wcześniej, pokażę ci też, jak założyć siodło i ogłowie.

Wyraz twarzy Lucy zdradzał, że gdyby to od niej zależało, ściągnęłaby ojca prosto do Ridgewater po szkole. Zoe słyszała jeszcze podekscytowany szczebiot dziewczynki aż do ich samochodu, gdy odprowadzała Foxie z powrotem do stajni.

Rozdział drugi

W PIĄTKOWY PORANEK ZOE żwawo krążyła po stodole, sprawdzając wiadra z wodą i sieci z sianem, odhaczając w myślach kolejne punkty dziennego planu. Cichy rytm porannej rutyny stał się kojąco znajomy przez sześć miesięcy jej pobytu w Australii, choć wciąż łapała się na tym, że odruchowo sięga po sztormiak jak prawdziwa Angielka, gdy tylko wychodzi na zewnątrz.

Zatrzymała się przed boksem Foxie, uśmiechając się, kiedy kasztanowata kucyczka cicho zarżała na powitanie. — Dzień dobry, śliczna dziewczyno. Gotowa na kolejną lekcję z Lucy po południu? — Sięgnęła do kieszeni po kawałek marchewki i podała go na płaskiej dłoni. — Wiesz, ona bardzo cię polubiła. I wcale mnie to nie dziwi — świetnie sobie radzisz z nieśmiałymi początkującymi.

Miękkie wargi Foxie połaskotały dłoń Zoe, gdy delikatnie zabrała smakołyk. Łagodny charakter kuca sprawił, że pierwsza lekcja Lucy okazała się ogromnym sukcesem, mimo wyraźnej nerwowości jej ojca. Przynajmniej nadopiekuńczość Danny'ego Warehama wyraźnie złagodniała do końca zajęć. Zoe nie mogła się doczekać, żeby zobaczyć dziś postępy Lucy, licząc, że tym razem ojciec będzie odrobinę mniej spięty.

Wibracja telefonu wyrwała ją z zamyślenia. Wyciągnęła go z tylnej kieszeni i uśmiechnęła się na widok wyświetlonego imienia.

— Pip! Jak tam Tassie? Znalazłaś już jakieś diabły?

— Dzień dobry, Zoe! — odparła radośnie Pip. — Tasmania jest przepiękna, chociaż Jake twierdzi, że nie wolno mi przywieźć diabła jako pamiątki. Coś o kwarantannie i o tym, że są zagrożone wyginięciem. Maruda.

Zoe roześmiała się, opierając się o drzwi boksu. — Szkoda. Jestem pewna, że świetnie dogadałyby się z końmi.

— A skoro już o koniach mowa — głos Pip spoważniał. — Zadzwonili do mnie z RSPCA i muszę cię prosić o wielką przysługę.

Zoe wyprostowała się, od razu wyczuwając zmianę w tonie Pip. — Co się stało?

— Mają kuca, który dziś pilnie potrzebuje nowego miejsca. Wałach, krzyżówka araba z walijskim, wabi się Midnight. — Pip zawahała się, a Zoe usłyszała tę pauzę. — Uznano go za zbyt niebezpiecznego dla obecnej rodziny zastępczej. Właściwie właśnie wysłał opiekunkę do szpitala.

Zoe poczuła, jak ściska ją w żołądku. — Jak poważnie?

— Podwójny strzał z obu tylnych nóg w klatkę piersiową. Połamane żebra, przebite płuco. Jest stabilna, ale... — Pip wypuściła powoli powietrze. — Uśpią go, jeśli do popołudnia nie znajdą dla niego odpowiedniego miejsca. Dobrze mnie znają, dlatego zadzwonili, ale że mnie nie ma... wyczerpały im się możliwości. Opowiedziałam im o tobie i twoim doświadczeniu z poturbowanymi końmi i powiedzieli, że jeśli się zgadzasz, dadzą ci z nim szansę.

— I chcą przysłać go tutaj? Dzisiaj? — Zoe zerknęła na ruchliwy plac, gdzie jedna z amazonek właśnie wyładowywała konia na lekcję skoków z Emmą, a dwie pensjonariuszki z Ridgewater ruszały na terenową przejażdżkę.

— Wiem, że to ogromna prośba, zwłaszcza że mnie nie ma — podjęła szybko Pip. — Ale ten kuc... z tego, co mi powiedzieli, był potwornie krzywdzony. Bity, głodzony, wszystko naraz. Znaleźli go przywiązanego w szopie, po stawy skokowe we własnych odchodach, nie wychodził od miesięcy. Przeraźliwie boi się ludzi.

Zoe przeczesała palcami loki, myśli rwały się galopem. — Pracowałam już z takimi przypadkami, ale nie znając jego pełnej historii, jego wyzwalaczy... to ryzykowne, Pip.

— Nie prosiłabym, gdyby była inna opcja. Ale jeśli go nie weźmiemy, ma dziś wyznaczone uśpienie — powiedziała cicho Pip.

Zoe na moment przymknęła oczy, ważąc odpowiedzialność. Jeśli ktokolwiek mógł pomóc temu biednemu kucowi, to właśnie ktoś z takimi kwalifikacjami jak ona. Tylko że...

— Kate jest w ten weekend na zawodach ujeżdżeniowych w Coffs Harbour — powiedziała na głos, porządkując myśli. — Sarah i Emma są na miejscu, ale przy tym całym grafiku lekcji...

— Zrozumiem, jeśli to za dużo — odparła łagodnie Pip. — Mogę do nich oddzwonić i...

— Nie — przerwała Zoe, nagle zdecydowana. — Nie, weźmiemy go. Jeśli nie, zginie, a on zasługuje na szansę. Dam sobie radę, zanim wrócisz.

— Na pewno? Brzmi jak niezłe utrapienie, nie chcę cię wpakować w kłopoty.

— Na pewno — zapewniła Zoe, z większą pewnością w głosie, niż czuła. — Ale muszę od razu pogadać z Sarah i Emmą. Kiedy przyjedzie?

— Mówili, że mogą go przywieźć na trzecią po południu.

Zoe wyprostowała ramiona, choć Pip nie mogła tego zobaczyć. — Dobrze. Przygotuję padok dla ogierów, będzie bezpieczniej, i wydrukuję oraz zalaminuję tabliczki ostrzegawcze, żeby nikt się nie zbliżał.

— Ratujesz życie, Zoe. Dosłownie w tym przypadku. Dzwoń, jeśli czegokolwiek będziesz potrzebować, będę cię wspierać i przeprowadzać przez to.

— Jasne. Korzystaj z wakacji. Nie martw się o nas.

Po zakończeniu rozmowy Zoe przez chwilę stała nieruchomo, porządkując myśli. Niebezpieczny kuc miał dotrzeć za zaledwie kilka godzin, akurat w dzień wypełniony lekcjami, w tym drugą w życiu lekcją Lucy Wareham. Delikatnie mówiąc — fatalny timing.

Głęboko odetchnąwszy, odepchnęła się od drzwi boksu i zdecydowanym krokiem ruszyła do domu. Musiała natychmiast znaleźć Sarah i Emmę.

Znalazła je w kuchni: Sarah pracowała przy stole na laptopie, a Emma opróżniała duszkiem kubek kawy przed zejściem na lekcję skoków.

— Cześć — powiedziała Zoe, starając się brzmieć swobodnie. — Macie minutkę? Mamy drobny problem.

Sarah uniosła wzrok, a jej twarz natychmiast spoważniała. — Co się stało?

— Przed chwilą dzwoniła Pip. Skontaktowało się z nią RSPCA w sprawie kuca, który dziś pilnie potrzebuje nowego miejsca. Jest... cóż, uznany za niebezpiecznego. Kopnięciem w klatkę piersiową wysłał opiekunkę do szpitala.

Emma odstawiła kubek. — I chcą przywieźć go tutaj? Dzisiaj?

Zoe skinęła głową. — Jeśli go nie weźmiemy, uśpią go po południu. Pip pytała, czy damy radę zająć się nim do jej powrotu.

— Co o nim wiemy? — zapytała rzeczowo Sarah.

— Niewiele. Krzyżówka araba z walijskim, wabi się Midnight. Ma za sobą ciężkie znęcanie — bity, głodzony, trzymany w zamknięciu. Śmiertelnie boi się ludzi.

Sarah i Emma wymieniły spojrzenie, którego Zoe nie do końca potrafiła odczytać.

— Kiedy przyjeżdża? — spytała Sarah.

— O trzeciej po południu. Pomyślałam, że damy go do jednego z padoków dla ogierów. Tam ogrodzenia są solidniejsze. I ani Legend, ani Cavalier nie będą na tyle głupie, żeby podchodzić na odległość kopnięcia przez ogrodzenie.

Emma powoli skinęła. — Ma sens. — Nachyliła się nad ramieniem Sarah, wyświetlając plan lekcji na dziś. — O tej porze nie ma zajęć na placach, to dobrze. Miałam poćwiczyć skoki z Phoenixem, ale mogę to zrobić później.

Sarah powiedziała zamyślona: — Myślisz, że Marcus powinien tu być? Na wypadek, gdyby trzeba było go uspokoić farmakologicznie?

Zoe zawahała się. — Rozsądnie byłoby mieć go w pogotowiu, ale wolałabym uniknąć sedacji, jeśli się da. Zbudowanie zaufania u poturbowanego konia jest trudniejsze, jeśli pierwsze spotkanie zaczynamy od podania mu leków.

— Słuszna uwaga — przyznała Sarah. — Ale dobrze, żeby był dostępny, tak na wszelki wypadek. Wyślę mu SMS-a i zobaczę, czy będzie dziś po południu w okolicy.

Zoe po raz piąty w ciągu kilku minut zerknęła na zegarek. Kwadrans po trzeciej, a transportu z RSPCA wciąż nie było widać. Krążyła wzdłuż ogrodzenia przygotowanego padoku, a napięcie w jej żołądku zwijało się jak zbyt mocno naciągnięta sprężyna. Sarah stała przy bramie z wyważonym, spokojnym wyrazem twarzy, a Emma zajęła miejsce przy podjeździe, żeby naprowadzić samochód, gdy już dotrze. Dla bezpieczeństwa uprzątnięto z obejścia wszystkie konie, co stworzyło nietypową, cichą bańkę w zazwyczaj tętniących życiem stajniach.

— Może utknęli w korkach — zasugerowała Sarah, przerywając ciszę.

Zoe skinęła głową, choć myślami była gdzie indziej, gorączkowo przeglądając to, co wiedziała o nadjeżdżającym kucu. Czyli prawie nic. Imię — Midnight — i koszmarna historia przemocy. Za mało, by ułożyć sensowny plan.

Głos Emmy przeciął jej myśli. — Są!

Zoe odwróciła się w stronę podjazdu, spodziewając się klasycznej przyczepy do przewozu koni. Zamiast tego wjechała ciężarówka z czymś w rodzaju skrzyni do przewozu bydła na pace. Serce jej zamarło. Tego używa się do krów, nie do koni... chyba że zwierzę jest zbyt niebezpieczne, by przewozić je zwykłą przyczepą.

— Niedobrze — mruknęła obok Sarah, wyrażając to, co myślała Zoe.

Kierowca zgasił silnik i zeskoczył z kabiny. Mężczyzna po pięćdziesiątce, ogorzały, w koszuli z logo RSPCA, z twarzą pooraną liniami mówiącymi o latach obcowania z najgorszymi przypadkami znęcania nad zwierzętami. Podszedł z posępną miną.

— Pani pewnie jest Zoe Webb — powiedział, wyciągając rękę. — Graham Parker, RSPCA. Pip bardzo chwaliła pani doświadczenie z trudnymi przypadkami.

Zoe uścisnęła jego dłoń, zwracając uwagę na zgrubiałe odciski i wyblakłe blizny, pamiątki po latach pracy ze zwierzętami. — Tak, to ja. Spodziewaliśmy się przyczepy do koni.

Usta Grahama wykrzywił bezwesoły uśmiech. — Nie sądzę, żebyśmy go na nią zaprowadzili — musieliśmy przegonić go przez korytarz załadunkowy, żeby wprowadzić do tej skrzyni — a nawet gdyby, rozkopałby ją w drobny mak.

Jakby na potwierdzenie jego słów, ze środka dobiegł gwałtowny łomot, po czym metaliczny szczęk, gdy kopyta uderzyły w wzmocnione ściany.

— Możemy go zobaczyć? — zapytała Zoe, starając się zachować zawodowy spokój, choć serce waliło jej jak młotem.

Graham skinął głową i poprowadził ich na tył skrzyni. Przez metalowe pręty Zoe po raz pierwszy spojrzała na Midnighta.

Był mniejszy, niż się spodziewała — ledwie ponad 130 cm w kłębie — ale to, czego brakowało mu w rozmiarze, nadrabiał samą prezencją. Maść miał kruczoczarną, lśniącą od potu po szarpaninie w skrzyni; pokrój nosił wyraźne, szlachetne linie arabskiej krwi połączone z krzepką budową walijskiego kuca. Nie dało się zaprzeczyć, że to zachwycające zwierzę, choć zdecydowanie zbyt chude, mimo zapewne sześciu tygodni intensywnego dokarmiania u poprzedniej opiekunki.

Ale to jego oczy przykuły uwagę Zoe — dzikie, z białą obwódką, gorączkowo miotające się w poszukiwaniu drogi ucieczki. Nostrza miał szeroko rozchylone, łapczywie łapiąc spanikowany oddech, a całe ciało drżało z napięcia.

— Piękny, prawda? — odezwał się cicho Graham. — Szkoda, co mu zrobiono.

Patrzyli, jak Midnight odwraca się w ciasnej przestrzeni i znowu kopie; kopyta z hukiem trafiają w metalowe pręty, tak że wszyscy aż drgnęli. Echo niosło się po obejściu, a Zoe usłyszała, jak konie w stajniach niespokojnie zarżały.

— Co dokładnie stało się z jego opiekunką tymczasową? — zapytała Sarah, trzymając się w bezpiecznej odległości od skrzyni.

Twarz Grahama pociemniała. — Ma doświadczenie w rehabilitacji. Miała go przez sześć tygodni, robiła powolne postępy. A wczoraj coś go spłoszyło, nie wiemy co, i wypalił z obu tylnych. Trafił ją idealnie w klatkę piersiową. Cztery połamane żebra, przebite płuco. Teraz jest stabilna, ale przez chwilę, jak mówił jej mąż, było o włos. Dobrze, że był w domu i wezwał karetkę.

Zoe przełknęła ślinę, obserwując gorączkowe ruchy kuca. — A wcześniej? Co wiemy o jego historii?

— Znaleźliśmy go podczas interwencji po telefonie od sąsiada, żeby rzucić okiem na posesję. Ten malec był zamknięty w szopie, uwiązany tak krótko, że ledwo mógł się ruszać, stojąc we własnych odchodach. Od miesięcy nie wychodził, na oko. Potwornie wychudzony, całe ciało w śladach po biczu i siniakach po Bóg wie czym — wyliczał Graham, zachowując zawodowy ton, choć Zoe słyszała pod spodem tlący się gniew. — Kupili go rozpieszczonemu dzieciakowi na kuca pokazowego — widać, że ładny — ale miał za dużo temperamentu, by sobie z nim poradzili. Są bogaci. Szef uważa, że nie zdołamy postawić zarzutów, ale spróbujemy.

Sarah i Emma wyglądały na śmiertelnie zniesmaczone. Midnight znów kopnął w pręty.

— Jakieś konkretne wyzwalacze, o których powinniśmy wiedzieć? — spytała Zoe, próbując zebrać jak najwięcej informacji.

Graham pokręcił głową. — Trudno powiedzieć. Gwałtowne ruchy. Wszystko, co przypomina bat albo kij. Ale szczerze — na tym etapie prawie wszystko go uruchamia. Cały czas działa w trybie walki albo ucieczki i częściej wybiera walkę.

Sarah podeszła bliżej do Zoe i ściszyła głos. — Może powinniśmy zadzwonić do Marcusa już teraz i podać mu coś na uspokojenie chociaż do rozładunku. Byłoby bezpieczniej.

Zoe zawahała się, patrząc na przerażonego kuca. Uspokojenie rzeczywiście ułatwiłoby transfer, ale oznaczałoby też rozpoczęcie ich relacji od działania, które z perspektywy Midnighta byłoby kolejnym naruszeniem. Fundament zaufania, który musiała zbudować, zostałby nadwątlony na starcie.

— Chciałabym najpierw spróbować bez sedacji — powiedziała cicho. — Pracowałam już z takimi końmi. Czasem leki tylko odraczają nieuniknione zderzenie, a ja wolę, żeby był w pełni świadomy, kiedy ustalamy granice.

Sceptyczny wyraz twarzy Sarah mówił sam za siebie, ale skinęła głową. — Twoja decyzja. Ale trzymam telefon w pogotowiu, żeby zadzwonić po Marcusa, jeśli zacznie się robić źle.

Graham odchrząknął. — Powinienem uprzedzić, że musieliśmy podać mu lekką dawkę środka uspokajającego, żeby wprowadzić go korytarzem do skrzyni. To właśnie schodzi, dlatego jest coraz bardziej pobudzony. Po otwarciu drzwi może reagować jeszcze gwałtowniej.

Zoe skinęła, w myślach korygując plan działania. Koń wybudzający się z sedacji będzie nie tylko przerażony, ale i zdezorientowany — mieszanka wyjątkowo nieprzewidywalna.

Emma i Sarah wymieniły spojrzenie, które Zoe dostrzegła kątem oka — troska zmieszana z wątpliwościami. Nie mogła im się dziwić. Na papierze to przepis na katastrofę: niebezpieczne zwierzę, prowadząca, której nie zna, obce otoczenie.

— Ustawmy skrzynię jak najbliżej wejścia do padoku — powiedziała Zoe, skupiając się na praktyce. — Chcę, żeby od razu zobaczył otwartą przestrzeń, miał dokąd biec, zamiast czuć się osaczony.

Graham skinął z uznaniem. — Dobry pomysł. Podejdę tyłem pod samą bramę.

Gdy wrócił do kabiny, Emma podeszła bliżej i cicho spytała: — Na pewno chcesz to robić, Zoe? Nikt nie miałby do ciebie pretensji, gdybyś uznała, że to zbyt ryzykowne. Powiem szczerze: gdybyśmy zobaczyły takiego w Laidley Sales, nawet Pip odwróciłaby się na pięcie.

Zoe patrzyła, jak Midnight krąży po swoim metalowym więzieniu, a jego strach aż dało się dotknąć. Przez krótką chwilę jej pewność siebie zachwiała się. Co, jeśli nie zdoła mu pomóc? Co, jeśli ktoś ucierpi, próbując?

— Jestem pewna — powiedziała, nadając głosowi stanowczość mimo lekkiego drżenia, które czuła w dłoniach. — Jeśli nie damy mu szansy, on zginie. To takie proste.

Emma skinęła głową, akceptując jej decyzję. — Tylko... uważaj. Będziemy tuż obok, jeśli będziesz nas potrzebować.

Sarah i Emma cofnęły się, robiąc jej miejsce, ale Zoe potrafiła wyczytać w ich postawach wątpliwość, sposób, w jaki ustawiły się, gotowe zareagować, jeśli zajdzie potrzeba. Nie mogła mieć im tego za złe. Z zewnątrz to, czego miała się podjąć, wyglądało jak szaleństwo.

Może i tak. Ale patrząc w dzikie, przerażone oczy Midnighta, Zoe wiedziała, że musi spróbować. Każde wystraszone zwierzę zasługuje przynajmniej na jedną osobę, która zechce dostrzec pod strachem zranioną duszę.

Pozostawało tylko mieć nadzieję, że podoła wyzwaniu.

Dźwięk opon na żwirze oderwał uwagę Zoe od boksu transportowego akurat, gdy Graham kończył cofać samochód pod bramę padoku. Na parking wjechał znajomy sedan i żołądek Zoe ścisnął się boleśnie. Danny Wareham i Lucy, przyjechali wcześniej na lekcję na wpół do piątej, dokładnie jak zasugerowała. Ze wszystkich możliwych momentów, ten był najgorszy. Zoe złapała spojrzenie Sarah, niemo przekazując niepokój, ale nie było już czasu, by ich zawrócić. Danny zdążył już wysiąść z samochodu, a jego wzrok natychmiast spoczął na niezwykłym widoku przed nim — boksie transportowym, inspektorze RSPCA wysiadającym z ciężarówki, napięciu widocznym w postawach wszystkich obecnych.

Cała mowa ciała Danny'ego się zmieniła, instynkt ochrony włączył mu się na całego, gdy skanował otoczenie w poszukiwaniu potencjalnych zagrożeń. Położył stanowczą dłoń na ramieniu Lucy, trzymając ją blisko siebie, kiedy podchodzili.

— Co się dzieje? — zapytał z wyczuwalnym niepokojem w głosie.

Zanim Zoe zdążyła odpowiedzieć, Midnight znów z całej siły kopnął w boks, a metaliczny huk poniósł się przez podwórze. Lucy podskoczyła na ten dźwięk, ale zamiast schować się za plecami ojca, pochyliła się do przodu, oczy rozszerzone z ciekawości.

— Czy to nowy kucyk? — zapytała z radosnym podekscytowaniem.

Sarah zareagowała gładko. — Mamy dziś wyjątkowego podopiecznego, który potrzebuje dodatkowej uwagi i magicznego dotyku Zoe. Twoją lekcję poprowadzi Emma, Lucy. Dlaczego nie pójdziesz z nią do stajni? Pokaże ci, jak wyczyścić i osiodłać Foxie.

Ale Lucy wydawała się oczarowana, wspięła się na palce, żeby zajrzeć przez pręty boksu. — Jest piękny! Taki czarny, zobacz, tato!

Uścisk Danny'ego na ramieniu Lucy nieco się wzmocnił. — Lucy, chodź. Nie przeszkadzajmy.

— Właściwie — odezwała się Zoe — najlepiej, gdybyście oboje odsunęli się dalej. Ten kucyk jest bardzo nerwowy i potrzebujemy przestrzeni, żeby go uspokoić.

W tej chwili Midnight wydał z siebie przenikliwe rżenie, a przez wszystkich obecnych przebiegł zbiorowy dreszcz. Jego kopyta znów walnęły w metal, a przez pręty Zoe widziała, jak dziko przewraca oczami, białka widoczne dookoła.

Danny natychmiast cofnął się o kilka kroków, pociągając Lucy za sobą. — To nie brzmi jak zwykłe zdenerwowanie — powiedział.

Zoe posłała mu napięty uśmiech. — Miał trudną przeszłość. Dajemy mu bezpieczne miejsce, by doszedł do siebie.

Lucy wciąż patrzyła jak zahipnotyzowana. — Jak ma na imię?

— Midnight — odparła Zoe, zerkając z powrotem na boks. Musiała skupić się na zadaniu, a nie na ciekawskich obserwatorach. — Lucy, idź proszę z Emmą. To nie jest dobry moment na widownię.

Podeszła Emma, z profesjonalnym, choć nieco spiętym uśmiechem. — Chodź, Lucy. Zoe mówi, że świetnie poszła ci pierwsza lekcja; powinnaś być dziś gotowa spróbować kłusa anglezowanego.

Lucy niechętnie dała się odprowadzić, choć wciąż zerkała przez ramię. Danny natomiast wyraźnie był rozdarty między pójściem za córką a oczywistym niepokojem o to, co się działo. — Czy to na pewno bezpieczne trzymać go tutaj? Wśród dzieci?

— Będzie w bezpiecznym padoku — zapewniła go Sarah. — Mamy procedury postępowania z trudnymi przypadkami.

Zoe czuła, jak uciekają cenne minuty. Im dłużej Midnight pozostawał zamknięty w boksie, tym bardziej się nakręcał. Musiała działać teraz.

— Proszę, Panie Wareham — powiedziała bez próby ukrycia naglącego tonu. — Muszę się teraz skupić na tym kucu.

Coś w jej głosie musiało do niego dotrzeć, bo krótko skinął i zaczął się wycofywać, choć jego twarz wciąż miała zmartwiony wyraz. — Proszę uważać — rzucił, po czym odwrócił się, by dołączyć do Emmy i Lucy.

Gdy Warehamowie wreszcie się oddalili, Zoe w pełni skupiła się na zadaniu. Graham stał przy tylnych drzwiach boksu, rękę trzymał na zasuwie od rampy, czekając na jej sygnał.

— Czy Pan się spieszy? — zwróciła się do Grahama, który posłał jej krzywy uśmiech i pokręcił głową.

— Mam całe popołudnie, jeśli trzeba. Proszę działać we własnym tempie.

— Spróbuję poprowadzić go głosem i mową ciała — wyjaśniła Sarze, która wciąż wyglądała sceptycznie. — Jeśli uda mi się ruszyć go naprzód do padoku tak, żeby nie czuł się osaczony ani zagoniony w kąt, to będzie świetny początek.

— A jeśli się nie uda? — spytała cicho Sarah.

— Wtedy przechodzimy do planu B i dzwonimy do Marcusa. Ale najpierw pozwól mi spróbować.

Biorąc głęboki oddech, Zoe ustawiła się tak, by Midnight ją widział, ale nie czuł się zablokowany. Zaczęła mówić niskim, równym tonem, tym samym spokojnym głosem, którego używała przy wszystkich wystraszonych koniach.

— Cześć, Midnight. Wiem, że się boisz. Wszystko jest tu obce i nowe, a ludzie nie byli dla ciebie dobrzy. Ale teraz jesteś bezpieczny. Nikt cię tu nie skrzywdzi.

Mówiła i mówiła, aż zaschło jej w gardle, nie przestając ani na moment utrzymywać miękkiego, kojącego tonu. Dopiero gdy kucyk znieruchomiał i zaczął patrzeć na Zoe, zamiast miotać się po boksie, pozwoliła sobie na odrobinę ulgi. I mówiła dalej, powtarzając to samo dziesiątki razy, świadoma, że nawet jeśli Midnight nie rozumie słów, spokój jej głosu i rozluźniona postawa ciała mówią mu, iż nie stanowi zagrożenia. Że jest bezpieczny, nawet jeśli jeszcze nie chce w to uwierzyć.

Minęła prawie godzina i gdzieś z tyłu głowy drapała ją myśl, że Lucy zaraz skończy lekcję. Musiała bezpiecznie wyprowadzić Midnighta z boksu do padoku, zanim dziecko wróci. Gdyby była sama, mogłaby zostać i drugą godzinę, mówiąc cicho, ale miała świadomość, że Graham też zasługuje na to, by skończyć dzień i wrócić do domu. Midnight stał spokojnie, wyglądał na zmęczonego — może to było maksimum, na jakie mogła liczyć. Unieśli rękę, by zwrócić uwagę Grahama.

Graham złapał jej spojrzenie, a ona skinęła głową. Powoli zwolnił zamek i opuścił rampę, tworząc z boksu prostą drogę wprost do padoku.

Przez długą chwilę nic się nie działo. Midnight stał skamieniały w boksie, wyraźnie drżąc, a jego oczy były utkwione w Zoe, jakby była drapieżnikiem gotowym do skoku.

— W porządku — mówiła łagodnie. — Wyjdź, kiedy będziesz gotowy. Bez pośpiechu, bez presji.

Zrobiła mały krok w bok, pokazując mu otwartą ścieżkę obok niej — ku przestrzeni i bezpieczeństwu — poruszała się wolno i z namysłem. Uszy Midnighta zadrżały, to stawiały się do przodu, to cofały, a nozdrza rozszerzały się, gdy łapał zapach zielonej trawy w padoku dalej.

Minęła kolejna minuta w napiętej ciszy. Potem, nieśmiało, Midnight zrobił jeden krok naprzód, dotykając kopytem rampy.

— Właśnie tak — zachęciła cicho Zoe. — Dobry chłopak.

To, co stało się potem, spadło jak piorun z jasnego nieba. Głowa Midnighta gwałtownie obróciła się w stronę jej głosu, a strach nagle przeobraził się w agresję. Zanim Zoe zdążyła zareagować, zeskoczył z rampy i rzucił się prosto na nią, z obnażonymi zębami, zaciskając je na jej przedramieniu w wściekłym ugryzieniu.

Przez ramię przeszył ją ostry ból, gdy jego zęby się zacisnęły. Zoe wciągnęła gwałtownie powietrze, ale zmusiła się, by nie szarpnąć, wiedząc, że nagłe ruchy tylko spotęgują jego panikę. Zamiast tego pozostała nieruchomo, oddychając przez ból i mówiąc tym samym spokojnym tonem mimo przeszywającego cierpienia.

— W porządku. Boisz się. Rozumiem.

Midnight puścił jej rękę, ale zanim zdążyła się cofnąć, ruszył naprzód, uderzając w nią barkiem z taką siłą, że zupełnie zwalił ją z nóg. Zoe upadła twardo, z płuc uciekło powietrze, a przed oczami zatańczyły jej gwiazdki.

— Zoe! — głos Sarah przeciął mgłę bólu.

— Nic mi nie jest! — wykrztusiła Zoe, z trudem podnosząc się na nogi. Przez rękaw koszuli przesiąkała krew tam, gdzie zęby Midnighta rozdarły materiał i skórę. — Po prostu dajcie mu przestrzeń.

Midnight przemknął obok niej i teraz stał w dalekim rogu padoku, z głową wysoko, z burtami pracującymi ciężko, gotów uciec albo walczyć przy byle prowokacji. Zoe ustawiła się między przestraszonym kucykiem a resztą, ignorując tętniący ból ręki i siniaki, które już czuła, powoli wycofując się przez bramę.

— Proszę zamknąć bramę — poleciła Grahamowi głosem zadziwiająco spokojnym, mimo adrenaliny buzującej w żyłach. — Powoli.

Graham posłuchał, ostrożnie domykając bramę bez nagłych ruchów. Zatrzask kliknął i Zoe pozwoliła sobie na mały oddech ulgi. Przynajmniej Midnight był już odgrodzony, nawet jeśli przeniesienie nie poszło tak gładko, jak miała nadzieję.

Kątem oka dostrzegła Danny'ego stojącego w oddali, śledzącego rozwój wydarzeń z wyraźnym niepokojem.

Sarah podeszła ostrożnie, zerkając na krew przesiąkającą rękaw Zoe. — Pokaż mi to.

— Za chwilę — odparła Zoe, wciąż skupiona na Midnightcie. Kucyk krążył wzdłuż ogrodzenia, parskając i podrzucając łbem, ale przynajmniej już nie szarżował ani nie kopał, ani nie wrzeszczał wyzwań w stronę Legenda, nestora stajni Ridgewater, ogiera, który przyglądał się z łagodną ciekawością z sąsiedniego padoku. — Chcę się najpierw upewnić, że się uspokaja.

Danny podszedł, zachowując ostrożny dystans od ogrodzenia. Miał zmartwiony wyraz twarzy, zmarszczone czoło, gdy obserwował niespokojne ruchy Midnighta.

— Czy to naprawdę warte ryzyka? — zapytał. — Trzymać tak niebezpieczne zwierzę w szkółce jeździeckiej, gdzie są dzieci?

Zoe odwróciła się do niego, świadoma krwi kapiącej jej już z opuszków palców. — Każde zwierzę zasługuje na szansę. On z natury nie jest niebezpieczny, on jest przerażony i straumatyzowany. Przy odpowiednim treningu i czasie może dojść do siebie.

— A w międzyczasie? Co jeśli się wyrwie? Co jeśli jakieś dziecko podejdzie zbyt blisko jego padoku? — Nie brzmiał konfrontacyjnie, raczej szczerze zaniepokojony, ale pytania i tak zabolały.

Zanim Zoe zdążyła odpowiedzieć, za ich plecami rozległ się głos Lucy. — Tato! Pani Emma powiedziała, że mogę popatrzeć na nowego kucyka, jeśli będę stała naprawdę daleko. Proszę? Jest taki piękny!

Za Lucy pojawiła się Emma, posyłając Zoe przepraszające spojrzenie. — Lekcja już skończona. Świetnie poszedł jej kłus anglezowany, ale przez cały czas pytała o nowego podopiecznego.

Danny wyglądał na rozdartego, przenosząc wzrok między entuzjastyczną córką a wyraźnie niebezpiecznym kucem. — Nie sądzę, żeby to był dobry pomysł, Luce.

— Będę stała naprawdę daleko, obiecuję! Proszę?

— Może kompromis? — zaproponowała rozsądnie Emma. — Wejdźmy ze mną na werandę, a ja przyniosę ci zimną wodę. To bezpieczna odległość, a i tak będziesz go widzieć. Na pewno chce ci się pić, dzień jest ciepły.

Lucy podskoczyła na palcach. — Możemy, tato? Proszę?

Danny zawahał się, po czym z ociąganiem skinął. — Dobrze. Ale tylko z werandy i tylko przez pięć minut.

Gdy Emma odprowadzała Lucy i Danny'ego, Sarah delikatnie ujęła zdrowe ramię Zoe. — A teraz daj obejrzeć to ugryzienie. Bez dyskusji.

Zbyt zmęczona, by protestować, Zoe pozwoliła się zaprowadzić na ławkę, gdzie Sarah ostrożnie podwinęła jej rękaw, odsłaniając wściekle wyglądające rany kłute po zębach Midnighta. Krwawienie zwolniło, ale nie ustało, a okolica ranki już puchła i siniała.

— Trzeba to porządnie oczyścić i możliwe, że będą potrzebne antybiotyki — powiedziała Sarah tonem, który nie dopuszczał sprzeciwu. — Końskie ugryzienia potrafią powodować paskudne zakażenia.

Zoe skinęła, nagle czując pełną moc urazu, teraz gdy minął natychmiastowy kryzys. — Oczyszczę, obiecuję. Ale najpierw chcę jeszcze chwilę popatrzeć, czy się uspokaja.

Sarah westchnęła, ale nie zaprotestowała. — Przyniosę apteczkę. Nie ruszaj się.

Gdy Sarah odeszła, wzrok Zoe wrócił do Midnighta. Kucyk nieco zwolnił, choć wciąż poruszał się z nerwową energią, od czasu do czasu zatrzymując się, by popatrzeć na nią dzikimi, nieufnymi oczami.

— Powodzenia — powiedział Graham, zamykając boks transportowy. Rzucił na Midnighta smutne spojrzenie. — Cholernie szkoda.

Coś w jego tonie dało Zoe do zrozumienia, że spisał Midnighta na straty. Że w pełni spodziewa się telefonu za dni, nie tygodnie, z informacją, że nie dali rady i trzeba było go uśpić, bo zaszedł za daleko. A instynkt Zoe buntował się przeciw temu całym sobą. Miała w przeszłości konie, których nie zdołała ocalić, ale ten, mimo wszystkiego, co przeszedł, wciąż był silny, w dobrej kondycji i pełen ognia.

— Tylko pozwól nam sobie pomóc — wyszeptała. — Obiecuję, jesteś bezpieczny. Nie pozwolę, by ktoś cię znów skrzywdził.

Zoe stała przy ogrodzeniu długo po tym, jak Sarah oczyściła i zabandażowała jej ramię, długo po tym, jak

Danny z trudem odciągnął oczarowaną Lucy, długo po tym, jak Emma zajrzała do niej trzy razy i w końcu pojechała do domu przygotować kolację dla Jemimy.

W szybko zapadającym zmierzchu patrzyła na krążącego Midnighta. Uszy miał cały czas nastawione do przodu, ciało napięte, gotowy do ucieczki przy najmniejszym bodźcu. Nie skubał trawy, choć Legend po drugiej stronie ogrodzenia spokojnie ją przeżuwał, dając mu przykład.

— W co ja się wpakowałam? — wyszeptała Zoe, a ramiona opadły jej pod ciężarem odpowiedzialności. Oczy kuca złapały ostatnie promienie słońca, gdy się odwrócił — piękny, dziki i tak przerażony, że nawet nie jadł.

Ocaliła go przed natychmiastową śmiercią, owszem. Ale czy zdoła naprawdę ocalić go przed demonami, które napędzały jego strach, miało się dopiero okazać. I ile jeszcze ugryzień i siniaków ją czekało, próbując? Jakie ryzyko sprowadzała na Ridgewater?

Na te pytania nie było szybkich odpowiedzi. Na razie mogła tylko patrzeć i czekać, mając nadzieję, że pod tym strachem jest kucyk, który znów nauczy się ufać.

Rozdział trzeci

PALCE DANNY'EGO WYSTUKIWAŁY NERWOWY rytm na kierownicy, gdy wjeżdżał na żwirowy podjazd Ridgewater. Za nim, na tylnym siedzeniu, Lucy niemal podskakiwała z ekscytacji, a słowa wypadały z niej tak szybko, że ledwo nadążał. Po trzech lekcjach konie stały się już centrum jej wszechświata. Zerknął w lusterko wsteczne na sprężynujące loczki i poczuł to znajome ściśnięcie dumy i niepokoju w piersi. Dziś miała pierwsze zajęcia w grupie; bez uwiązu, nikt nie będzie trzymał kuca ani iść obok, tylko Lucy, która własnymi małymi rękami i nogami będzie kierować zwierzęciem dziesięciokrotnie cięższym od niej. Na samą myśl żołądek ścisnął mu się z nerwów.

— Tylko pamiętaj, co mówiła pani Zoe o bezpieczeństwie przede wszystkim, dobrze? — powiedział.

Lucy przewróciła oczami z tą szczególną dezaprobatą, na jaką stać tylko dziewięciolatkę. — Taaato, wiem. Miałam już trzy lekcje.

— Całe trzy lekcje? No to prawie ekspertka — droczył się, próbując przykryć niepokój humorem, gdy wysiadali z samochodu. Zauważył kilkoro innych rodziców kręcących się w pobliżu, sączących kawy i rozmawiających beztrosko, jakby ich dzieci wcale nie miały za chwilę balansować na nieprzewidywalnych zwierzętach. Jakim cudem potrafili wyglądać tak spokojnie?

Zoe wyszła ze stajni i pomachała, gdy ich dostrzegła. Miała na sobie spraną koszulę w kolorze oliwki z podwiniętymi rękawami, odsłaniającą biały bandaż na przedramieniu tam, gdzie ugryzł ją ten czarny kuc. Danny poczuł ukłucie niepokoju na ten widok, a zaraz potem niespodziewane mrowie czegoś zupełnie innego, kiedy uśmiechnęła się w ich stronę.

— Lucy! Super, że cię widzę — zawołała Zoe. — I idealnie na czas na twoje pierwsze zajęcia w grupie. Cieszę się, że czujesz się już na tyle pewnie, by do nas dołączyć.

Lucy rozpromieniła się pod wpływem pochwały i wyprostowała. — Ćwiczyłam co wieczór dosiad na krześle w kuchni, tak jak mi pokazałaś.

— To by tłumaczyło twój znakomity dosiad — przytaknęła Zoe poważnie, choć w oczach zatańczyło jej rozbawienie. Odwróciła się do Danny'ego, a jej uśmiech złagodniał. — Ma to we krwi, twoja córka. Świetnie przyjmuje wskazówki i w ogóle się nie boi.

— I to mnie martwi — przyznał Danny, zanim zdążył ugryźć się w język.

Zoe roześmiała się. — Nie martw się, zaczynamy bardzo delikatnie. Na zajęciach grupowych wciąż jest sporo nadzoru, tylko trochę więcej samodzielności. Foxie czeka, Lucy, jeśli chcesz ją wyczyścić przed rozpoczęciem.

Gdy Lucy podskakując pobiegła w stronę stajni, Zoe na moment została przy Danny'm. — Dzieci w tej grupie są na podobnym poziomie, choć w różnym wieku. Będziemy w hali, głównie ćwiczyć skręty, a jeśli wszystkim będzie szło dobrze, to może też kłus anglezowany.

Danny skinął głową, dziwnie uspokojony jej metodycznym wyjaśnieniem. — Dzięki. Ja tylko... — Wskazał nieokreślonym gestem w stronę hali.

— Jest miejsce dla widzów, gdzie zwykle siadają rodzice — podsunęła Zoe. — Dobry widok, ale nie przeszkadza się.

Znalazł wskazane miejsce bez trudu. W pobliżu zgromadziły się cztery inne matki, popijając kawę i wymieniając ploteczki. Danny dostał kilka ukradkowych spojrzeń, ale nie miał ochoty na pogawędki. Chciał skupić się na córce, nie na rozmowach z obcymi.

Zajęcia zaczęły się od tego, że Zoe wprowadziła dzieci do hali gęsiego, a potem nadzorowała, jak każde wsiada na wyznaczonego kuca. Lucy siedziała na Foxie wyprostowana jak struna, z twarzą skupioną tak, że serce Danny'ego aż ścisnęło. Wyglądała tam na górze tak maleńko, tak krucho, mimo kasku i łagodnego usposobienia kuca. Zacisnął dłonie na barierce, gdy dzieci rozstawiły się wokół ujeżdżalni.

— Pamiętajcie to, co ćwiczyliśmy — zawołała Zoe, przechodząc na środek. — Stęp naprzód, używajcie łydek, nie głosu, i kierujcie się do ściany.

Dzieci prowadziły swoje kuce wzdłuż ogrodzenia, równomiernie się rozstawiając. Zoe rzucała delikatne poprawki: — Głowa do góry, Lucy, patrz tam, gdzie chcesz jechać, a nie na kark Foxie — oraz — Cudowna pozycja, Annabelle — przesuwając się po środku hali niczym dyrygentka, a jednocześnie ogarniając wzrokiem całą piątkę.

Patrząc na Lucy, która spokojnie wykonywała polecenia Zoe, Danny poczuł przypływ dumy tak silny, że na moment przytłumił niepokój. Radziła sobie, naprawdę panowała nad kucem, z twarzą poważną od koncentracji.

— Teraz spróbujemy zmian kierunku — oznajmiła Zoe. — Kiedy wywołam wasze imię, jedźcie po przekątnej i prosto do przeciwległej ściany.

Uścisk Danny'ego znów się wzmógł. Skręcanie oznaczało sterowanie, a sterowanie niosło ryzyko nieporozumień między dzieckiem a kucem. Ale gdy Zoe zawołała: — Lucy! — jego córka pewnie oderwała Foxie od ściany i prawie po idealnie prostej przekątnej przeszła przez środek hali, z postawą wręcz wzorcową.

— Pięknie, Lucy! — Pochwała Zoe poniosła się po hali, a Danny przyłapał się na uśmiechu. Zoe zerknęła w jego stronę, posyłając mu szybki kciuk w górę. Danny poczuł, jak gorąco uderza mu do twarzy, i odwrócił wzrok, dziwnie poruszony tą prostą oznaką uznania.

Gdy zajęcia przeszły do anglezowania w kłusie — Lucy wstawała i siadała w rytm ruchu kuca — Danny łapał się na tym, że jego uwaga dzieli się między postępy córki a kobietę, która ją uczyła. Zoe poruszała się z naturalną gracją, dawała jasne, cierpliwe wskazówki, a pochwały miały konkret i szczerość. Kiedy Annabella, z wyglądu może pięcioletnia, miała problem z rytmem, Zoe poświęciła jej dodatkowe chwile, nie okazując frustracji, tylko spokojną konsekwencję, aż dziecku się udało.

Danny uświadomił sobie, że jest w tym coś niemal hipnotyzującego: sposób, w jaki przewidywała problemy, zanim się pojawiły, jak budowała pewność siebie każdego dziecka, rozrzucając pochwały dokładnie tam, gdzie trzeba, jej niewyczerpana cierpliwość. Serce zabiło mu szybciej, gdy zaśmiała się z czegoś, co powiedziała Jemima, a dźwięk tego śmiechu poniósł się po hali jak muzyka.

Kiedy Lucy po raz pierwszy przejechała pełne koło w kłusie anglezowanym, nie gubiąc rytmu, Danny miał ochotę zaklaskać. Złapał się jednak na tym, że szuka wzrokiem reakcji Zoe, i poczuł niepojętą satysfakcję, gdy ta klasnęła z zachwytu. — Wspaniała robota, Lucy! Piękny rytm i wcale nie wisisz na wodzach. Brawo!

Zajęcia zakończyły się spokojnym stępem na rozluźnienie, a każde dziecko promieniało dumą ze swoich osiągnięć. Ramiona Danny'ego wreszcie się rozluźniły, godzina napięcia odpłynęła, gdy dzieci zsiadały i w uporządkowanej kolumnie odprowadzały kuce do stajni.

— Poszło jej fantastycznie — skomentowała obok jedna z matek, kiwając głową w stronę Lucy. — Szybciej załapała niż Juliette. Moja córa przez pierwszy miesiąc bała się kłusować.

— Dziękuję — odparł Danny, zaskoczony tą swobodną solidarnością. — Od pierwszej lekcji ma absolutną obsesję.

Kobieta się zaśmiała. — Tak to się zaczyna. Uprzedzam, portfel schudnie. Najpierw lekcje, potem bryczesy, a na końcu będą błagać o własnego kuca.

Danny parsknął śmiechem mimo woli, patrząc, jak Lucy rozmawia z Zoe jak nakręcona, gdy kuce opuszczały halę. Po raz pierwszy od przeprowadzki do Ridgemont jego córka wyglądała na całkowicie, bezwarunkowo szczęśliwą.

Po zajęciach Danny oparł się o drzwi boksu, patrząc, jak Lucy metodycznie czyści Foxie pod czujnym okiem Zoe. Ruchy córki były ostrożne, ale pewne; małe dłonie zaskakująco sprawnie operowały szczotką jak na zaledwie trzy lekcje. Więź między dziewczynką a kuckiem była już widoczna — Lucy szeptała pochwały, przesuwając szczotką po miedzianym włosie Foxie, a kuc stał spokojnie z półprzymkniętymi z zadowolenia oczami. Ten obraz poruszył w piersi Danny'ego coś nieoczekiwanego, ciepło, którego nie czuł od dawna, jeszcze zanim jego małżeństwo się rozpadło.

— Właśnie tak, długie, gładkie pociągnięcia — zachęcała Zoe, stojąc dość blisko, by nadzorować, ale dając

Lucy przestrzeń do samodzielnej pracy. — Świetnie ci z nią idzie.

Lucy rozpromieniła się na pochwałę. — Najbardziej chyba lubi, jak czyszczę jej szyję. Od razu robi się taka śpiąca na buzi.

— Konie w naturze nawzajem się pielęgnują — wyjaśniła Zoe, a jej głos przybrał ten łagodny, dydaktyczny ton, który Danny zauważył już na hali. — Kiedy ją szczotkujesz, mówisz jej w jej języku, że jesteś częścią jej stada.

Danny obserwował łatwą nić porozumienia między nimi, to, jak Lucy chłonęła wiedzę Zoe jak gąbka. Jego córka zawsze była bystra, ale odkąd zaczęła lekcje, odnalazła skupienie, które ją odmieniło. Nieustanny koński potok słów, który z początku wydawał się chwilową fazą, przeobrażał się w prawdziwą wiedzę.

— Gotowe — oznajmiła Lucy z dumą, odsuwając się, by podziwiać efekty.

— Perfekcyjna robota — potwierdziła Zoe, biorąc szczotkę od Lucy i odkładając ją do pobliskiego pudła z przyborami. — A teraz wybacz, muszę sprawdzić Midnight, zanim pomogę przy wieczornym karmieniu.

Główka Lucy poderwała się, oczy rozszerzyły z ciekawości. — Ten czarny kuc? Mogę też go zobaczyć? Proszę?

Zoe zawahała się, zerkając na Danny'ego z pytaniem w spojrzeniu. Danny zrobił krok naprzód, a jego instynkt ochronny natychmiast się obudził. Widział reakcję kuca pierwszego dnia; bandaż na przedramieniu Zoe był dowodem, jak bardzo potrafi być niebezpieczny.

— Nie sądzę, żeby to był dobry pomysł, Luce — zaczął, ale mina córki posmutniała tak dramatycznie, że słowa ugrzęzły mu w gardle.

— Możecie zostać bardzo daleko — zaproponowała Zoe, najwyraźniej wyczuwając jego niepokój. — Z daleka za ogrodzeniem. Jest w bezpiecznym padoku, a

Lucy będzie całkowicie bezpieczna przy odpowiednim nadzorze.

Danny zważył ryzyko. Musiał przyznać, że dziennikarska ciekawość wobec tego kuca też go ciągnęła. — Dobrze, ale cały czas trzymasz się przy mnie, Lucy. Nie wyrywasz do przodu, żadnych gwałtownych ruchów i trzymamy dystans. Zgoda?

Lucy przytaknęła z powagą, choć w oczach tańczyło jej podekscytowanie. — Zgoda! Będę super ostrożna, obiecuję.

Poszli za Zoe przez teren do odosobnionego padoku przy linii eukaliptusów. W miarę zbliżania się Danny zauważył wyższe ogrodzenie niż w innych zagrodach, podwójne zasuwy przy bramie i zalaminowane tabliczki z ostrzeżeniem „NIEBEZPIECZEŃSTWO: WSTĘP WZBRONIONY" czerwonymi, pogrubionymi literami.

— Zostańcie tutaj, proszę — poleciła Zoe, ustawiając ich kilka metrów od ogrodzenia. — Muszę tylko sprawdzić, czy ma wodę i czy się nie poranił.

Danny położył ochronnie dłoń na ramieniu Lucy, zatrzymując ją na miejscu, gdy Zoe sama podeszła do padoku. W środku mały czarny kuc nerwowo krążył na drugim końcu, jego ruchy były szarpane i napięte. Gdy dostrzegł Zoe, położył uszy płasko, a chrapy rozszerzyły mu się z wyraźnego podenerwowania.

— Cześć, Midnight — zawołała miękko Zoe, zatrzymując się kilka kroków od ogrodzenia. Jej głos przeszedł w łagodny, niemal hipnotyczny ton, który Danny ledwie dosłyszał. — Tylko cię sprawdzam, nie ma się czego bać. Jesteś tu bezpieczny.

Kuc parsknął i potrząsnął łbem, ale Danny zauważył, że nie cofnął się, tylko patrzył na Zoe czujnym wzrokiem.

— Nie wygląda na zadowolonego — wyszeptała Lucy, przywierając do boku Danny'ego.

— Jest bardzo przestraszony — wyjaśnił cicho Danny, nie spuszczając oczu z Zoe, która poruszała się wzdłuż ogrodzenia ostrożnie, z rozmysłem. — Czasem, gdy zwierzęta — albo ludzie — się boją, zachowują się, jakby były złe.

Zoe kontynuowała miękki monolog, sprawdziła poidło i obrzuciła wzrokiem padok, nie wykonując gwałtownych ruchów. Jej mowa ciała pozostawała otwarta i rozluźniona mimo wyraźnej nerwowości kuca. Danny z zainteresowaniem studiował jej technikę, zauważając, jak zapowiada każdy ruch, zanim go wykona, i jak utrzymuje głos w tym samym spokojnym rejestrze niezależnie od reakcji kuca.

Po zakończeniu kontroli Zoe wróciła do nich, z zamyślonym wyrazem twarzy. — Zjadł trochę siana, to postęp. I pije, a to kluczowe.

— Dlaczego on się tak boi? — zapytała Lucy, a wcześniejsze podekscytowanie przygasło pod wpływem widocznego niepokoju kuca.

Zoe zerknęła na Danny'ego, jakby w ciszy oceniając, ile powiedzieć dziecku. Danny lekko skinął, ufając jej osądowi.

— Midnight miał bardzo trudne życie, zanim tu trafił — wyjaśniła Zoe, kucając, by być na wysokości oczu Lucy. — Niektórzy ludzie byli dla niego bardzo okrutni. Krzywdzili go i trzymali zamkniętego w ciemnej szopie, bez jedzenia. Teraz myśli, że wszyscy ludzie mogą zrobić mu krzywdę.

Oczy Lucy rozszerzyły się z przerażenia. — To straszne! Kto mógłby zrobić coś takiego kucowi?

— Niestety, niektórzy ludzie potrafią być bardzo nieżyczliwi dla zwierząt — powiedziała łagodnie Zoe. — Ale on jest już bezpieczny, a moim zadaniem jest pomóc mu zrozumieć, że nie wszyscy ludzie są straszni.

W Danny'm obudził się dziennikarski instynkt, potrzeba szczegółu i kontekstu przepchnęła się przez zwykłą powściągliwość. — Co dokładnie się stało, że tu trafił? Wspominałaś, że został uratowany?

Zoe wyprostowała się, a jej złotobrązowe oczy spotkały się z jego wzrokiem. — RSPCA znalazła go podczas nalotu na pewną posiadłość jakieś sześć tygodni temu. Kupiono go jako kuca pokazowego dla dziecka, ale okazał się zbyt temperamentny jak na ich możliwości. Zamiast poszukać mu odpowiedniego domu, zamknęli go w szopie, bili i w zasadzie zostawili, żeby marniał.

Danny poczuł, jak skręca mu się żołądek. Jako reporter kryminalny opisywał już ludzkie okrucieństwo, ale ta zwykła złośliwość w takim traktowaniu wciąż go szokowała. — A potem trafił tutaj?

— Nie od razu — pokręciła głową Zoe, odruchowo dotykając bandaża na przedramieniu. — RSPCA umieściła go najpierw u doświadczonej opiekunki zastępczej, ale był tak straumatyzowany, że gdy coś go spłoszyło, kopnął i wylądowała w szpitalu ze złamanymi żebrami i przebitym płucem. Mieli go uśpić tego samego popołudnia, gdybyśmy nie zgodzili się go przyjąć.

Lucy gwałtownie wciągnęła powietrze, a jej mała dłoń odnalazła dłoń Danny'ego i ścisnęła mocno. — Uratowałaś go!

Cień przemknął po twarzy Zoe. — Na razie. Mój brat Marcus jest weterynarzem i uważa, że powinniśmy go uśpić, mówi, że jest zbyt niebezpieczny i zbyt straumatyzowany, by go rehabilitować. Ale... — Spojrzała z powrotem na kuca, który znów zaczął nerwowo krążyć. — Widziałam konie wracające z gorszych rzeczy. To wymaga czasu, cierpliwości i właściwego podejścia, ale wierzę, że on może się uleczyć.

Siła determinacji w jej głosie zaskoczyła Danny'ego. Nie było w tym ślepego optymizmu ani naiwnej nadziei, tylko przemyślany, profesjonalny osąd poparty doświadczeniem i umiejętnościami. Mimo własnego sceptycyzmu złapał się na tym, że chce w to wierzyć.

— Co się z nim stanie, jeśli mu pomożecie? — zapytała Lucy, a w jej głosie zabrzmiała nadzieja.

Zoe uśmiechnęła się, choć uśmiech nie całkiem dotarł do oczu. — Jeśli znowu zaufa ludziom, może mieć cudowne życie. Jest młody, piękny i wygląda na dobrze urodzonego, mimo tego, co przeszedł. Ale najpierw musimy przekonać go, że ludzie potrafią być dobrzy.

Stojąc i patrząc na niespokojnego kuca, Danny uderzony był niezachwianym zaangażowaniem Zoe wobec zwierzęcia, które wielu uznałoby za niewarte ratowania. Ta sama cierpliwość i czułość, jaką okazywała dzieciom uczącym się jeździć, rozciągała się na to skrzywdzone stworzenie, które już ją zraniło i całkiem możliwe, że zrani ponownie.

— Musisz naprawdę kochać konie — powiedział cicho, zanim zdążył to przemyśleć.

Zoe zerknęła na niego, zdziwienie przemknęło po jej twarzy, po czym się uśmiechnęła. — Każde zwierzę zasługuje na adwokata, zwłaszcza te niezrozumiane albo skrzywdzone. — Zawiesiła głos, patrząc na Midnight. — Czasem wystarczy jedna osoba, która w nie uwierzy, kiedy nikt inny nie chce.

Proste zdanie zadrgało w czymś głębokim w piersi Danny'ego, prawdą znaną z własnego życia, z lat walki o bezpieczeństwo i dobro Lucy, kiedy wszyscy bagatelizowali jego obawy o niebezpiecznego nowego partnera byłej żony. Wiara jednej osoby naprawdę mogła wszystko zmienić.

Spojrzał na profil Zoe na tle popołudniowego słońca, jej uwagę całkowicie skupioną na niespokojnym kucu, i poczuł nagły przypływ podziwu, a zaraz potem trzepot przyciągania, którego wcale nie był gotów uznać.

Wracając od padoku Midnight, Lucy podskakiwała kilka kroków przed nimi, a wcześniejsza powaga względem kuca ustępowała już sprężystej pogodzie ducha dzieciństwa. Danny trzymał się parę kroków z tyłu, świadomy obecności Zoe obok — jednocześnie kojącej i niepokojącej. Ostatnie dwa lata poświęcił wyłącznie na tworzenie stabilizacji dla Lucy, świadomie unikając jakichkolwiek związków, które mogłyby skomplikować ich misternie odbudowane życie. A jednak coś w tym miejscu i w kobiecie idącej cicho obok zagrażało murom, które tak starannie wzniósł.

Lucy nagle stanęła i wskazała z przejęciem. — Patrz! To Jemima i Charlotte! Patrzą na źrebięta!

Podążając za jej gestem, Danny dostrzegł dwie dziewczynki oparte o ogrodzenie padoku, w którym dwa długonogie źrebięta harcowały wokół matek. Jedno było gniade z białą gwiazdką, drugie siwe w grochy, jakby zdeterminowane, by wyprzedzić własny cień.

— Mogę podejść i się przywitać? Proszę? — Lucy podrygiwała na palcach, już zsuwając się w stronę koleżanek ze szkoły.

Danny zawahał się, zerkając na zegarek. — Pewnie powinniśmy już wracać, Luce. Muszę zrobić kolację.

— Tylko na kilka minut? — poprosiła Lucy. — W szkole prawie nie mam okazji z nimi po prostu posiedzieć, bo wciąż jestem tą nową.

Nagi brak pewności w jej głosie uderzył Danny'ego jak fizyczny cios. Tak skupił się na praktycznych aspektach przeprowadzki — bezpieczeństwie i edukacji Lucy — że chyba niedocenił wyzwań towarzyskich, z jakimi się mierzyła.

— No dobrze — ustąpił. — Dziesięć minut, nie więcej.

Lucy rozpromieniła się i pędem pobiegła do dziewczynek, które na jej widok odwróciły się z uśmiechem i machaniem. Danny patrzył z gulą w gardle, jak Jemima od razu robi miejsce dla Lucy przy ogrodzeniu, a trzy dziewczynki tulą się do siebie tak, jakby były przyjaciółkami od lat, a nie ledwie znajomymi.

— To Renaissance z mamą Serenade — powiedziała cicho Zoe obok, skinieniem wskazując na gniade źrebię. — Jest wnukiem Legend, urodzonym do sportu. Siwa klaczka to Starlight, po Legendzie i jednej z klaczy uratowanych przez Emmę. Oboje urodzili się tej wiosny.

Danny skinął, wdzięczny za neutralny temat. — Energię to one mają.

— To delikatne określenie — roześmiała się Zoe. — Źrebięta to jak maluchy po espresso: same nogi i impulsywne decyzje, z zerowym instynktem samozachowawczym.

Opis wyrwał z Danny'ego szczery śmiech. — Brzmi aż nazbyt znajomo. Lucy miała etap w wieku trzech lat, że próbowała wspinać się na wszystko, łącznie z regałami.

— Potrafię to sobie wyobrazić — uśmiechnęła się Zoe, a Danny zauważył drobne zmarszczki w kącikach jej oczu i to, jak cała twarz rozjaśnia się, gdy się śmieje. — Choć widzę, że z ludźmi jest raczej wrodzenie powściągliwa, to w siodle ma tę samą nieustraszoność — i to jest cudowne. Niektóre dzieci są nieśmiałe, a Lucy po prostu wskakuje w to od razu.

— Ma to po matce — wyrwało się Danny'emu, po czym natychmiast pożałował, gdy wyraz twarzy Zoe przeszedł w uprzejme zainteresowanie.

— Jej mama też jeździ?

— Nie, chodziło mi o tę impulsywność — doprecyzował Danny, niezręcznie czując obrót rozmowy. — Lucy nie widuje się z mamą. I to już od dłuższego czasu.

Zoe wyczuła jego dyskomfort i nie drążyła. — Tu kwitnie. Dosiad rozwija jej się pięknie, ma miękką rękę i świetną równowagę. Niektóre dzieci nie wypracowują tego nigdy, choćby jeździły latami.

Danny poczuł przypływ dumy na tę profesjonalną ocenę. — Dzięki. To dla niej bardzo dużo znaczy, te lekcje. Szczerze — więcej, niż się spodziewałem.

Zapadła między nimi przyjazna cisza, gdy patrzyli na dziewczynki przy ogrodzeniu. Ich uradowane chichoty niosły się nad padokiem, kiedy siwa klaczka podskakiwała bokiem i dała figlarnego baranka, po czym sama zdziwiona omal nie zaplątała się we własne, koślawe jeszcze nogi, co znów wywołało salwy śmiechu. Twarz Lucy rozjaśniała czystą radością; jej zwykła, ostrożna rezerwa zniknęła bez śladu, gdy trajkotała z nowymi przyjaciółkami.

— Szkoła była... sporą zmianą — przyznał Danny, sam zdziwiony, że się przed Zoe otwiera. — Przeprowadziliśmy się tu z Brisbane na początku poprzedniego semestru. Poprzednia szkoła Lucy była większa, bardziej sformalizowana. Ta wiejska klasa była trochę szokiem kulturowym.

— Dzieci są zadziwiająco elastyczne — zauważyła Zoe. — Ale przyjaciele robią całą różnicę, prawda? Jemima i Charlotte są nierozłączne, ale zawsze serdeczne dla nowych. Charlotte to córka miejscowego prawnika, Joe Ashforda, mieszka z nim teraz na stałe, odkąd jej mama wyjechała na początku roku. Więc Lucy nie jest jedyną z tatą solo. A tata Jemimy zniknął ze sceny, zanim się urodziła... choć Emma jest już zaręczona z Ryanem, który ma pole golfowe za płotem.

Danny nie przegapił podobieństw do własnej sytuacji i poczuł wdzięczność do Zoe za uspokajające słowa. Zrozumiała — pomyślał — nawet przy tak skąpych informacjach, że jest niepewny wychowywania Lucy jako samotny ojciec.

Zanim zdążył odpowiedzieć, Lucy oderwała się od przyjaciółek i pędem wróciła do niego z rumieńcami i iskrzącymi oczami.

— Tato! Tato! Jemima mówi, że jeśli będę chodzić na lekcje dwa razy w tygodniu zamiast raz, to może zdążę przygotować się do bożonarodzeniowej parady, gdzie przebierają kuce za renifery!

Danny mrugnął, próbując przetworzyć potok informacji. — Spokojnie, Luce. Po kolei.

Lucy wzięła głęboki oddech, wyraźnie próbując okiełznać ekscytację. — Mogę przychodzić na więcej lekcji? Jemima jeździ codziennie, a Charlotte co najmniej trzy razy w tygodniu i mówią, że tylko tak da się wystarczająco szybko zrobić postępy, żeby wystartować w pokazach.

Danny spojrzał na Zoe, a ta wzruszyła ramionami z uśmiechem. — Lucy robi postępy na tyle szybko, że więcej czasu w siodle na pewno jej posłuży.

Gdy zobaczył tę pełną nadziei buzię, poczuł, jak mięknie. Przemiana Lucy była nie do zaprzeczenia. Nie tylko nowo nabrana pewność siebie — ale ta zwyczajna, niezmącona radość, która teraz z niej promieniowała, coś, czego nie widział od dawna, długo przed rozwodem.

— Może spróbujemy dodać jeszcze jedną regularną lekcję w tygodniu i zobaczymy, jak pójdzie — powiedział ostrożnie. Pieniądze na szczęście nie były problemem: spadek po babci obejmował nie tylko dom, ale i pokaźną gotówkę. A że własne wydatki bardzo spadły, odkąd nie płacił już czynszu w Brisbane, Danny spokojnie mógłby opłacać Lucy lekcje nawet codziennie, jeśli to miałoby zapewnić jej szczęście.

Lucy zapiszczała z radości i rzuciła mu się na biodra. — Dziękuję, dziękuję, dziękuję! Tak bardzo kocham to miejsce, Tato. Konie i lekcje i to, jak pachnie tu sianem i słońcem, i że wszyscy wszystkich znają, i że nikt nie uważa za dziwne, jeśli masz ubłocone oficerki. I Jemima mówi, że mogę wpadać czasem nawet bez lekcji, po prostu posiedzieć i pomóc przy koniach, bo tak się tutaj przyjaźni!

Słowa potoczyły się wartkim strumieniem czystego szczęścia. Danny pogładził ją po włosach, a serce miał jednocześnie pełne i ściśnięte. — To wspaniale, skarbie.

— Mogę im powiedzieć? — zapytała Lucy, już cofając się w stronę czekających koleżanek.

— Jeszcze dwie minuty i naprawdę musimy iść — ustąpił Danny, patrząc, jak znów biegnie do ogrodzenia i natychmiast wpada w ożywioną rozmowę.

— Sprawiłeś, że dzień był dla niej wyjątkowy — powiedziała cicho Zoe obok. — Pewnie cały tydzień. I obiecuję, będzie bezpieczna, jeśli będzie się trzymać

Jemimy. Jemima wychowała się tutaj, doskonale zna zagrożenia i szanuje zasady. Nigdy nie wciągnęłaby Lucy w coś niebezpiecznego.

Danny skinął, nie znajdując słów na skomplikowany kłębek emocji. Radość z tego, że Lucy jest taka szczęśliwa, wdzięczność za to miejsce i tych ludzi, którzy ją przyjęli, strach, że to wszystko może w jakiś sposób zniknąć, niepokój o to, jak ochronić to nowe szczęście. A pod spodem — niewygodna świadomość kobiety stojącej obok, której cierpliwość i umiejętności pomogły wywołać w jego córce tę przemianę.

— To najwięcej słów, jakie słyszałem, żeby skleiła naraz od... — nawet nie potrafił powiedzieć, od kiedy. — Prawie o nic nie prosi. Oczywiście, że to dostanie, jeśli ma ją to uszczęśliwić.

Trzem dziewczynkom udało się zwabić gniade źrebię pod ogrodzenie; ich rozchichotana radość poniosła się nad padokiem, gdy ciekawski maluch obwąchiwał ich wyciągnięte dłonie. Twarz Lucy płonęła zachwytem, a jej mowa ciała była całkowicie swobodna między dwiema nowymi przyjaciółkami. Po raz pierwszy od koszmaru batalii o opiekę i późniejszej przeprowadzki wyglądała, jakby naprawdę gdzieś przynależała.

W tamtej chwili, patrząc na nieskrępowaną radość córki, Danny złożył sobie obietnicę. Będzie strzegł tego szczęścia za wszelką cenę, stworzy każdą okazję, poniesie każdą ofiarę, by pielęgnować ten nowy początek. A jeśli oznaczało to ostrożne trzymanie w ryzach rosnącego pociągu do pewnej złotookiej trenerki koni o delikatnych dłoniach i pozornie bezkresnej cierpliwości oraz czułości — cóż, to niewielka cena za uśmiech jego córki.

Trzymał więc serce mocno pod kluczem. Szczęście Lucy było najważniejsze, zawsze. Nawet jeśli jakaś zdradziecka część niego zastanawiała się, jak to by było sięgnąć po własne.

Rozdział czwarty

BLADE, ZŁOTE ŚWIATŁO ŚWITU ledwie zaczęło obmywać padoki Ridgewater, kiedy Zoe podeszła do wybiegu Midnighta. Świat miał tę szczególną ciszę, która istnieje tylko o najwcześniejszej porze, przerywaną jedynie ptasim śpiewem i od czasu do czasu cichym rżeniem ze stajni, gdy konie wyczuwały zbliżające się śniadanie.

Midnight stał w najdalszym rogu swojego padoku, z głową uniesioną czujnie, gdy się zbliżała. Jego sierść wydawała się jeszcze czarniejsza w srebrzystym porannym świetle, a oczy, utkwione w niej, odbijały nieufność.

— Dzień dobry, piękny chłopaku — zawołała cicho Zoe, trzymając głos w łagodnym, niskim tonie. — To znowu tylko ja. Nie ma się czym martwić.

Usiadła po turecku na ziemi, tuż za ogrodzeniem, nie zważając na rosę na trawie. Przez szczeble płotu widziała, jak kuc prychnął, zarzucił elegancko głową, po czym wrócił do skubania trawy, choć uszy wciąż miał nastawione w jej stronę. Nawet to było postępem, pomyślała; trzy dni temu nie opuściłby głowy, widząc w pobliżu człowieka.

Przy koniach po traumie cierpliwość była wszystkim. Zoe już dawno zrozumiała, że wymuszanie kontaktu tylko utrwala strach. Zamiast tego siedziała cicho, pozwalając Midnightowi oswajać się z jej obecnością bez żadnych oczekiwań i żądań.

— Pogoda dziś ranem zrobiła się prześliczna — mówiła rozmownie. — Jeszcze nie tak gorąco. W sam raz na trening, powiedziałabym, jeśli masz na to ochotę. Ale bez pośpiechu.

Midnight poruszył uchem na dźwięk jej głosu, ale dalej metodycznie skubał trawę. Zoe uśmiechnęła się do siebie. Każda spokojna chwila w obecności człowieka to jak wpłata na konto zaufania, które próbowali zbudować.

Po dwudziestu minutach cichej obserwacji ostrożnie sięgnęła do kieszeni i wyjęła marchewkę. Głowa Midnighta natychmiast podskoczyła na ten ruch, chrapy mu się rozszerzyły.

— Spokojnie — uspokajała. — Tylko mały dodatek do śniadania.

Powoli połamała marchewkę na kawałki i położyła kilka tuż przy linii ogrodzenia, po czym cofnęła się na swoje pierwotne miejsce. Takie podejście przyjęła wobec Midnighta: nieinwazyjna obecność, poszanowanie granic zwierzęcia, a jednocześnie delikatne zachęty do dobrowolnego kontaktu.

Midnight zmrużył oko na marchewkowe kawałki — zainteresowanie było ewidentne mimo niechęci. Zrobił kilka kroków bliżej, zaraz jednak stanął, rozdarty między pożądaniem a nieufnością.

— Bez presji — mruknęła Zoe. — Będą tam, kiedy będziesz gotów.

Minuty się dłużyły. Nogi Zoe zaczęły cierpnąć, ale pozostawała nieruchoma, obserwując każdy subtelny sygnał w mowie ciała kuca. Kiedy naprawdę musiała się poruszyć, uprzedzała o tym, mówiąc półgłosem, po czym powoli zmieniała pozycję.

— Tylko trochę wyprostuję nogi, nic się nie dzieje.

Midnight prychnął i cofnął się o kilka kroków na jej ruch, ale nie czmychnął w najdalszy róg, jak robił to jeszcze kilka dni wcześniej. Kolejne małe zwycięstwo.

Słońce wspinało się coraz wyżej, dzień zaczynał się nagrzewać, a Zoe trwała w swojej cichej czujce. Po prawie godzinie zerknęła na zegarek i westchnęła. Zaraz zaczynały się poranne lekcje, a ona musiała się przygotować.

Sięgnęła po notes i zapisała obserwacje: *Dzień 5. Utrzymywał skubanie trawy przy obecności człowieka. Zjada mniej więcej 60% siana pozostawionego na noc (wzrost z 40% wczoraj). Zainteresowanie marchewką widoczne, ale ostrożność przeważa. Mniej reaktywny na drobne ruchy. Brak podejścia dziś, ale utrzymana bliższa odległość niż podczas poprzednich sesji.*

Przy takich przypadkach jak Midnight liczył się każdy szczegół. Postęp nadchodził w mikroskopijnych porcjach, łatwych do przeoczenia, jeśli nie prowadziło się uważnej dokumentacji. Fakt, że jadł coraz regularniej, był naprawdę istotny; zestresowane konie często całkiem odmawiają jedzenia, a chociaż wiedziała, że zaczął przybierać na wadze u poprzedniego domu tymczasowego, nadal był zdecydowanie zbyt chudy.

— No dobrze, przyjacielu — powiedziała Zoe — obowiązki wzywają. Wpadnę po południu. Sięgnęła po poranną paszę — specjalną mieszankę wysokobiałkowych, wzbogaconych w minerały pasz, które wybrała dla Midnighta po konsultacji z Emmą, ekspertką od dokarmiania nadmiernie wychudzonych, świeżo zdjętych z toru koni wyścigowych. Już pierwszego dnia nauczyli się, że nie jadł z wiadra, więc wysypała paszę na ziemię tuż za bramką i odeszła.

Zostawiła kawałki marchewki tam, gdzie leżały, licząc, że i one znikną, gdy będzie nieobecna. Czasem największy postęp działo się właśnie pod nieobecność człowieka, kiedy znikała presja obserwacji.

Odchodząc, Zoe poruszyła ramionami, żeby rozluźnić napięcie narosłe podczas bezruchu. Praca z Midnightem była wyczerpująca emocjonalnie i fizycznie, wymagała skupienia i cierpliwości na poziomie, który zostawiał ją całkiem wyczerpaną.

Wesoły dźwięk dziewczęcego śmiechu przywitał ją, gdy zbliżała się do siodlarni. Pchnęła drzwi i zobaczyła Lucy, Jemimę i Charlotte siedzące na odwróconych wiadrach, z mydłem do skór i ściereczkami rozłożonymi przed sobą, jak pracowały nad różnymi elementami rzędu jeździeckiego.

— A potem — opowiadała Jemima, żywo gestykulując — Sparky zatrzymał się tak nagle, że przeleciałam mu nad głową i wylądowałam twarzą w błocie!

Dziewczynki wybuchnęły chichotem, a śmiech Lucy brzmiał jasno i bez zahamowań. Zoe zatrzymała się w progu, uderzona tą przemianą. Zniknęło entuzjastyczne, lecz czujne dziecko z pierwszej lekcji. Ta Lucy siedziała z rozluźnionymi ramionami, naturalnie zwrócona ku pozostałym, zupełnie swobodna w tym otoczeniu.

Charlotte pierwsza zauważyła Zoe. — Dzień dobry, Pani Zoe! Pokazuję Lucy, jak porządnie czyścić ogłowia. Pani Sarah mówi, że jeśli zostawię ślady mydła, muszę robić od nowa.

— Świetnie, Charlotte — odparła Zoe z uśmiechem. — Dbanie o sprzęt jest tak samo ważne jak umiejętności w siodle.

— Nigdy wcześniej nie czyściłam rzędu — przyznała Lucy, starannie wcierając mydło w skórzane wodze. — Ale to właściwie całkiem fajne.

— Zwłaszcza kiedy robi się to razem — zgodziła się Zoe, czując, jak serce wypełnia jej ciepło na ten widok. Takie naturalne dziecięce więzi były dokładnie tym, czego potrzebowała Lucy — normalność i poczucie przynależności po bez wątpienia trudnym przejściu do nowego życia.

— Och! — zawołała nagle Charlotte, sięgając do kieszeni. — Prawie zapomniałam. Zrobiłam to dla ciebie, Lucy.

Wyciągnęła plecioną bransoletkę przyjaźni w odcieniach fioletu i błękitu, podając ją z nieśmiałym uśmiechem. Oczy Lucy rozszerzyły się, dłonie zamarły na ogłowiu, które czyściła.

— Dla mnie? — zapytała z cichym zdumieniem.

— No jasne, że dla ciebie, głuptasie — szturchnęła ją Jemima w ramię. — Jesteś teraz naszą przyjaciółką.

— Charlotte robi najlepsze bransoletki przyjaźni — ciągnęła Jemima, kiedy Charlotte zawiązywała ją Lucy na nadgarstku. — Mnie też zrobiła, widzisz? Moja jest zielono-czarna.

Lucy wpatrywała się w bransoletkę, z zachwytem przesuwając palcami po plecionych niciach. — Dziękuję — wyszeptała, a uśmiech powoli rozlewał się po jej twarzy. — Bardzo mi się podoba.

Serce Zoe ścisnęło się na ten prosty gest. Dlatego robiła to, co robiła; nie tylko po to, by uczyć jazdy, ale by tworzyć przestrzenie, w których dzieci mogą odnaleźć pewność siebie i więź.

— No dobrze, dziewczyny — powiedziała Zoe, zerkając na zegarek. — Lekcje zaczynają się za pół godziny, a żaden kucyk jeszcze niegotowy! Jemima, pokażesz Lucy, gdzie trzymamy zestawy do czyszczenia? Charlotte, pomożesz mi sprowadzić Foxie, Frecklesa i Butterscotcha z padoku?

Gdy dziewczynki rzuciły się do zadań, wciąż trajkocząc i chichocząc, Zoe pozwoliła sobie na prywatny uśmiech. Czasem postęp przychodził jak grom — bransoletki przyjaźni i niepohamowany śmiech. A czasem objawiał się najsubtelniejszymi znakami, jak przestraszony kuc, który zjadł trochę więcej siana niż wczoraj.

Jedno i drugie, pomyślała, zasługuje na świętowanie w równym stopniu.

— Pięty w dół, Annabelle — zawołała Zoe przez ujeżdżalnię, obserwując, jak dziewczynka z zaciętą miną stara się utrzymać prawidłową pozycję w siodle. Południowe słońce prażyło w krytej ujeżdżalni, ciepło czuć było nawet w jej cieniu. Kątem oka Zoe dostrzegła Emmę prowadzącą z padoku jeszcze dwa kuce — po cichu przejmowała przygotowania, które zwykle między lekcjami należały do Zoe.

Zoe przeprowadziła swoją grupę przez ostatnie ćwiczenia, wdzięczna za milczącą pomoc Emmy. Godzenie napiętego grafiku zajęć Pip z własnymi klientami sprawiało, że biegała bez wytchnienia cały dzień, a wsparcie sióstr McKenzie nie słabło ani na moment.

Gdy lekcja dobiegała końca, a dzieci zsiadały, podeszła Emma, wycierając dłonie o dżinsy.

— Mogę przejąć następną grupę, jeśli chcesz zerknąć na naszego problematycznego pacjenta — zaproponowała Emma, kiwając głową w stronę padoku Midnighta w oddali. — Ricardo mówił, że chyba kuc kuleje, ale nie zdołał podejść na tyle blisko, żeby porządnie sprawdzić.

W Zoe natychmiast zapaliła się lampka niepokoju. — Kuleje? Powiedział, na którą nogę?

Emma pokręciła głową. — Z daleka nie dało się stwierdzić. Ale jeśli Midnight się gdzieś uszkodził, na pewno nie pozwoli nam łatwo się sobą zająć.

Zoe zerknęła na zegarek, w myślach licząc czas między lekcjami. Za mało, by porządnie ocenić sprawę, ale musiała przynajmniej sprawdzić, czy Midnight odczuwa ból.

— Na pewno ci to nie przeszkadza? — zapytała. — Teraz są bliźnięta Turner, potrafią dać w kość.

Emma roześmiała się, a w kącikach oczu pojawiły się zmarszczki. — Uczę bliźniaków Turner od piątego roku życia. Znam wszystkie ich sztuczki. — Machnęła rękami w geście poganiania. — No dawaj, poradzę sobie. Im szybciej się dowiemy, czy wzywać Marcusa, tym lepiej.

Wdzięczność zalała Zoe, gdy podała jej tabliczkę z planem lekcji. — Ratujesz mi życie. Postaram się wrócić jak najszybciej.

Przemknęła przez podwórze, z każdym krokiem coraz bardziej zaniepokojona. Ranny koń bywa niebezpieczny w obsłudze; ranny, potraumatyzowany kuc z historią gwałtownych reakcji obronnych to wyzwanie podniesione do potęgi. Jeśli Midnight naprawdę potrzebowałby opieki weterynaryjnej, być może nie mieliby wyjścia i musieliby go uspokoić farmakologicznie, co cofnęłoby kruchy kredyt zaufania, który z nim budowała.

Ku jej uldze, gdy tylko go zobaczyła, stał równo na czterech nogach i spokojnie się pasł. Zoe podeszła powoli, uważając, by go nie spłoszyć.

— Witaj ponownie — zawołała cicho, zachowując bezpieczny dystans od ogrodzenia.

Głowa Midnighta szarpnęła w górę, oczy utkwiły w niej z dobrze znaną ostrożnością, ale nie uciekł jak zwykle w najdalszy róg. Zamiast tego został na miejscu, oceniając ją z trzydziestu metrów.

Zoe przyglądała się uważnie, szukając oznak odciążania którejś kończyny. Nie śmiała wejść na padok, by przyjrzeć się z bliska, ale z tej odległości rozkład ciężaru wyglądał równomiernie, a postawa była raczej rozluźniona niż spięta.

— Nabierasz Ricardo, czy jednak coś ci doskwiera? — mruknęła, patrząc, jak Midnight stawia kilka kroków, poruszając się płynnie i bez ograniczeń.

Cokolwiek zobaczył Ricardo — może chwilowe potknięcie — nie wyglądało na problem utrzymujący się. Zoe zanotowała w pamięci, by sprawdzić go jeszcze raz później, ale uznała, że może wrócić do swoich obowiązków bez podnoszenia alarmu.

Kiedy wróciła do stajni, zastała Sarah w biurze — telefon przyciśnięty między uchem a ramieniem — jak reorganizowała grafik na białej tablicy, szybkim, sprawnym ruchem wymazując i wpisując na nowo godziny lekcji.

— Jeśli Pani nie ma nic przeciwko, Pani Lawrence, możemy przełożyć Bethany na jutro na godzinę szesnastą — mówiła Sarah. — Jeden z naszych szkolnych kucy wyszedł dziś rano kulawy... Nie, nie Freckles, z nim wszystko dobrze. To Butterscotch... Tak, to ropień w kopycie i weterynarz już go obejrzał. Będzie dobrze, ale potrzebuje tydzień lub dwa na dojście do siebie i niestety musimy trochę zamieszać w grafiku.

Zoe oparła się o framugę, zerkając na tablicę, czekając, aż Sarah skończy rozmowę. Grafik został całkowicie przestawiony — lekcje skonsolidowane, konie przypisane na nowo, aby uwzględnić nieobecność Butterscotcha.

— Świetnie, w takim razie widzimy się z Bethany o czwartej. Dziękuję za elastyczność. — Sarah rozłączyła się i zwróciła do Zoe z ironicznym uśmiechem. — No, to ostatnia. Wszyscy się poprzekładali bez większych problemów.

— Przerobiłaś grafik na cały tydzień — zauważyła Zoe z podziwem. — Nie musiałaś. Dałabym radę.

Sarah wzruszyła ramionami. — Masz pełne ręce roboty z Midnightem, a Emma wspominała, że może być kontuzjowany. Wszystko z nim w porządku?

— Wygląda na to, że tak, na ile zdołałam ocenić, choć nie mogłam podejść na tyle blisko, by zrobić porządne badanie

— odparła Zoe. — Dziękuję, że to wszystko ogarnęłaś. Przerażała mnie perspektywa tych telefonów po tym, jak Butterscotch wyszedł kulawy już na pierwszej lekcji.

Sarah machnęła ręką, jakby odganiała podziękowania. — Od tego tu jesteśmy. Każdy pomaga tam, gdzie trzeba. — Zerknęła na zegar. — Jest prawie pierwsza. Jadłaś coś? Następna lekcja jest o wpół do drugiej, więc chodź po kanapkę. Emma właśnie kończy z bliźniakami Turner, a Ricardo rozsiodła.

Piętnaście minut później Zoe siedziała przy kuchennym stole z Sarah i Emmą — rzadką chwilę ciszy przerywał tylko delikatny brzęk łyżeczek o kubki. Przytulna kuchnia, z wysłużonym drewnianym stołem, ścianami obwieszonymi rozetami, zdjęciami i harmonogramami zawodów, była jak azyl po porannym wirze.

— Jak ręka? — zapytała Emma, skinieniem wskazując na zabandażowane przedramię Zoe, gdzie kilka dni temu zęby Midnighta zostawiły ślad.

Zoe poruszyła nadgarstkiem próbnie. — Dużo lepiej. Prawie nie boli, chyba że gdzieś uderzę.

Sarah zamyśliła się nad łykiem herbaty. — Wiesz, Pip byłaby dumna, jak to wszystko dźwignęłaś. Przejęłaś cały jej grafik, a do tego rehabilitujesz Midnighta... to sporo, zwłaszcza jak na kogoś, kto nie jest tu jeszcze długo.

Ciepło niezwiązane z gorącą herbatą rozlało się Zoe po piersi. — Staram się tylko nie zawieść reszty, póki jej nie ma.

— Robisz więcej niż tylko „nie zawodzić" — zaprotestowała Emma. — Widziałam dziś rano Midnighta, kiedy przy nim siedziałaś. Widać już subtelne zmiany. Zamiast obracać całym ciałem, śledzi cię uszami, skubie trawę bardziej normalnie, nawet gdy jesteś w pobliżu. — Pochyliła się, opierając łokcie na stole. — To są prawdziwe postępy, choć mogą wydawać się minimalne.

Zoe poczuła rumieniec dumy na te słowa, choć odruchowo zbywała pochwały. — To wciąż początki. Zanim naprawdę ruszy do przodu, może się jeszcze cofać.

— Oczywiście — zgodziła się Sarah. — Ale utrzymałaś go przy jedzeniu i piciu, co szczerze mówiąc, przerosło moje oczekiwania, biorąc pod uwagę jego stan po przyjeździe.

Zoe wpatrzyła się w herbatę, dziwnie poruszona ich wiarą w jej umiejętności. — Zobaczymy. Jestem po prostu wdzięczna za waszą pomoc. Sama bym nie dała rady.

— Taki jest Ridgewater — powiedziała Emma, wstając, by opłukać kubek w zlewie. — Tu nikt nie odnosi sukcesu sam, ani sam nie ponosi porażki.

Gdy rozmowa zeszła na popołudniowe lekcje i plany hodowlane Sarah na nadchodzący rok, Zoe poczuła, jak rozluźnia się w rytmie tej swobodnej wymiany. Było coś wyjątkowego w pracy z ludźmi, którzy rozumieli zarówno techniczną, jak i emocjonalną stronę jej zajęcia, którzy dostrzegali drobne zwycięstwa, jakie umykają postronnym.

Do końca dnia trzy kobiety działały w tym samym, komfortowym zgraniu: Emma podchwytywała ucznia, któremu szło gorzej, gdy Zoe demonstrowała technikę; Sarah po cichu ogarniała sprawy organizacyjne, by Zoe i Emma mogły skupić się na nauczaniu. Różne temperamenty i specjalizacje, a połączone wspólną pasją do koni i troską o powodzenie Ridgewater.

Dla kogoś, kto ostatnie lata spędził, pracując głównie solo, to poczucie przynależności do prawdziwego zespołu było jak odkrycie języka, którego zawsze pragnęła się nauczyć, ale nikt jej go dotąd nie nauczył.

Dzień wreszcie dobiegł końca: lekcje były odjechane, kucyki nakarmione i wypuszczone na noc, a na podwórzu zapanowała ta spokojna cisza, jaka przychodzi dopiero po odjeździe ostatniej przyczepy. Usiadłszy przy sfatygowanym stole w siodlarni, Zoe otworzyła dziennik. Dzisiejszy wpis miał objąć nie tylko mikrozmiany u Midnighta, ale i niezwykłą społeczną przemianę Lucy — obie sprawy były innymi obliczami terapii, które Zoe dawały głęboką satysfakcję.

Zdjęła skuwkę z pióra i zaczęła pisać:

15 listopada — Midnight

Sesja poranna: Utrzymał skubanie trawy, podczas gdy pozostawałam nieruchomo 2 m od ogrodzenia. Uszy śledzą moje ruchy, ale ciało mniej reaktywne. Okazał zainteresowanie marchewkami ułożonymi przy ogrodzeniu, ale nie podszedł, gdy byłam obecna. Brak reakcji ucieczkowej przy zmianie mojej pozycji (poprawa).

Karmienie: Zjadł ok. 70% siana przez noc (utrzymujący się trend wzrostowy). Skonsumował pełną porcję paszy treściwej (nadal karmiony z ziemi). Pobór wody prawidłowy. Ricardo zgłosił możliwą kulawiznę, ale podczas oceny nie stwierdzono objawów. Baczna obserwacja.

Sesja popołudniowa: Stał w średniej odległości, a nie w najdalszym rogu, gdy się zbliżałam. Prychnął, ale nie uskoczył. Utrzymał kontakt wzrokowy bez pokazywania białek oczu (istotna poprawa wskaźników stresu).

Ocena: Postęp minimalny, ale konsekwentny. Zaczyna tworzyć neutralne skojarzenia z obecnością człowieka. Kontynuować obecne podejście, stopniowo zmniejszając dystans. Zalecam utrzymanie izolacji od innych opiekunów przez co najmniej kolejny tydzień, aby uniknąć sprzecznych interakcji.

Zoe zawahała się, stukając piórem w brodę, rozważając kolejną obserwację. Naukowa dokumentacja była konieczna dla programu rehabilitacji Midnighta, ale nie oddawała intuicyjnego wyczucia, jakie miała co do jego postępów. Dodała:

Uwaga: Język ciała subtelnie przesuwa się w stronę ciekawości zamiast czystego lęku. Zmieniła się jakość jego uwagi; mniej hiper-czujności, więcej oceniania. Tych zmian nie da się zmierzyć, ale sugerują wewnętrzne procesy, które zachodzą pod powierzchnią obserwowalnych zachowań.

Zadowolona z profesjonalnej oceny, Zoe przerzuciła się na inną część dziennika, gdzie prowadziła notatki o dzieciach, które uczyła.

Lucy Wareham — Lekcja 6 (druga lekcja grupowa)

Technika: Utrzymała poprawną pozycję w stępie. Kłus anglezowany w dobrym rytmie, choć w przejściach wciąż potrzebuje wsparcia. Zaczyna skutecznie używać łydek do kierowania zamiast polegać na wodzach. Naturalne wyczucie ruchu konia.

Społeczne: Dramatyczna zmiana względem pierwszej lekcji. Bezproblemowo wtopiła się w Jemimę i Charlotte podczas zajęć przed i po lekcji. Język ciała otwarty, rozluźniony. Zaobserwowano spontaniczny śmiech i rozmowy. Przyjęła bransoletkę przyjaźni od Charlotte z autentycznym wzruszeniem.

Zoe naszkicowała szybki diagram pokazujący ustawienie przestrzenne trójki dziewczynek. Podczas pierwszej interakcji Lucy stała nieco z boku, ciałem ustawiona do szybkiego odwrotu. Dzisiejszy układ pokazywał je w ciasnym kręgu, Lucy umieszczoną centralnie, nie peryferyjnie, pochyloną do rozmowy zamiast odchyloną. Te subtelne relacje przestrzenne często mówiły więcej niż słowa.

Uwaga na przyszłość: Lucy wykazuje szczególne predyspozycje do spokojniejszych, bardziej technicznych aspektów pracy z końmi. Potencjalnie wprowadzić w przyszłym tygodniu pośrednie ćwiczenia z pracy z ziemi, jeśli ojciec wyrazi zgodę.

Zoe zamknęła dziennik i odchyliła się na krześle, przeciągając ręce nad głową, by rozluźnić ramiona. Satysfakcja z obserwowania postępów zarówno Lucy, jak i Midnighta — choć tak różnych w skali — napełniała ją cichym poczuciem spełnienia. A jednak pod spodem tlił się niepokój, którego nie potrafiła całkiem zagłuszyć.

Wiara Pip w jej umiejętności czasem ciążyła. Choć siostry McKenzie były bez przerwy wspierające, Zoe nie mogła się powstrzymać od pytania, czy naprawdę jest wystarczająco kompetentna, by poprowadzić tak złożony przypadek jak Midnight. Co jeśli popełni krytyczny błąd? Co jeśli Midnight nigdy nie odzyska stanu pozwalającego na bezpieczną obsługę? Odpowiedzialność za podejmowanie decyzji o życiu lub śmierci w rehabilitacji zwierzęcia nie była czymś, do czego podchodziła lekko.

Wsuwając dziennik do torby, wstała, uznając, że świeże powietrze może przewietrzyć mętlik w głowie. Na zewnątrz słońce wisiało nisko nad zachodnimi padokami, malując Ridgewater w bursztynowej poświacie, która łagodziła wszystkie krawędzie. Konie pasły się spokojnie na całej posiadłości — jedne samotnie, inne w małych grupach — ich sylwetki rysowały się ciemno na tle złotej trawy.

Zoe zatrzymała się, pozwalając sobie na chwilę po prostu wchłonąć ten spokojny obraz. Cokolwiek przyniesie jutro, ta chwila, to miejsce, było właściwe w sposób, w jaki niewiele rzeczy w jej życiu kiedykolwiek było.

Nogi zaniosły ją naturalnie ku padokowi Midnighta na ostatni obchód przed zmrokiem. Wieczorne karmienie zrobił Ricardo, który — zgodnie z instrukcją — trzymał się od krnąbrnego kuca na dystans. Gdy Zoe podeszła do ogrodzenia, od razu zauważyła, że kawałki marchewki, które zostawiła rano, zniknęły.

— Witaj znowu — zawołała cicho, w swoim zwyczajnym łagodnym tonie. — Tylko sprawdzam przed snem.

Midnight stał pośrodku padoku, nie podchodząc ani nie cofając się na jej widok. W złotym świetle wieczoru jego sierść lśniła jak wypolerowany obsydian, a arabskie pochodzenie zdradzał dumny łuk szyi i delikatnie wklęsły profil głowy. Nawet po wszystkim, co przeszedł, jego wrodzone piękno nie zostało umniejszone.

Zoe oparła się o ogrodzenie, celowo niedbale. — Widzę, że znalazłeś marchewki. Smakowały?

Uszy kuca drgnęły na dźwięk jej głosu, chrapy lekko się rozszerzyły, wychwytując jej zapach w wieczornym powiewie. Zrobił jeden krok naprzód, po czym stanął — wciąż trzymał bezpieczny dystans, ale nie wykazywał nerwowego krążenia jak w poprzednich dniach.

W głowie Zoe zrodził się pomysł; ryzykowny, ale potencjalnie wiele mówiący. Powoli, wyraźnie sygnalizując zamiary, odwróciła się plecami do padoku i stanęła nieruchomo. To był najwyższy test zaufania przy potencjalnie niebezpiecznym zwierzęciu — odsłonięcie bezbronnych pleców, stojąc nadal w zasięgu ogrodzenia.

Serce waliło jej o żebra, gdy trwała bez ruchu, walcząc z pierwotnym odruchem, by spojrzeć, gdzie jest Midnight. Skupiła się na równym oddechu i rozluźnionej postawie, mimo napięcia sprężającego ciało. Minuty płynęły w ciszy, znaczone tylko dalekimi odgłosami ptaków szykujących się do snu.

Aż w końcu — tak delikatnie, że mogłoby się wydawać urojeniem — poczuła poruszenie powietrza za plecami, obecność czegoś dużego, ostrożnie się zbliżającego. Włoski na karku stanęły jej dęba z instynktownego alarmu, ale pozostała bez ruchu, ufając profesjonalnemu osądowi bardziej niż obronnym sygnałom ciała.

Tuż za nią rozległo się ciche parsknięcie, a potem poczuła niezaprzeczalne muśnięcie ciepłego oddechu na włosach. Midnight był dość blisko, by — gdyby zechciał — przegryźć szczeble ogrodzenia, jeden agresywny ruch mógłby spowodować poważne obrażenia. Zamiast tego ostrożnie ją obwąchiwał, badając tego dziwnego człowieka, który niczego nie wymagał.

Chwila wydłużyła się, krucha jak ze szkła, po czym usłyszała miękki stuk kopyt — Midnight się cofnął. Dopiero wtedy Zoe pozwoliła sobie się odwrócić, poruszając się powoli.

Kuc stał teraz kilka metrów dalej, patrząc na nią z wyrazem, który zdawał się jakiś inny. Wciąż ostrożny, wciąż niepewny — ale cień ciekawości zaczął zastępować ślepy strach.

Uśmiech rozlał się po twarzy Zoe, a w piersi zmieszały się ulga i triumf. Ta drobna interakcja — ledwie kilka sekund dobrowolnej bliskości — oznaczała ogromny postęp. Nie pełne zaufanie, jeszcze nie, ale pierwszą, nieśmiałą myśl, że może nie każdy człowiek niesie ból.

— Dobry chłopak — wyszeptała, a słowa poniósł wieczorny wietrzyk. — Dojdziemy tam, krok po kroku.

Gdy nad Ridgewater zapadła ciemność, Zoe ruszyła do domu lżejszym krokiem. Przed nimi z Midnightem wciąż była długa i niepewna droga, ale dzisiejszy wieczór potwierdził, że idą we właściwym kierunku, choćby i powoli. Czasem, pomyślała, uzdrawianie zaczyna się od niczego bardziej dramatycznego niż ciekawskie obwąchanie w zapadającym mroku.

Rozdział piąty

— Zajmę się tym — obiecał wtedy Danny; te słowa przychodziły mu łatwo. Z obietnicami zawsze tak było. Problem zaczynał się przy ich dotrzymywaniu.

Ale Ridgewater zaczynał być ważny dla Lucy, a to znaczyło, że był ważny także dla Danny'ego. Zerknął na drzwi lodówki, oblepione pracami plastycznymi Lucy i szkolnymi kartkami przyczepionymi nie do pary magnesami. Najnowszy rysunek przedstawiał zaskakująco wierny portret Foxie — kasztanowej kucyczki, na której Lucy jeździła. Z każdą jazdą nabierała pewności siebie; jej umiejętności rosły razem z radością. Myśl, że Ridgewater mógłby zostać zniszczony przez krótkowzroczne decyzje planistyczne, poruszyła w nim coś opiekuńczego — coś więcej niż zawodową ciekawość.

Sięgnął po telefon i przewinął listę kontaktów do numeru Sarah McKenzie. Jako najstarsza z sióstr i ta, która zajmowała się sprawami biznesowymi Ridgewater, była logicznym punktem wyjścia, jeśli chciał wejść głębiej niż to, co figurowało w dokumentach publicznych. Telefon zadzwonił trzy razy, zanim odezwał się jej rzeczowy głos.

— Danny. Dzień dobry. — Jej ton był miły, ale bezpośredni — brzmienie kogoś, kto zwykł ogarniać kilka kryzysów jeszcze przed śniadaniem.

— Dzień dobry, Sarah. Liczyłem, że moglibyśmy dziś porozmawiać o obwodnicy. Kate wspominała, że zbierałaś dokumenty.

Krótka pauza. — Tak, w tej konkretnej koszmarnej sprawie robię za rodzinnego archiwistę. Jak szybko możesz podjechać? O jedenastej mam konsultację hodowlaną.

Danny zerknął na zegarek. — Mogę być za dziesięć minut. — Dawny dom jego babci, w którym teraz mieszkał z Lucy, był niedaleko Ridgewater.

— Idealnie. Przygotuję akta. Kawa będzie czekać.

Ta sprawność w działaniu wywołała u niego uśmiech, gdy kończył rozmowę. Zdołał już poznać McKenzie'ówny na tyle, by zauważyć ich różne sposoby mierzenia się z problemami — perfekcjonizm Kate, współczucie Emmy i metodyczną wytrwałość Sarah. Jeśli ktoś był w stanie złożyć kompletny materiał przeciw obwodnicy, to właśnie Sarah.

Sarah czekała w kuchni Big House — rozłożystego Queenslandera stanowiącego serce Ridgewater. Duży stół w gospodarczym stylu został oczyszczony ze zwyczajowego bałaganu, by zrobić miejsce kilku starannie oznaczonym pudłom.

— Punktualny jesteś. Doceniam — rzuciła na powitanie Sarah. Danny zauważył, że wygląda na zmęczoną — na ten rodzaj zmęczenia, który rodzi się z walki, co do której zaczynasz czuć, że możesz jej nie wygrać. — Nalewaj sobie kawy. — Skinęła na dzbanek na blacie.

Danny nalał kubek, obserwując, jak Sarah wyjmuje teczki z pierwszego pudła. — Od jak dawna śledzisz temat obwodnicy?

— Od początku roku — odparła. — Plotki krążyły już wcześniej, wiadomo — Bruce Highway od dawna wymaga rozbudowy do dwóch jezdni. Ale nagle, w styczniu, dostaliśmy list znikąd, w którym wschodni wariant przedstawiono właściwie jako już wybrany i preferowany. Nie ogłoszono żadnych publicznych konsultacji przedplanistycznych; nie jestem pewna, czy w ogóle je przeprowadzono. Ktoś po prostu narysował kilka kresek na mapie i stwierdził: wystarczy. — Podała mu grubą niebieską teczkę. — Tu masz chronologię. Wszystko opatrzyłam datami i komentarzami.

Danny otworzył teczkę i zobaczył skrupulatną oś wydarzeń — każdy wpis zapisany równym pismem Sarah i opatrzony odnośnikami do dokumentów. Poziom szczegółowości świadczył o godzinach mozolnej pracy: protokoły rady zestawione z ogłoszeniami prasowymi, księgi wieczyste skonfrontowane z proponowanymi trasami, starannie zachowana korespondencja mailowa z urzędnikami.

— Niesamowicie dokładne — stwierdził, szczerze pod wrażeniem.

Usta Sarah wykrzywiły się w bezradosnym uśmiechu. — Musiało tak być. Za każdym razem, gdy zgłaszaliśmy zastrzeżenia, dokumenty w tajemniczy sposób zmieniały się albo znikały z rejestru publicznego. Więc zaczęłam trzymać kopie wszystkiego.

Rozłożyła na stole dużą mapę, na której różne kolory zakreślaczy oznaczały potencjalne przebiegi obwodnicy. — Wariant wschodni, na czerwono, przecina naszą posiadłość wprost. Alternatywny wariant zachodni, na zielono, w większości dotyczy plantacji sosny na ziemiach państwowych i minimalnie wpływa na prywatne działki. — Przesunęła palcem po zielonej linii. — Logicznie patrząc, zachód ma dużo więcej sensu. Mniej przesiedleń, a także mniej problemów środowiskowych, bo omija wrażliwy teren podmokły na północ od Ridgewater Lake, przez który wariant wschodni poszedłby wprost.

Danny przyjrzał się mapie, zauważając, że trasa wschodnia wchodzi też na kilka innych posiadłości. — A mimo to forsują wschodni wariant?

— Agresywnie — odpowiedziała rzeczowo Sarah, trzymając się faktów, nie oskarżeń. Stuknęła w mapę. — Wariant wschodni podniósłby też wartość tych terenów tutaj, niedawno kupionych przez Coastal Holdings... a mówiąc „niedawno", mam na myśli końcówkę zeszłego roku, na kilka tygodni przed tym, jak wschodni przebieg został niemal ogłoszony faktem dokonanym.

— A właścicielem Coastal Holdings jest...? — spytał Danny, domyślając się odpowiedzi.

— Trust, w którym beneficjentami jest kilku członków rady, w tym radny James Conley, który bardzo ochoczo określa nas, cytuję, rolnikami-hobbystami. — Sarah westchnęła, pocierając skronie. — Wskazuję jedynie wzorce, które budzą pytania. Nie mam dowodów na żadne nieprawe działania.

Danny skinął, robiąc notatki. Historia zaczynała przybierać znajomy kształt — przecięcie pieniędzy, władzy i wygody zbyt często prowadziło do przewidywalnych rezultatów. — Zgłaszaliście te zastrzeżenia formalnie?

Sarah parsknęła krótkim, zmęczonym śmiechem. — Wielokrotnie. Byliśmy na każdych konsultacjach społecznych, składaliśmy szczegółowe sprzeciwy, zatrudniliśmy nawet niezależnego eksperta środowiskowego, żeby zrobił własną ocenę. — Wskazała na kolejne pudło. — Słuchają grzecznie, dziękują za nasz pełen pasji wkład i robią dokładnie to, co chcą.

Gdy Danny przeglądał dokumenty, skala wysiłków Sarah stawała się coraz wyraźniejsza. — To będzie wymagało solidnego drążenia — stwierdził, odkładając na bok kluczowe materiały, które chciał zabrać. — Muszę niezależnie potwierdzić część tych powiązań.

Sarah skinęła, z ulgą, ale bez triumfu. — Oczywiście. Rozumiem standardy dziennikarskie. Wszystko, o czym mówię, da się znaleźć w tych aktach, ale potwierdzenie należy do ciebie.

— Sarah — odezwał się łagodnie Danny — dlaczego do tej pory nikt się tym w mediach porządnie nie zajął?

Odwróciła wzrok, a na jej twarzy prawie niedostrzegalnie coś się ściągnęło. — Próbowałyśmy. Lokalna gazeta należy do spółki zależnej Coastal Holdings. Regionalne media były zainteresowane — do czasu. Jeden dziennikarz powiedział wprost, że kazano mu odpuścić. — Spojrzała mu prosto w oczy. — Nie jestem naiwna, Danny. Wiem, jak to działa. Pieniądze mówią, a Ridgewater to, w ich narracji, tylko przeszkoda na drodze „postępu”.

— Nie tylko „posiadłość” — poprawił ją Danny, myśląc o twarzy Lucy rozświetlonej, gdy galopowała na Foxie, o dzieciach, którym przybywało odwagi pod cierpliwą opieką Zoe, o społeczności, która przyjęła jego córkę, gdy najbardziej tego potrzebowała. — Ridgewater znaczy coś dla wielu ludzi.

Wyraz twarzy Sarah nieco złagodniał. — Tak. To prawda. — Zaczęła odkładać teczki do pudeł. — Warto porozmawiać z Ryanem Wardellem. Ma kontakty w planowaniu regionalnym z dawnej kariery korporacyjnej, zanim kupił pole golfowe i przeniósł się tutaj. Jest z Emmą na placu skokowym, ustawia przeszkody przed jej treningiem z Phoenixem.

Danny zebrał notatki i dokumenty. — Pójdę tam od razu. I Sarah? Dzięki za tę organizację. Ułatwia mi to pracę. Obiecuję, że wszystko bezpiecznie ci oddam.

— Taki nasz sposób, u McKenzie — odparła z nutą dumy. — Nie każdą walkę wygrywamy, ale nikt nam nie zarzuci, że przyszłyśmy nieprzygotowane.

Gdy Danny wychodził z kuchni, czuł ciężar dokumentów w dłoniach — nie tylko papieru i tuszu, ale kulminację rodzinnej walki o ochronę domu. W jego głowie kształtowała się opowieść: fakty zaczynały się łączyć, z wzorców wyrastały pytania. Dawno nie zagłębiał się w porządne śledztwo — w coś, co znaczyło więcej niż codzienna sieczka newsowa i nagłówki na kliki.

Właśnie po to został dziennikarzem. Nie tylko, by przekazywać informacje, ale by docierać do prawdy. Dawać głos tym, których system próbuje uciszyć. To, że Ridgewater stał się dla niego osobiście ważny, nie osłabiało zawodowego zainteresowania — przeciwnie, wyostrzało je.

Plac skokowy rozciągał się przy hali, dokładnie tam, gdzie czerwona linia przecinała mapę Sarah. Ryan Wardell poruszał się pewnie wśród imponujących przeszkód, regulując wysokości i odległości z koncentracją kogoś, kto rozumie, że milimetry mają znaczenie. Po obrzeżu placu Emma McKenzie rozgrzewała Phoenixa; folblut krążył z zebraną energią, a jego czarna sierść lśniła w ostrym, gorącym słońcu.

Danny zatrzymał się przy ogrodzeniu, patrząc, jak Ryan cofa się, by ocenić szczególnie złożoną kombinację skoków. Nawet dla niewprawnego oka przeszkody wyglądały na groźne — seria kolorowych drągów ustawionych na wysokościach, które zdawały się niemożliwe do bezpiecznego pokonania. Ryan sprawdził miarką odległości, po czym przesunął jedną przeszkodę o kilka centymetrów bliżej następnej.

— Nie przeszkadzam? — zawołał Danny.

Ryan uniósł wzrok, rozpoznanie przemknęło mu po twarzy. — Wareham. Tata Lucy. — Podszedł, wycierając dłonie w spodnie. — Co cię sprowadza na tę straszną stronę Ridgewater?

— Obwodnica — odparł Danny, unosząc lekko notes. — Sarah zasugerowała, że możesz mieć kilka spostrzeżeń.

Wyraz Ryana nieznacznie się zmienił — humor ustąpił miejsca czemuś bardziej wyważonemu. — Ach. Ten ból głowy. — Zerknął na Emmę, która zatrzymała Phoenixa w pobliżu, ewidentnie słuchając, choć udawała, że nie. — Daj mi minutę, skończę ustawiać wysokości dla Em, i możemy pogadać.

Danny skinął, zadowolony, że może popatrzeć, jak Ryan wraca do pracy. Emma zatoczyła Phoenixem duże koło kłusem; koń reagował na niewidzialne sygnały — delikatne przesunięcie ciężaru, subtelny nacisk łydek — z niezwykłą wrażliwością. Emma przeskoczyła z Phoenixem niewielką przeszkodę, a przynajmniej niewielką w porównaniu z tymi, które sprawdzał Ryan. Wielki koń wyglądał na chętnego, uszy miał nastawione, ale nie wyrywał się Emmie. I dobrze, bo Danny nagle zauważył, że Phoenix miał na sobie ogłowie nawet bez wędzidła! Jak Emma mogła w ogóle sterować taką masą?

Ryan skończył poprawki i dał Emmie znak; ta zagalopowała i skierowała Phoenixa na pierwszą przeszkodę. Danny wstrzymał oddech, przekonany, że ogromny folblut spłoszy się przed tą wysokością. Zamiast tego Phoenix zebrał się i przeleciał nad drągami z dużym zapasem, rysując w powietrzu idealny łuk.

— Chryste — mruknął Danny, jednocześnie zachwycony i przerażony.

Ryan parsknął, podchodząc do niego. — Dokładnie to powiedziałem, gdy pierwszy raz zobaczyłem, jak ona na nim skacze. Przerażające, prawda?

— Oby Lucy nie wpadła na podobne pomysły — powiedział Danny, patrząc, jak Emma prowadzi Phoenixa przez złożoną kombinację, sprawiając, że wszystko wygląda niemal na łatwe.

— Na to już za późno — odparł Ryan. — Każde dziecko, które ogląda skoki, prędzej czy później chce spróbować. Tylko że do poważniejszych rzeczy prowadzą lata treningu. — Podał mu taśmę mierniczą geodezyjną. — Pomożesz mi? Pogadamy, podczas gdy dokończę.

Danny przyjął taśmę i naturalnie wszedł w rolę asystenta, gdy Ryan wprowadzał drobne korekty na parkurze. — Sarah wspominała, że kontaktowałeś się z Regionalnym Wydziałem Planowania w sprawie obwodnicy.

Ryan zmierzył odległość między dwiema przeszkodami, zanim odpowiedział. — Na początku próbowałem oficjalną drogą. Wystąpiłem o informacje, chodziłem na konsultacje, zadawałem konkretne pytania. Donikąd to nie prowadziło. — Zaznaczył stopą miejsce. — Przesuniesz ten stojak o dziesięć centymetrów w tę stronę?

Danny pomógł przesunąć ciężki stojak, zaskoczony jego wagą. — Co to zmieniło?

— Wykorzystałem kontakty z poprzedniego życia — ton Ryana pozostał swobodny, ale Danny wychwycił pod spodem stal. — Zadzwoniłem do dawnych klientów, którzy zasiadają w ciałach zajmujących się infrastrukturą, wyraziłem niepokój co do nieprawidłowości proceduralnych przy zatwierdzaniu. — Uśmiechnął się, lecz bez ciepła w oczach. — Nagle wydział bardzo się zainteresował trzymaniem procedur.

— A mimo to wciąż forsują wschodni wariant — zauważył Danny, skrobiąc w notesie.

— Tyle że teraz z odrobiną papierologii więcej, tak — odparł Ryan, cofając się, by ocenić przeszkodę. — Próbowali przepchnąć wschodni wariant w pośpiechu, przy minimalnych konsultacjach. Kiedy zacząłem pytać, zwolnili, ale kursu nie zmienili. — Zerknął na Emmę, która prowadziła Phoenixa w ciasnych zakrętach między przeszkodami. — Nigdy nie dostałem jasnej odpowiedzi, dlaczego.

Danny podszedł z Ryanem do liverpoolu, pomagając wyregulować drągi przed korytkiem z wodą. — Masz jakieś teorie?

— Kilka, żadnej do udowodnienia — ściszył nieco głos Ryan. — Wariant wschodni sprawiłby, że więcej ludzi by się wzbogaciło, tak to ujmijmy. Wariant zachodni idzie przez lasy sosnowe na państwowej ziemi po drugiej stronie jeziora i potrzebowałby tylko wąskiego pasa. Tam nie da się zarobić na zabudowie mieszkaniowej czy komercyjnej. — Uśmiechnął się odrobinę z autoironią. — Niestety, jestem jednym z niewielu, którzy mieliby komercyzną korzyść z zatwierdzenia zachodu; droga biegłaby po drugiej stronie mojego pola golfowego, a jest tam niezagospodarowany teren, który nadawałby się pod inwestycje. Więc jako źródło brzmię podejrzanie, obawiam się.

Danny ze zrozumieniem skinął. — Zawsze są wygrani i przegrani, jasne. Ale wygląda na to, że w przypadku wariantu wschodniego większość przegranych to ci, którzy naprawdę tu mieszkają. Właściciele ziemi, rolnicy.

— Niektórzy są tu od pokoleń — przytaknął Ryan, z nieco posępnym wyrazem twarzy. — Jak McKenzie'owie. Ridgewater zostałoby całkowicie wywłaszczone. Co, nawiasem mówiąc, też mi nie gra, bo co by się stało z całym pozostałym terenem, na którym drogi by nie było? — Machnął ręką, pokazując ogrom posiadłości. — Dałoby się tu postawić naprawdę wypasione, drogie domy z widokiem na jezioro, warte fortunę, a jednocześnie wystarczająco daleko od jezdni, żeby hałas nie przeszkadzał. Do tego więcej domów albo zabudowy komercyjnej po drugiej stronie. Kto na tym zarobi? Bo na pewno nie McKenzie'owie.

Emma zagalopowała z Phoenixem w ich stronę, potężny wykrok konia połykał odległość bez wysiłku. Z bliska Danny widział skupienie na jej twarzy, idealną równowagę, jaką utrzymywała, gdy Phoenix przelatywał nad przeszkodami.

— Jak to wygląda? — zawołała Emma do Ryana, zawracając do nich.

— Idealnie. Przeleć kombinację jeszcze raz, potem daj mu odsapnąć — głos Ryana złagodniał, gdy zwracał się do Emmy; gest w stronę przeszkód był delikatniejszy niż jego sprawne ruchy chwilę wcześniej. — Dziś skacze przepięknie.

Emma rozpromieniła się. — Wygląda, jakby się świetnie bawił. Absurd, że nie kiwnie palcem na nic poniżej 1,30 m, ale taki już nasz Phoenix!

Gdy Emma skierowała Phoenixa z powrotem na parkur, Ryan patrzył na nią z wyrazem, który Danny poznał — spojrzeniem kogoś, komu cały świat zwęża się do jednego punktu, gdy ta osoba pojawia się w polu widzenia. Krótkie, opanowane, ale nie do pomylenia.

— Niezwykły koń — rzucił Danny, celowo zwyczajnie.

— Niezwykła kobieta — poprawił cicho Ryan, po czym jakby się zreflektował. — Wszystkie McKenzie takie są. Dlatego nie mogę stać z boku, kiedy krótkowzroczna decyzja planistyczna zagraża temu, co tu zbudowały.

Milcząc, patrzyli, jak Emma prowadzi Phoenixa na liverpool — tę przeszkodę z wodą. Danny zauważył, że Ryan wstrzymuje oddech. Phoenix odrobinę zawahał się w najeździe, potem zebrał i skoczył czysto; ciche pochwały Emmy dało się usłyszeć nawet z daleka.

— Uff — mruknął Ryan. — Wodnych wciąż czasem się waha, ale z każdym razem jest lepiej.

— Co byś sugerował jako mój kolejny krok? — zapytał Danny, wsuwając notes do kieszeni. — Dokumentacja Sarah jest kompleksowa, ale potrzebuję więcej o samym procesie decyzyjnym.

Ryan zastanowił się, zbierając z wiadra kubki do drągów. — Jest taka urzędniczka od planowania, Christine Delaney. Urzędnik z krwi i kości, dwadzieścia lat w wydziale. Wyrażała wątpliwości wobec wschodniej trasy na etapie wstępnych ocen, a potem nagle przeniesiono ją do innego projektu. — Podał Dannemu kilka metalowych kubków. — Warto z nią porozmawiać. Mogę ci wysłać kontakt, jeśli chcesz.

Danny przyjął i kubki, i propozycję z szczerą wdzięcznością. — Byłoby świetnie.

Pracowali razem jeszcze kilka minut; Danny odnalazł niespodziewaną satysfakcję w fizycznym zajęciu przy regulowaniu przeszkód. Dawno nie robił nic tak praktycznego — przez ostatnią dekadę jego praca to głównie słowa i pliki cyfrowe.

— Jeszcze jedno — powiedział Ryan, gdy skończyli. — Cokolwiek znajdziesz, ci ludzie grają ostro. Widziałem, jak działają. Uważaj.

Ostrzeżenie padło mimochodem, ale Danny wyczuł jego wagę. — Zawsze uważam.

W niedzielne popołudnie Danny siedział na spatynowanej ławce przed halą w rzędzie rodziców, z notesem opartym o kolano. Dla postronnego obserwatora wyglądał jak kolejny rodzic śledzący lekcję dziecka, ale on po cichu przyglądał się matkom zebranym w pogawędkach, wyłapując potencjalne rozmówczynie do śledztwa.

Lucy złapała jego wzrok z siodła Foxie — plecy miała już pewnie wyprostowane, gdy prowadziła kucyk przez serię łagodnych skrętów. Zoe powiedziała cicho słowo pochwały, gdy Lucy dokończyła ćwiczenie, a dziewczynka rozpromieniła się szczęśliwie.

Danny zwrócił się do kobiety siedzącej obok — blondynki po czterdziestce, której syn siedział na siwym kucu po drugiej stronie hali. Przedstawiła się jako Helen, gdy dosiadł się do ławki; jej przyjazny uśmiech sprawił, że wydała się dobrym pierwszym rozmówcą.

— Piszę artykuł o obwodnicy — wyjaśnił Danny, tonem swobodnym. — Ma Pani jakieś przemyślenia, jak to wpłynie na mieszkańców?

Wyraz Helen zmienił się natychmiast; zrelaksowane wcześniej rysy stężały. — Przemyślenia? Mam więcej niż przemyślenia. Mam koszmary — odparła, machając ręką mniej więcej na południe. — Nasza ziemia jest przy Mills Road; mamy bydło mleczne. Wariant wschodni przetnie ją w poprzek — dom i stodoła zostałyby po jednej stronie, a zbiornik i tylne pastwiska po drugiej. To byłoby kompletnie niewykonalne: nie dałoby się przepędzić krów do doju. Zaproponowane odszkodowanie nie pokrywa nawet połowy strat.

Danny skinął, szybko notując. — Od jak dawna tam mieszkacie?

— Od zawsze. — Jej oczy śledziły postępy syna, ale myślami była gdzie indziej. — Mój ojciec i dziadek trzymali tam bydło przede mną.

— A gdyby wybrano wariant zachodni?

— Nie dotknąłby nas wcale. I większości domów też nie. — Pokręciła głową. — I to jest najbardziej wkurzające. Jest rozsądna alternatywa, a oni ją ignorują.

Danny notował obok faktów osobiste szczegóły; pokolenia historii. Takie elementy nadawały suchym sporom planistycznym wymiar, z którym czytelnik mógł się emocjonalnie zidentyfikować.

Po drugiej stronie hali Zoe instruowała dzieci przy nowym ćwiczeniu, pokazując krokiem wzór przejazdu: ósemkę, całość w kłusie, z zatrzymaniem w środku. Twarz Lucy była skupiona, język wysunął się w kąciku, gdy starannie wykonywała manewr. Zaledwie dwa tygodnie temu była zupełną początkującą, nerwową i niepewną. Teraz poruszała się z Foxie tak, jakby mówiły jednym językiem, wyczuwając ruchy kucyka, zanim się wydarzyły.

— Danny? Masz chwilę?

Podniósł wzrok i zobaczył stojącą obok Melissa Carter — drobną kobietę, której córka też była na tej lekcji, a którą kojarzył ze szkoły, gdzie pracowała jako pomoc nauczyciela. Skinęła na wolne miejsce przy nim na ławce.

— Helen zaserwowała ci tyradę o obwodnicy? — zapytała, siadając; uśmiech złagodził ostrość słów.

— Zbieram perspektywy — odparł Danny, przewracając kartkę w notesie. Było jasne, że Melissa podeszła, by dorzucić swoją historię.

Uśmiech Melissy zgasł. — To dorzucę jeszcze jedną. Wariant wschodni przebiega w odległości stu metrów od Ridgemont Primary, jeśli nie wiedziałeś.

Pióro Danny'ego na moment zastygło. Lucy chodziła do Ridgemont Primary. Nie wziął pod uwagę tego konkretnego skutku obwodnicy. — Dyrekcja szkoły zgłaszała zastrzeżenia?

— Wielokrotnie. Rada twierdzi, że hałas będzie w normie, ale ich pomiar zrobiono w czasie wakacji — pokręciła głową Melissa. — Wygodny termin, prawda?

Teraz zebrało się już więcej rodziców; rozeszła się wieść, że dziennikarz pyta o obwodnicę. Danny stał się centrum niewielkiej grupki, a każdy chciał dorzucić swój punkt widzenia. Opiekunka dzikich zwierząt martwiła się o korytarze migracyjne, druh ochotnik — o dojazd służb ratunkowych, ojciec — o wartości nieruchomości. Danny notował każdą opowieść z empatią, budując zbiorczy obraz społeczności zjednoczonej przeciw planowi, który wyglądał, jakby powstawał bez brania jej pod uwagę.

Danny podniósł wzrok z notatek i zobaczył, jak Lucy wykonuje idealne przejście ze stępa do kłusa, jej ciało wznosiło się i opadało w rytmie ruchów Foxie. Ćwiczyła to uparcie, dopóki niezgrabność nie zamieniła się w płynność. Jej wytrwałość przypomniała mu metodyczną dokumentację Sarah w batalii o obwodnicę — niepoddawanie się, wiara, że wysiłek w końcu przyniesie rezultat.

— A co twoja żona o tym sądzi? — spytała nagle Helen, wyrywając go z zamyślenia.

— Jestem samotnym tatą — odpowiedział odruchowo, po czym zorientował się, że gestem wskazywała jego notes.

— Przepraszam — dodała szybko. — Pomyślałam po prostu, że pracujesz z kimś, tak sprytnie budujesz tę historię.

To nieporozumienie uderzyło w Danny'ego mocniej, niż się spodziewał. Tak długo pracował sam — odizolowany po rozpadzie małżeństwa, skupiony wyłącznie na zapewnieniu Lucy stabilizacji — że myśl o współpracy wydawała się niemal obca. A jednak tu, pośród rodziców dzielących się obawami, patrząc na Lucy jeżdżącą z przyjaciółmi, którzy przyjęli ją bez zastrzeżeń, zrozumiał, że coś się zmieniło.

Nie był już tylko obserwatorem dokumentującym spór planistyczny. Gdzieś między pierwszą lekcją jazdy Lucy a tą chwilą, Ridgewater i okoliczna społeczność stały się osobiste. Obwodnica przestała być tylko tematem artykułu; stała się zagrożeniem dla miejsca ważnego dla niego, dla Lucy, dla tych ludzi, których imiona wypełniały jego notes.

Kiedy lekcja dobiegła końca, a dzieci zsiadły i prowadziły kucyki do stajni na rozsiodłanie, Danny zamknął notes i wstał. Jego wzrok przebiegł po padokach Ridgewater, wysłużonych stajniach, połyskującym jeziorze na zachodniej granicy. Fizyczne piękno tego miejsca było niezaprzeczalne, ale ujęły go przede wszystkim rzeczy mniej namacalne: społeczność, która objęła jego córkę, poczucie sensu i radość, jaką Lucy tu odnalazła, niezachwiana determinacja sióstr McKenzie, by chronić rodzinne dziedzictwo.

Lucy podbiegła, policzki miała zaróżowione od wysiłku. — Hej, tato! Zatrzymamy się przy Midnight, zanim pojedziemy? — zapytała z nadzieją.

Danny zawahał się. — Pytałaś Zoe?

— Jeszcze nie. Może się zgodzi, jeśli ty zapytasz. — Lucy rzuciła mu filuterne spojrzenie, a Danny poczuł nagle uderzenie paniki. Czy miała choć cień pojęcia, jak bardzo atrakcyjna wydawała się jej ojcu ta kręconowłosa terapeutka koni, równie czuła dla wierzchowców, co dla nieśmiałych dzieci?

— Zapytamy — powiedział, mając nadzieję, że za dużo sobie dopowiada. Swatanie przez Lucy było komplikacją, której naprawdę nie potrzebował!

Lucy wsunęła dłoń w jego i poszli szukać Zoe; znaleźli ją siedzącą na trawie tuż przy padoku Midnighta.

— Wygodnie? — zapytał Danny z zaciekawieniem.

— Nie o moją wygodę tu chodzi — uśmiechnęła się do niego Zoe. — Chodzi o to, by Midnight poczuł się przy mnie swobodnie. Usiądź, jeśli chcesz. — Poklepała trawę obok. — Sprawdziłam, czy nie ma mrówek.

Lucy klapnęła natychmiast, a po chwili Danny też usiadł, zerkając na czarnego kuca, który przestał skubać trawę i obserwował ich.

— Więc po prostu... siedzisz? — zapytał.

— Czasem czytam — Zoe wyciągnęła z tylnej kieszeni sfatygowany paperback. — Chodzi o to, by dawać towarzystwo bez oczekiwań. Zaczyna się do mnie przyzwyczajać.

— Mogłabym też tak robić? — spytała Lucy. — Lubię czytać. Mogłabym dotrzymywać mu towarzystwa, kiedy ty pracujesz.

Zoe spojrzała na Danny'ego, a on zawahał się.

— Bezpieczeństwo? — upewnił się u Zoe.

— Dopóki zostaniesz po tej stronie tamtego drąga na ziemi, nie sięgnie, żeby ugryźć — odparła Zoe, pokazując Lucy drąg. — I pod tym drzewem, w cieniu, żebyś się nie spiekła. Nie próbuj go dotykać, nawet jeśli wsunie łeb przez ogrodzenie. — Pokazała Lucy ramię; opatrunek był już zdjęty, ale ślady po ugryzieniu wciąż się goiły. — Do tego są zdolne jego zęby.

Lucy wyglądała na odpowiednio przerażoną. — Nie będę go dotykać i zostanę za drągiem, obiecuję! — Spojrzała błagalnie na Danny'ego.

— Dobrze — ustąpił. Mimo że Midnight nadal budził w nim obawy, kuc wydawał się robić postępy, a on ufał, że Lucy zastosuje się do prostych zasad bezpieczeństwa, które przedstawiła Zoe. Radość na twarzy córki po jego zgodzie utwierdziła go, że podjął właściwą decyzję — podobnie jak aprobata na twarzy Zoe.

Choć to bywało dla niego trudne, musiał dać córce drobne kroki w stronę samodzielności — a nie wyobrażał sobie lepszego miejsca niż Ridgewater, gdzie o bezpieczeństwie myślano przy planowaniu każdej aktywności.

Fakt, że to wszystko sprawiało, iż Zoe Webb uśmiechała się do niego w ten sposób, wcale nie przeszkadzał.

Rozdział szósty

Nogi Zoe zaczęły mrowieć, ale nie śmiała zmienić pozycji. Obok niej Lucy siedziała zadziwiająco nieruchomo jak na dziewięciolatkę, książka otwarta, lecz w dużej mierze zapomniana, gdy obie obserwowały Midnight. Czarny kuc pasł się na dalekim końcu swojego padoku, ale od dziesięciu minut powoli, niemal niezauważalnie przesuwał się bliżej ich miejsca przy ogrodzeniu. Każdy jego krok był zamierzony, a głowa często szła w górę, by ocenić je czujnymi, inteligentnymi oczami.

— Robi podchody — szepnęła Lucy.

Zoe lekko skinęła głową, ograniczając ruch do minimum. — Dokładnie tak. Jest ciekawski, ale wciąż się boi. Udaje więc, że tylko się pasie, a tak naprawdę nas sobie ogląda.

Siedziały już niemal godzinę, a czas odmierzało jedynie ciche przewracanie stron w książce Lucy i okazjonalne, łagodne komentarze Zoe kierowane do Midnighta. Kuc robił postępy; wolniej niż miała nadzieję, ale szybciej niż się obawiała. Każdy dzień przynosił drobne zwycięstwa: jedzenie w obecności człowieka, pozwalanie na bliższe podejście, okazywanie zainteresowania zamiast ślepej paniki.

Lucy okazała się nieoczekiwanie świetną towarzyszką do takich cichych posiedzeń. Inne dzieci zaczęłyby się wiercić lub domagać akcji, a Lucy jakby instynktownie rozumiała wartość cierpliwości.

Midnight zrobił kolejny krok, po czym opuścił głowę i wyszarpał kępę trawy może dziesięć metrów od miejsca, gdzie siedziały. Uszy miał na nie nastawione, czasem tylko obracały się w stronę odległych dźwięków dobiegających z głównego podwórza.

— Świetnie sobie radzisz — mruknęła Zoe, jej głos był łagodną falą w tej ciszy. — Normalny, koński dzień, co? Trawka, słońce.

Ogon Midnighta odpędził muchę, ruch był swobodny, naturalny. Zoe poczuła błysk satysfakcji. Gdy dopiero co tu trafił, każdy jego ruch był spięty, nadmiernie czujny. Teraz zdarzały mu się przebłyski normalnych, końskich zachowań.

Jeszcze jeden ostrożny krok przybliżył go bardziej. Zoe widziała grę mięśni pod lśniącą czarną sierścią, delikatną warstewkę potu na szyi. Strach wciąż nim rządził, ale ciekawość zaczynała wygrywać drobne bitwy.

— Patrz — wydyszała Lucy, jej książka leżała już zupełnie zapomniana na kolanach.

Midnight uniósł głowę, nozdrza szeroko się rozwarły, gdy złapał ich zapach na ciepłej bryzie. Przez bezdechowy moment Zoe pomyślała, że się wycofa, ale zamiast tego zrobił kolejny zamierzony krok naprzód, po czym znów pochylił się do trawy, teraz już zaledwie kilka metrów od linii ogrodzenia, przy którym siedziały.

Poczucie zwycięstwa wezbrało w piersi Zoe, choć zachowała twarz starannie obojętną. Tak bliskie, swobodne skubanie trawy było nowością, wyraźnym sygnałem, że Midnight zaczyna przenosić ludzi z kategorii natychmiastowego zagrożenia do potencjalnie niegroźnych. Pragnęła podzielić się ekscytacją z Lucy, ale nie śmiała naruszyć tej kruchej chwili nagłym ruchem czy dźwiękiem.

Gdy Midnight dalej się pasł, co jakiś czas unosząc głowę, by je ocenić, po czym wracając do trawy, w głowie Zoe zaczął kiełkować dziki, może lekkomyślny pomysł. Planowała wkrótce wejść na jego padok, ale wyobrażała to sobie, gdy będzie dalej, zostawiając mu sporo miejsca na odwrót. Teraz, skoro sam podchodził tak blisko, nadarzyła się okazja, by spróbować czegoś bardziej znaczącego.

To było ryzykowne. Jego pierwszy atak zostawił na jej ramieniu ślady, które wciąż się goiły. Ale coś w jego mowie ciała tego dnia — łagodność wokół oczu, mniejsze napięcie w szyi — mówiło jej profesjonalnym instynktem, że ta chwila ma znaczenie.

— Lucy — szepnęła — spróbuję czegoś. Potrzebuję, żebyś siedziała zupełnie nieruchomo, bez względu na to, co się stanie. Dasz radę?

Dziewczynka poważnie skinęła głową, oczy miała szeroko otwarte, ale nie przestraszone.

Zoe rozprostowała nogi w żółwim tempie, krzywiąc się lekko, gdy krew wróciła do zdrętwiałych stóp. Midnight gwałtownie uniósł głowę, ale nie rzucił się do ucieczki. Patrzył, z uszami nastawionymi do przodu, gdy ostrożnie podniosła się do pozycji stojącej, zapowiadając każdy ruch celową precyzją.

— To tylko ja — powiedziała łagodnie. — Nie ma się czym martwić.

Stała zupełnie nieruchomo przy ogrodzeniu przez długie minuty, pozwalając mu przyzwyczaić się do swojej wysokości. Kiedy w końcu znów pochylił głowę do trawy, uznała to za pozwolenie, by kontynuować.

Poruszając się z tą samą ostrożną rozwagą, podeszła do ogrodzenia, zatrzymując się za każdym razem, gdy Midnight się spinał, i czekając, aż pokaże jakiś znak rozluźnienia, zanim ruszy dalej. Wreszcie ostrożnie się pochyliła i wsunęła między sztachety, każdy ruch utrzymując powolnym; serce tłukło się jej w żebrach mimo zewnętrznego spokoju.

Stała już w padoku, dzieląc z Midnightem przestrzeń po raz pierwszy bez bariery ogrodzenia między nimi. Kuc cofnął się o kilka kroków, ciało miał napięte jak struna, ale co kluczowe — nie rzucił się do ucieczki.

— W porządku — mruknęła Zoe, powoli siadając po turecku na trawie w środku padoku. — Tak jak wcześniej. Żadnej presji, żadnych oczekiwań.

Ustawiła się mniej więcej w takiej samej odległości od niego jak po drugiej stronie ogrodzenia, zostawiając mu przestrzeń, a równocześnie jasno pokazując, że go nie ściga. Każdy instynkt wyostrzony przez lata pracy z traumatyzowanymi końmi mówił jej, by pozostała nieruchoma i pozwoliła, żeby to on wykonał następny ruch.

Minuty dłużyły się jak godziny, gdy się sobie przypatrywali. Midnight stał jak zamarły, jedynie sporadyczne machnięcie ogonem czy drgnięcie ucha zdradzało jego wewnętrzny zamęt. Zoe oddychała wolno i równo, postawę miała rozluźnioną mimo adrenaliny buzującej w żyłach.

Potem, niemal niezauważalnie, napięcie zaczęło odpływać z ciała kuca. Głowa lekko opadła, oddech widocznie zwolnił. Gdy wreszcie ostrożnie, z namysłem pochylił się, by paść się dalej, Zoe poczuła, jak pod powiekami kłują ją łzy.

To było to, przełom, do którego dążyła. Nie dramatyczny ani pokazowy, tylko cicha chwila akceptacji. Midnight pasł się, a ona siedziała w jego padoku; uznawał jej obecność i nie czuł się zagrożony na tyle, by uciekać czy walczyć. Dla konia z jego historią oznaczało to ogromny zwrot w stronę zaufania.

Uważając, by nie zakłócić chwili, Zoe zerknęła w stronę Lucy. Dziewczynka siedziała zupełnie nieruchomo tam, gdzie ją zostawiły, ale twarz miała rozpromienioną zachwytem, oczy błyszczały zrozumieniem. Pokazała Zoe kciuk w górę, wyraźnie rozpoznając wagę tego, co właśnie oglądały.

Zoe wróciła wzrokiem do Midnighta, który pasł się kilka metrów dalej, z każdą minutą zachowując się coraz naturalniej. Dziś nie będzie naciskać na więcej; to ciche zwycięstwo w zupełności wystarczy. Sam fakt, że straumatyzowany kuc akceptuje człowieka w swojej przestrzeni i nie popada w panikę lub agresję, był ogromnym postępem skumulowanym w jednym momencie.

Siedząc w pogrążonej w ciszy zgodzie, dzieląc przestrzeń z tym zranionym stworzeniem, które wreszcie zaczynało się leczyć, Zoe poczuła, jak spływa na nią poczucie słuszności. Dlatego opuściła Anglię, dlatego przejechała pół świata. Nie dla pieniędzy ani uznania, ale dla takich chwil; cichych triumfów, których większość ludzi nigdy nie zobaczy ani nie zrozumie, a które potrafią na zawsze zmienić bieg czyjegoś życia.

Pół godziny po wyjściu z padoku Midnighta, odkrywszy, że Lucy wymknęła się w pewnym momencie, gdy Zoe siedziała przy kucu, Zoe skierowała się do głównej stajni, uskrzydlona przełomem. Dźwięk dziewczęcego śmiechu zaprowadził ją do jednego ze stanowisk do mycia, gdzie Lucy, Jemima i Charlotte kuliły się wokół siwka jabłkowitego. Wszystkie trzy były uzbrojone w szczotki, pracowały w radosnej koordynacji, pielęgnując cierpliwe zwierzę. Twarz Lucy promieniała szczęściem, tak innym od ostrożnej, wycofanej dziewczynki, która po raz pierwszy przyjechała do Ridgewater.

— Pamiętaj, żeby zgrzebłem zejść aż do skóry — instruowała Jemima, demonstrując na łopatce kuca małymi, kolistymi ruchami. — Stormy to uwielbia, widzisz, jak się w to wczuwa?

Siwek, jeden z projektów treningowych Pip, rzeczywiście zdawał się czerpać przyjemność z uwagi; oczy miał przymknięte w błogostanie, gdy dziewczynki pracowały.

— Dzień dobry, Pani Zoe! — zawołała Charlotte, pierwsza ją zauważając. — Szykujemy Stormy'ego na powrót Pani Pip, żeby ładnie wyglądał.

— Widzę — uśmiechnęła się Zoe. — Już wygląda bardzo przystojnie.

Lucy podniosła wzrok, zatrzymując szczotkę w pół ruchu. — Czy Midnight zjadł kawałki marchewki, które zostawiłam?

— Nie sprawdzałam, ale jestem pewna, że zje, kiedy nas nie będzie — uspokoiła ją Zoe. — Dziś zrobił wspaniałe postępy.

Jemima przeszła do szyi Stormy'ego, palcami sprawnie wydzielając pasmo grzywy. — Zaplatanie jest łatwe, jak już załapiesz — powiedziała Lucy, głosem pewnym, jak ktoś przekazujący ważną wiedzę. — Tylko trzeba najpierw zmoczyć włosy, bo inaczej są śliskie i się nie trzymają.

Lucy patrzyła jak urzeczona, gdy Jemima zaczęła przeplatać pasma. Charlotte też się pochyliła, tak samo zafascynowana pokazem.

— Teraz ty spróbuj — zaproponowała Jemima, odsuwając się, by dać Lucy dostęp do nie zaplecionego odcinka.

Zoe odeszła, zostawiając je przy pracy, i była już przy wyjściu ze stajni, gdy do środka weszła filigranowa postać w zakurzonym kapeluszu Akubra.

— Pip! — zawołała Zoe, a jej głos rozgrzała szczera radość.

Pip Rodriguez-McKenzie odsunęła kapelusz do tyłu, odsłaniając twarz rozpromienioną szerokim uśmiechem. Mimo prawie trzech tygodni podróży wyglądała świeżo i energicznie, jej drobna sylwetka niemal wibrowała zwyczajową, niewyczerpaną energią.

— No proszę, nasza cudotwórczyni! — zawołała Pip, skracając dystans i obejmując Zoe ciepło. Choć była niska, przytulała całym ciałem, tak, że od razu czuło się jak w domu. — Widzę, że jednak niczego tu nie spaliłaś — droczyła się, odchylając się z uśmiechem, który marszczył jej oczy.

— Choć prób było sporo — zażartowała Zoe, zaskoczona, jak bardzo cieszy ją widok Pip. Odpowiedzialność za prowadzenie grafiku zajęć Pip i rehabilitację Midnighta ciążyła jej bardziej, niż sobie uświadamiała. — Jak było na Tasmanii?

— Cudownie! Ciotka Jake'a ma mały domek tuż nad morzem. Widzieliśmy dziobaki, chodziliśmy po szlakach, za dużo jedliśmy... — urwała, uśmiechając się szczęśliwie. — Ale opowiadaj wszystko, co tu się działo. Sarah streściła mi podstawy, ale o Midnight chcę usłyszeć od ciebie.

Zoe skinęła głową w stronę drzwi. — Chodźmy, pogadamy po drodze. Dziewczynki świetnie sobie radzą ze Stormym.

Gdy spacerowały po stajniach, Zoe streściła Pip ostatnie trzy tygodnie — od trudnego przyjazdu w klatce do przewozu bydła po dzisiejszy przełom. Pip słuchała uważnie, zadając od czasu do czasu doprecyzowujące pytania o wzorce zachowań Midnighta i reakcje na różne podejścia.

— Dziewczyny, zgadnijcie, kto wrócił — oznajmiła Zoe, gdy ponownie mijały stanowisko do mycia podczas obchodu.

— Ciociu Pip! — zapiszczała Jemima, porzucając zaplatanie, żeby podbiec. — Przywiozłaś mi coś z Tasmanii?

— Jemima McKenzie! — roześmiała się Pip, przytulając ciepło Jemimę i wyciągając rękę, by potargać rude włosy Charlotte, która też podeszła. — Tak mnie witamy? Ale tak, w torbie może się znajdzie małe co nieco dla ciebie.

Zwróciła się do Lucy, która się cofnęła, nagle speszona obecnością kogoś nowego. — A to kto? Nowy narybek do naszych konnych szeregów?

— To Lucy Wareham — przedstawiła Zoe. — Brała lekcje, gdy cię nie było, i pomaga mi z Midnight — dotrzymuje mi towarzystwa, kiedy pracuję.

Brwi Pip powędrowały w górę z uznaniem. — To spora odpowiedzialność. Miło cię poznać, Lucy. Przyjaciel Midnighta jest moim przyjacielem.

Lucy rozpromieniła się pod tym uznaniem, jej nieśmiałość stopniała. — Dziś jadł siano tuż przy ogrodzeniu — pochwaliła się. — A Zoe siedziała w jego padoku!

— Naprawdę? — Pip wyglądała na pod wrażeniem. — Muszę to zobaczyć na własne oczy.

Dziewczynki wróciły do pielęgnacji, a Zoe i Pip kontynuowały obchód, kierując się w stronę padoku Midnighta. Idąc, Zoe nie mogła nie zauważyć, jak obecność Pip zdaje się dodawać energii wszystkim, których mijały. Pip tak działała na ludzi; jej naturalny entuzjazm i ciepło były zaraźliwe.

— Powiedz mi szczerze — odezwała się Pip, gdy zbliżały się do padoku, ton miała poważniejszy. — Jak trudne to było?

Zoe rozważyła odpowiedź. — Wyzwanie, ale nie niemożliwe. Jest głęboko straumatyzowany, ale pod tym strachem jest ciekawski, bystry kuc. Miałam kilka małych przełomów.

Dotarły do ogrodzenia i zatrzymały się. Midnight pasł się na środku padoku, ale gdy je dostrzegł, uniósł głowę. Wyraźnie się spiął na widok nowej osoby, lecz nie popędził w kąt, jak wcześniej miał w zwyczaju.

Pip gwizdnęła cicho, wyraźnie pod wrażeniem tego, co widziała. — Nie spodziewałam się, że już będzie tak osadzony w sobie — powiedziała. — Nie po tym, co mówił o nim Graham. Prawie mnie przekonał, że będziemy się użerać z prawdziwym demonem.

— Bywa trudny — przyznała Zoe, obserwując, jak Midnight ostrożnie wraca do skubania trawy, choć całą uwagę ma wciąż skupioną na nich. — Ale jego agresja bierze się ze strachu i myślę, że zaczyna wychodzić z najgorszego.

— Zrobiłaś kawał znakomitej roboty w parę tygodni — powiedziała Pip szczerze, z podziwem. — Miałam wątpliwości, kiedy Sarah opowiadała mi o jego przyjeździe, nie będę ukrywać.

Pochwała niespodziewanie ogrzała Zoe. Od Pip, której umiejętności pracy z trudnymi końmi były niemal legendarne, znaczyło to bardzo wiele. — Powinnam oddać ci teraz jego prowadzenie, skoro już wróciłaś — zaproponowała, choć część jej niechętnie rezygnowała z więzi, którą z Midnightem zbudowała.

Pip stanowczo pokręciła głową. — On już cię zna — powiedziała, patrząc, jak Midnight robi w ich stronę kilka kroków, ciekawość wygrywa z ostrożnością. — Widzę, że zbudowałaś coś kruchego, ale prawdziwego. Nie zamierzam w to wchodzić między wami.

— Na pewno? — upewniła się Zoe. — W końcu to twój koń do odratowania.

— To koń Ridgewater — poprawiła ją Pip. — A ty jesteś dla niego właściwą osobą, jak słońce na dłoni widać. Pomogę przy kwestiach fizycznych, jeśli będzie ci potrzebna druga para rąk i mała amazonka, żeby go kiedyś ponownie wsiąść, ale budowanie zaufania? — Wskazała na Midnighta, który podszedł jeszcze bliżej. — To twoja działka, Zoe.

Zoe poczuła przypływ dumy z wiary, jaką Pip pokładała w jej umiejętnościach, choć starała się tego zbytnio nie okazywać. — Dziękuję — powiedziała tylko. — Doceniam to zaufanie.

— Zasłużyłaś — odparła Pip, myślącym wzrokiem studiując czarnego kuca.

— Kopyta ma w fatalnym stanie — odezwała się Zoe, wskazując na przerośnięte kopyta Midnighta, wyraźnie wydłużone i zaczynające się lekko zawijać przy palcach. — Już dawno powinien być werkowany, ale teraz nie ma mowy, żeby pozwolił na dotykanie nóg. Nie przy czymś tak inwazyjnym.

Pip skinęła ze zrozumieniem. — Nie możemy jednak odkładać tego zbyt długo. Te długie palce wkrótce zaczną wpływać na równowagę i stawy, jeśli już nie zaczęły.

— Wiem. — Zoe westchnęła z frustracją. — Kombinuję, jak to ugryźć, żeby nie zaprzepaścić wszystkich postępów.

— Sedacja — powiedziała po prostu Pip. — Nie jest idealna, ale czasem konieczna. Marcus może podać łagodną dawkę, tylko tyle, żeby go odrobinę wyciszyć, a ty w tym czasie popracujesz.

Zoe też rozważała to rozwiązanie, choć z oporem. Każda interakcja z Midnightem powinna budować zaufanie, nie je kruszyć, a przymusowa sedacja wydawała się krokiem wstecz. Ale rzeczywistości jego kopyt nie dało się ignorować; właściwa pielęgnacja była kluczowa dla całej rehabilitacji. A jeśli był jakiś weterynarz, któremu mogła zaufać, że dostosuje się do jej podejścia przy Midnightcie, to był nim jej własny brat.

— Masz rację — przyznała. — Porozmawiajmy z Marcusem. Może przy naszych ostatnich postępach uda nam się zwabić Midnighta do ogrodzenia na zastrzyk. Albo użyjemy pistoletu na strzałki? — Wyjęła telefon i napisała do Marcusa, a on bardzo szybko odpisał, że właśnie kończy ostatnią robotę na dziś, będzie w domu za pół godziny i z chęcią pomoże.

Czas do jego przyjazdu spędziły na przygotowaniach wszystkiego, co potrzebne: kopystki, cęgi, tarniki oraz wygodna mata, na której Midnight będzie mógł bezpiecznie stać po podaniu sedacji, bo wyprowadzenie go z padoku i wstawienie do poskromu nie wchodziło w grę. Zoe w myślach przeglądała cały zabieg, planując, jak pracować sprawnie w ograniczonym oknie, jakie da sedacja.

— Jak tam nasz kłopotliwy pacjent? — zapytał Marcus, podchodząc do padoku z torbą lekarską w ręku.

— Coraz lepiej — odparła skromnie Zoe. — Widać postępy. Dziś pierwszy raz pozwolił mi wejść do padoku.

— To znacznie więcej niż „trochę” postępów, biorąc pod uwagę jego historię — odparł Marcus, przygotowując strzałkę ze środkiem uspokajającym.

Zoe przygryzła dolną wargę, gdy Marcus ładował strzałkę do pistoletu pneumatycznego. — Dawno czegoś takiego nie używałem — mruknął, celując w szyję Midnighta.

— Nie utrzymałabym go w bezruchu na tyle, żeby wbić mu igłę z ręki — powiedziała z żalem Zoe. — Lepiej zrobić to z dystansu. Mniejsza szansa, że skojarzy to z nami... poczuje tylko jak po użądleniu pszczoły.

Marcus strzelił, a Midnight wzdrygnął się, odwrócił głowę i próbował chwycić zębami strzałkę tkwiącą w szyi, ale Marcus trafił bezbłędnie.

— Gotowe — powiedział cicho Marcus. — Dajmy kilka minut, żeby środek w pełni zadziałał. Środek uspokajający zaczął działać niemal od razu, ruchy kuca stawały się stopniowo coraz mniej skoordynowane.

Patrzyli, jak powieki Midnighta ciężej opadają, a wraz z pogłębiającą się sedacją głowa nieco opada. Gdy był już dostatecznie senny, Zoe ostrożnie weszła do padoku i podeszła do niego, mówiąc bez przerwy cichym, uspokajającym tonem.

— Przepraszam za tę podstępną strzałkę — powiedziała, sunąc lekko dłońmi po jego szyi. — Ale musimy zająć się twoimi kopytami.

Z pomocą Pip ustawiły Midnighta na przygotowanej macie, Marcus i Pip podtrzymywali go, by utrzymać równowagę, gdy Zoe zaczęła pracę przy kopytach. Podnosiła kolejno każdą nogę, czyściła, przycinała i piłowała szybko. Mimo tempa była dokładna, starannie kształtując przerośnięte kopyta, by przywrócić właściwą równowagę i ustawienie. Przez dwa lata studiowała naturalne werkowanie, by zrozumieć, jak problemy z kopytami potrafią wpływać na cały układ kostno-mięśniowy konia, i choć nie była tak szybka jak mistrz kowalstwa, wiedziała, że potrafi zrobić solidną robotę.

Gdy odstawiła ostatnie kopyto, Marcus zaczął sprawdzać zęby Midnighta, delikatnie otwierając pysk, by ocenić stan uzębienia.

— Ciekawe — mruknął, zaglądając w zęby Midnighta. — Sądząc po znacznikach na zębach, ma tylko około pięciu lat.

Zoe uniosła głowę ze zdziwieniem. — Pięciu? Założyłam, że ma co najmniej siedem albo osiem, biorąc pod uwagę jego historię.

— Młode konie potrafią nazbierać dużo traumy w krótkim czasie, niestety — powiedział Marcus, a w jego głosie zabrzmiała nuta złości, jaką wszyscy czuli do poprzednich właścicieli Midnighta. — Ale to w gruncie rzeczy dobra wiadomość dla jego rokowań. Młode konie są dużo bardziej plastyczne, łatwiej uczyć je nowych reakcji i wygaszać lęk.

W piersi Zoe rozkwitła fala nadziei na to niespodziewane odkrycie. Młodość znaczyła odporność, elastyczność, znacznie większą szansę na pełne wyjście na prostą. To, co dotąd było trudną, ale wartą zachodu rehabilitacją, nagle zaczęło wyglądać jak naprawdę obiecująca druga szansa dla straumatyzowanego kuca.

— To tłumaczy jego ciekawość — zamyśliła się. — Mimo wszystkiego, co przeszedł, wciąż jest w nim ta młodzieńcza dociekliwość.

Sedacja zaczynała ustępować. Oczy Midnighta były bardziej czujne, głowa powoli się podnosiła, świadomość wracała. Ale zamiast spodziewanej paniki pozostał zaskakująco spokojny, mrugając sennie, gdy oswajał się z otoczeniem.

Zoe dostrzegła szansę w tym stanie przejściowym i postanowiła spróbować czegoś, co już rozważała. Techniki metody Mastersona często czyniły cuda w uwalnianiu napięć u koni, a Midnight z pewnością nosił w ciele dość spięć, by warto było go potraktować, jeśli tylko pozwoli to przyjąć.

Powolnymi, przemyślanymi ruchami ustawiła się przy jego głowie i zaczęła od najdelikatniejszego dotyku, ledwo muskając opuszkami, gdy prowadziła rękę od potylicy w dół wzdłuż meridianu pęcherza. Metoda opierała się na subtelnej pracy z ciałem, szanującej układ nerwowy konia — raczej prosiła o zgodę niż wymuszała posłuszeństwo.

Ku jej radości Midnight przyjął ten łagodny dotyk bez drgnienia. Powieki odrobinę mu opadły — teraz nie od sedacji, lecz od rozluźnienia — gdy jej palce pracowały wzdłuż grup mięśniowych, uwalniając napięcia, które zapewne trzymał od miesięcy. Gdy zastosowała minimalny nacisk w kluczowych punktach na szyi, odpowiedział opuszczeniem głowy niżej — klasyczny znak, że koń uwalnia i fizyczny, i mentalny stres.

— Popatrz tylko — wyszeptała Pip z miejsca, gdzie stała, obserwując. — Naprawdę mu się to podoba.

Kiedy Zoe w końcu się odsunęła, po przepracowaniu głównych punktów napięć, do których mogła bezpiecznie sięgnąć, Midnight chwilę stał cicho, po czym odszedł z widocznie bardziej rozluźnionym krokiem. Zamiast spiętego, przestraszonego chodu, który go charakteryzował od przyjazdu, pojawiło się coś naturalniejszego, bardziej płynnego — krok konia, który czuje się dobrze we własnym ciele.

Zoe patrzyła, jak odchodzi, a ciepłe poczucie spełnienia rozlewało się w jej piersi. Sedacja była konieczna dla opieki fizycznej, ale ten spokojny epilog, ta chwila prawdziwego rozluźnienia, znaczyła znacznie więcej dla długofalowego powrotu do równowagi.

Gdy odwróciła się, by wyjść z padoku za Marcusem i Pip, ruch na werandzie Wielkiego Domu przykuł jej uwagę. Danny stał pogrążony w rozmowie z Ryanem i Sarah, głowy mieli pochylone nad mapami i dokumentami rozłożonymi na stole. Nawet z tej odległości Zoe widziała intensywność na twarzy Danny'ego, gdy wskazywał coś na papierach, całkowicie skupiony na tym, co rozpoznała jako sprawę obwodnicy.

Sarah przytaknęła temu, co mówił Danny, a gesty Ryana sugerowały, że tłumaczy coś złożonego na temat dokumentów. Ich wspólna determinacja, by chronić Ridgewater, poruszyła coś w piersi Zoe — narastające przywiązanie do tego miejsca i ludzi, którzy o nie walczyli.

Jakby wyczuwając jej spojrzenie, Danny nagle uniósł głowę, jego oczy odnalazły jej wzrok przez przestrzeń. Przez krótką chwilę trwali tak, patrząc na siebie, a pod żebrami Zoe niespodziewanie zatrzepotało — szybko jednak odwróciła wzrok, przypominając sobie, że ma się skupić na własnych obowiązkach, a nie na rozpraszającym dziennikarzu o łagodnych, zielonych oczach i opiekuńczym usposobieniu.

Rozdział siódmy

Danny zmarszczył brwi, zerkając na papiery zasłane na kuchennym stole, i upił łyk pierwszej kawy tego dnia; jej gorycz idealnie współgrała z nastrojem, gdy zaznaczał kolejną nieścisłość w procesie planowania obwodnicy. Żółty dla anomalii proceduralnych, pomarańczowy dla podejrzanych zbiegów okoliczności, niebieski dla nazwisk zbyt często przewijających się przy kluczowych decyzjach. Z każdym dokumentem, który przeglądał, wzór stawał się wyraźniejszy, a historia układająca się w jego głowie miała niewiele wspólnego z przejrzystym procesem planistycznym, który powinien był zostać przeprowadzony.

— Radny Conley znowu — mruknął, zakreślając nazwisko na niebiesko. Czwarty raz w ciągu sześciu miesięcy Conley przepchnął wniosek faworyzujący trasę wschodnią przy minimalnej dyskusji. Danny przewertował notatki, łącząc daty zakupów sąsiednich nieruchomości przez Coastal Holdings z posiedzeniami rady, na których kluczowe decyzje w tajemniczy sposób nie znalazły się w protokołach.

Szkic artykułu rósł, akapit po akapicie. Trzy tygodnie śledztwa przyniosły aż nadto dowodów, by postawić poważne pytania o wybór trasy obwodnicy. To, co zaczęło się jako przysługa dla rodziny McKenzie, przerodziło się w dokładnie taki materiał, na jakim zbudował swoją reputację w Brisbane: wpływowe interesy manipulujące procesami publicznymi dla prywatnego zysku, a koszty ponoszą zwykli obywatele.

Poranna cisza otulała go jak znajomy koc. Te wczesne godziny, zanim Lucy się budziła, stały się jego najbardziej produktywnym czasem, pozwalającym w pełni się skupić bez stałego czuwania rodzicielskiej uwagi. Pisał szybko, a słowa płynęły, gdy przekładał suche proceduralne nieprawidłowości na opowieść, którą zwykły czytelnik mógł śledzić.

— *Wschodnia trasa obwodnicy, która przecięłaby historyczne gospodarstwa rolne i zakłóciła działalność ugruntowanych firm, była konsekwentnie przedstawiana jako jedyna realna opcja, mimo znaczącego sprzeciwu społeczności oraz istnienia odpowiedniej alternatywy w postaci trasy zachodniej* — napisał. — *Dokumenty uzyskane przez tego reportera ujawniają wzorzec proceduralnych skrótów i wybiórczych konsultacji, co rodzi poważne pytania o to, czy właściwe protokoły planistyczne zostały dochowane.*

Danny zatrzymał się, przetarł oczy i przeczytał to, co napisał. Fakty musiały bronić się same, ale z doświadczenia wiedział, że same liczby i daty nie poruszą czytelników. Potrzebował pierwiastka ludzkiego, historii, które zamieniają abstrakcyjne decyzje polityki publicznej w widoczne skutki w prawdziwym życiu.

Wywołał na ekranie notatki z wywiadów i przewinął do opowieści Helen o rodzinnym gospodarstwie mlecznym. Trzy pokolenia pracowały na tej ziemi, budując od zera prężnie działającą hodowlę, która utrzymywała nie tylko ich rodzinę, lecz także kilku pracowników. Trasa wschodnia uczyniłaby gospodarstwo bezużytecznym, dzieląc je na pół ruchliwą drogą, której krowy nie mogłyby przekraczać, by dotrzeć do dojarki.

— Dziadek nauczył mnie doić w tej dojarn i, kiedy miałam sześć lat — powiedziała mu Helen, głosem spokojnym, choć dłonie lekko jej drżały. — Moi synowie i córki też się tam uczyli. Co mam im teraz powiedzieć? Że postęp oznacza wymazanie naszej historii?

Danny wplótł jej słowa w artykuł, kontrastując kliniczny język propozycji odszkodowawczej rady z nieprzeliczalną wartością międzypokoleniowej wiedzy i przywiązania do miejsca.

Sprawa Ridgewater była jednocześnie prostsza i bardziej złożona. Na papierze wyglądało to na zwykłe wywłaszczenie: rząd przymusowo nabędzie ziemię potrzebną pod korytarz drogowy. Danny jednak widział na własne oczy, co Ridgewater znaczy dla społeczności. Lekcje jazdy, które budują dziecięcą pewność siebie, miejsca pracy, które ośrodek zapewnia, poczucie ciągłości w świecie nieustannej zmiany. Jak wyliczyć sprawiedliwe odszkodowanie za to wszystko? I dlaczego władze upierały się przy przejęciu całej posiadłości? Owszem, oferta powinna się pojawić, by rodzina mogła kupić równoważną nieruchomość gdzie indziej, ale co stanie się z resztą ziemi, której nie wykorzystają pod samą drogę... i kto na tym zarobi? Bo, podobnie jak Ryan Wardell, był niemal pewien, że nie McKenzie'owie.

Palce zawisły mu nad klawiaturą, gdy zastanawiał się, jak ująć tę część historii. Ridgewater nie było zwykłą nieruchomością; stało się dla niego osobiście ważne dzięki przemianie Lucy. Dziennikarz w nim ostrzegał, by nie pozwolić, aby ta osobista więź zabarwiła relację, ale ojciec nie mógł zignorować tego, jak ośrodek jeździecki pomógł jego córce stanąć na nogi po traumie rozpadu rodziny i przeprowadzce na prowincję.

Miękki klapot bosych stóp na kuchennych płytkach przerwał jego myśli. Lucy pojawiła się w drzwiach, z włosami w dzikim nieładzie po śnie, z oczami jeszcze ciężkimi.

— Dzień dobry, tato — ziewnęła, sunąc do szafki. — Jesteś na nogach od wieków.

Danny zerknął na zegar — 6:45. — Tylko od kilku godzin. Pracuję nad artykułem o obwodnicy.

Lucy kiwnęła roztargniona, sięgając po płatki. Danny patrzył, jak wykonuje poranne czynności z wprawą dziecka, które przywykło do samodzielności. Nasypała płatki, dolała mleka i zaniosła miskę do niewielkiego miejsca, które uprzednio zwolniła na skraju stołu, najwyraźniej niewzruszona zorganizowanym chaosem jego materiałów.

— Pojedziemy po śniadaniu do Ridgewater? — zapytała między łyżkami. — Jemima pisała wczoraj. Ona i Charlotte chcą, żebym przyszła na cały dzień. Mama Jemimy powiedziała, że to w porządku i że mogę zjeść z nimi kanapki na lunch w Big House.

— Cały dzień? — Danny uniósł brwi. — To długo.

Lucy wzruszyła ramionami, gestem zaskakująco dorosłym. — Przecież mamy teraz przerwę świąteczną. Jemima nauczy mnie porządnie robić koki na zawody, a Charlotte ma nową książkę o koniach, którą chce mi pokazać.

Tęsknota w jej głosie była nie do odparcia. Dwa miesiące temu Lucy była nową dziewczynką bez przyjaciół, cichą i wycofaną. Teraz miała zaproszenia, wewnętrzne żarty, wspólne zainteresowania — wszystkie normalne przeżycia dzieciństwa, których obawiał się, że będą ofiarami ich trudnego nowego początku.

— Sądzę, że będzie w porządku — powiedział, starając się brzmieć swobodnie, a nie absurdalnie wdzięcznie rodzinie McKenzie i ich ośrodkowi. — I tak muszę zadać Sarze kilka pytań uzupełniających do tego artykułu.

Twarz Lucy rozjaśniła się. — Dzięki, tato! Od razu się ubiorę.

— Najpierw dokończ śniadanie — upomniał Danny, gdy już odsuwała się od stołu, z miseczką ledwie w połowie opróżnioną. — Przyda ci się energia na cały dzień z końmi.

Pół spodziewał się, że przewróci oczami, ale skinęła z namysłem i znów podniosła łyżkę. — Masz rację. Pani Zoe mówi, że trzeba najpierw zadbać o siebie, bo inaczej nie pomożesz innym — koniom ani ludziom.

— Brzmi bardzo rozsądnie. — I brzmiało dokładnie jak Zoe. Danny uśmiechnął się, po czym zapisał szkic artykułu i zaczął zbierać najważniejsze dokumenty, które chciał zabrać, podczas gdy Lucy kończyła śniadanie, wkładała miskę do zmywarki i pędem biegła znów na górę. Historia nabierała kształtu, a ciąg wątpliwych decyzji stawał się coraz wyraźniejszy z każdym zebranym dowodem.

Zrozumiał, że nie chodziło tylko o drogi i przebiegi tras. Chodziło o to, co się dzieje, gdy decyzje wpływające na społeczności podejmują ludzie, którzy nie będą żyli z konsekwencjami. Chodziło o władzę i odpowiedzialność za jej użycie, o różnicę między postępem, który niesie ludzi ze sobą, a takim, który po prostu po nich przejeżdża.

Gdy segregował papiery, słyszał, jak Lucy krząta się na górze, zapewne w pośpiechu wskakując w strój do jazdy z entuzjazmem, na jaki o siódmej rano stać tylko dziewięciolatkę. Jej podekscytowanie było zaraźliwe, ogrzewając go na przekór chłodowi płynącemu z ustaleń jego śledztwa.

Cokolwiek stanie się z obwodnicą, przynajmniej to dał córce: miejsce, do którego należy, przyjaciół, którzy ją cenią, umiejętności budujące jej pewność siebie. Na razie to musiało wystarczyć.

Danny przejechał tych kilka minut do Ridgewater, słuchając z tylnego siedzenia ożywionej paplaniny Lucy. Świąteczne wakacje rozciągały się przed nimi jak niezamalowane płótno, a córka najwyraźniej dokładnie wiedziała, jak je pokolorować — barwami Ridgewater, wśród koni i nowo znalezionych przyjaciół. Jej entuzjazm udzielał się nawet wtedy, gdy w jego żołądku zawiązywał się mały supełek niepokoju na myśl, jak szybko dorasta i sięga po doświadczenia wykraczające poza jego ochronę.

— A Jemima mówi, że na święta stroją kucyki w błyszczące łańcuchy, dzwoneczki i różne takie — ciągnęła Lucy, ledwie łapiąc oddech. — Powiedziała, że mogę pomóc przy Foxie, jeśli chcę, i będziemy ćwiczyć do świątecznego pokazu, gdzie wszyscy przebierają się za renifery w finale. Wiedziałeś, że konie mogą nosić poroże? Nie prawdziwe, wiadomo.

Danny uśmiechnął się do niej w lusterku. — Wiadomo. Choć podejrzewam, że konie nie są tym zachwycone.

— Jemima mówi, że nie mają nic przeciwko, byle poroże nie było za ciężkie. I dostają dodatkowe marchewki w podziękowaniu. — Lucy przycisnęła nos do szyby, gdy skręcili na znajomy szutrowy podjazd do Ridgewater. — Pani Emma mówi, że Foxie jest bardzo cierpliwa przy przebierankach. Nie jak Butterscotch, który próbuje zjadać dekoracje.

Sposób, w jaki Lucy mimochodem wspominała teraz o kadrze i koniach, z łatwością kogoś, kto czuje się częścią miejsca, ogrzał coś w piersi Danny'ego. Zaledwie kilka tygodni wcześniej była niepewna, onieśmielona, kurczowo ściskała jego dłoń, gdy wkraczali w ten nieznany świat. Teraz mówiła o nim z pewnością kogoś, kto dokładnie wie, gdzie jest jego miejsce.

Samochód ledwie się zatrzymał, gdy Lucy odpięła pas i wypadła na zewnątrz, dostrzegając Jemimę i Charlotte przy ujeżdżalni, gdzie Emma ustawiało przeszkody — znacznie mniejsze niż te, nad którymi kilka dni wcześniej widział ją lecącą z Phoenix; te musiały być do lekcji dla uczniów. Danny patrzył, jak Lucy pędzi przez dziedziniec, cała w długich kończynach i podskakujących loczkach; twarze przyjaciółek rozjaśniły się, gdy tylko ją zobaczyły. Trójka od razu wpadła w ożywioną rozmowę, wskazując na przeszkody, które ustawiała Emma, aż Emma pomachała im, by podeszły pomóc.

On sam wysiadł wolniej, wsuwając notes do tylnej kieszeni. Przywitała go znajoma atmosfera Ridgewater: stukot kopyt o beton, gdy Kate prowadziła swoją wysoką siwą klacz z powrotem do stajni po treningu ujeżdżeniowym, słodki zapach zielonej trawy, chichot kookaburry gdzieś w pobliżu. Oparł się o ogrodzenie, zadowolony, że może z daleka obserwować interakcje dziewczynek.

Emma pomachała do niego, po czym znów zwróciła się do dzieci, pokazując rękami coś związanego z przeszkodami. Cała trójka poważnie kiwała, chłonąc lekcję z identycznymi minami skupienia. Potem Emma wskazała na padok, gdzie pasło się kilka kucyków, najwyraźniej wydając polecenia.

Lucy ruszyła pierwsza, za nią Jemima i Charlotte. Danny patrzył, jak jego córka — ostrożna, jeszcze niedawno niepewna — pewnie otwiera bramę, wchodzi na padok i podchodzi do kudłatego, gniadego kucyka. Zwierzę uniosło głowę, nastawiło uszy w rozpoznaniu i bez wahania podeszło do niej stępa.

— Kiedy zdążyłaś się tego nauczyć? — mruknął Danny do siebie, obserwując, jak Lucy zapina kucykowi kantar. Ruchy miała naturalne, jakby obchodziła się z końmi całe życie, a nie od kilku tygodni. Chwyciła uwiąz i poprowadziła kucyka do bramy, gdzie spotkała się z koleżankami prowadzącymi dwa kolejne; cała trójka trajkotała i śmiała się, idąc w stronę stajni.

Coś ścisnęło mu gardło; duma zmieszała się z dziwnym smutkiem. Każda nowa umiejętność zdobyta przez Lucy była jednocześnie zwycięstwem i małym krokiem w stronę oddalenia od tej dziewczynki, która potrzebowała go we wszystkim. Chciał, by rosła, stawała się pewna siebie i samodzielna, ale każdy kamień milowy przypominał, jak ulotne jest dzieciństwo i jak szybko staje się własną osobą.

Ruch przy padokach ogierów przykuł jego uwagę. Zoe siedziała tuż za bramą wybiegu Midnighta, z książką otwartą na kolanach. Czarny kuc, już nie przestraszone, agresywne zwierzę, które Danny widział tu po raz pierwszy, spokojnie pasł się kilka metrów dalej. Wyglądał na wyciszonego, jego postura była rozluźniona, gdy systematycznie skubał trawę, od czasu do czasu tylko poruszając uchem w stronę Zoe, ale nie zdradzając nic z paniki, która charakteryzowała jego pierwsze dni w Ridgewater.

Danny patrzył, zafascynowany tym cichym obrazem. Był sceptyczny wobec metody rehabilitacji Zoe, przekonany, że kuc jest zbyt niebezpieczny, by go ocalić. A jednak oto namacalny dowód postępu: straumatyzowane zwierzę potrafiło już spokojnie przebywać przy człowieku. Zoe siedziała swobodnie, wsparta na jednym ramieniu, burzę loków miała ujarzmioną luźnym warkoczem; od czasu do czasu przewracała kartkę, ale poza tym zachowywała uważną bezruchliwość.

Jego uwaga wróciła do stajni, gdy Lucy wyszła, prowadząc już wyczesanego kucyka o sierści lśniącej w porannym słońcu. Przywiązała go do poręczy i poszła do siodlarni, wróciła z siodłem i ogłowiem i z całkowitą pewnością je założyła. Przemiana z nieśmiałego dziecka z pierwszej lekcji w tę pewną siebie młodą amazonkę była zdumiewająca. Emma podeszła sprawdzić jej pracę i nawet z tej odległości Danny zobaczył dumny uśmiech Lucy, gdy

Emma kiwnęła głową i poklepała ją po ramieniu, dodając słowo pochwały.

Rozległ się pisk śmiechu, gdy Charlotte powiedziała coś, co wprawiło pozostałe w ataki chichotu. Danny uśmiechnął się. Takie chwile nieskomplikowanej radości były rzadkie po rozwodzie i batalii o opiekę. Widzieć, jak Lucy śmieje się bez zahamowań, z rozluźnionym ciałem i otwartą, szczęśliwą twarzą, było darem, o który nawet nie umiał poprosić.

Jego spokojną obserwację przerwał moment, gdy Lucy wskazała na padok Midnighta, mówiąc coś do koleżanek, po czym odwróciła się i pobiegła z powrotem tam, gdzie stał Danny. Twarz miała rozświetloną ekscytacją, kiedy do niego dotarła.

— Tato! Popatrz na Midnighta! — zawołała, gestem wskazując odległy wybieg. — Pozwala Pani Zoe siedzieć prosto na jego polu! I je i w ogóle, wcale się nie boi!

Danny skinął głową. — Widzę. Zrobiła z nim duże postępy.

— Pani Zoe mówi, że znowu zaczyna ufać ludziom. Wczoraj powiedziała mi, że może już niedługo spróbuje go dotknąć. — Oczy Lucy aż lśniły z przejęcia. — Tato, zapytałam, czy mogłabym przy nim pomagać, i powiedziała, że może, jeśli ty się zgodzisz.

Supeł niepokoju w brzuchu Danny'ego zacieśnił się. — Pomagać przy Midnightzie? Lucy, ten kuc posłał kogoś do szpitala. Ugryzł Panią Zoe na tyle mocno, że trzeba było opatrunków.

— Wiem, ale to było tygodnie temu. Teraz jest o wiele lepiej. — Twarz Lucy spoważniała, przybierając wyraz, który miała zawsze, gdy chciała go do czegoś przekonać. — Byłabym bardzo ostrożna, tato. Obiecuję. Pani Zoe mówi, że mam delikatny dotyk przy koniach. Powiedziała, że mogę pomóc, po prostu siedząc cicho i czytając blisko niego, tak jak wcześniej. Nie próbowałabym go dotykać ani nic, dopóki nie powie, że można.

Danny zerknął w stronę padoku Midnighta, gdzie czarny kuc wciąż spokojnie się pasł. Nie dało się zaprzeczyć, że zwierzę wyglądało na bardziej opanowane, ale wspomnienie zakrwawionej ręki Zoe i brutalności tamtego pierwszego ataku nadal miał przed oczami. Sama myśl o Lucy w pobliżu tak nieprzewidywalnego zwierzęcia niosła ze sobą lodowaty strach.

— Proszę, tato? — nalegała Lucy, wyraźnie czytając jego wahanie. — To ważne. On też musi się nauczyć, że dzieci nie są straszne, bo jest za mały na konia dla dorosłego.

Danny rozdzierał się między chęcią wspierania wrażliwości Lucy a instynktowną potrzebą chronienia jej przed potencjalnym zagrożeniem. Pełna nadziei prośba w jej oczach utrudniała odmowę, ale ryzyko, choćby zmniejszone, wciąż wydawało się zbyt duże. Spojrzał znów na Zoe, zastanawiając się, jak może tak spokojnie dzielić przestrzeń ze zwierzęciem, które kiedyś ją zaatakowało.

— Najpierw porozmawiam z Panią Zoe — powiedział w końcu, zyskując czas, by ułożyć swoje zastrzeżenia. — Muszę dokładnie zrozumieć, co proponuje, zanim podejmę decyzję.

Twarz Lucy rozpromieniła się. — Dzięki, tato! Pójdę powiedzieć Jemimie i Charlotte, że może będę mogła pomagać przy Midnightzie! — Pobiegła z powrotem do dziewczynek, zostawiając Danny'ego wpatrzonego za nią z mieszaniną dumy i niepokoju.

Wyprostował się, prostując ramiona, i ruszył w stronę padoku Midnighta. Ta rozmowa z Zoe była konieczna, ale już wiedział, że odpowiedź rozczaruje jego córkę. Niektórych ryzyk, choćby jak najlepiej kontrolowanych, po prostu nie podejmuje się wobec osoby, którą kocha się najbardziej na świecie.

Zoe uniosła wzrok znad książki, gdy Danny podchodził, natychmiast wyczytując z jego twarzy coś, co sprawiło, że zaznaczyła stronę i z gracją podniosła się z miejsca. Szepnęła coś do Midnighta, po czym wymknęła się przez bramę, by spotkać się z Dannym na zewnątrz. Z bliska jej złotobrązowe oczy miały pytające spojrzenie, a kosmyk niesfornych włosów, który uciekł z warkocza, zakręcił się na policzku. Danny zmusił się, by skupić się na sprawie, a nie na rozpraszającej chęci, by odgarnąć niesforny lok za ucho.

— Lucy właśnie powiedziała mi, że rozmawiała Pani o jej pomocy przy Midnightzie — powiedział bez wstępów, z ramionami spiętymi napięciem.

Zoe skinęła, otwarta, lecz uważna. — Rozmawiałyśmy o tym wczoraj. Właściwie prosi o to od tygodni. — Zerknęła na kuca, który dalej się pasł, najwyraźniej niewzruszony przerwą. — Powiedziałam jej, że to będzie zależeć wyłącznie od Pana zgody.

— Nie czuję się z tym dobrze — stwierdził Danny płasko, krzyżując ramiona. — Rozumiem, że widać poprawę, ale ryzyko wciąż wydaje mi się zbędne.

Zoe przez moment mu się przyglądała, przechylając lekko głowę, jakby chciała zajrzeć pod warstwę słów. — Doceniam Pana troskę — powiedziała w końcu. — Ale Lucy wykazuje niezwykły rozsądek przy koniach. Szanuje granice lepiej niż wielu dorosłych, których uczyłam.

— Tu nie chodzi o rozsądek Lucy. To nieprzewidywalne zwierzę z historią agresji — odparł Danny, wskazując na czarnego kuca. — Posłał kogoś do szpitala. Ugryzł Panią tak mocno, że potrzebowała Pani pomocy medycznej.

— Oba stwierdzenia są prawdziwe — przyznała spokojnie Zoe. — I nie proponowałabym tego, gdybym uważała, że Midnight stwarza dziś takie samo zagrożenie jak wtedy, gdy do nas trafił. — Podwinęła rękaw, odsłaniając niemal zagojone ślady po zębach Midnighta. — Ale on robi realne postępy. Zajęcia z Lucy byłyby w pełni nadzorowane. Nie miałaby z nim żadnej bezpośredniej interakcji bez mojej obecności i nie dotknie go, dopóki nie uznam, że jest na to gotowy. Szczerze mówiąc, chcę tylko, żeby była obok, żebym mogła z nią rozmawiać, kiedy z nim pracuję — żeby kojarzył dziecięce głosy ze spokojnymi, pozytywnymi doświadczeniami.

Szczęka Danny'ego się zacisnęła. — Dopóki coś go nie spłoszy i nie ruszy do ataku.

— Dlatego mamy procedury bezpieczeństwa. — W głosie Zoe zabrzmiała nuta frustracji. — Lucy dotąd wzorowo wykonywała każde polecenie, gdy była w pobliżu Midnighta.

— Procedury nie powstrzymają zdeterminowanego konia — pokręcił głową Danny. — Widziałem, co się dzieje, gdy zabezpieczenia zawodzą. Gdy ludzie popadają w rutynę i lekceważą ryzyko.

Wyraz twarzy Zoe subtelnie się zmienił — zawodowa cierpliwość ustąpiła miejsca czemuś bardziej bezpośredniemu. — Jest różnica między rozsądną ostrożnością a paraliżującym lękiem. Uczenie się oceny i zarządzania ryzykiem to część dorastania.

— Tu nie chodzi o moją filozofię wychowawczą — powiedział Danny ostrzej, niż zamierzał. — Chodzi o konkretne niebezpieczeństwo, na które nie ma potrzeby narażać mojej córki.

— Wszystko, co warte zachodu, zawiera w sobie element ryzyka — odparła Zoe, a jej ton też złapał odrobinę żaru. — Lekcje jazdy. Zawieranie przyjaźni. Dorastanie. Nie da się całkiem wyeliminować ryzyka, można jedynie nauczyć się je oswajać.

— Możemy unikać ryzyka niepotrzebnego — upierał się Danny. — Midnight nie jest odpowiedzialnością Lucy. Jest tu mnóstwo innych koni, przy których może pracować, bez takiej przeszłości.

Zoe westchnęła, przeczesując z frustracją włosy i wyciągając z warkocza jeszcze kilka loków. — Lucy ma rzadki dar do koni; nawet Jemima, która tu się wychowała, nie ma tej nieuchwytnej jakości, którą Lucy posiada naturalnie. Jest delikatna, cierpliwa, nie zagrażająca. To niezwykle cenne w tej pracy. — Spojrzała mu prosto w oczy. — Ona chce mu pomóc, proszę Pana. Rozwija empatię i współczucie dzięki takim doświadczeniom. To cechy warte pielęgnowania, nawet jeśli wiążą się z ostrożnie zarządzanym ryzykiem.

— Tylko jakim kosztem? — Głos Danny'ego przycichł, niosąc znaczenie wykraczające poza bieżący spór. — Gdzie stawiamy granicę między wartościowym doświadczeniem a niepotrzebnym zagrożeniem?

— Nie da się trzymać jej w bańce ochronnej wiecznie — powiedziała łagodnie Zoe, na moment dotykając jego ramienia. — Dzieci potrzebują przestrzeni, by sprawdzać swoje granice i odkrywać własne możliwości. Lucy znajduje coś, w czym naprawdę jest dobra i co jest dla niej ważne.

Ten prosty dotyk i cicha prawda w jej słowach poluzowały coś w piersi Danny'ego. — Właśnie tak mówiła moja była żona, zanim odeszła od nas do mężczyzny z kryminalną przeszłością — wyrzucił nagle, zanim zdołał się powstrzymać. — Wybrała jego kosztem bezpieczeństwa Lucy. Mówiła, że jestem nadopiekuńczy, że powinienem „pozwolić Lucy trochę pożyć". A potem walczyłem o pełną opiekę, bo jej nowy chłopak miał skazania za seksualne wykorzystanie nieletniej i już zdążył grozić Lucy. Prosto w jej *twarz*. Ginny nie zrobiła absolutnie nic, żeby to powstrzymać.

Wyraz twarzy Zoe się zmienił — szok ustąpił miejsca zrozumieniu, a potem głębokiej empatii. — Bardzo mi przykro. Nie wiedziałam.

— Skąd mogła Pani? — Odwrócił wzrok, zaskoczony własnym wyznaniem. — Nie mówię o tym. Ale dlatego właśnie bezpieczeństwo nie podlega u mnie negocjacji. Widziałem na własne oczy, co się dzieje, gdy ci, którzy powinni chronić Lucy, wybierają, by tego nie robić.

Napięcie między nimi się zmieniło, konfrontacja rozpuściła się w coś bardziej złożonego. Głos Zoe złagodniał. — To musiało być przerażające dla was obojga.

— Było. — Danny przełknął ślinę, znajdując niespodziewaną ulgę w tym, że wreszcie o tym mówi. — Spór o opiekę był brzydki. Lucy znalazła się w samym środku, słyszała rzeczy, których żadne dziecko nie powinno słyszeć. Kiedy wreszcie osiedliśmy tutaj, obiecałem sobie, że już nigdy nie poczuje się niebezpiecznie.

— A teraz odbudowujecie się — powiedziała cicho Zoe. — Szukacie gruntu pod nogami w nowym miejscu, tylko we dwoje.

Danny skinął, poruszony tym, jak szybko potrafiła zrozumieć. — Wszystko, co robię, ma jej dać stabilność i poczucie bezpieczeństwa. I pewność, że zawsze może na mnie liczyć.

— Ona to wie, proszę Pana. — Oczy Zoe rozgrzała pewność. — Każdy, kto spędzi z wami pięć minut, to widzi. Ona Panu całkowicie ufa.

— Muszę być tego zaufania wart. A to znaczy, że nie będę narażał jej na niepotrzebne zagrożenia, nawet z najlepszych pobudek. — Westchnął, przeczesując włosy dłonią. — Chcę wspierać jej pasje. Naprawdę. Ale to wydaje mi się za dużo, za szybko.

Zoe powoli skinęła głową. — Rozumiem. I szanuję Pana decyzję, choć inaczej postrzegam tę sytuację. — Zawahała się, po czym dodała: — Jeśli to coś znaczy, nigdy nie zaproponowałabym niczego, co, w mojej ocenie, niosłoby ryzyko krzywdy dla Lucy. Jej bezpieczeństwo też jest dla mnie ważne.

Prosta szczerość w jej głosie zaskoczyła go. Stali teraz blisko, a poranne słońce rzucało przez eukaliptusy cętkowane cienie na uniesioną twarz Zoe. Danny przyłapał się, że zauważa detale, które dotąd starał się ignorować: łuk jej ust, gdy mówiła, złote plamki w oczach łapiące światło, sposób, w jaki potrafiła słuchać całym ciałem — obecna i skupiona.

— Wiem — powiedział, ściszając głos do nagłej intymności chwili. — Myślę, że dlatego to takie skomplikowane.

Coś drgnęło w jej spojrzeniu — mignięcie świadomości, które odpowiadało ściśnięciu w jego piersi. Dzielił ich ledwie rozstaw dłoni, rozmowa niepostrzeżenie przybliżyła ich do siebie. Danny poczuł, jak lekko pochyla się ku niej, przyciągany impulsem, z którym walczył od tygodni. Usta Zoe rozchyliły się miękko, spotkała jego wzrok z niemym pytaniem.

A potem rzeczywistość wróciła jak zimna fala. Co on wyprawia? Ta kobieta pracuje z jego córką. Każde skomplikowanie między nimi odbije się także na Lucy. Wyprostował się gwałtownie, cofnął krok, natychmiast żałując błysku rozczarowania, który przemknął po twarzy Zoe, zanim zdążyła go ukryć.

— Powinnam wracać do pracy — powiedziała szybko, wsuwając książkę pod ramię dłońmi, które nie były całkiem pewne. — Dziewczynki miały pomagać przy lekcji dla jeźdźców z niepełnosprawnościami. Emma będzie potrzebowała pomocy.

Zanim Danny zdążył odpowiedzieć, już odchodziła, krok miała zdecydowany, choć nieco przyspieszony. Patrzył za nią, a w piersi kotłowały mu się zamęt i frustracja. Jak rozmowa o bezpieczeństwie Lucy zeszła na tak osobiste tory? I czemu, mimo pewności co do sprawy Midnighta, czuł, że w jakiś sposób oblał ważny test?

Midnight prychnął cicho z padoku, przyciągając jego uwagę. Kuc patrzył na niego bystrymi oczami — już nie przerażone stworzenie, które przyjechało w przyczepie do transportu zwierząt. Postęp jest możliwy, przyznał Danny w duchu. Ludzie — i zwierzęta — potrafią leczyć swoje traumy, na nowo uczyć się ufać. Ale tego procesu nie da się przyspieszyć ani przeprowadzić kosztem bezpieczeństwa.

Odwrócił się i ruszył z powrotem do miejsca, gdzie czekała Lucy, wiedząc, że będzie musiał ją rozczarować.

Niektórych lekcji, pomyślał z gorzkim uśmiechem, uczy się najtrudniej.

Rozdział ósmy

Świąteczne ozdoby zdobiły drzwi stodoły w Ridgewater, a wieniec z drutu ogrodzeniowego, opleciony łańcuchem i czerwonymi wstążkami, wnosił bożonarodzeniowy nastrój do zwykle czysto użytkowej przestrzeni. Do Świąt zostały dwa tygodnie, a cały ośrodek tętnił przygotowaniami do corocznego pokazu — najważniejszego wydarzenia w kalendarzu Ridgewater. Z krytej ujeżdżalni dobiegały kolędy puszczane z przenośnych głośników, podczas gdy Kate prowadziła zaawansowaną uczennicę ujeżdżenia przez trening programu dowolnego do muzyki.

Zoe zatrzymała się przy wejściu do stodoły, uśmiechając się na widok sceny przed sobą. Lucy, Jemima i Charlotte kłębiły się wokół grupy kucyków, a szczotki do czyszczenia poruszały się rytmicznie po lśniących sierściach. Przemiana Lucy w ostatnich tygodniach wciąż ją zadziwiała; tam, gdzie kiedyś była nieśmiała, czujna dziewczynka, teraz stała pewna siebie młoda osóbka, której śmiech swobodnie mieszał się z chichotem przyjaciółek.

— Tata kupił mi nową koszulę na zawody — mówiła Charlotte, przeciągając grzebień przez czarną grzywę Beau. — Znalazł taką zieloną, z błyszczącymi cyrkoniami, która idealnie pasuje do naczółka Beau na pokazy.

— Mama mówi, że mogę założyć moje nowe białe bryczesy — odparła Jemima, ostrożnie rozczesując złoty ogon Butterscotcha. — A na napierśnik Phoenix założymy małe dzwoneczki na finałową paradę. Przymierzyliśmy je i w ogóle mu nie przeszkadzały!

Lucy podniosła głowę znad kopyt Foxie, które właśnie czyściła, a w jej oczach błyszczało podekscytowanie. — Myślicie, że Foxie będzie bała się dekoracji? Nigdy jeszcze nie startowałam w pokazie.

— Foxie bierze udział w świątecznym pokazie co roku, odkąd byłam maleńka — zapewniła ją Jemima. — Uwielbia to. A potem wszystkie kucyki dostają dodatkowe smakołyki.

Zoe ruszyła dalej, szczęśliwa, widząc, jak bezproblemowo Lucy wrosła w życie Ridgewater. Świąteczny pokaz był idealną okazją na jej pierwsze starty — świąteczną, a nie onieśmielającą, nastawioną na zabawę, a nie na techniczną precyzję. Jazda Lucy zrobiła imponujące postępy; anglezowała w kłusie z naturalnym wyczuciem rytmu i zaczynała rozumieć subtelny język pomocy łydką i przesunięć ciężaru. Pip planowała wkrótce przesiąść ją na bardziej zaawansowanego kuca i rozpocząć naukę galopu oraz małych skoków — sama myśl o tym przerażała Danny'ego, ale po tym, jak odmówił Lucy zgody na pomoc przy Midnight, uznał, że nie może hamować jej naturalnego rozwoju w jeździectwie.

Na zewnątrz poranne słońce rzucało długie cienie na podwórze, gdy Zoe kierowała się do padoku Midnight.

Czarny kucyk wciąż robił stałe postępy — każdego dnia pojawiały się małe, ale znaczące zwycięstwa. Wczoraj pozwolił Zoe głaskać się po szyi przez prawie pięć minut; początkowe napięcie stopniowo rozpłynęło się pod jej delikatnym dotykiem, kiedy używała technik Metody Mastersona, by pomóc mu je uwolnić.

Dziś miała przewieszony przez ramię miękki uwiąz, zdeterminowana, by kontynuować ich ćwiczenia prowadzenia w ręku. Kopyta Midnight wyglądały dużo lepiej i zaczął poruszać się swobodniej od czasu interwencji, ale nie chciała znów uspokajać go lekami. Musiała móc bezpiecznie podnieść każde kopyto, zanim za kilka tygodni przypadnie kolejny werk.

— Dzień dobry, przystojniaku — zawołała, zbliżając się do ogrodzenia.

Midnight podniósł łeb znad trawy, a uszy nastawiły się do przodu w geście rozpoznania. Prychnął raz, po czym ruszył w jej stronę równym krokiem — bez pośpiechu, ale i bez wahania. Ta gotowość do podejścia za każdym razem napełniała Zoe cichą dumą.

Przesunęła się przez bramkę, starannie zamykając ją za sobą. Midnight stanął kilka metrów dalej, patrząc bystro, gdy układała ich zwyczajową rutynę: delikatna rozmowa i uważne ruchy. Gdy wreszcie sięgnęła po kantar wiszący na słupku ogrodzenia, opuścił lekko głowę — niezupełnie oferując ją sam, ale też nie stawiając oporu. Zoe zaczekała nieruchomo, aż Midnight wypuścił parsknięcie i odwrócił łeb jeszcze odrobinę w jej stronę, przyjmując jej prośbę.

— Właśnie tak — mruknęła, wsuwając kantar na jego nos i podając kawałek marchewki w nagrodę. — Dziś jesteś wzorowym dżentelmenem.

Dźwięk silnika na podjeździe na moment odciągnął jej uwagę; podjechał samochód Danny'ego. Lucy wspominała, że dziś odbierze ją wcześniej niż zwykle, żeby pojechać na świąteczne zakupy do Brisbane. Ich wcześniejsze napięcie w ostatnich tygodniach stopniowo zelżało, zamieniając się w ostrożne porozumienie, choć Zoe wciąż czuła szybsze bicie serca, ilekroć się pojawiał.

Skupiła się znów na Midnight, delikatnie przypinając uwiąz do kantara. — To co, mały spacerek? Tylko dookoła padoku, jak zwykle.

Kuc podążał za nią z ledwie wyczuwalnym napięciem; wcześniejsze gwałtowne reakcje na nacisk kantara ustąpiły ostrożnej uległości. Okrążyli padok, a Zoe cicho go chwaliła i co jakiś czas podawała kawałki marchewki. Postępy były wyjątkowe, ale miała pełną świadomość, jak kruche jest to nowo zdobyte zaufanie i jak łatwo nagły strach może uruchomić jego obronne reakcje.

Prosiła go właśnie, by ustąpił od niej w zwrocie, gdy zauważyła, że Lucy biegnie w stronę padoku z twarzą rozpromienioną ekscytacją, a kilka kroków za nią szedł Danny. Zoe wyczytała napięcie w jego kroku, lekką zmarszczkę między brwiami, która pojawiała się zawsze, gdy Lucy zbliżała się do przestrzeni Midnight, nawet jeśli rozdzielał ich płot.

— Pani Zoe! — zawołała Lucy, lekko zdyszana, gdy dobiegła do ogrodzenia. — Midnight wygląda świetnie! Jak ładnie z Panią chodzi.

— Radzi sobie dziś wspaniale — zgodziła się Zoe, prowadząc kuca w stronę ogrodzenia, ale zatrzymując się w bezpiecznej odległości. — Ćwiczymy skręty i zatrzymania.

Oczy Lucy błyszczały nieskrywaną admiracją, gdy patrzyła, jak Midnight odpowiada na delikatne wskazówki Zoe. — Jest taki piękny. I już jest dużo lepszy, prawda? Już nie boi się ludzi.

— Zrobił niesamowite postępy — potwierdziła Zoe, uważnie czytając mowę ciała kuca, gdy stanęli blisko ogrodzenia. Jego uszy skakały między nią a Lucy, ale postura pozostawała względnie rozluźniona. — Ale wciąż uczy się ufać.

Lucy ścisnęła szczebel płotu, z twarzą pełną zapału. — Pani Zoe, pomyślałam... skoro Midnight daje się już prowadzić, może mogłabym pokazać go w klasie w ręku na świątecznym pokazie? Jemima mówiła, że początkujący mogą startować w klasie w ręku nawet, jeśli nie jeżdżą.

Zoe poczuła, jak Midnight lekko się napina obok niej, odpowiadając na zmianę w jej własnym języku ciała. Zanim zdołała sformułować odpowiedź, Danny zrobił krok naprzód, zaciskając dłonie na poręczy tak mocno, że pobielały mu knykcie.

— Absolutnie nie — powiedział tonem ostrzejszym niż przez ostatnie tygodnie. — Lucy, rozmawialiśmy o tym. Midnight nie jest jeszcze bezpiecznym kucem do prowadzenia dla ciebie.

— Ale tato...

— Nie. — Zesztywniał, a strach widać było w zaciśniętych liniach wokół ust. — Zrobił postępy, ale wciąż bywa niebezpieczny.

Zoe odnotowała narastające napięcie Midnight obok siebie; reakcja na podniesiony głos Danny'ego była natychmiastowa. — Weźmy wszyscy głęboki oddech — powiedziała cicho, dając Danny'emu spojrzeniem znak, że jego reakcja udziela się kucowi. Z premedytacją odprowadziła Midnight kilka kroków od ogrodzenia, dając mu przestrzeń, po czym odpięła uwiąz i wyszła z padoku, całą uwagę kierując na Lucy, gdy zamykała bramkę.

Przykucnęła lekko, by spojrzeć Lucy w oczy, mówiąc życzliwie, lecz stanowczo. — Lucy, twój zapał jest cudowny i jestem bardzo dumna z tego, jak pomagałaś przy kucu Midnight, oswajając go ze swoją obecnością zza ogrodzenia. Naprawdę bardzo mu pomogłaś, bardziej, niż myślisz. Ale twój tata ma rację. Midnight nie jest gotowy na atmosferę pokazu.

Twarz Lucy posmutniała, wcześniejsza ekscytacja się posypała. — Ale przecież jest już dużo lepszy. Pozwala Pani go prowadzić i w ogóle.

— Jest lepszy — przyznała Zoe — ale świąteczny pokaz byłby dla niego przerażający. Pomyśl: będzie głośna muzyka, tłumy obcych ludzi, wszędzie inne konie, dekoracje trzepoczące na wietrze. Byłoby okrutne pakować go w taką sytuację, kiedy dopiero uczy się ufać jednej czy dwóm osobom w cichym, znajomym miejscu.

Patrzyła, jak w wyrazie twarzy Lucy powoli pojawia się zrozumienie, choć rozczarowanie wciąż zaciemniało jej oczy.

— Czyli to nie byłoby dla niego uczciwe? — zapytała cicho Lucy.

— Jeszcze nie — potwierdziła Zoe. — I wobec ciebie też nie byłoby to fair. Midnight wciąż bywa nieprzewidywalny, gdy się przestraszy, a ja nigdy bym sobie nie wybaczyła, gdybyś zrobiła sobie krzywdę, bo ponaglilibyśmy go za szybko.

Ramiona Lucy opadły. — Pomyślałam tylko... Chciałam wszystkim pokazać, jaki on jest wyjątkowy. Że wcale nie jest strasznym kucem.

— Wiem, kochanie. I to wspaniała intencja. Ale czasem najżyczliwszą rzeczą, jaką możemy zrobić, jest uznać, że ktoś jeszcze nie jest gotów, nawet jeśli bardzo byśmy tego chcieli. To dotyczy ludzi tak samo jak zwierząt, ale zwierzęta nie powiedzą nam tego słowami. Musimy czytać ich inne sygnały. I myślę, że czujesz, prawda, że Midnight wciąż daje sygnały, że się boi?

Lucy skinęła głową, a rozczarowanie było widoczne w każdym geście jej drobnego ciała. Dłoń Danny'ego spoczęła na jej ramieniu, a wcześniejsze napięcie złagodniało, gdy zobaczył smutek córki.

— Przykro mi, Luce — powiedział cicho. — Widzę, jak bardzo cię to pomysł ekscytował.

Zoe już nieraz widziała odporność Lucy i wiedziała, że dziecko pozbiera się po tym zawodzie, ale ten opad ramion i tak ścisnął jej serce. Patrzyła, jak empatia przemyka przez twarz Danny'ego, gdy ściskał ramię

Lucy. Jego wcześniejsza ostrość stopniała na widok rozczarowania córki, ustępując miejsca tej miękkiej trosce, która zawsze pojawiała się, gdy Lucy było smutno. Zoe przygryzła wargę, gorączkowo obmyślając alternatywy, które mogłyby uratować świąteczne marzenia Lucy, nie rezygnując z bezpieczeństwa.

— Wiesz, Lucy — odezwała się zamyślona — w świątecznym pokazie jest kilka konkurencji, w których mogłabyś wystartować. Zrobiłaś świetne postępy w jeździe i masz prawdziwą więź z Foxie. Myślę, że w klasie początkujących stęp–kłus poradziłybyście sobie znakomicie.

Lucy zerknęła w górę, a przez rozczarowanie przebił się błysk zainteresowania. — Naprawdę? Myśli Pani, że jestem wystarczająco dobra?

— Więcej niż wystarczająco dobra — zapewniła ją Zoe. — Pięknie opanowałaś anglezowanie, a Foxie świetnie reaguje już na twoje pomoce. Ta klasa jest idealna na twój obecny poziom.

Postawa Danny'ego nieco się rozluźniła, choć dłoń wciąż spoczywała ochronnie na ramieniu Lucy. — To brzmi rozsądniej — powiedział, a Zoe zauważyła w jego głosie wciąż cień ostrożności.

— Foxie ma ogromne doświadczenie na ringu — kontynuowała Zoe, odpowiadając na niewypowiedzianą obawę Danny'ego. — Wie, co robi, i dba o swoich jeźdźców. Klasa dla początkujących jest bardzo kontrolowana — jedzie się w grupie, a instruktor podaje ruchy.

Lucy powoli skinęła głową, rozważając to. — A co z pokazaniem konia samodzielnie? Jemima mówiła, że klasa w ręku jest naprawdę fajna.

Zoe uśmiechnęła się, widząc szansę. — Myślę, że to możemy załatwić. Choć Midnight nie jest gotowy na pokaz, mamy kilka łagodnych kucyków idealnych do klasy w ręku. — Spojrzała w stronę padoku, gdzie pod

cieniem dużego drzewa drzemała piękna klacz palomino.
— Właściwie sądzę, że Honey byłaby dla ciebie absolutnie
idealna.

— Kuc pokazowy Pani Pip? — Oczy Lucy rozszerzyły
się. — Ale ona jest taka elegancka! I droga!

— Jest też niesamowicie łagodna i doświadczona —
odparła Zoe. — Wygrała niezliczone klasy w ręku, także
na naprawdę dużych pokazach, jak Ekka, więc doskonale
wie, co robi. Tobie zostałoby tylko nauczyć się schematu
prezentacji.

— To trudne? — zapytała Lucy, a zainteresowanie
wyraźnie rosło.

— Wcale nie — zapewniła ją Zoe. — Chodzi głównie
o poprawne prowadzenie kuca, pokazanie go sędziemu i
prawidłowe ustawienie do oceny. Od tygodni pomagasz
przy czyszczeniu, więc już wiesz, jak sprawić, by kuc
wyglądał pięknie. Widziałam też, jak ćwiczysz zaplatanie
— twoje warkocze wychodzą naprawdę równo.

Wyraz twarzy Danny'ego przesunął się z otwartego
sprzeciwu ku namysłowi. — To faktycznie brzmi bardziej
do ogarnięcia — przyznał. — I Honey rzeczywiście jest
bardzo spokojna, z tego co widziałem.

— Najsłodsza klacz w całym ośrodku — dobiegł głos
Pip, która nadchodziła od strony stodoły, w eleganckich
bryczesach i świątecznej, czerwonej koszuli. — Mówicie o
mojej złotej dziewczynce?

— Idealne wyczucie czasu — zawołała Zoe, przywołując
Pip gestem. — Właśnie rozmawiałyśmy o świątecznym
pokazie. Lucy chciałaby wystartować w klasie w ręku, a ja
zaproponowałam, że Honey byłaby idealną partnerką.

Pip oparła się o ogrodzenie, a jej bystre oczy przesunęły
się między Lucy a Dannym. — Genialny pomysł. Honey
ma tytuły w klasach w ręku po same uszy. Prawie sama się
pokazuje.

Twarz Lucy jeszcze bardziej pojaśniała. — Naprawdę?
Naprawdę pozwoliłaby mi Pani ją pokazać?

— Oczywiście — przytaknęła Pip. — Nie jest dla ciebie za duża i jest absolutną profesjonalistką w ringu. Szczerze, sprawia, że każdy wygląda świetnie — mnie też! A ja na pokazie będę i tak zbyt zajęta.

Pip kłamała w żywe oczy; uwielbiała okazję, by pokazać piękno Honey. Ale wiedziała też, że Zoe nie zaproponowałaby tego bez powodu. Rzut oka wymieniony z Zoe i półuśmiech mówiły, że Pip doskonale wie, o co chodzi, i nie ma nic przeciwko, by zagrać w tę grę.

Zoe widziała, jak w Lucy narasta ekscytacja, gdy przetwarzała tę alternatywę. Rozczarowanie nie zniknęło całkiem, ale szybko ustępowało miejsca nowej możliwości.

— I jest jeszcze jedna rzecz, w której mogłabyś pomóc — dodała Zoe. — Prowadzę pokaz Metody Mastersona w części edukacyjnej wydarzenia. Przydałaby mi się asystentka, która będzie tłumaczyć, co robię, kiedy pracuję z jednym z koni.

— Co to jest Metoda Mastersona? — zapytała Lucy, zaciekawiona.

— To szczególny rodzaj pracy z ciałem, który pomaga koniom uwalniać napięcia i poruszać się swobodniej — wyjaśniła Zoe. — Pamiętasz, jak patrzyłaś, gdy pracowałam z kucem Midnight? Jak używam bardzo lekkich dotknięć, żeby pomóc mu się rozluźnić? To część tej metody. Podczas pokazu będę pracowała z koniem i tłumaczyła każdą technikę, a moja asystentka pomoże wskazywać widowni, na co patrzeć.

Lucy rozważała nową informację, z marszczką skupienia na czole. — Czyli mogłabym pojechać na Foxie w klasie początkujących stęp–kłus, pokazać Honey w ręku i być Pani asystentką podczas specjalnego pokazu?

— Dokładnie — potwierdziła Zoe. — Wzięłabyś udział w trzech różnych częściach pokazu, czyli w większej liczbie niż większość początkujących. Każda z nich pokazałaby inne umiejętności, które rozwijasz.

Pip skinęła energicznie. — Byłabyś naprawdę zapracowaną amazonką! Mogę pomóc ci poćwiczyć z Honey już dziś, jeśli chcesz. Klasa w ręku ma konkretny schemat, ale z odrobiną treningu łatwo go opanować.

— Co dokładnie wchodzi w grę? — zapytał Danny, którego instynkt ochronny złagodniał teraz autentycznym zainteresowaniem.

Zoe uśmiechnęła się, wdzięczna, że angażuje się zamiast od razu odrzucać. — W klasie w ręku Lucy wprowadzi Honey na ring, przeprowadzi ją stępem, a potem kłusem według konkretnego schematu, zwykle trójkąta między pachołkami. Potem ustawi Honey do oceny, dbając, żeby wszystkie cztery nogi stały poprawnie, tak by najlepiej pokazać jej pokrój. Na końcu odkłusuje od sędziego i z powrotem, by zaprezentować ruch klaczy i umiejętności prowadzenia Lucy. Całość trwa około trzech lub czterech minut na zawodniczkę.

— I Honey to wszystko już umie? — upewnił się Danny.

— Mogłaby to zrobić przez sen — zapewniła go ze śmiechem Pip. — Ma więcej wstążek, niż mamy miejsca na ścianach.

Lucy spojrzała na ojca z pytaniem w oczach. — Mogę, tato? Proszę?

Zoe obserwowała twarz Danny'ego, gdy rozważał opcje. Jego instynkt ochronny był bardzo silny, ale widziała, jak świadomie stara się zrównoważyć bezpieczeństwo z oczywistą chęcią Lucy, by wziąć udział.

— Myślę, że to rozsądny kompromis — powiedział wreszcie. — O ile obiecasz, że będziesz dokładnie wykonywać polecenia Pani Pip i Pani Zoe.

Twarz Lucy rozjaśnił zachwycony uśmiech. — Obiecuję! Będę bardzo ostrożna i zrobię wszystko jak trzeba. — Odwróciła się do Pip z zapałem. — Czy możemy zacząć ćwiczyć już teraz? Proszę?

— Nie ma to jak chwila obecna — przyznała z uśmiechem Pip. — Chodźmy po nią do padoku, pokażę ci podstawy.

— Dziękuję! — zawołała Lucy, obejmując Danny'ego szybkim uściskiem, po czym zwróciła się do Zoe: — I dziękuję, że wymyśliła Pani tyle sposobów, żebym mogła wystąpić w pokazie, nawet jeśli Midnight nie jest gotowy.

— Cała przyjemność po mojej stronie — odparła Zoe. — Twój tata i ja zaraz za wami.

Lucy skinęła głową i pognała za Pip, a jej rozczarowanie całkiem zniknęło w ekscytacji nowymi możliwościami. Zoe patrzyła, jak odchodzi, po raz kolejny uderzona tym, jak szybko dzieci potrafią pozbierać się po porażkach, jeśli dostaną realną alternatywę.

Odwróciła się, by sprawdzić Midnight, który spokojnie pasł się w cieniu tam, gdzie go zostawiła. Kiedy znów spojrzała przed siebie, zobaczyła Danny'ego wciąż stojącego przy ogrodzeniu i patrzącego na nią z wyrazem, którego nie potrafiła odczytać.

— Dziękuję — powiedział cicho. — Za to, że znalazłaś sposób, by to dla niej zadziałało, nie lekceważąc moich obaw.

Wdzięczność w jego głosie sprawiła, że przeszedł przez nią dreszcz przyjemności, niezwiązany z chłodnym grudniowym wiatrem.

— Na tym tu polega nasza praca — odparła Zoe. — Szukamy równowagi między wyzwaniem a bezpieczeństwem. Była boleśnie świadoma, że Danny stoi na tyle blisko, iż czuła delikatny zapach jego wody kolońskiej. Słońce igrało w jego włosach, podkreślając miedziane pasemka, których wcześniej nie zauważyła.

Danny pokręcił głową, przeczesując dłonią włosy w tym już znajomym geście, który pojawiał się zawsze, gdy musiał coś trudnego przetworzyć. — Nie, to coś więcej. Mogłaś zrobić ze mnie tego złego — nadopiekuńczego ojca, który tłumi marzenia córki. Zamiast tego znalazłaś sposób, by zachować jej bezpieczeństwo, a jednocześnie wspierać jej pasję.

Szczera wdzięczność w jego głosie rozgrzała Zoe bardziej, niż powinna. — Bezpieczeństwo Lucy też jest moim priorytetem, Danny. Nigdy nie zaproponowałabym niczego, co naraziłoby ją na ryzyko.

— Wiem — powiedział, patrząc prosto w jej oczy. — Powinienem był od początku zaufać twojemu osądowi. Nigdy nie dałaś mi powodu, by wątpić w twoją wiedzę czy troskę o bezpieczeństwo Lucy.

Zoe oparła się o bramkę, obserwując subtelną zmianę w jego postawie, gdy ostatnie resztki obronności odpłynęły. — Jesteś jej ojcem. Ochrona dziecka jest wpisana w tę rolę.

— Jest bycie ochronnym i jest... — urwał, szukając właściwego słowa. — Nie chcę być rodzicem, który pozwala, by strach dyktował każdą decyzję, ale muszę stawiać jej bezpieczeństwo na pierwszym miejscu. Nie jak... — Jego wyraz twarzy pociemniał. — Nie tak jak jej matka.

Gorycz w jego głosie zaskoczyła Zoe. Danny rzadko mówił wprost o matce Lucy, a Lucy nie wypowiedziała o niej ani słowa.

— Lucy jest tak odporna — powiedziała ostrożnie Zoe. — Cokolwiek się wydarzyło, teraz wyraźnie rozkwita.

Danny przez chwilę milczał, patrząc na Midnight pasącego się w oddali. — Wiesz, jak długo Ginny nie widziała Lucy? Prawie rok. Ani telefonu, ani kartki z życzeniami urodzinowymi. — Jego głos stał się płaski, kontrolowany w sposób sugerujący głęboki ból pod powierzchnią. — Po tym, jak wygrałem sprawę o opiekę, przyznano jej prawo do kontaktów co drugi weekend, pod warunkiem, że jej chłopak trzyma się z daleka. Przyjechała dwa razy, a potem zaczęła odwoływać. Zawsze w ostatniej chwili, zawsze z jakąś wymówką.

Zoe poczuła skręt gniewu w obronie Lucy. — To musiało być dla Lucy druzgocące.

— Pierwsze kilka razy Lucy stroiła się cała, taka chętna, by zobaczyć mamę... — Danny przełknął z trudem. — Czekała przy oknie godzinami. W końcu musiałem przestać mówić jej, kiedy te odwiedziny są zaplanowane. Nie mogłem patrzeć, jak jej serce łamie się w kółko.

Klatka piersiowa Zoe ścisnęła się na ten obraz. — Nie potrafię sobie wyobrazić, jak trudne to musiało być dla was obojga.

— Najgorsze? — ciągnął Danny, wciąż patrząc w dal. — Lucy obwiniała siebie. Myślała, że gdyby była lepsza, bardziej kochana, to mama chciałaby ją widywać. Po tym, jak przyznano mi pełną opiekę, Ginny nawet nie poprosiła o prawo do kontaktów; sędzia musiał je wymusić. Dała jasno do zrozumienia, że jej chłopak liczy się bardziej niż własna córka.

Surowy ból w jego głosie sprawił, że Zoe miała ochotę chwycić go za rękę, ale coś ją powstrzymało. Przeczucie, że musi to z siebie wyrzucić bez przerywania.

— Lucy już o niej nie mówi — dodał ciszej. — Na początku myślałem, że to dobry znak, że się leczy. Teraz się zastanawiam, czy po prostu nauczyła się nosić ten ból w sobie.

— Dzieci są niezwykle przystosowawcze — powiedziała łagodnie Zoe. — Ale to nie znaczy, że nie noszą ran ze sobą. Widzę to w tym, jak Lucy szuka aprobaty, jak starannie przestrzega zasad, jak rozkwita, gdy dostaje pozytywną uwagę. Tak bardzo się stara, by zasłużyć na miłość.

Oczy Danny'ego wreszcie spotkały jej spojrzenie, a pod zwykłą kontrolą przebiło się coś bezbronnego. — To mnie przeraża. Że będzie dźwigać to porzucenie przez całe życie, to przekonanie, że nie była dość dobra, by mama została.

— Nie będzie, bo ma ciebie — nie zgodziła się Zoe. — Ojca, który przeniósłby góry, by ją chronić; który wozi ją na jazdy i patrzy na każdą minutę, by mieć pewność, że jest bezpieczna; który stawia jej szczęście ponad wszystko. — Zrobiła krok bliżej, przyciągnięta bólem w jego oczach.

— Dzieci są odporne, Danny, zwłaszcza gdy mają jednego rodzica, który kocha je całym sercem.

Pokręcił lekko głową. — Mam nadzieję, że to wystarczy.

— Wystarczy — upierała się Zoe. — Widzę to w niej każdego dnia: rosnącą pewność siebie, gotowość, by próbować nowych rzeczy, zaufanie, że będziesz obok bez względu na wszystko. To nie są zachowania dziecka, które czuje się niekochane.

Wyraz twarzy Danny'ego złagodniał. — Dziękuję, że to mówisz. — Zawahał się, jakby zbierał myśli. — I dziękuję, że rozumiesz, skąd ta moja nadopiekuńczość. Po wszystkim, co Ginny jej zrobiła... nie zniosę myśli, że Lucy znów mogłaby zostać zraniona — fizycznie albo emocjonalnie.

— Rozumiem to lepiej, niż myślisz — powiedziała Zoe. — Moja praca z końmi po traumie nauczyła mnie wiele o leczeniu. Postęp nie jest liniowy: bywają cofnięcia i przełomy, czasem jednego dnia. Ale dzięki cierpliwości i konsekwencji goją się nawet najgłębsze rany.

Ich spojrzenia zatrzymały się na sobie na dłużej, a między nimi przeszło coś niewypowiedzianego. Zoe poczuła, jak przyspiesza jej serce, gdy Danny pochylił się odrobinę bliżej.

— Nie potrafię sobie nawet wyobrazić, że można podjąć taki wybór — powiedziała, a słowa wypłynęły z miejsca głębokiego i prawdziwego. — Wybrałabym Lucy i ciebie ponad prawie wszystko.

W chwili, gdy te słowa spłynęły z jej ust, poczuła przypływ kruchości. Nie zamierzała być aż tak przejrzysta ani tak wyraźnie włączać jego samego w to wyznanie. Ale widząc, jak na jego twarzy pojawia się efekt jej słów — zaskoczenie, a potem coś cieplejszego, intensywniejszego — nie potrafiła tego żałować.

Danny zrobił pół kroku naprzód, tak blisko, że czuła bijące od niego ciepło. Jego wzrok na moment opadł na jej usta, po czym wrócił do oczu — z pytaniem, które odebrało jej dech.

— Zoe — powiedział cicho, a jej imię zabrzmiało jakoś inaczej w intymności tej chwili.

Zastygła, bojąc się, że każdy ruch może przerwać delikatną nić między nimi. Jego dłoń uniosła się powoli, niepewnie i przez bezdechowy moment pomyślała, że dotknie jej twarzy. Jej wargi lekko się rozchyliły, a oczekiwanie ciasno owinęło się wokół piersi.

— Tato! Tato! — Głos Lucy przeciął podwórze dźwięcznie, pełen ekscytacji. — Musisz przyjść poznać Honey! To najpiękniejszy kucyk w Ridgewater i umie się kłaniać i wszystko!

Chwila pękła jak delikatne szkło. Danny szybko się cofnął, dłoń opadła mu wzdłuż ciała, a oboje odwrócili się w stronę nadbiegającej Lucy. Za nią szła Pip, prowadząc lśniącą klacz palomino, której sierść połyskiwała w słońcu jak wypolerowane złoto.

— Jest przepiękna, Luce — zawołał Danny, a w jego głosie pobrzmiewała ledwie wyczuwalna niepewność. — Zaraz idę.

Odwrócił się do Zoe, a w jego oczach mignęło przeprosiny zmieszane z czymś zaskakująco bliskim frustracji. — Powinienem iść poznać tę idealną klacz — powiedział, z krzywym uśmiechem.

— Zdecydowanie powinieneś — zgodziła się Zoe, dopasowując ton, choć próbowała uspokoić rozpędzone serce. — Honey to prawdziwa gwiazda. Prawie tak imponująca, jak wyczucie czasu twojej córki.

To wywołało u niego szczery śmiech, napięcie pękło, gdy na moment podzielili wspólne poczucie humoru wobec przerwania chwili. — Nienaganne, prawda?

— Niemal nadprzyrodzone — przyznała Zoe, uśmiechając się mimo pozostającego pod skórą zawodu. — Idź. Lucy czeka.

Skinął głową, zatrzymując jej spojrzenie jeszcze na ułamek znaczącej chwili, po czym ruszył do córki. Zoe patrzyła za nim i pozwoliła sobie na cichy westchnienie, odwracając się, by jeszcze raz zerknąć na Midnight.

— Czy kiedykolwiek będzie na to dobry moment? — zapytała kuca, który tylko poruszył uchem w jej stronę i dalej spokojnie skubał trawę, zupełnie nieprzejęty ludzkimi komplikacjami.

Cokolwiek kiełkowało między nią a Dannym, będzie musiało poczekać na inną chwilę — najlepiej taką bez życzliwych, lecz rozpraszających przerw w wykonaniu podekscytowanych dzieci i nieświadomych niczego kucyków. Na razie miała świąteczny pokaz do przygotowania, straumatyzowanego kuca do zrehabilitowania i rosnącą kolekcję prawie-chwil do odtwarzania w cichszych momentach dnia.

Rozdział dziewiąty

— WYPROSTUJ SIĘ, RAMIONA do tyłu — poleciła Jemima, demonstrując właściwą postawę, gdy stanęła obok Honey. Sierść klaczy o maści palomino lśniła w porannym słońcu jak płynne złoto, a maleńkie dzwoneczki na jej czerwonym kantarze pokazowym delikatnie dźwięczały przy każdym ruchu eleganckiej głowy. Lucy patrzyła z zapartym tchem, chłonąc każdy szczegół, gdy szykowała się, by sama ująć uwiąz. Zoe oparła się o ogrodzenie ujeżdżalni, a na jej ustach igrał uśmiech, gdy obserwowała tę improwizowaną lekcję.

— Sędzia będzie zwracać uwagę na to, jak prowadzisz Honey, tak samo jak na nią — ciągnęła Jemima, z autorytetem dziecka, które wychowało się na ringach pokazowych. — Uwiąz trzymaj zawsze obiema rękami, o tak. — Zademonstrowała właściwy chwyt, jej małe dłonie pewnie spoczęły na linie. — I musisz mieć Honey między sobą a sędzią, żeby sędzia mógł dobrze ją widzieć.

— Ja będę sędzią — zgłosiła się Charlotte, przybierając poważną minę i maszerując na środek odkrytej ujeżdżalni. Oparła ręce na biodrach i zmrużyła oczy w sposób, który Zoe rozpoznała jako zaskakująco trafną imitację jednego z surowszych lokalnych sędziów.

Jemima podała uwiąz Lucy, która przyjęła go z ostrożną czcią. — Teraz poprowadź ją po trójkącie — poleciła Jemima. — Utrzymuj uwiąz luźno, ale nie tak, żeby się wlekł. Nie chcesz ciągnąć jej za głowę, ale ma czuć z tobą połączenie.

Lucy skinęła, marszcząc czoło w skupieniu, i ruszyła. Pierwsze kroki były niepewne, ale Honey idealnie dopasowała tempo, czujnie nastawiając uszy do przodu.

— Właśnie tak — zawołała dodając otuchy Zoe. — Ładna, prosta linia, Lucy. Patrz przed siebie.

Lucy poprawiła się, unosząc wzrok znad ziemi i kierując go przed siebie. Sylwetka naturalnie się wyprostowała, a Honey od razu odpowiedziała, elegancko zaokrąglając szyję, jakby chciała dorównać rosnącej pewności Lucy.

— Teraz skręć i idź prosto w stronę sędziego — instruowała Jemima. — Pamiętaj, żeby uśmiechnąć się do pani Charlotte!

Lucy wykonała skręt — trochę szeroki, ale płynny — i podeszła do Charlotte z nerwowym uśmiechem. Charlotte imponująco utrzymała surową sędziowską maskę, choć kąciki jej ust drgnęły, jakby z trudem powstrzymywała się od odwzajemnienia uśmiechu.

— Teraz stój i ustaw Honey — zawołała Jemima.

Lucy zatrzymała się, a Honey automatycznie stanęła równo, dobrze znając tę rutynę. Zaskoczenie dziewczynki, że klacz tak łatwo ustawiła się sama, zdradzały szerzej otwarte oczy.

— Ona zna swoją robotę — zaśmiała się Zoe, podchodząc do nich.

— Jest taka mądra — wyszeptała z podziwem Lucy.

— Teraz część w kłusie — ogłosiła Jemima. — To najważniejszy fragment, bo sędzia chce zobaczyć ruch Honey. Musisz biec obok niej, ale nie za szybko, bo przejdzie do galopu.

Przez następne dwadzieścia minut dziewczynki powtarzały układ raz po raz, a Lucy z każdym okrążeniem wyraźnie nabierała swobody. Przy ostatniej próbie poruszała się z Honey tak, jakby były partnerkami od lat, nie od kilku godzin: jej kroki były pewne, sygnały czytelne. Gdy Honey obok niej przeszła w lekki, unoszący kłus, Lucy idealnie dopasowała tempo, a jej twarz rozświetliło poczucie sukcesu.

— Genialnie! — zawołała Charlotte, całkiem wychodząc z roli. — Wyglądałaś jak profesjonalna prezenterka!

Lucy promieniała, gładząc lśniącą szyję Honey. — Ona to ułatwia. Jakby mi pomagała.

— Najlepsi partnerzy pokazowi zawsze tak robią — odparła Zoe. — To co, przechodzimy do naszej praktyki metodą Mastersona? Hala jest wolna.

Lucy chętnie skinęła głową, ostrożnie oddając Honey Jemimie. — Dziękuję, że mnie uczysz — powiedziała grzecznie. — Czy możemy poćwiczyć znowu jutro?

— Jasne — zgodziła się Jemima. — Na pewno wygrasz tę klasę.

W chłodniejszej hali młody siwy kuc czekał, luźno przywiązany do kółka w ścianie. Poruszył się nerwowo, gdy podeszły, z szeroko otwartymi oczami, uszami nieustannie latającymi to w przód, to w tył.

— To Whisper — wyjaśniła Zoe, rozwiązując wodze i odprowadzając kuca od ściany na wolną przestrzeń, żeby czuł się mniej skrępowany. — Jeden z najnowszych projektów Pip, jest tu dopiero od dwóch tygodni. Jest bardzo wrażliwy i trzyma sporo napięcia w potylicy i szyi. Pomyślałam, że będzie idealny do ćwiczeń dla ciebie, bo zobaczysz wyraźne efekty.

Lucy podeszła do kuca ostrożnie, zatrzymując się, gdy się spiął. — Martwi się — zauważyła cicho.

— Tak — zgodziła się Zoe, zadowolona ze spostrzegawczości Lucy. — Ale nie panikuje. Po prostu jest niepewny. Daj mu zobaczyć swoje dłonie, zanim go dotkniesz.

Lucy wyciągnęła małe dłonie, wewnętrzną stroną do góry, pozwalając, by kuc je obwąchał. Gdy wyciągnął do niej szyję z ciekawością, pozostała zupełnie nieruchoma, pozwalając, by to on zainicjował kontakt.

— Dobrze — mruknęła Zoe. — Teraz bardzo delikatnie połóż opuszki palców na jego potylicy, tuż za uszami, po jednej stronie grzywy. Nie będziemy uciskać ani masować, tylko lekko dotkniemy i poczekamy na jego reakcję.

Lucy posłuchała, muskając palcami potylicę kuca. Whisper na moment się napiął, po czym cicho wypuścił powietrze.

— Właśnie tak — zachęciła Zoe. — Kluczem w metodzie Mastersona jest wyszukiwać obszary ograniczeń, zastosować najlżejszy możliwy dotyk i poczekać, aż koń sam puści napięcie. Niczego nie wymuszamy.

Przez następne pół godziny Zoe prowadziła Lucy przez podstawowe techniki, pokazując jej, jak rozpoznawać subtelne oznaki uwolnienia: mrugnięcie okiem, opuszczenie głowy, ciche wypuszczenie powietrza, które wskazuje na odpuszczenie napięcia. Początkowa niepewność Lucy ustąpiła pewności, gdy widziała pozytywne reakcje kuca.

— Popatrz — powiedziała cicho Zoe, gdy powieki Whispera stały się ciężkie, a głowa opadła w rozluźnieniu. — Pomogłaś mu puścić napięcie, które pewnie trzymał od tygodni.

Twarz Lucy rozbłysła cichą dumą. — Jego oko wygląda teraz łagodniej. I już nie trzyma głowy tak wysoko.

— Dokładnie tak — potwierdziła Zoe. — Podczas pokazu ja będę pracować na koniu, a ty wyjaśnisz publiczności, co robię i jakich reakcji powinni wypatrywać. Myślisz, że dasz radę?

— Chyba tak — Lucy poważnie skinęła głową. — Tu chodzi o to, żeby pomóc im poczuć się lepiej, a nie tylko kazać im robić to, czego my chcemy.

Zoe poczuła falę satysfakcji na widok zrozumienia u dziecka. — Dokładnie tak. Czasem najważniejsze, co możemy zrobić dla koni, to posłuchać, co nam mówią, a nie tylko wydawać komendy.

W ciągu godziny Lucy opanowała podstawowe objaśnienia i potrafiła wskazać kluczowe sygnały odpuszczenia. Whisper stał wręcz rozpływając się w relaksie, a jego dotąd zaniepokojony wyraz pyska zastąpił spokojny spokój i zadowolenie.

— Masz dar — powiedziała jej szczerze Zoe, gdy odprowadzały kuca na padok, gdzie natychmiast się położył i zasnął. — Nie każdy potrafi być tak cierpliwy i uważny, zwłaszcza w twoim wieku.

W porze południowej przerwy Zoe nie zdziwiło, że zastała Lucy siedzącą na trawie przy padoku Midnighta, w bezpiecznej odległości od ogrodzenia. Kanapka spoczywała na serwetce obok, a na kolanach trzymała wysłużoną książkę o pielęgnacji koni, czytając na głos czystym, łagodnym głosem.

— Koń komunikuje się przede wszystkim mową ciała — przeczytała Lucy, przerywając na kęs kanapki. — Uszy, oczy, ogon i postawa przekazują informacje o tym, co czuje.

Midnight pasł się w pewnej odległości, ale Zoe zauważyła, że jego uszy nieustannie wyłapują głos Lucy. Choć zachowywał ostrożny dystans, jego postawa była rozluźniona, a skubanie trawy co jakiś czas ustawało, jakby słuchał.

Zoe podeszła cicho, nie chcąc zakłócić tego spokojnego obrazu. Lucy zerknęła na nią z uśmiechem, ale nie przerwała czytania, utrzymując kojący rytm głosu. To było dokładnie właściwe podejście do Midnighta: konsekwentne, nienachalne, niczego nie oczekujące.

— On cię słucha — powiedziała cicho Zoe, gdy Lucy przerwała, by przewrócić stronę.

Lucy skinęła. — Myślę, że podoba mu się ta opowieść. — Zamknęła książkę, zaznaczając miejsce skrawkiem papieru. — Wiem, że nie może być na pokazie — dodała, zaskakując Zoe swoją bezpośredniością. — Ale to w porządku. Jeszcze nie jest gotowy.

— Nie, nie jest — zgodziła się Zoe, siadając obok niej na trawie. — Jak się z tym teraz czujesz?

Lucy zastanowiła się nad pytaniem. — Na początku byłam rozczarowana — przyznała. — Ale potem pomyślałam, jak straszne by to było dla niego: tyle ludzi i hałasów. — Zerknęła na kuca, który podniósł głowę, by na nie spojrzeć. — Potrzebuje czasu, żeby znów zaufać ludziom.

Zoe poczuła falę ciepła na widok dojrzałości dziecka. — To bardzo mądre, Lucy.

— Tata mówi, że pewnych rzeczy nie da się przyspieszyć — ciągnęła Lucy, biorąc ostatnie kęsy kanapki. — Na przykład zaufania i przyjaźni. I gojenia.

— Twój tata ma w tej kwestii całkowitą rację — zgodziła się Zoe, delikatnie ściskając Lucy ramię. Mądrość tych słów poruszyła w niej coś głęboko, zwłaszcza wiedząc, że wyszły od mężczyzny, który sam miał głębokie rany do zaleczenia.

Gdy ruszyła do następnego zadania, zostawiając Lucy w cichej komunii z Midnightem, Zoe pomyślała o tym, jak bardzo dziewczynka urosła w pewności i zrozumieniu, odkąd po raz pierwszy przyjechała do Ridgewater. Tak jak Midnight, Lucy leczyła się na swój sposób, na nowo odnajdując miejsce w świecie po tym, jak trauma zachwiała jej fundamentami.

Zoe zawahała się, zanim zapukała do drzwi wejściowych Danny'ego, nagle świadoma potarganych przez wiatr włosów i rdzawych smug kurzu na dżinsach. Przebrała się po pracy, ale udało jej się jedynie włożyć czystą koszulkę i trochę mniej zakurzone buty. To miała być robocza kolacja poświęcona dokumentacji w sprawie obwodnicy — przypomniała sobie stanowczo. Nie randka. To rozróżnienie wydawało się jej ważne, gdy nalegała na nie po tym, jak Lucy zaprosiła ją na kolację, choć stojąc teraz na jego progu, nie bardzo pamiętała, dlaczego.

Zanim zdążyła zapukać, drzwi otworzyły się gwałtownie i ukazały Lucy w fartuszku oprószonym mąką, z twarzą promieniejącą ekscytacją.

— Pani Zoe! Jest pani! — zawołała Lucy, chwytając Zoe za rękę i wciągając ją do środka. — Tata i ja zrobiliśmy pizze od zera. No dobrze, tata zrobił ciasto, ale ja robiłam wszystkie dodatki. Jest jedna z ananasem, bo tata powiedział, że może pani to lubi, ale moim zdaniem ananas na pizzy jest dziwny.

Zoe roześmiała się, pozwalając się wciągnąć w ciepło domu. — Właściwie lubię pizzę z ananasem. Twój tata dobrze zgadł.

Lucy na moment posmutniała, że nie może ogłosić zwycięstwa w ewidentnie toczącej się debacie, ale szybko się pozbierała. — Pizze są prawie gotowe. Są w piekarniku i pachną obłędnie. Chodź zobaczyć!

Dom był nieduży, ale wygodny, z lekko podniszczonym urokiem starszych domów typu Queenslander w okolicy. Korytarz zdobiły rodzinne zdjęcia, głównie Lucy w różnym wieku i starszej pary, która musiała być rodzicami Danny'ego, choć Zoe zauważyła brak ślubnych fotografii czy zdjęć mamy Lucy. Stos książek na stoliku, zapomniana kurtka przewieszona przez krzesło, dziecięce buty kopnięte przy drzwiach — wszystko mówiło o domu, w którym się naprawdę żyje, a nie tylko go utrzymuje.

Kuchnia była ciepła i pachniała pieczoną pizzą. Danny stał przy blacie i kroił pomidora do sałatki; szary, zwykły T-shirt i bojówki różniły się od jego zwykle nieco bardziej formalnego stroju. Podniósł wzrok, gdy weszły, a jego uśmiech wywołał w piersi Zoe niespodziewane trzepotanie.

— Trafiłaś — powiedział. — Bałem się, że moje wskazówki mogły być mylące.

— Niebieski dom z deskową elewacją i wielką jakarandą — odparła Zoe. — Dość prosto. — Podniosła teczkę. — Przyniosłam najnowsze raporty o oddziaływaniu na środowisko od Sarah. Pomyślała, że mogą się przydać do twojego artykułu.

— Świetnie — skinął głową Danny. — Przejrzymy je po kolacji. — Jego wzrok zatrzymał się na jej oczach o ułamek sekundy dłużej, niż było to konieczne, a w lekkim uśmiechu odbiła się wspólna świadomość swatania przez Lucy.

— Nakryłam do stołu ekstra ładnie — oznajmiła Lucy, z dumą wskazując jadalnię, gdzie starannie przygotowano trzy nakrycia.

— Wygląda ślicznie — pochwaliła Zoe. — Mogę w czymś pomóc?

— Nie! Jesteś naszym *gościem*. — Akcent położony przez Lucy na to słowo jasno zdradzał jej intencje. — Usiądź tutaj, obok Taty. — Poklepała krzesło stojące przy miejscu Danny'ego u szczytu stołu.

Danny złapał wzrok Zoe nad główką Lucy, z miną łączącą rozbawienie z lekkim zawstydzeniem. — Subtelna, prawda? — mruknął, gdy Lucy pomknęła z powrotem do kuchni, żeby sprawdzić pizze.

— Mniej więcej tak subtelna, jak pędzące stado koni — zgodziła się Zoe, odkładając teczkę na boczny stolik.

— Mam nadzieję, że to nie będzie zbyt niezręczne. Kiedy zapraszała mnie na pizzę, starałam się jasno powiedzieć, że chodzi o pracę nad obwodnicą.

— Lucy ma własny plan — zaśmiał się cicho Danny. — Ale nie martw się. Dobrze chce, a pizze naprawdę są pyszne.

Zadzwonił timer i Lucy omal się nie potknęła, pędząc do piekarnika. Danny płynnie ją wyprzedził, już w rękawicach kuchennych. — Ja je wyjmę, Luce. Pokaż pani Zoe, gdzie są napoje.

Kolacja była swobodna i przyjemna, a domowe pizze — pyszne, na ręcznie wałkowanych spodach. Lucy dominowała w rozmowie, z zapałem opowiadając o postępach z Honey i o swojej ekscytacji świątecznym pokazem. Zoe poczuła, jak rozluźnia się w tej lekkiej, rodzinnej atmosferze, ciesząc się żywymi opowieściami Lucy i łagodnymi docinkami Danny'ego pod adresem córki.

— Tata powiedział, że mogę kupić nową koszulę do klasy prezentacji w ręku — oznajmiła Lucy, sięgając po kolejny kawałek pizzy. — Taką, która będzie pasować do kantara pokazowego Honey.

— To wygląda bardzo profesjonalnie — zgodziła się Zoe. — Sędziowie zwracają uwagę na takie detale.

— Właśnie to powiedziałam Tacie! — Lucy energicznie pokiwała głową. — A może jeszcze nowe bryczesy? Moje są już trochę przykrótkie.

Danny uniósł brew. — Wykorzystujesz okazję, co?

Lucy uśmiechnęła się bez cienia skrępowania. — Pani Zoe mówi, że prezentacja w ringu pokazowym ma znaczenie.

— Czuję, że ktoś mną zręcznie manipuluje — powiedział do Zoe z udawaną powagą Danny. — Tego mam się spodziewać w latach nastoletnich?

— Och, to dopiero początek — roześmiała się Zoe. — Poczekaj, aż będzie chciała własnego kuca.

Oczy Lucy rozszerzyły się z nadzieją, a Danny szybko pokręcił głową. — Po kolei, Luce. Najpierw przebrniemy przez świąteczny pokaz.

Po kolacji Lucy uparcie się ociągała, proponując, że pokaże Zoe swoją kolekcję książek o koniach i nowe techniki zaplatania grzywy, które ćwiczyła na pluszowym koniu. Dopiero gdy zegar wskazał wpół do dziewiątej, Danny w końcu zareagował.

— Czas spać, Lucy.

— Ale tato — zaprotestowała Lucy —, Pani Zoe nie widziała mojego wypracowania o tym, jak uczyłam się jeździć na Foxie, za które dostałam w szkole ocenę A!

— Pani Zoe jest tu, żeby pomóc mi przy artykule o obwodnicy — powiedział stanowczo Danny. — A ty musisz się wyspać, jeśli jutro znowu masz spędzić cały dzień w Ridgewater.

Ramiona Lucy opadły w geście rezygnacji, choć Zoe wyczuła pod rozczarowaniem cień satysfakcji. — Dobrze — ustąpiła, po czym się rozpromieniła. — Ale Pani Zoe mogłaby przyjść znowu na kolację po świątecznym pokazie, prawda? Żeby świętować?

— Zobaczymy — odparł Danny, używając uniwersalnej rodzicielskiej wymówki. — A teraz mycie zębów i piżama. Za dziesięć minut przyjdę powiedzieć dobranoc.

Lucy uściskała ojca, a potem, po krótkim wahaniu, przytuliła też na moment Zoe. — Dobranoc, Pani Zoe. Bardzo się cieszę, że przyszła Pani na pizzę.

— Ja też — odpowiedziała szczerze Zoe. — Dziękuję za zaproszenie.

Kiedy Lucy z niechęcią ruszyła na górę, Danny lekko odchrząknął. — Wybacz to mało subtelne swatanie. Planowała tę zasadzkę przez cały tydzień.

— To właściwie urocze — powiedziała Zoe, pomagając mu sprzątać ze stołu. — Ewidentnie jest do Ciebie bardzo przywiązana.

— Z wzajemnością — odparł Danny, a jego wyraz twarzy złagodniał. — No dobrze, bierzemy się do pracy? Stół w jadalni ma najlepsze światło.

Rozłożyli na stole dokumentację dotyczącą obwodnicy, siedząc blisko siebie, gdy Danny wyjaśniał wzory, które udało mu się wychwycić. Zoe była boleśnie świadoma jego bliskości; gdy sięgał po kolejne papiery, ciepło jego ramienia co jakiś czas muskało jej ramię. Światło lampy rzucało na stół ciepłą poświatę, tworząc intymną atmosferę mimo zawodowego charakteru ich zadania.

W miarę jak pracowali, rozmowa płynnie przeszła od protokołów z posiedzeń rady i rejestrów własności gruntów do bardziej osobistych tematów.

— Dlaczego wybrałaś terapię manualną koni? — zapytał Danny w naturalnej pauzie. — To wydaje się taką wyspecjalizowaną dziedziną.

Zoe bawiła się rogiem dokumentu, zastanawiając się nad odpowiedzią. — Poszłam za bratem, Marcusem, do szkoły weterynaryjnej — powiedziała w końcu. — Ale czegoś mi brakowało. Chciałam pracować bezpośrednio z końmi, zwłaszcza tymi, które miały problemy behawioralne. Rzuciłam studia po pierwszym roku i zaczęłam szukać innych odpowiedzi. — Zawahała się, po czym dodała: — Był jeden koń, który zmienił dla mnie wszystko.

Danny odwrócił się do niej, całkowicie odrywając uwagę od papierów między nimi. — Co się stało?

— Nazywał się Cobalt — powiedziała cicho Zoe, a wspomnienie wciąż bolało mimo upływu lat. — Piękny koń pełnej krwi angielskiej z przewlekłymi problemami bólowymi, które objawiały się agresywnym zachowaniem. Wszyscy już się na nim poznali i odpuścili, a ja byłam tak pewna, że dam radę pomóc. — Głos jej na moment się załamał. — Byłam młoda i przekonana, że mogę naprawić wszystko, jeśli tylko poświęcę dość czasu. Przegapiłam subtelne sygnały, że to ból neurologiczny, a nie kostno-mięśniowy. Kiedy to zrozumiałam, było już za późno. — Przełknęła ślinę. — Poważnie zranił opiekuna i został uśpiony.

Na twarzy Danny'ego malowało się pełne zrozumienie. — Obwiniałaś się.

— Nadal czasem to robię — przyznała Zoe. — Dlatego rzuciłam się w wir nauki każdej metody rehabilitacji, jaką mogłam znaleźć. Metodę Mastersona, akupresurę, biomechanikę... Nie chciałam już nigdy przeoczyć czegoś kluczowego.

Danny skinął powoli głową. — Znam taki rodzaj żalu — powiedział. Jego dłoń przesunęła się, by przykryć jej dłoń spoczywającą na stole. — Po tym, jak moje małżeństwo się rozpadło, po tym wszystkim, przez co Ginny przeszła z Lucy... wciąż się zastanawiam, co przegapiłem, jakie sygnały powinienem był zobaczyć wcześniej.

— Nie mogłeś tego wiedzieć — powiedziała łagodnie Zoe.

— Może nie. Ale przeraża mnie, że popełnię kolejny błąd, za który ona zapłaci — wyznał Danny. — Każda decyzja teraz waży. A jeśli znów wybiorę źle? Jeśli nie zdołam jej ochronić?

Ta bezbronność w jego wyznaniu głęboko poruszyła Zoe. — Świetnie sobie z nią radzisz. Każdy to widzi.

— Czasem nie mam pojęcia, co robię — przyznał. — Improwizuję po drodze, licząc, że nie namieszam jej za bardzo w głowie.

— Czy to nie jest po prostu rodzicielstwo? — zapytała Zoe z lekkim uśmiechem. — Z tego, co widzę, sam fakt, że się o to tak martwisz, pewnie znaczy, że robisz to dobrze.

Kciuk Danny'ego nakreślił delikatny wzór na wierzchu jej dłoni, a ten prosty dotyk rozlał ciepło wzdłuż jej ramienia. — Dziękuję, że to powiedziałaś — odezwał się cicho. — Dużo to dla mnie znaczy, zwłaszcza z Twoich ust.

Ich spojrzenia spotkały się ponad stołem, a dokumenty o obwodnicy poszły w zapomnienie. W ciepłym świetle lampy, z Lucy bezpiecznie śpiącą na górze i z ciszą domu wokół, coś się między nimi przesunęło, a zawodowe granice ustąpiły czemuś bardziej osobistemu, bardziej znaczącemu.

Dłoń Danny'ego pozostała na jej dłoni, ich palce stopniowo splatały się w milczącym potwierdzeniu więzi, którą oboje czuli niemal od pierwszego spotkania. Gdy w końcu uniósł wzrok, by spotkać się z jej spojrzeniem, pytanie w jego oczach było nie do pomylenia z niczym innym. Zoe wstrzymała oddech, kiedy uniósł wolną rękę, zawahał się na moment, po czym odgarnął niesforny kosmyk z jej twarzy, a jego opuszkami palców zatrzymały się na jej policzku.

— Chciałem to zrobić od tygodni — przyznał miękko. — Twoje włosy zawsze się wymykają, nieważne jak próbujesz je ujarzmić.

Zoe uśmiechnęła się, lekko wtulając się w jego dłoń. — Żyją własnym życiem.

Jego dłoń objęła jej policzek, a ona poczuła lekki dreszcz w jego palcach — dowód, że ta chwila porusza go równie mocno jak ją. Krążyli wokół siebie tygodniami, zawodowe granice i osobiste wahania tworzyły ostrożny dystans, którego żadne z nich nie było jeszcze gotowe przekroczyć.

Aż do teraz.

— Zoe — wyszeptał, a jej imię zabrzmiało jak pytanie i odpowiedź jednocześnie.

Skinęła niemal niezauważalnie, a Danny pochylił się, skracając dzielący ich dystans. Jego usta dotknęły jej w pocałunku, który zaczął się jak pytanie, nieśmiały i proszący o pozwolenie. Zoe odpowiedziała natychmiast, unosząc dłoń na jego pierś i czując pod palcami miarowe bicie serca. Pocałunek się pogłębił, przemieniając niepewną eksplorację w coś pilniejszego; lata samotności i ostrożnego dystansu rozpłynęły się w cieple między nimi.

Kiedy w końcu odsunęli się od siebie, Zoe była bez tchu, z sercem pędzącym jak oszalałe. Oczy Danny'ego pociemniały od pożądania, ale nie próbował się spieszyć, jego dłoń wciąż była delikatna na jej twarzy.

— Myślałem o tym od dawna — wyznał zachrypniętym głosem.

— Ja też — przyznała Zoe. — O wiele dłużej, niż powinnam.

Wtedy się uśmiechnął — prawdziwym uśmiechem, który zmarszczył kąciki oczu i odmłodził go, zdejmując z niego ciężar. Kciukiem musnął krzywiznę jej dolnej wargi, a po kręgosłupie przebiegł jej dreszcz.

— Zostań — powiedział po prostu.

Słowo zawisło między nimi, ciężkie od znaczeń. Zoe zerknęła w stronę schodów, świadoma, że nad nimi śpi Lucy.

Danny podążył za jej spojrzeniem, natychmiast wszystko rozumiejąc. — Ma twardy sen — zapewnił. — I nastawię budzik. Mogłabyś wyjść, zanim się obudzi.

Te praktyczne względy mówiły wiele o jego życiu samotnego ojca, ciągle równoważącego własne potrzeby z dobrem córki. Zoe sama poczuła, jak kiwnęła głową, podejmując decyzję nie w ogniu namiętności, lecz w cichej pewności, że ta więź jest warta tego, by ją zgłębić.

Danny wstał i podał jej rękę. Ujęła ją, pozwalając mu poprowadzić się przez skąpo oświetlony dom, obok pokoju Lucy, gdzie lampka nocna rzucała przez uchylone drzwi gwiaździste wzory, do jego sypialni na końcu korytarza. Cicho zamknął za nimi drzwi, a miękki klik rygla odciął ich od reszty świata.

Jego sypialnia była urządzona prosto, ale przytulnie; duże łóżko było starannie zasłane granatową, gładką kołdrą. Na stoliku nocnym leżał stosik książek, a jedyną ozdobą na komodzie była oprawiona w ramkę fotografia Lucy na Foxie. To była praktyczna przestrzeń — męska, ale nie surowa.

Danny odwrócił się do niej, a światło księżyca sączące się przez zasłony rysowało jego rysy. Przez moment łączyła ich wspólna bezbronność, świadomość, co ten krok znaczy dla obojga. Potem znów ją pocałował, głębiej tym razem, obejmując ją w pasie i przyciągając bliżej.

Zoe stopniała w jego ramionach, wsuwając dłonie pod jego koszulę, by poznać ciepłą skórę pod spodem. Wyczuwając pod palcami subtelny grzbiet blizny wzdłuż jego żeber i sprężyste mięśnie pleców, odkrywała nową intymność. Gdy odsunęli się na moment, by zaczerpnąć oddechu, Danny patrzył jej w oczy, powoli unosząc brzeg jej bluzki w niemym pytaniu. Odpowiedziała, unosząc ręce, pozwalając mu zdjąć ją przez głowę.

— Jesteś piękna — wyszeptał, obejmując wzrokiem jej widok.

Zoe nie czuła żadnej z nieśmiałości, która czasem nękała ją w poprzednich związkach. Coś w sposobie, w jaki Danny na nią patrzył — z uznaniem, nie z oceną — sprawiało, że czuła się naprawdę piękna.

Rozbierali się nawzajem powoli, a każda zdjęta warstwa była nowym poziomem zaufania. Kiedy wreszcie stanęli przed sobą bez barier, Zoe ogarnęło głębokie poczucie słuszności, jakby od dnia, w którym się poznali, zmierzali właśnie ku tej chwili.

Danny pociągnął ją ku łóżku, jego dłonie były delikatne, ale pewne, gdy otulili się poduszkami. Jego dotyk był pełen czci, gdy poznawał jej ciało, odkrywając, co zatrzymuje jej oddech, co sprawia, że wygina się ku niemu z rozkoszą. Zoe odwzajemniała te poszukiwania, ucząc się mapy jego ciała, miejsc, które sprawiały, że drżał pod jej palcami.

Ich kochanie było zarazem naglące i czułe — zwieńczenie tygodni narastającego przyciągania i niewypowiedzianego pragnienia. Zoe czuła, że otwiera się przed nim w sposób wykraczający poza fizyczność, powierzając mu swoją wrażliwość tak, jak niewielu wcześniej. Kiedy wreszcie poruszyli się razem jak jedno, ich więź przekroczyła samą przyjemność, stając się czymś głębszym, bardziej znaczącym.

W cichym poszumie po wszystkim leżeli splątani, z jej głową opartą na jego piersi, a jego palcami kreślącymi leniwe wzory wzdłuż jej kręgosłupa. W pokoju panowała cisza, przerywana tylko ich coraz spokojniejszym oddechem i lekkim szelestem wiatru w jakarandzie za oknem.

— O czym myślisz? — zapytał Danny miękko, jego głos był łagodnym pomrukiem tuż pod jej uchem.

Zoe uśmiechnęła się, musnąwszy skórę wargami. — Że to jest właściwe. Skomplikowane, ale właściwe.

Jego ramiona nieco się wokół niej zacieśniły. — W jaki sposób skomplikowane?

Podparła się na łokciu, by na niego spojrzeć, a światło księżyca posrebrzyło jego rysy. — Nie jesteś byle kim, Danny. Jesteś kimś, czyją córkę uczę, czyje zaufanie cenię zawodowo i osobiście. — Delikatnie obrysowała linię jego szczęki palcami. — Jeśli to się nie uda, nie tylko my dwoje oberwiemy.

— Wiem — odparł trzeźwo. — Też o tym myślałem. Pewnie nawet roztrząsałem to za bardzo, szczerze mówiąc. — Ujął jej dłoń, przyciągnął palce do warg. — Ale a jeśli się uda, Zoe? Jeśli to początek czegoś wspaniałego?

Nadzieja w jego głosie współbrzmiała z uczuciem, które rozkwitało w jej piersi. — Chciałabym się przekonać — przyznała.

Szeptali jeszcze godzinami, dzieląc się nadziejami i tlącymi lękami, odkrywając między sobą nowe łączące nitki. Danny mówił o dzieciństwie w Melbourne, pierwszych ambicjach zawodowych, zmaganiach z układaniem Lucy życia po rozwodzie. O tym, jak paradoksalnie śmierć babci okazała się błogosławieństwem, bo zapisała mu swój dom w Ridgemont — ucieczkę dokładnie wtedy, gdy najbardziej jej potrzebował.

Zoe opowiedziała z kolei o dorastaniu w Anglii, frustracjach akademickich, artykule, którego była współautorką, a który zdenerwował potężne figury establishmentu w brytyjskiej branży wyścigów konnych. O telefonie od brata, który sprowadził ją do Australii dokładnie wtedy, gdy potrzebowała nowego początku.

Dopiero kiedy Zoe zerknęła przypadkiem na zegarek przy łóżku, zorientowała się, jak zrobiło się późno. Prawie druga w nocy, a świat na zewnątrz cichy i nieruchomy. Danny podążył za jej spojrzeniem i mocniej objął ją ramionami.

— Zostań — wymruczał we włosy. — Zostań do rana.

Zoe mocno poczuła tę pokusę — pragnienie, by obudzić się w jego ramionach. Ale rozsądek wrócił, niosąc obraz twarzy Lucy, gdyby odkryła Zoe przy śniadaniu. Nie że dziecko byłoby zasmucone — wręcz przeciwnie. Ale to byłoby dla Lucy dużo do przetworzenia, znacząca zmiana w ich relacji, na którą zasłużyła na bardziej ostrożne prowadzenie.

— Powinnam iść — powiedziała niechętnie, muskając jego pierś pocałunkiem, zanim usiadła. — Nie chcę mieszać Lucy, będąc tu rano. Jeszcze nie, dopóki nie będziemy mieli czasu, żeby zrozumieć, co to dla nas znaczy.

Danny powoli skinął głową; w jego oczach było zrozumienie mimo rozczarowania. — Masz rację. Nie pomyślałem o tym, jak to może wyglądać z jej perspektywy. — Usiadł obok niej, odgarniając z jej twarzy potargane loki. — Ale to nie jest tylko na tę noc, prawda? To coś, co będziemy dalej rozwijać?

Bezbronność w jego pytaniu głęboko ją poruszyła. — Na pewno — zapewniła go. — To jest dla mnie ważne, Danny. Ty jesteś dla mnie ważny.

Ulgę na jego twarzy szybko zastąpił uśmiech, od którego zabiło jej serce. — Dobrze. Bo Ty też jesteś dla mnie ważna. Bardzo.

Zoe ubierała się cicho w mroku, a Danny pomagał jej odnaleźć porozrzucane ubrania, chichocząc pod nosem, gdy jedna skarpetka okazała się nie do znalezienia. Gdy była gotowa, odprowadził ją do drzwi wejściowych i przyciągnął bliżej na ostatni pocałunek — głęboki, obiecujący. — Widzimy się jutro? — zapytał. — W Ridgewater?

— Będę — potwierdziła, pozwalając sobie na jeszcze jedną chwilę w jego ramionach, zanim z żalem się odsunęła. — Dobranoc, Danny.

— Dobranoc, Zoe.

Wymknęła się w ciepłe nocne powietrze, a Krzyż Południa lśnił wysoko na ogromnym, ciemnym niebie. Idąc do samochodu, Zoe poczuła się jakoś lżejsza, jakby coś, co długo wisiało w zawieszeniu, wreszcie wskoczyło na swoje miejsce. Cokolwiek przyniesie jutro, dziś był początkiem — krokiem ku czemuś, co zadziwiająco przypominało nadzieję.

Rozdział dziesiąty

DZIESIĘĆ DNI PRZED BOŻYM Narodzeniem Ridgewater zrzuciło swoje robocze ubranie i wystroiło się na najważniejszy dzień w roku. Bramy stały otworem od świtu, a korowód samochodów i przyczep do przewozu koni chrzęścił po długim żwirowym podjeździe w stronę dodatkowego pastwiska-parkingu. Jakby z dnia na dzień płoty obrosły chorągiewkami we wszystkich możliwych kolorach, przy każdym słupku połyskiwały rozetki z poprzednich lat, a nawet stary wiatrak miał na sobie girlandę złotego łańcucha i plastikową gwiazdę przyklejoną na nosie taśmą. McKenzie'owie zwerbowali każdą sprawną parę rąk i każde chętne dziecko do przemiany całej posiadłości i do siódmej rano Ridgewater było już jeździecką krainą czarów.

Danny stał przy wejściu na plac, kierując widzów na miejsca i usiłując nie wyglądać na kogoś zupełnie nie na swoim terenie. Nie on jeden z ojców został zaprzęgnięty do pomocy; co najmniej tuzin innych kręcił się w pobliżu, jedni z podkładkami i opaskami wyglądającymi bardzo oficjalnie, inni dzielnie próbujący wykonywać wykrzykiwane polecenia córek, ustawiając przyczepy i rozkładając krzesła dla publiczności. Powietrze drżało od zapachów koni, trawy i gorącej kawy, a wszystko przetykał radosny chaos dzieci przecinających zygzakiem kolejne ringi.

W stosunkowo cichym i chłodnym cieniu stajni stała Lucy z przyjaciółkami, tak skupiona, jakby nie dostrzegała coraz większego tłumu. Honey, pokazowy kuc w maści palomino, stała cierpliwie; jej śnieżnobiała grzywa była już podzielona na dziesiątki równych pasm, każde związane malutką gumką. Charlotte trzymała plastikowy spryskiwacz, a Jemima, w koszulce z Mikołajem dosiadającym jednorożca, nadzorowała zaplatanie.

— Nie ruszaj się, Honey — wyszeptała Lucy, układając kolejne pasmo grzywy na miejscu.

— Zaciśnij mocniej — poradziła Jemima, pochylając się, by zajrzeć Lucy przez ramię. — Kuce pokazowe mają wyglądać, jakby zaatakowała je cała armia pająków.

Charlotte spryskała aż za gorliwie i kropelki wody oprószyły policzek Lucy.

— Przepraszam! — zachichotała, wycierając Lucy twarz rąbkiem rękawa.

— Nic się nie stało — odparła Lucy, choć Danny widział, że drżą jej ręce. Zerknęła na niego, jakby chciała się upewnić, że wciąż tam jest, po czym pochyliła się z powrotem nad pracą. Danny pokazał jej kciuk w górę, nie dowierzając własnemu głosowi, i starał się wyglądać na wspierającego, a nie wtrącającego się.

Wciąż zadziwiało go, jak szybko jego córka odnalazła się w tym świecie. Ale dziś stare zdenerwowanie znowu dało o sobie znać i Danny rozpoznał znajome symptomy.

Kiedy wszystkie sploty grzywy były gotowe, Lucy wyjęła z torby czerwoną wstążkę i zawiązała na czubku ogona Honey równą kokardę.

— Teraz jest idealna — stwierdziła Charlotte, cofając się, by podziwiać ich dzieło.

Jemima skinęła głową. — Świetnie sobie poradziłaś, Lucy. Wygląda obłędnie. Tak dobrze jak wtedy, gdy Pip zgarnęła wieniec mistrzowski na Ekce!

Danny zobaczył, jak w oczach Lucy błyśnie duma — malutki, ale zajadle płonący płomyk. Zanotował w myślach, żeby podziękować mamie Jemimy za tak wspaniały wzór do naśladowania.

Z głównego ringu dobiegł gwizdek i szmer tłumu przesunął się, gdy rodzice z dziećmi zaczęli płynąć w stronę areny pokazowej. Lucy przejechała szczotką po lśniącej szyi Honey po raz ostatni, po czym chwyciła za uwiąz klaczy. Danny spotkał ją w połowie drogi do ringu, przykucając, by znaleźć się z nią na wysokości oczu.

— Gotowa? — zapytał.

Lucy zawahała się, po czym skinęła głową, jej głosik był cichy. — Jeśli coś sknocę, to i tak zabierzesz mnie potem na lody?

— Nawet jeśli padniesz jak długa i zapomnisz, jak się nazywasz — obiecał Danny. — Jest za gorąco, żeby rezygnować z lodów.

Uśmiechnęła się, a napięcie spłynęło z jej twarzy.

— Chodź, tato. Czas.

Danny poszedł obok niej, mając nadzieję, że nie zauważy, iż jemu też trzęsą się ręce z nerwów. Prowadzący ring wyczytywał numery, a Lucy ustawiła się na końcu długiej linii starszych dziewczyn i wyglądających profesjonalnie prezenterów, z których większość była od niej co najmniej o głowę wyższa. Danny policzył i wydął policzki; piętnaścioro zawodników! Spora stawka jak na pierwszą w życiu klasę Lucy.

Honey tymczasem pławiła się w uwadze: stała równiutko, z uszami nastawionymi do przodu, a jej błękitne oczy czujnie śledziły wszystko wokół. Pip nie przesadzała, mówiąc, że Honey ma więcej niebieskich wstążek niż miejsca na ścianach, mimo pozornie trudnej przeszłości — i Danny wiedział, dlaczego. Dla niego palomino była bezsprzeczną pięknością stawki. Pip wspomniała też po cichu, że klacz jest źrebna, choć do wyźrebienia zostało jeszcze pięć–sześć miesięcy, więc wyglądała po prostu zdrowo i dorodnie.

Sędzia — siwowłosa kobieta w eleganckim kostiumie ze spódnicą i w kapeluszu wielkości anteny satelitarnej — przechodziła wzdłuż szeregu z podkładką w dłoni, zatrzymując się przy każdym zgłoszeniu, by ocenić postawę, prezentację i reakcję kuca na prowadzenie. Gdy dotarła do Lucy, uśmiechnęła się, powiedziała coś zbyt cicho, by Danny dosłyszał, i patrzyła, jak Lucy prowadzi Honey eleganckim kłusem, zatrzymuje ją na wskazanym miejscu i przesuwa dłonią po łopatce, poprawiając lekko krzywo ustawione kopyto.

Sędzia ruszyła dalej po skinieniu głową i kolejnym cichym słowie, a Lucy wypuściła powietrze, zerkając ku ogrodzeniu, przy którym stał Danny. Dał jej kolejny znak kciukiem — bardziej dla siebie niż dla niej — i starał się nie rozpłakać.

Ocenianie trwało całkiem długo, bo każdy zawodnik musiał pokazać kłus i dać się obejrzeć sędziemu. Lucy czekała cierpliwie przez cały czas, z wyprostowaną postawą, a Honey obok niej nie poruszyła nawet mięśniem. Gdy ostatni zawodnik miał już swoją kolej, zgłoszenia ustawiły się w szeregu, czekając na wyniki. Danny przepchnął się bliżej, próbując lepiej widzieć, kiedy sędzia zaczęła wyczytywać miejsca.

— Czwarte miejsce, numer startowy dwadzieścia jeden, Maddy Withers i Sunlight Affair.

Rozległy się uprzejme brawa, dziewczynka nieśmiało dygnęła, gdy sędzia wręczała jej zieloną wstążkę.

— Trzecie, numer osiemnaście, Chloe Mason i Spark of Glory.

Para dumnych dziadków cheerowała przy ogrodzeniu.

— Drugie, numer piętnaście, Georgia Hales i Silver Lining.

Danny widział, jak twarz Lucy rzednie. Przy dziesięciu innych zawodniczkach w klasie, wszystkich starszych i bardziej doświadczonych, była przekonana, że nie załapała się do miejsc.

— A pierwsze miejsce, numer sześć, Lucy Wareham i Ridgewater Honeybee!

Pisk Charlotte i Jemimy niemal zagłuszył resztę braw publiczności. Lucy zakryła usta ze zdumienia, a Honey jakby zaraz nabrała nowej energii, gdy podeszły odebrać niebieską wstążkę. Sędzia pochyliła się, by przywiązać ją Lucy do szyi Honey, powiedziała coś, od czego Lucy aż się zarumieniła, po czym uścisnęła jej dłoń jak ważnemu gościowi.

Danny ledwie zauważył, że Ben Crossley klepie go po plecach i gratuluje. Był zbyt zajęty patrzeniem na twarz córki, na to, jak chłonie wiwaty, klaskanie i gratulacje od innych zawodniczek. Po raz pierwszy od bardzo dawna zobaczył w jej oczach czystą, nieskrępowaną radość.

Gdy wyprowadzała Honey z ringu, oczy Lucy odnalazły jego spojrzenie i bezgłośnie ułożyła na ustach — Widziałeś?

Danny skinął głową, a jego własny głos ugrzązł gdzieś pod gulą w gardle wielkości piłeczki golfowej.

Jemima i Charlotte dopadły ją w sekundę, przytulając ją i Honey i trajkocząc tak szybko, że nawet Danny nie nadążał. Jemima uniosła palec. — Teraz musisz zrobić rundę honorową z wstążką! Taka tradycja.

Danny wycofał się pod ogrodzenie, pozwalając dziewczynom przejąć rytuał czułości i świętowania. Patrzył, jak Lucy prowadzi Honey dookoła ringu, z ramionami odrzuconymi w tył i uniesionym podbródkiem, a niebieska wstążka łopocze na gorącym wietrze. Tłum wiwatował, ale to spokojna duma na twarzy Lucy sprawiła, że mrużył oczy w ostrym słońcu.

Klasy „in-hand" zakończyły się przed lunchem i do tego czasu padoki wokół ringów wypełniły się rodzinami piknikującymi na krzesełkach i kocach. Harmonogram zostawiał akurat tyle czasu, by w pośpiechu zjeść kanapkę przed klasą dla początkujących w siodle, i Danny co chwila przyjmował gratulacje od nieznajomych, pomagając Lucy zamienić marynarkę pokazową na lżejszą bluzkę.

— Teraz będzie grubsza sprawa — powiedziała Lucy. — Klasa stęp–kłus na Foxie. Myślisz, że dam radę?

Danny udał, że się zastanawia. — Cóż, jak na razie masz dziś tylko jedną niebieską wstążkę. Jak na debiutantkę, nieźle.

Uśmiechnęła się. — Lubię Foxie. Na nic się nie płoszy, nawet na dzieci przebrane za elfy!

Przeszli na rozprężalnię, gdzie czekała Pip, z założonymi rękami i okularami przeciwsłonecznymi błyszczącymi w słońcu. Przywitała Lucy przybiciem piątki, po czym rzuciła krytyczne spojrzenie na rząd Foxie.

— Wszystko wygląda dobrze — powiedziała Pip. — Jak dziś z postawą, Lucy?

Lucy wyprostowała się, jakby ktoś ją szturchnął patykiem.

— Świetnie. I pamiętaj: jeśli się zestresujesz, po prostu oddychaj i mów do Foxie. Lubi, kiedy słyszy, że jest śliczna.

— Czy ona rozumie po angielsku? — zachichotała Lucy.

— Jest dwujęzyczna — mrugnęła Pip.

Danny oparł się o ogrodzenie, podczas gdy Pip podsadziła Lucy w siodło, wyregulowała strzemiona i udzieliła ostatnich, cichych wskazówek. Foxie stała cierpliwie, tylko od czasu do czasu odganiając ogonem muchy. Danny przyjrzał się innym dzieciom ustawiającym się w kolejce — dziewięcioro, na oko między szóstym a dwunastym rokiem życia.

— Czy to pierwszy raz, kiedy ogląda Pan klasę dla początkujących? — odezwał się obok niego jakiś głos. Danny odwrócił się i zobaczył innego ojca, z kawą w ręku i zaniepokojoną miną.

— Pierwszy raz Lucy — odparł Danny.

— Tutaj do zawodów podchodzą poważnie — powiedział tamten, kiwając głową w stronę stanowiska sędziowskiego. — Moja starsza córka jeździ już trzy lata, a i tak trzęsie się przed każdym przejazdem.

— Lucy też — przyznał Danny. — Ale to kocha.

— Wszystkie kochają. Chyba to jedyny sport, w którym bycie całym w błocie uchodzi za osiągnięcie.

Obaj się roześmiali i Danny poczuł, jak resztki jego własnego napięcia znikają.

Klasę wywołano na główną arenę i Lucy dołączyła do pozostałych. Kuce szły gęsiego, zgodnie z poleceniami prowadzącego ring, a Foxie ruszyła miękko pod spokojnym prowadzeniem Lucy.

Danny patrzył krytycznym okiem, wyłapując każde drobne poprawki, które Zoe i Pip wytrenowały w Lucy przez ostatnie tygodnie: delikatne ściśnięcie łydkami, subtelne przeniesienie ciężaru, to, jak co kilka kroków sprawdzała swoją pozycję. Zastanawiał się, czy on sam był kiedyś tak skupiony w jej wieku i czy kiedykolwiek zrozumie urok tego dziwnego, starodawnego sportu.

Po kilku okrążeniach stępem sędzia poprosiła o przejście do kłusa anglezowanego. Jedne kuce ruszyły niechętnie, inne wystrzeliły, ale Foxie przeszła do kłusa żwawo, a Lucy szybko złapała rytm — po krótkim zachwianiu płynnie weszła w anglezowanie.

Zrobili układ zgodnie z poleceniami: stęp, kłus, zmiana kierunku, stój, cofanie. Danny wstrzymywał oddech przy każdej zmianie, rozluźniając się dopiero, gdy Foxie reagowała idealnie za każdym razem. Był moment, gdy inna amazonka przecięła ring zbyt wcześnie, niemal wjeżdżając w Lucy, ale ta skorygowała tor bez wahania, a nawet posłała tamtej uprzejmy uśmiech.

Po dwóch pełnych przejazdach sędzia poprosiła o ustawienie do ostatecznego szeregu. Danny przesunął się bliżej, próbując odczytać wyraz twarzy sędzi. Kobieta była nieprzenikniona, ale Danny zauważył, że zanotowała coś przy numerze Lucy. Kiedy ogłaszano wyniki, wziął głęboki oddech.

— Trzecie miejsce, numer startowy dwadzieścia trzy, Lucy Wareham i Ridgewater Foxie!

Pierwszym odruchem Danny'ego było rozczarowanie w jej imieniu: tylko trzecie, po tylu staraniach? Ale potem zobaczył twarz Lucy, promienną z dumy, i zrozumiał, że wcale nie spodziewała się miejsca. Uścisnęła Foxie szyję, przyjęła od sędzi żółtą wstążkę i, co najważniejsze, odwróciła się, by pogratulować dwóm dziewczynkom, które znalazły się nad nią na podium, uściskiem dłoni i uśmiechem.

Po dekoracji, gdy dzieci wyjeżdżały z ringu kłusem, Jemima i Charlotte pobiegły na spotkanie Lucy. We trójkę odprowadziły Foxie w cień stajni, a Jemima z Charlotte zasypywały Lucy zachwytami nad jej przejazdem.

Danny został na chwilę z tyłu, zadowolony, że może popatrzeć, zanim do nich dołączy. Nadal nie był do końca pewien, jak to się stało, że właśnie tutaj się znaleźli — że przeprowadzka na wieś w Queensland, przypadkowe spotkanie z McKenzie'ami i kilka lekcji jazdy zmieniły jego ostrożne, poranione dziecko w gwiazdę pokazu. Ale gdy Lucy spojrzała na niego z twarzą zaróżowioną od emocji i wstążkami trzepoczącymi w dłoni, uznał, że nie na wszystkie pytania trzeba znać odpowiedź.

Przybiegła do niego, a jej wysoki kucyk podskakiwał, i Danny zamknął ją w niedźwiedzim uścisku.

— Udało ci się — powiedział.

— Wiem — odparła, lekko zdyszana. — Ale wiesz co? Chyba lubię tę żółtą bardziej niż niebieską. Była trudniejsza, bo w tamtej klasie Honey wszystko zrobiła za mnie.

— Moja dziewczynka — szepnął Danny, tuląc ją mocno. — Jestem z ciebie taki dumny, Luce. Osiem tygodni temu nie siedziałaś nawet na koniu, a zobacz, gdzie jesteś!

Zbliżał się czas pokazu otwartego — tej części Show, o której nawet najbardziej zblazowani rodzice mówili, że warto ją zobaczyć. Danny przeprowadził Lucy i jej przyjaciółki do hali, gdzie Kate rozgrzewała swojego konia przed występem.

— To Ridgewater Mystery — powiedziała Jemima, wskazując na wysoką siwą w jabłka, która przepływała obok tłumu, z ogonem zaplecionym srebrną wstążką. — Albo po prostu Misty, jak mówimy.

Lucy patrzyła oszołomiona. — Czy to ta ze wszystkich plakatów?

— Taa — potwierdziła Jemima. — Teraz wygrywa konkursy Grand Prix, ale mama mówi, że dopiero się rozkręca. Ciocia Kate pojedzie z nią na igrzyska, tak jak babcia i dziadek.

Miejsca dla publiczności były wypełnione po brzegi, każde krzesło zajęte, a dzieci siedziały rodzicom na ramionach, żeby lepiej widzieć. Gdy tylko pierwsze nuty „All I Want for Christmas Is You" popłynęły z głośników, nad tłumem zapadła cisza.

Danny nie był znawcą ujeżdżenia, ale nawet on widział, że to był niezwykły pokaz kunsztu. Kate prowadziła klacz przez kolejne figury z absolutną gracją, w siodle poruszała się ledwie dostrzegalnie, dając najsubtelniejsze sygnały, a spiker przez nagłośnienie opowiadał o przejeździe, by ułatwić widzom odbiór. Pasaż — wzniosły, wyniosły kłus, który zdawał się niemożliwy dla istoty związanej z ziemią — wywoływał westchnienia publiczności. Gdy przeszły do piaffu, Misty zdawała się tańczyć w miejscu, kopyta wybijały rytm idealnie w takt piosenki. Lucy otworzyła usta ze zdumienia, gdy Kate poprowadziła Misty w serię zmian nogi w locie, a nogi klaczy migotały w skomplikowanym, niemal baletowym wzorze.

— Jak ona to robi? — wyszeptała Lucy.

— To magia — powiedziała Jemima. — I *lata* praktyki.

Danny dał się temu porwać; tłum był zahipnotyzowany, a koń i jeździec tak idealnie zgrani, jakby dzielili jeden umysł. Pod koniec układu, gdy Kate i Misty wykonali ostatni, perfekcyjny zatrzymanie do wielkiego finału muzyki, cała publiczność wybuchła aplauzem. Klaskał nawet surowy sędzia z wcześniejszego konkursu.

Kate skłoniła się skromnie, po czym wyprowadziła Misty z parkuru, gdy spiker zaprosił widzów do sąsiedniej areny skokowej. To było zaledwie kilka kroków, więc wszyscy szybko się przenieśli, a potem Emma wjechała na Phoenixie; wysoki, czarny wałach wyglądał jak urodzony showman. Rozległ się wyczuwalny pomruk, gdy ludzie rozpoznali konia: Phoenix słynął ze spektakularnych skoków i, jak powiedziano Danny'emu, okazjonalnych równie spektakularnych fochów.

Parkur był już ustawiony, drągi lśniły świeżą farbą, a oksery budziły naprawdę spory respekt. Emma zakłusowała Phoenixem w zebranym galopie, po czym ustawiła go na najazd do pierwszej przeszkody.

— Wygląda, jakby zaraz miał wybuchnąć — wyszeptała Lucy, nieco oniemiała, gdy Phoenix zbliżał się do pierwszego skoku, mięśnie falowały pod jego lśniącą sierścią. Najazd był eksplodujący energią, a koń przeskoczył stacjonatę o wysokości 1,50 m z zapasem. Tłum wybuchł aplauzem, a Phoenix dla efektu lekko bryknął, lecz Emma ledwie drgnęła w siodle. Była idealnym przeciwwagą dla jego dramatyzmu, chłonąc energię i kierując ją z chłodną precyzją.

Skok za skokiem sprawiali, że wyglądało to na łatwe, nawet gdy zakręty stawały się ciaśniejsze, a szeregi bardziej techniczne. Na ostatniej przeszkodzie – ogromnym czerwonym murze, tak wysokim, że Danny był niemal pewien, iż Phoenix nie widzi, co jest za nim – Phoenix poszybował, lądując z postawionymi uszami, a Emma uśmiechała się od ucha do ucha. Owacje były ogłuszające, a machnięcie Emmy do publiczności czystą radością.

Gdy para krążyła po placu w rundzie honorowej, głos spikera rozległ się w głośnikach.

— A właśnie dlatego, proszę państwa, Ridgewater jest domem jednych z najlepszych jeźdźców i najlepszych koni w stanie. Dajmy jeszcze raz brawa siostrom McKenzie i wszystkim, którzy tak ciężko pracują, by dni takie jak ten były możliwe.

Danny spojrzał na Lucy, która wciąż wpatrywała się szeroko otwartymi oczami, gdy Emma na chwilę dała Phoenixowi głowę, a były zwycięski koń wyścigowy popisał się galopem, który aż pożerał przestrzeń.

— Myślisz, że kiedyś też tak będę jeździć? — zapytała prawie szeptem.

Danny się nie zawahał. — Jasne. Ale tylko jeśli obiecasz, że nie każesz koniowi tańczyć do Mariah Carey.

Zachichotała, po czym spoważniała, wzrok wbiła w arenę. — Chciałabym kiedyś spróbować skoków. Może w przyszłym roku?

Danny spojrzał na nią, na gwiazdki w jej oczach, gdy patrzyła na przeszkody, i poczuł falę czegoś bardzo podobnego do nadziei. Jeśli znów potrafiła marzyć tak odważnie, a on potrafił choć trochę odpuścić, by pozwolić jej gonić te marzenia, może rzeczywiście oboje się leczyli.

— Może w przyszłym roku, jeśli pani Pip i pani Zoe uznają, że jesteś gotowa — powiedział.

Pokaz Metody Mastersona zaplanowano jako następny i gdy Danny i Lucy wrócili na krytą arenę, przy ogrodzeniu zebrał się niewielki, ale zainteresowany tłumek. Wielu to byli rodzice z młodszymi dziećmi, rodziny jeszcze niewtajemniczone w tajniki pracy z ciałem konia, traktujące wydarzenie jako pretekst, by odpocząć w cieniu.

Gwiazdą pokazu był Whisper, drobny siwy kuc o zmartwionym spojrzeniu i tendencji do przestępowania z nogi na nogę, jakby stał na rozgrzanym piasku. Zoe wprowadziła go na arenę i przywitała publiczność szerokim, pewnym uśmiechem.

— Dziękuję wszystkim, że przyszliście — zaczęła, jej głos łatwo niósł się w pogłosie hali. — Dziś pokażemy, jak delikatna praca z ciałem może pomóc nawet najbardziej wrażliwemu koniowi stać się bardziej komfortowym i zrelaksowanym, przy użyciu metody, która polega na słuchaniu i reagowaniu, a nie na zmuszaniu.

Lucy podeszła, by stanąć obok Zoe, na początku trochę sztywna, ale wyraźnie rozkoszująca się swoją oficjalną rolą asystentki. Danny usiadł na jednej z drewnianych ławek przy ogrodzeniu, powstrzymując chęć nagrania wszystkiego na rzecz uważnego patrzenia.

Zoe zaczęła od przedstawienia Whispera, tłumacząc, że niektóre konie i kuce, zwłaszcza te dopiero zaczynające pracę, rozwijają w ciele napięcia, które mogą powodować przeróżne problemy — od słabszych wyników po otwarte kłopoty behawioralne. Zademonstrowała lekki dotyk wzdłuż grzywy i potylicy kuca, prosząc publiczność, by obserwowała każdy ruch ucha czy rozszerzenie oka.

— Kiedy korzystamy z Metody Mastersona — powiedziała Zoe — nie oczekujemy natychmiastowych wyników ani dramatycznych zmian. Zamiast tego wsłuchujemy się w to, co mówi nam koń, i nagradzamy nawet najdrobniejsze oznaki rozluźnienia.

Zachęciła Lucy, by podeszła i spróbowała, prowadząc jej dłoń w miejsce tuż za uchem Whispera. Kuc najpierw zesztywniał, ale pod okiem Zoe Lucy złagodziła dotyk, poruszała się powoli, kolistymi ruchami i czekała.

Danny wstrzymał oddech, gdy powieki Whispera zaczęły opadać, a napięcie walki albo ucieczki ustępowało narastającemu spokojowi. Wargi kuca zadrżały, po czym się rozluźniły. Wypuścił długie, parskające westchnienie, a potem ogromne, zaskakujące ziewnięcie. Kilkoro dzieci na widowni westchnęło z podziwem, a jedna z mam szepnęła:
— Popatrzcie. On naprawdę zasypia.

Zoe wychwyciła moment i wykorzystała go do nauki.
— Jeśli widzicie, że koń mruga, oblizuje się, ziewa albo opuszcza głowę, to znaki, że puszcza napięcie. Zwróćcie uwagę, że Lucy nie pcha ani nie ciągnie. Czeka, aż Whisper da sygnał.

— Teraz mruga. To znaczy, że się rozluźnia, prawda? — zapytała Lucy.

— Dokładnie — przytaknęła Zoe. — Teraz spróbujmy przy łopatce i zobaczmy, co jeszcze nam powie.

Tłum patrzył, jak Lucy przesuwa dłonie w dół szyi kuca, wykonując polecenia z niespieszną cierpliwością, którą Zoe zaszczepiała w niej przez tygodnie lekcji. Whisper, który zaczął pokaz z szeroko otwartymi oczami i uniesioną głową, teraz stał niemal z nosem przy ziemi, z ciężkimi powiekami, opierając tylną nogę.

Rodzice pochylili się, wymieniając zaskoczone spojrzenia. Nawet bardziej doświadczeni właściciele koni wydawali się po cichu pod wrażeniem przemiany. Danny poczuł niespodziewane ściśnięcie w piersi, patrząc na tę scenę: Lucy, spokojna i skupiona, Zoe u jej boku, a zmartwiony kuc topniał w czyste zaufanie.

Pokaz zakończył się krótkim Q&A. Zarówno dzieci, jak i dorośli chcieli wiedzieć, czy metoda działa na wszystkie konie, czy można stosować ją w domu i czy to naprawdę jest tak łatwe, jak przed chwilą pokazały Lucy i Zoe.

— To wymaga praktyki — powiedziała szczerze Zoe. — Ale każdy może się tego nauczyć, jeśli jest gotów więcej słuchać niż mówić. Konie nie dbają o to, ile wiesz, dopóki nie przekonają się, jak bardzo ci zależy.

To wywołało śmiech rodziców, a nawet małe brawa.

— A teraz, proszę państwa, znakomita Zoe Webb przyjmuje zapisy, by zdziałać swoje czary na waszych koniach — oznajmił spiker przez głośniki. — Przyjmujemy też zgłoszenia wstępnego zainteresowania na małe grupowe zajęcia wprowadzające do Metody Mastersona. Zajrzyjcie na stronę Zoe w witrynie Ridgewater, by dowiedzieć się więcej!

Gdy tłum zaczął się rozchodzić, Zoe i Lucy wyprowadziły Whispera z areny, a kuc szedł luźnym, płynącym krokiem konia, który już nie pamiętał, czym miał się martwić. Danny czekał przy wyjściu, rozdarty między dumą a czymś w rodzaju zachwytu.

— Byłaś niesamowita — powiedział, gdy Lucy do niego dołączyła, z policzkami zaróżowionymi z radości.

— To głównie zasługa Whispera — odparła Lucy skromnie. — Potrzebował tylko, żeby ktoś go wysłuchał.

— Właśnie dlatego jesteś w tym taka dobra — powiedział Danny. — Sprawiasz, że to wygląda na proste.

Rozpromieniła się, po czym zawahała, zerkając na Zoe, która została jeszcze chwilę, by odpowiedzieć na ostatnie pytania. — Pani Zoe mówi, że mam do tego naturalne wyczucie. Mówi, że nie każdy słucha tak jak ja.

Danny objął ją ramieniem, pozwalając, by ciężar chwili opadł. Zastanowił się przez moment, czy kiedykolwiek naprawdę rozumiał, jaka Lucy potrafi być dzielna, czy może tyle czasu spędził, osłaniając ją przed bólem, że przegapił głębię jej współczucia.

— Wiesz — powiedział cicho — kiedy pierwszy raz cię tu przywiozłem, bałem się, że zrobisz sobie krzywdę. A to ty uczysz mnie zaufania.

Lucy spojrzała na niego, marszcząc brwi. — Nie musisz się bać, tato. Jestem ostrożna. I mam Foxie, i Jemimę, i panią Zoe, i panią Pip, i... — urwała, po czym uśmiechnęła się nieśmiało. — Mam ciebie.

Danny przytulił ją mocno. — Zawsze mnie będziesz miała, Luce.

Zrozumiał, że nie tylko konie uczyły się tu rozluźnienia. Czasem ludzie też.

Słońce zaczęło zsuwać się ku horyzontowi, gdy finałowe wydarzenie Pokazu wkroczyło na scenę. Kryta arena znów przeszła metamorfozę: sznury wielobarwnych lampek obrysowywały linie ogrodzenia, a przy głównej bramie wisiał wieniec z lamety niemal tak duży jak Jemima. Z nagłośnienia płynęły świąteczne piosenki, przeplatając popowe standardy z osobliwym remiksem „Jingle Bells" w wykonaniu orkiestry dętej i dziecięcego chóru.

Lucy i jej przyjaciółki przebierały się w stroje paradne wśród furkotu cekinów i filcowych poroży. Charlotte uparła się, by wszystkim pomalować policzki brokatem i wpięła im we włosy świąteczne, błyszczące gumki. Ich kucyki też nie uniknęły świątecznego wystroju; Foxie, Sparky i Beau miały na szyjach girlandy z lamety, a do ogłowi każdemu solidnie przymocowano sztuczne poroże. Danny patrzył, jak dziewczynki się szykują, robił zdjęcia na media społecznościowe McKenzie'ów i powstrzymywał się, by nie poprawiać Lucy poroży.

Emma ustawiła kolejność parady i udzieliła ostatnich instrukcji głosem, który przebijał się przez gwar.

— Pamiętajcie, spokojne tempo dookoła ujeżdżalni. Machajcie do publiczności. Zero ścigania, chyba że chcecie resztę świąt spędzić na dyżurze przy sprzątaniu kup. Zrozumiano?

— Tak jest, pani Emmo! — zaśpiewały dziewczyny chórem, choć Jemima uśmiechnęła się do mamy tak, jakby miała zamiar kusić los.

Parada zaczęła się od najmłodszych jeźdźców — pochodu drobnych adeptów na szetlandach i małych kucach walijskich, każdy duet przebrany w stroje od klasycznego elfa po pełną inscenizację szopki bożonarodzeniowej. Za nimi bardziej zaawansowani wprowadzili większe konie stępem, z przyklejonymi uśmiechami i głowami dumnie uniesionymi. Aplauz publiczności był ogłuszający; rodzice machali i pstrykali zdjęcia, przyjaciele wykrzykiwali imiona i dobrotliwie buczeli na każdego, kto zapomniał pomachać.

Danny dostrzegł Lucy, gdy wjechała na plac, w asyście Jemimy na Sparky'm i Charlotte na Beau. Trio wykonało zaskakująco dobrze przećwiczony układ, machając synchronicznie na zakrętach. Foxie zdawała się lubić całe to zamieszanie i niosła Lucy ze spokojną godnością, z opuszczoną głową i postawionymi uszami.

Gdy parada okrążała arenę, Danny dostrzegł w centrum kobiety z rodziny McKenzie — Sarah, Kate, Emmę i Pip — stojące ze splecionymi dłońmi i promieniujące dumą twarze. Kiedy wjechała ostatnia grupa jeźdźców, Sarah wystąpiła naprzód z mikrofonem w dłoni.

— Dziękujemy wszystkim, którzy sprawili, że dzisiejszy dzień był możliwy — naszym uczniom, rodzicom, trenerom, a zwłaszcza czworonożnym przyjaciołom. Ridgewater to więcej niż ośrodek jeździecki; to rodzina. I jesteśmy ogromnie wdzięczni, że jesteście jej częścią.

Brawa przetoczyły się przez halę. Wtedy Sarah dostrzegła Zoe kręcącą się na obrzeżu, udającą, że sprawdza clipboard, i przywołała ją gestem, który nie znosił sprzeciwu.

— I podziękujmy też Zoe, która jest w Ridgewater dopiero od kilku miesięcy, a już okazała się niezastąpiona i ulubienicą naszych młodych jeźdźców. Brawa dla pani Zoe, kochani!

Zoe spłonęła rumieńcem, gdy przechodziła przez plac, ale owacja była szczera i głośna. Danny zobaczył, że Lucy klaskała najgoręcej, z oczami lśniącymi z dumy.

Gdy finałowe okrążenie dobiegło końca, jeźdźcy zsiadali, a kuce wyprowadzano, zostawiając na arenie morze dzieci i rodziców na ostatnią rundę gratulacji. Jemima i Charlotte pierwsze dopadły Lucy, wciągając ją w grupowy uścisk. Danny stał z boku, pozwalając dziewczynkom nacieszyć się chwilą, po czym zwrócił uwagę Lucy machnięciem ręki.

— Gotowa do drogi, mistrzyni? — zawołał.

— Sekundkę, tato — odkrzyknęła, po czym pobiegła dać Foxie jeszcze jedną marchewkę.

Danny poczuł, że ktoś stanął obok, i odwrócił się, by zobaczyć Zoe — włosy jeszcze bardziej rozczochrane niż zwykle po długim dniu, oczy miękkie i zmęczone.

— Dziś była niesamowita — powiedziała Zoe, skinieniem głowy wskazując Lucy.

— Ty też — odparł Danny, nieco ochryple.

Zoe uśmiechnęła się do niego. — Wiesz, kiedy przyprowadziłeś ją tu po raz pierwszy, myślałam, że wytrzyma może trzy lekcje, zanim jej przejdzie. Większości miejskich dzieci tak właśnie się zdarza.

— Potrafi zaskoczyć — powiedział Danny.

— To prawda — przyznała Zoe. — Ale ty też.

Spojrzał na nią, zaskoczony.

— Nie każdy rodzic pozwoliłby swojemu dziecku wskoczyć w tak inny świat — zauważyła. — Albo zaufał obcym w sprawie czegoś tak cennego.

Danny przez chwilę milczał, patrząc, jak Lucy śmieje się z przyjaciółkami. — Nie miałem wielkiego wyboru. Potrzebowała czegoś, czego sam nie mogłem jej dać.

— Dałeś jej przestrzeń, żeby to znaleźć — powiedziała Zoe. — Czasem to najtrudniejsze.

Stali w przyjaznym milczeniu, patrząc, jak ostatnie rodziny powoli wychodzą, dzieci ściskają w rękach wstążki i wspomnienia. Gdy zapadł zmierzch, rozbłysły światła areny, skąpując wszystko w złotej poświacie.

Lucy wróciła, lekko zdyszana, z wstążkami w dłoni i przekrzywionymi porożami.

— Widziałeś nas, tato? — zapytała.

— Byłaś gwiazdą wieczoru — odparł, a ona rozpromieniła się, po czym podeszła do Zoe i poprosiła o uścisk, dziękując jej. Danny był niemal pewien, że Zoe powstrzymuje własne łzy, gdy mocno przytulała Lucy i mówiła, że jej występy były po prostu spektakularne.

Gdy kierowali się do samochodu, Lucy obejrzała się na arenę, gdzie personel Ridgewater wciąż sprzątał, a śmiech niósł się w ciepły wieczór.

— To był najlepszy dzień *w życiu* — powiedziała.

Danny skinął głową z uznaniem. — Naprawdę, naprawdę tak było.

Lucy podskakiwała przodem, a jej nowe wstążki ciągnęły się za nią jak ogon komety. Danny patrzył, jak odchodzi, czując, jak ciężar starych lęków znika, zastąpiony spokojną pewnością przynależności.

Spojrzał na szyld Ridgewater, opleciony świątecznymi lampkami i jaśniejący w półmroku, i pomyślał, że może, tylko może, wszyscy wreszcie są w domu.

Rozdział jedenasty

Zoe sączyła herbatę, patrząc, jak para leniwie wije się nad kubkiem, gdy poranne słońce wpadało przez okna kuchni w Big House. Wszędzie zostały ślady wczorajszego świątecznego pokazu: łańcuchy lamety przewieszone przez oparcia krzeseł, czapka Mikołaja przekornie nasadzona na misę z owocami i ten niepowtarzalny nastrój satysfakcji, który unosi się po udanej imprezie. McKenzie'owie zgromadzili się wokół ogromnego, wiejskiego stołu, głosy nakładały się na siebie w żywych wspomnieniach zapadających w pamięć momentów i cudem zażegnanych katastrof. Pip barwnie opowiadała historię uciekającego poroża podczas finałowej parady, wywijając rękami, gdy kreśliła jego trajektorię.

— Przeleciało prosto nad głową biednego pana Hendersona — roześmiała się Pip. — O mało nie porwało mu tupecika!

Sarah parsknęła do kawy. — Zastanawiałam się, czemu wyglądał na tak zbitego z tropu. Myślałam, że to tylko muzyczny freestyle Kate tak go rozemocjonował.

Kate przewróciła oczami, ale nie potrafiła stłumić uśmiechu. Od wczorajszego występu pławiła się w cichej dumie; pamięć reakcji publiczności była wciąż żywa. — Gwiazdą była Misty, nie ja. Chociaż przed następnymi zawodami musimy popracować nad jej piruetem; zataczałyśmy odrobinę zbyt duże koło.

— Zawsze perfekcjonistka — droczyła się Emma, sięgając po kolejny kawałek tosta. — Tłum nie mógł od was oderwać oczu.

Kuchnia tonęła w cudownym chaosie: talerze z niedojedzonym śniadaniem porozstawiane na stole, słoiki z dżemem z łyżkami sterczącymi pod dziwnymi kątami, a przy kuchence Marcus przewracał kolejną porcję naleśników. Ryan siedział obok Emmy, z ręką nonszalancko opartą o oparcie jej krzesła, wyglądając jak u siebie. Korporacyjna sztywność, która go definiowała, gdy pierwszy raz pojawił się w Ridgewater, stopniała w coś o wiele bardziej swobodnego, bardziej autentycznego.

— Lucy świetnie sobie poradziła z Honey — wtrąciła Zoe, uśmiechając się na wspomnienie miny dziewczynki, gdy odbierała niebieską wstążkę. — Danny ledwo mógł mówić, tak był dumny.

— Dobra z niej dziewczynka, a Foxie też doskonale ujechała. A wasz pokaz był naprawdę niesamowity. To dziecko ma dar — przytaknęła Pip. — A skoro o prezentach mowa, zauważył ktoś, ile formularzy zapytań zebraliśmy? Co najmniej trzydzieści nowych potencjalnych klientek i klientów. Świąteczny pokaz zawsze przyciąga, ale tym razem to było coś wyjątkowego.

A twoje początkujące kliniki metody Mastersona wzbudziły ogromne zainteresowanie, Zoe.

Sarah skinęła głową, sięgając po stertę poczty, którą Emma wyjęła ze skrzynki, gdy wchodziła z Ryanem. — Musimy zwołać zebranie, żeby to wszystko posegregować. Jeśli nawet połowa się zapisze, będziemy musieli zmienić grafik lekcji na styczeń.

Zaczęła przeglądać koperty, odkładając rachunki osobno od prywatnych listów, gdy jej dłoń znieruchomiała na urzędowej kopercie z herbem rządu Queensland. Rozmowy wokół toczyły się dalej, ale Zoe zauważyła delikatną zmarszczkę między brwiami Sarah, gdy wsunęła palec pod klapkę.

Sarah rozłożyła list i przebiegła wzrokiem treść. Kuchnia ucichła, gdy z jej twarzy odpłynęła krew.

— Sarah? — odezwał się Marcus, z łopatką zawieszoną w pół ruchu. — Co tam jest?

Sarah podniosła wzrok, oczy miała szeroko otwarte ze zdumienia. — To zawiadomienie o wywłaszczeniu. — Jej głos brzmiał obco, jakby z oddali. — Dla Ridgewater.

Zapadła cisza; jedynym dźwiękiem był skwierczący na zapomnianej patelni naleśnik. Marcus gwałtownym ruchem zakręcił kurek i podszedł do Sarah, czytając przez jej ramię.

— Ile? — spytała Kate naprężonym głosem.

Dłoń Sarah lekko drżała, gdy przewracała na drugą stronę. — Trzy przecinek dwa miliona.

— To niedorzeczne — wybuchł Marcus, wyrywając Sarah papiery. — Ta nieruchomość jest warta co najmniej siedem milionów już za sam areał, nawet nie licząc zabudowań i wartości samego ośrodka!

W oczach Emmy zaszkliły się łzy. — Nie mogą nam tego zrobić.

Ryan przyciągnął ją bliżej, szczęka mu stwardniała. — Klasyczna zagrywka na otwarcie. Zaniżona oferta, liczą, że będziemy na tyle zdesperowani, żeby ją przyjąć.

Kate odepchnęła krzesło i zaczęła chodzić w tę i z powrotem, przeczesując palcami blond włosy. — Nie mogą nam po prostu zabrać domu — powiedziała, a ostatnie słowo załamało się jej w głosie. — Musi być coś, co możemy zrobić.

Pip, wyjątkowo cicha, skrzyżowała ramiona. — Walczymy, oczywiście. Kroki prawne. Protesty. Kampania w mediach. Jeśli chcą tej ziemi, będą musieli nas z niej siłą zaciągnąć.

Zoe patrzyła, jak Sarah przyciąga do siebie notatnik i chwyta długopis, jej ręka już śmigała wśród szybkich kalkulacji. — Nawet gdybyśmy walczyli i wywalczyli cenę rynkową — powiedziała, a głos lekko jej drżał — musielibyśmy znaleźć coś porównywalnego. Ceny ziemi poszybowały. Potrzebowalibyśmy co najmniej dziewięciu milionów, żeby przenieść całą działalność w miejsce z równoważną infrastrukturą i dojazdem. To, co oferują, jest po prostu... to obraza. Niemożliwe.

— A gdyby przenieść działalność, a zaplecze budować już na miejscu? — zasugerował Ryan, jego biznesowy umysł wyraźnie pracował nad opcjami. — Zacząć od podstaw, resztę rozbudowywać z czasem.

— A co z naszymi klientami w międzyczasie? — warknęła Kate, odwracając się do niego. — Przepraszamy, zamknięte na rok, bo budujemy hale i stajnie? Przychody spadną do zera z dnia na dzień.

Zoe poczuła, jak supeł w żołądku się zacieśnia. O zagrożeniu obwodnicą wiedziała, wszyscy wiedzieli, ale dotąd wydawało się to odległe — coś, z czym da się walczyć presją społeczną, rozsądkiem. Urzędowe pismo sprawiło, że wszystko stało się nagle przerażająco realne.

— Jaki mamy harmonogram? — zapytał Marcus, przewracając na trzecią stronę dokumentu. Jego twarz pociemniała, gdy czytał. — Sześć miesięcy. Dają nam sześć miesięcy, żeby „opuścić nieruchomość". I nie zapłacą, dopóki faktycznie się nie wyniesiemy, co jest kompletnym absurdem. Jak mamy kupić inne miejsce, skoro zapłacą dopiero po fakcie?

— Sześć miesięcy? — wyszeptała Emma, z twarzą jak kreda. — A co z końmi? Co z naszymi klientami? Co z...

Ryan mocniej objął ją ramieniem.

— Nie mogą oczekiwać, że przeniesiemy cały ośrodek jeździecki w sześć miesięcy — powiedziała Sarah. — To nawet w przybliżeniu nie jest rozsądne.

— Od kiedy rząd bywa rozsądny? — odparła Pip. — Wybrali taki przebieg trasy, a my stoimy im na drodze.

Zoe patrzyła, jak lameta na oparciu porzuconego krzesła Kate drży od przeciągu z otwartego okna. Radosne ozdoby teraz zdawały się kpić, jaskrawe plamy koloru na tle poszarzałych zmartwieniem twarzy.

— Możemy się odwołać? — zapytała Emma, zerkając na Ryana. — Masz przecież jakieś kontakty, prawda?

Ryan powoli skinął głową. — Znam ludzi, którzy mogliby pomóc, ale z wywłaszczeniami bywa bardzo ciężko wygrać. Zwłaszcza gdy chodzi o infrastrukturę.

— Jest jeszcze wariant zachodni — zauważył Marcus. — To realna alternatywa.

— A jednak mamy to, co mamy — rzuciła Kate gorzko, wskazując na pismo w ręce Marcusa. — Najwyraźniej alternatywy ich nie interesują.

Sarah westchnęła, pocierając skronie. — Musimy zadzwonić do mamy i taty. I natychmiast zasięgnąć porady prawnej. Pip, zadzwonisz do pana Joe Ashforda? Zeskanuj list i prześlij mu kopię.

Pip skinęła, już sięgając po telefon. — Już się robi.

— A tymczasem — ciągnęła Sarah, widocznie biorąc się w garść — działamy dalej. Konie trzeba nakarmić, klienci będą przyjeżdżać na zajęcia, mamy firmę do prowadzenia. Będziemy z tym walczyć, ale musimy robić to z głową.

Zoe poczuła falę podziwu dla odporności Sarah, choć jej własne serce tonęło. Spojrzała przez okno na rozległe pastwiska Ridgewater, ciągnące się aż po horyzont. To miejsce stało się jej domem w sposób, w jaki Anglia nigdy naprawdę nim nie była. Myśl, że spychacz zrobi z niego drogę, sprawiała, że robiło jej się fizycznie niedobrze.

— Powinnyśmy powiedzieć pracownikom — powiedziała cicho Kate. — Zanim dowiedzą się skądinąd.

Sarah skinęła, po czym spojrzała prosto na Zoe. — Ty też jesteś rodziną, Zoe. Cokolwiek się stanie, zadbamy o ciebie.

Życzliwość w jej głosie ścisnęła Zoe gardło. Skinęła, nie ufając, że zdoła coś powiedzieć. Na zewnątrz poranne słońce wciąż świeciło na areny, gdzie jeszcze wczoraj dzieci śmiały się, a kucyki prężyły się w lametowych uprzężach. Kontrast między wczorajszą radością a dzisiejszą rozpaczą nie mógł być bardziej dojmujący.

Gdy rodzina zaczęła się mobilizować — Pip przy telefonie, Sarah przy dokumentach, a Kate pisząca do rodziców — Zoe siedziała cicho, zapomniawszy o herbacie. Myślała o Dannym i Lucy, o życiu, które tu budowali, o swoich własnych, ostrożnych planach na przyszłość. Jeśli Ridgewater zniknie, co się z nimi wszystkimi stanie?

Danny gapił się na kartkę papieru leżącą na biurku, po raz trzeci czytając wydrukowanego maila, jakby słowa mogły się same ułożyć w mniej skomplikowaną propozycję. *Senior Investigative Reporter, Melbourne Herald*. Sam tytuł stanowiska oznaczał wszystko, do czego latami dążył: prestiż, stabilność, uznanie. Proponowana pensja podniosła mu brwi; prawie o czterdzieści procent więcej niż jego obecne zarobki jako freelancera, do tego benefity i dodatek relokacyjny. Redaktor powiedział mu, że ma wpaść, żeby omówić „możliwość", ale Danny nie spodziewał się tego! Szansa powrotu na etat do jednej z najbardziej szanowanych gazet w kraju, w mieście, gdzie jego rodzice mogliby regularnie widywać wnuczkę.

Wdech i wydech. *Melbourne. Kolejna przeprowadzka. Kolejna szkoła dla Lucy. Kolejne pożegnanie.*

— No i? — redaktor zaczął bez zbędnych wstępów. — Co pan o tym sądzi?

— Staram się to ogarnąć — odparł Danny, próbując utrzymać neutralny ton. — To... niespodziewane.

Greg parsknął śmiechem. — Powinien się pan czuć wyróżniony. Sam Callum Fraser zapytał, kogo bym polecił na to stanowisko. Pana śledztwo w sprawie obwodnicy zwróciło jego uwagę.

— Przecież to jeszcze nieopublikowane.

— Wieści się rozchodzą. Dobra robota zawsze się przebije. — Greg zawahał się. — To awans, Danny. Byłby pan szalony, żeby to odpuścić. Osobiście pana poleciłem, gdy tylko usłyszałem, że pojawia się ten wakat.

Danny spojrzał przez okno na grupę młodszych reporterów wychodzących z budynku, śmiejących się, gdy kierowali się do pobliskiej kawiarni. Pamiętał, jak sam był tak młody, tak głodny następnej historii, następnego kroku w karierze.

— Doceniam to, Greg. Ale Lucy znowu się ustatkowała. Znalazła przyjaciół, swoje miejsce w Ridgewater...

— Dzieci są elastyczne — przerwał mu Greg. — Poza tym w Melbourne nie brakuje wypasionych stajni na przedmieściach, prawda? I byłby pan bliżej rodziców. Nie mówił pan, że namawiają pana na przeprowadzkę?

— Owszem — przyznał Danny. W uszach zabrzmiały mu słowa matki z ich ostatniej rozmowy: — Omija nas całe jej dzieciństwo, Danny. Wideorozmowy to nie to samo, co przytulanie.

— Proszę posłuchać — podjął Greg łagodniej — nie wypycham pana. Dobrze sobie pan u nas radzi. Ale etaty z takim profilem nie trafiają się często, zwłaszcza teraz, gdy gazety mają ciężko. Niech pan pomyśli o stabilności. O przyszłości Lucy.

Ciężar odpowiedzialności osiadł Dannemu na ramionach. Przyszłość Lucy. Zawsze: przyszłość Lucy.

— Do kiedy potrzebują odpowiedzi?

— Do końca stycznia. Ma pan święta, żeby to przemyśleć. — Greg zawahał się. — Jeśli mogę coś dodać: w „Heraldzie" poradziłby pan sobie świetnie. Ale jeśli pan nie chce, naprawdę pana nie wypycham. Ma pan tu pracę tak długo, jak pan zechce.

Po wyjściu z biura Danny zszedł do samochodu i przez kilka minut po prostu siedział w ciszy, patrząc, jak miasto migocze za przednią szybą. W końcu odpalił silnik, odsunął się od krawężnika i ruszył w stronę Ridgewater. Znajoma trasa dawała mu zbyt wiele czasu na myślenie, na wyobrażanie sobie alternatywnych przyszłości rozgałęziających się przed nim jak drogi na mapie.

Melbourne oznaczało stabilność. Regularną pensję. Rodziców w pobliżu, którzy mogliby pomóc przy Lucy. Uznanie zawodowe, którego kiedyś rozpaczliwie pragnął.

Ale Ridgemont oznaczało przyjaciół Lucy. Jej szkołę. Konie. *Zoe.*

Na samą myśl o niej coś ścisnęło mu się w piersi. To, co ich łączyło, było wciąż nowe, ale miało wagę, której nie potrafił jeszcze zdefiniować. Perspektywa końca, zanim tak naprawdę się zaczęło, zostawiała po sobie niespodziewaną pustkę.

Gdy podjechał pod Ridgewater, od razu poczuł, że coś jest inaczej. Zwykły ruch trwał: uczniowie na arenie, konie na padokach, ale w powietrzu wisiało napięcie, którego nie potrafił nazwać. Wypatrzył Kate w intensywnej rozmowie z klientką, jej zwykle opanowana twarz była spięta wymuszoną uprzejmością.

Znalazł Zoe przy stajniach, opartą o słupek z telefonem w dłoni, z brwiami ściągniętymi w koncentracji. Miała na sobie zwyczajowe praktyczne ubranie, ale brakowało jej typowego, łatwego uśmiechu.

— Złe wieści? — zapytał, podchodząc.

Podniosła wzrok, zaskoczona, po czym posłała uśmiech, który nie sięgnął oczu. — Właśnie czekam na wieści. W sprawie mojego stałego pobytu. Prawnik miał dziś wysłać aktualizację.

Danny oparł się o słupek obok niej, tak blisko, że czuł ciepło jej ramienia. — Nie wiedziałem, że tak się tym stresujesz.

— Na początku nie — schowała telefon z westchnieniem. — Ale jestem na wizie wakacyjno-pracowniczej, zostało mi tylko sześć miesięcy, a bez formalnych kwalifikacji... powiedzmy, że system punktowy nie jest specjalnie po mojej stronie.

Danny nie brał tego pod uwagę; kruchości jej sytuacji tutaj. W jego głowie Zoe była tak stałą częścią Ridgewater, jak stary eukaliptus przed Big House.

— Na pewno liczy się twoje doświadczenie, no i fakt, że już prowadzisz działalność. Same referencje od klientów powinny ich przekonać, że jesteś dla kraju wartością. A twój brat tu mieszka, to rodzina, i ma już obywatelstwo, prawda?

Zoe wzruszyła ramionami, patrząc w stronę koni spokojnie pasących się w oddali. — Tak, ma, i jest moją *jedyną* rodziną. Ale Urząd Imigracyjny się tym nie przejmuje. Chcą dyplomów, certyfikatów, namacalnych dowodów „wartości". — Odwróciła się do niego, wyraźnie rozjaśniając wyraz twarzy wysiłkiem woli. — Ale dość o moich biurokratycznych bolączkach. Jak poszło spotkanie w Brisbane?

Oferta wisiała mu na końcu języka, nagle ciężka od implikacji. — Było... interesująco — zaczął ostrożnie. — Greg miał wieści. „Melbourne Herald" szuka starszego reportera śledczego. Zgłosił moje nazwisko.

Uważnie śledził jej twarz, gdy mówił. Błysk konsternacji był krótki, ale nie do przeoczenia, zanim przywołała na twarz coś bardziej wspierającego.

— Melbourne? — powtórzyła, starannie neutralnym tonem. — To... to wspaniale, Danny. Duża szansa.

— To byłby etat — ciągnął, jakby zmuszony wyliczać plusy, jakby chciał przekonać samego siebie. — Lepsza pensja, większa stabilność. Lucy miałaby bliżej do dziadków.

— Bardzo by się cieszyli — odparła Zoe z odrobinę zbytnią prędkością. — A Melbourne podobno jest cudowne. Świetna kultura. Dobre szkoły, jestem pewna.

Ich spojrzenia się spotkały i przez moment to, czego nie wypowiedzieli, zawisło między nimi. Danny chciał chwycić ją za rękę, powiedzieć, że jeszcze nic nie zdecydował, że myśl o rozstaniu z nią odbiera temu wszystkiemu blask. Ale takie słowa brzmiałyby zbyt śmiało; ich relacja była jeszcze zbyt nowa na takie deklaracje.

— Tato! Tato! — Głos Lucy rozległ się przez podwórze, gdy biegła od strony hali, z twarzą rozpromienioną ekscytacją. — Pani Pip pozwoliła mi dziś pojeździć na Sparkym, żebym mogła spróbować galopu! Prawdziwego galopu, nie tylko bardzo szybkiego kłusa! — Zatrzymała się z poślizgiem przed nimi, oczy błyszczały z dumy. — Na początku się bałam, ale Sparky od razu wiedział, co robić, i to było jak latanie, tato, jak prawdziwe latanie!

Danny przykucnął, a jego własne troski na moment znikęły w obliczu jej radości. — To fantastycznie, Luce. Chciałbym to zobaczyć.

— Pani Pip nagrała to telefonem! Powiedziała, że ci wyśle. — Lucy zwróciła się do Zoe, prawie podskakując. — Pani Zoe, słyszała pani? Galopowałam!

— Słyszałam — odparła Zoe, tym razem uśmiech miała szczery. — To ogromny krok, Lucy. Masz być z czego dumna.

— Pobiegnę powiedzieć Jemimie i Charlotte — zadeklarowała Lucy. — Będą pod wrażeniem. Jemima mówiła, że pewnie dopiero po świętach zacznę galopować! — Pognała dalej, do grupki dzieci przed siodlarnią.

Danny wyprostował się, patrząc za nią. Lucy poruszała się po Ridgewater z pełną swobodą, należąc do tego miejsca w sposób, który aż go ściskał w piersi. Znalazła tu swoje miejsce, swoich ludzi. Myśl o tym, żeby znowu ją wyrywać z korzeniami, wydawała się okrutna, wręcz niemożliwa.

Odwrócił się do Zoe, która patrzyła na Lucy z podobnie tęsknym wyrazem twarzy.

— Rozkwita tutaj — powiedziała cicho Zoe.

— Tak — przytaknął Danny. — Nie widziałem jej tak szczęśliwej od... naprawdę dawna.

Między nimi zawisło niewypowiedziane pytanie: jak mógłby jej to odebrać? A jednak, patrząc na Ridgewater, pojawiło się inne: jeśli obwodnica dojdzie do skutku, jeśli Ridgewater przepadnie, jaki będziemy mieli powód, by tu zostawać?

Zoe jakby czytała mu w myślach. — Słyszałeś coś więcej o decyzji w sprawie obwodnicy? Bo McKenzie'owie dostali dziś pismo o wywłaszczeniu. Okropnie zaniżona oferta. Będą walczyć, oczywiście, ale...

— Jeszcze nie — odparł Danny, czując, jak ciężar wszystkich tych splątanych niepewności osiada mu na barkach. — Mój artykuł jest prawie gotowy. Może coś zmieni.

Żadne z nich nie powiedziało tego, czego oboje się bali: że może już być za późno.

Wieczór osiadł nad Ridgewater jak miękki koc, a na granatowym niebie jedna po drugiej zapalały się gwiazdy.

Danny siedział na beli siana przed główną stajnią, z troskami dnia ciążącymi na ramionach tak bardzo, że nawet spokojny zmierzch nie zdołał ich wygładzić. Światełka choinkowe rozciągnięte pod okapem stajni włączyły się automatycznie; ich wesoła, wielobarwna poświata kłóciła się z ciężarem w piersi. Z tego cichego zakątka widział Big House rozświetlony po drugiej stronie padoku, cienie przesuwające się za oknami, gdy McKenzie'owie, mimo porannych wieści, kontynuowali świąteczne przygotowania.

Usłyszał miękkie kroki i podniósł wzrok, widząc Zoe, jak ostrożnie przechodzi przez podwórze. Niosła dwa parujące kubki, jej twarz kryła się w półmroku.

— Pomyślałam, że ci się przyda — powiedziała, podając mu kubek, z którego pachniało cudownie kawą i czymś mocniejszym. — Specjalna mieszanka Sarah. Z solidnym chlustem rumu z Bundabergu.

— Niech jej Bóg błogosławi — mruknął Danny, wdzięcznie przyjmując kubek. Zoe usiadła obok niego na beli, blisko, ale się nie dotykając.

Przez jakiś czas siedzieli w zgodnym milczeniu, sącząc napoje i patrząc, jak ostatnie ślady zachodu gasną nad horyzontem. Dzienny chaos wreszcie ucichł, konie były już w boksach albo na nocnych padokach, nawet zwykły wieczorny gwar przycichł do szeptu.

— Lucy jest jeszcze z Jemimą w domu? — spytała w końcu Zoe.

Danny skinął głową. — Sarah zaprosiła ją na świąteczny film. Powiedziała, że dziewczynom potrzeba odrobiny normalności po tym całym napięciu. — Zerknął na profil Zoe. — Ona jeszcze nie wie o piśmie.

— Dzieci nie wiedzą, nawet Jemima, bo na szczęście była na zewnątrz, gdy Sarah rano otwierała list. Trzeba im to będzie wkrótce powiedzieć — odezwała się miękko Zoe. — Lucy uwielbia to miejsce. Zasługuje na uprzedzenie, jeśli...

Nie dokończyła. Nie musiała.

Danny wziął kolejny łyk, pozwalając, by alkohol rozgrzał wnętrze. — Ciągle myślę o tej ofercie pracy — przyznał. — Rano wydawała się skomplikowaną decyzją. Teraz brzmi jak kiepski żart losu.

— Dlaczego?

— Melbourne oznaczałoby wyrywanie Lucy znowu z korzeniami, zabranie jej od wszystkiego, co tutaj kocha. — Wskazał wolną ręką dokoła. — Ale jeśli to miejsce przepadnie...

Pół twarzy Zoe rozświetlały choinkowe lampki, cienie podkreślały delikatny łuk kości policzkowej i lekką zmarszczkę między brwiami. — To dobra okazja, prawda? Ta praca?

— Zawodowo? Tak. Dokładnie to, do czego dążyłem. Stabilność, uznanie, lepsze pieniądze — nawet we własnych uszach zabrzmiał pusto. — I moi rodzice widywaliby Lucy regularnie.

— To ważne — powiedziała Zoe ostrożnie neutralnym tonem. — Rodzina jest ważna.

Danny odwrócił się do niej, nagle potrzebując spojrzeć w jej oczy. — Ale Lucy wreszcie ma tu stabilizację. Przyjaciół. Pewność siebie. Odbieranie jej tego teraz...

— Dzieci się dostosowują — powiedziała Zoe, choć w jej głosie pobrzmiewał smutek. — Zwłaszcza, gdy są kochane. A w Melbourne znalazłbyś inną szkółkę jazdy.

— To nie byłoby Ridgewater — odparł po prostu Danny.

Oddech Zoe wyraźnie na moment się zaciął, spojrzała w dół na kubek. — Nie, nie byłoby.

Z wnętrza stajni cicho zarżał koń, dźwięk boleśnie zwyczajny na tle ich niepewnych przyszłości. Danny czuł ciężar niewypowiedzianych słów napierających na pierś.

— Dzwonił prawnik w sprawie twojej wizy? — zapytał, zmieniając temat, gdy cisza przeciągnęła się zbyt długo.

Zoe pokręciła głową. — Jeszcze nie. Bez formalnych kwalifikacji... — Westchnęła, odstawiając kubek na siano obok. — Liczyłam na to, że wsparcie Ridgewater wzmocni mój wniosek. Jeśli nieruchomość zostanie wywłaszczona, to wsparcie znika.

— Na pewno liczy się twoja praktyka — upierał się Danny. — Jesteś w tym świetna.

— Praktyka bez papierów niewiele znaczy dla urzędników — odparła Zoe, a w jej głosie pojawiła się nowa, ostra nuta. — Powinnam była skończyć weterynarię albo przynajmniej zrobić rozpoznawalne certyfikaty. Zamiast tego poszłam za sercem w wąską specjalizację, która daje mi wiernych klientów, ale nic nie znaczy dla państwowych formularzy, bo żadne z moich lat szkolenia nie odbyło się w akredytowanych organizacjach.

Tego rodzaju frustracji nie słyszał u niej nigdy. Zwykle była taka optymistyczna.

— Muszą być inne opcje — naciskał.

— Trudno mi jakieś znaleźć. — Wzruszyła ramionami, ruch był ostry od napięcia, i odwróciła się do niego całkiem. — Wiesz, ile koni już pomogłam? Ilu właścicieli tutaj mi ufa? Zaczynanie od zera oznacza, że znów będę musiała się wszystkim po kolei udowadniać — z powrotem w UK, gdzie w pewnych kręgach mam już fatalną opinię.

Danny skinął, rozumiejąc jej frustrację, ale nie mogąc jej ulżyć. — Przykro mi, Zoe. To niesprawiedliwe.

— To prawda — odparła łagodniej. — Tak samo, jak niesprawiedliwe jest to wszystko: wobec McKenzie'ów, wobec społeczności, wobec dzieci, które kochają to miejsce.

W oknach Big House połyskiwały światła. Przez jedno z nich Danny zobaczył, jak stawiają choinkę — Sarah i Kate rozplątywały lampki, żeby je nałożyć, Pip zdawała się kierować operacją z bezpiecznej odległości, a Ben Crossley wykorzystał wzrost i długie ramiona, by osadzić gwiazdę na czubku.

— A gdybyś pojechała do Melbourne? — wyrwało mu się nagle, zanim zdążył to przemyśleć. — Gdybym przyjął pracę. Jeśli potrzebowałabyś miejsca, dopóki nie uporządkujesz sprawy z wizą.

Zoe spojrzała na niego szeroko otwartymi oczami, zaskoczenie miała wypisane na twarzy. — Danny, my ledwo zaczęliśmy... cokolwiek to jest między nami. To byłby ogromny skok.

— Wiem — wycofał się, czując się głupio. — To tylko pomysł.

— Pomysł bez żadnych praktycznych podstaw — powiedziała, a jej ton znowu stwardniał. — Nie mogę po prostu przenieść się do Melbourne na chybił trafił i liczyć na cud.

— To nie był kaprys — odparł Danny, urażony odrzuceniem. — Próbowałem znaleźć jakieś wyjście.

— Wyjście, które idealnie pasuje do twojego potencjalnie nowego życia? — Słowa wyszły ostrzej, niż kiedykolwiek wcześniej u niej słyszał.

Danny poczuł, jak jego własna frustracja rośnie, by dorównać jej. — To nie fair. Ja nawet nie wiem, czy chcę tej pracy.

— Ale masz luksus wyboru, prawda? — Zoe nagle wstała, strzepując z dżinsów siano. — Ty zawsze możesz znaleźć inną pracę, Danny. Ja być może będę musiała wyjechać z kraju.

Bezlitosna szczerość tego zdania zawisła między nimi. Danny wpatrywał się w nią, zaskoczony nagłym gniewem w jej głosie.

— Zoe, nie jestem tu wrogiem — powiedział cicho.

Zamknęła na moment oczy, jakby zbierała siły. — Nie, nie jesteś. Przepraszam. — Podniosła puste kubki, unikając jego spojrzenia. — Jestem tylko zmęczona i zmartwiona, i mówię rzeczy, których mówić nie powinnam.

Danny wstał, wyciągając do niej rękę, ale ona lekko się cofnęła.

— Nie róbmy tego teraz — powiedziała. — Oboje jesteśmy wykończeni i rozbici. To nie jest dobry moment na decyzje.

— A kiedy będzie? — spytał Danny, nie zdoławszy ukryć frustracji. — Za tydzień? Za miesiąc? Po tym, jak Ridgewater zniknie albo twoja wiza wygaśnie?

— Nie wiem — przyznała, a szczera bezradność w jej głosie rozbroiła jego złość. — Wiem tylko, że teraz nie potrafię myśleć jasno.

Stali naprzeciw siebie w kolorowej poświacie świątecznych lampek, fizycznie blisko, ale rozdzieleni niepewnościami, których żadne nie potrafiło rozwikłać. W końcu Zoe westchnęła.

— Powinnam iść pomóc przy choince — powiedziała, kiwając głową w stronę Big House. — Sarah prosiła o wszystkie ręce na pokład do dekorowania.

— Jasne — odparł Danny, nagle czując się głupio, że liczył dziś na jakiekolwiek rozwiązanie. — Muszę i tak zabrać Lucy do domu na kolację.

Zoe zawahała się, jakby chciała dodać coś jeszcze, ale tylko skinęła. — Dobranoc, Danny.

— Dobranoc, Zoe.

Patrzył, jak odchodzi, jej sylwetka malała na tle świateł domu. W oddali, przez okna, świąteczne przygotowania trwały: wieszano lampki, drzewko nabierało kształtów, normalność utrzymywana czystą siłą woli. Ale świąteczny nastrój był teraz pustawy, jak jasna fasada przykrywająca niepewność wiszącą nad ich życiem.

Danny westchnął i odwrócił się, by zawołać córkę, z ramionami ciężkimi od decyzji, których jeszcze nie potrafił podjąć, i rozwiązań, których nie umiał znaleźć. Święta miały być czasem nadziei, ale tej nocy nadzieja wydawała się krucha i ulotna jak kolorowe światełka pod okapem — piękne, a jednak ostatecznie zdane na kaprysy sił, nad którymi nie mieli żadnej kontroli.

Rozdział
dwunasty

 stole w Wielkim Domu następnego ranka, a przed nią leżał rozłożony oficjalny list z Department of Home Affairs, niczym wyrok. Rządowy herb u góry strony jakby z niej kpił, gdy przez okna wlewało się słońce, rozświetlając słowa, które czytała już pięć razy, a wciąż nie potrafiła w nie uwierzyć. Wniosek o przedłużenie wizy: odrzucony. Ścieżka do stałego pobytu: zamknięta. Spełnione życie, które zbudowała w Ridgewater: nagle zawisło na ostrzu noża.

Palce jej drżały, gdy wodziła wzrokiem po chłodnym, urzędowym języku, który rozsypał jej przyszłość w pył.

— ...z przykrością informujemy, że pani wniosek o stały pobyt w ramach wizy Skilled Independent (subclass 189) został rozpatrzony negatywnie. W wyniku oceny stwierdzono, że pani kwalifikacje nie spełniają wymagań dla migracji punktowej...

Z twarzy odpłynęła jej krew, gdy wpatrywała się w akapit opisujący jej możliwości, a właściwie ich brak. Sześć miesięcy. Tyle zostało jej na wizie, zanim będzie musiała opuścić Australię. Sześć miesięcy, by pożegnać się z klientami, z końmi, które jej zaufały. Z bratem, jedyną rodziną, jaka jej została. Z Ridgewater i McKenzymi, którzy przyjęli ją do swojego domu i serc. Z Dannym i Lucy.

Jej oddech spłycił się, a pokój nagle wydał się zbyt ciepły, mimo że klimatyzacja mruczała cicho w tle. Przerzuciła kartkę na drugą stronę, mając nadzieję, wbrew rozsądkowi, że coś źle zrozumiała, że gdzieś znajdzie się jakaś alternatywna ścieżka. Ale słowa pozostawały uparcie niezmienione.

— Bez formalnych kwalifikacji na poziomie wyższym nie spełnia pani minimalnych wymagań dla migracji wykwalifikowanych pracowników. Choć uznajemy pani doświadczenie, polityka Departamentu wymaga uznawanych certyfikatów...

Z gardła wydobył jej się krótki, stłumiony dźwięk. Wszystkie lata pracy w praktyce, nauki u mistrzów, których odnalazła, by przekazali jej swoje metody, wszystkie konie, którym pomogła, referencje od wdzięcznych właścicieli — nic z tego nie miało znaczenia wobec sztywnej urzędowej checklisty. Powinna była dokończyć studia weterynaryjne, postarać się o formalne certyfikaty zamiast uczyć się w trybie nieformalnych terminów. Wybory, które kiedyś wydawały się tak słuszne, teraz odsłaniały się jako katastrofalne pomyłki.

Tylne drzwi otworzyły się ze znajomym skrzypnięciem, po którym rozległ się odgłos zrzucanych butów. Marcus miał dziś wolne od pracy w przychodni weterynaryjnej. Zoe szybko przetarła oczy, choć wiedziała, że to na nic. Jej starszy brat zawsze potrafił ją czytać, nawet gdy próbowała ukryć uczucia.

— Dzień dobry — powiedział Marcus radośnie, wchodząc do kuchni. — Myślałem, że już będziesz przy Midnight. Sarah mówiła... — Urwał, gdy zobaczył jej twarz. — Zoe? Co się stało?

Nie mogła znaleźć słów, gardło ścisnęło się wokół nich. Zamiast tego bez słowa podsunęła mu list przez stół. Marcus podszedł ostrożnie, jakby papier mógł ugryźć, z brwią zmarszczoną z troski. Podniósł pismo i szybko przebiegł wzrokiem pierwsze akapity.

Zoe patrzyła, jak jego wyraz twarzy zmienia się od konsternacji, przez szok, po gniew. Zaciął szczękę, mięsień drgnął mu w policzku — znak kontrolowanej furii, który pamiętała z dziecięcych sprzeczek.

— To absurd — powiedział w końcu. — Twoja wiedza to dokładnie to, czego Australia potrzebuje. Zbudowałaś tu prężną praktykę w zaledwie kilka miesięcy. Masz klientów, którzy na tobie polegają, trenerzy ustawiają się w kolejce, by uczyć się twoich umiejętności.

— Najwyraźniej bez odpowiednich papierków to się nie liczy — odparła Zoe, a jej głos zabrzmiał we własnych uszach obco i daleko. — Lata szkolenia u Jima Mastersona i Gillian Higgins nic nie znaczą, bo to nie były programy uniwersyteckie.

Marcus wysunął krzesło i usiadł obok, kładąc dłoń na jej ręce spoczywającej na stole. Ten gest, tak prosty i znajomy, o mało nie skruszył do końca jej opanowania.

— Musi być na to jakiś sposób — powiedział, przybierając ton determinacji, którego używał przy trudnych przypadkach medycznych. — Procedury odwoławcze, inne kategorie wizowe, cokolwiek.

— Przekopałam już wszystko — odparła Zoe, wskazując na otwartego laptopa ze stroną o australijskich wizach. — Bez formalnych kwalifikacji nie łapię się na migrację wykwalifikowaną. A przy niepewnej przyszłości Ridgewater...

Zawiadomienie o wywłaszczeniu. Groźba obwodnicy. Wszystko rozłaziło się naraz, nitki starannie utkane w nowe życie wysnuwały się nagle z jej rąk.

Marcus zamilkł na chwilę, jeszcze raz studiując list. — Potrzebujemy porady kogoś, kto się na tym zna — powiedział w końcu. — Nie tylko researchu w internecie. Znam prawnika imigracyjnego w Brisbane, prowadził skomplikowaną sprawę u jednego z moich kolegów z kliniki uniwersyteckiej. — Zerknął na zegarek. — Mogę cię tam dziś zawieźć. Jeśli wyświadczy mi przysługę, może nas przyjąć.

Zoe powoli skinęła głową, chwytając się tej cienkiej linii ratunku. — Naprawdę myślisz, że to coś da?

— Na pewno nie zaszkodzi — odparł Marcus, już wyciągając telefon. — W najgorszym razie będziemy dokładnie wiedzieć, gdzie stoimy i jakie opcje istnieją.

Kiedy Marcus wykonywał telefon, wychodząc na zewnątrz po lepszy zasięg, Zoe zmusiła się do głębokiego oddychania, do odepchnięcia narastającej paniki. W obliczu kryzysu zawsze wracała do metodycznego działania — robiła to, na co miała wpływ, akceptując to, na co wpływu nie miała. Tak podchodziła do trudnych koni i tak podejdzie do tego.

Poszła do swojego pokoju po teczkę z dokumentami. W środku były kopie nielicznych formalnych certyfikatów, listy polecające od znanych trenerów, z którymi pracowała, zestawienia finansowe z pracy, jaką wykonywała od przyjazdu do Australii, oraz referencje klientów. Dołożyła paszport i akt urodzenia, świeże wyciągi bankowe i wydruk listy klientów z zaznaczonym wzrostem w ciągu ostatnich sześciu miesięcy, po czym wróciła z teczką do kuchni.

Laptop piknął powiadomieniem o e-mailu — prośba o sesję z koniem nowej klientki. Okrutna ironia nie umknęła jej uwadze; biznes kwitł akurat wtedy, gdy groziło jej, że straci wszystko.

Marcus wrócił, z odrobinę jaśniejszym wyrazem twarzy. — Przyjmie nas o dwunastej. Lepiej ruszajmy.

Zoe skinęła głową, zamykając laptop. — Muszę się przebrać — powiedziała, nagle świadoma znoszonych dżinsów i starego T-shirtu, upstrzonych różnymi, lepiej nie wiedzieć jakimi, plamami. — Daj mi dziesięć minut.

W swoim pokoju wyjęła strój zarezerwowany na zawodowe prezentacje: śnieżnobiałą koszulę i dopasowane spodnie. Profesjonalna. Kompetentna. Warta stałego pobytu. Przebrała się mechanicznie, a myśli gnały wśród możliwych scenariuszy i planów awaryjnych.

Zapinając koszulę, palce jej zadrżały — ominęła dziurkę i powstało krzywe zapięcie. Wpatrywała się w błąd długą chwilę, po czym rozpięła wszystkie guziki i zaczęła od nowa, skupiając się usilnie na tym prostym zadaniu, jakby miało przywrócić porządek w rozsypującym się świecie.

Telefon zawibrował od SMS-a od Danny'ego z pytaniem, czy ma czas na kolację. Odłożyła go, niezdolna zdecydować, co odpisać. Co mu powie? Że może być zmuszona wyjechać właśnie wtedy, gdy ich relacja się pogłębia? Że wszystkie ich ostrożne rozmowy o zwalnianiu tempa teraz wyglądają na luksus, na który nie mogą sobie pozwolić?

Wygładziła niesforne włosy i upięła je w gładki kok, nałożyła minimalny makijaż, by ukryć bladość twarzy, i zapięła na szyi srebrny naszyjnik z konikiem — prezent od pierwszej wdzięcznej klientki. Zbroja na nadchodzącą bitwę.

Gdy wyszła, Marcus czekał przy drzwiach z kluczykami do pick-upa w dłoni. Jego wyraz twarzy złagodniał na jej widok i delikatnie ścisnął jej ramię.

— Coś wymyślimy, Zo — powiedział, a dziecięcy przydomek wypłynął całkiem naturalnie. — Nigdzie nie jedziesz, jeśli ja będę miał coś do powiedzenia.

Zoe skinęła głową, gardło miała zbyt ściśnięte na słowa. Gdy wyszli w jasne słońce Queensland, rzuciła długie, ostatnie spojrzenie na Ridgewater, na padoki i stajnie, które stały się dla niej bardziej domem niż jakiekolwiek inne miejsce.

Sześć miesięcy. Odliczanie ruszyło.

Droga ciągnęła się przed nimi czarną, błyszczącą w upale wstęgą. Marcus prowadził z tą samą skupioną uwagą, która cechowała jego podejście do wszystkiego w życiu — jedną ręką pewnie trzymał kierownicę, drugą majstrował przy klimatyzacji. Zoe wpatrywała się w przesuwający się krajobraz: znajome eukaliptusy o srebrnej korze i pofałdowane wzgórza, które stały się jej domem, teraz wydawały się jakby cenniejsze, bardziej kruche niż zaledwie kilka godzin wcześniej.

— Pip przejęła lekcję, którą miałaś dziś po południu — odezwał się Marcus, przerywając ciszę, jaka zapadła między nimi, odkąd wyjechali z Ridgewater. — Kazała ci przekazać, żebyś się nie martwiła o Midnighta. Zrobi z nim tylko trochę pracy z ziemi na padoku, nic, co mogłoby cofnąć postępy.

Zoe skinęła głową, wdzięczna za tę troskę, ale niezdolna zebrać energii na właściwą odpowiedź. Myślami wciąż wracała do listu z odmową, do chłodnego, biurokratycznego języka, który zredukował lata poświęcenia do zbyt niskiej liczby punktów.

— Wiesz — podjął Marcus, wyraźnie nieswojo znosząc jej milczenie — kiedy pierwszy raz przyleciałem do Australii, o mało mnie nie deportowali przez pomyłkę w papierach. Uniwersytet wpisał zły kod na dokumentach sponsorskich. — Zaśmiał się, choć bez prawdziwej wesołości. — Przez trzy tygodnie żyłem w przekonaniu, że będę musiał się spakować i wyjechać. Okazało się, że wystarczył jeden kompetentny prawnik, żeby to odkręcić.

— To nie jest pomyłka w papierach — odparła Zoe płasko. — To problem fundamentalny. Nie mam wymaganych kwalifikacji, kropka.

— Zawsze są jakieś furtki — upierał się Marcus. — Alternatywne ścieżki. Znajdziemy je.

Zoe oderwała wzrok od okna i przyjrzała się profilowi brata. Miał zaciętą szczękę — ten sam wyraz determinacji, który pamiętała z dzieciństwa, kiedy decydował, że coś się wydarzy mimo przeszkód. Kochała go za ten optymizm, choć doświadczenie życiowe kazało jej wątpić.

— Obyś miał rację — powiedziała w końcu.

Resztę drogi Marcus dzielnie próbował prowadzić zwyczajną rozmowę: opowiadał o ostatnich przypadkach w klinice, przytaczał zabawną historię o kliencie, który pomylił błoto na koniu z czerniakiem. Zoe odpowiadała, kiedy trzeba było, ale myśli wciąż plątały się wokół kruchości jej sytuacji, przeliczając raz po raz skąpy czas, jaki jej pozostał.

Na horyzoncie wyłoniła się panorama Brisbane, nowoczesne szklane wieże rysowały się na tle błękitu nieba. Przebijali się przez coraz gęstszy ruch aż dotarli do smukłego biurowca w dzielnicy biznesowej. Kancelaria Bryce'a Westona zajmowała czternaste piętro, a recepcja była uosobieniem dyskretnego profesjonalizmu: wygodne skórzane fotele i ściany zdobione oprawionymi w ramy historiami sukcesów, za szkłem widniały pieczęcie "APPROVED" na wnioskach wizowych.

— Panie doktorze, Webb — powitała Marcusa recepcjonistka, gdy podeszli do jej biurka. — Pan Weston już na pana czeka. Proszę wejść od razu.

Gabinet prawnika oferował panoramiczny widok na miasto, półki uginały się od tomów prawniczych, a biurko z politurowanego drewna dominowało w pomieszczeniu. Sam Bryce Weston podniósł się, by ich powitać —

mężczyzna po pięćdziesiątce, o siwiejących skroniach i czujnych oczach zza stylowych okularów.

— Panie Marcusie, miło pana widzieć — powiedział, mocno ściskając dłoń, po czym zwrócił się do Zoe: — A pani musi być Zoe. Proszę usiąść.

Zoe usiadła, zbyt mocno ściskając teczkę z dokumentami. Położyła ją na biurku i otworzyła, odsłaniając starannie uporządkowane papiery.

— Przyniosłam wszystko — zaczęła, głosem stabilniejszym, niż się spodziewała. — Rejestry klientów, referencje, dowody rozwoju mojej działalności...

Bryce skinął głową, przeglądając teczkę. — Bardzo skrupulatnie — skomentował. — Proszę opowiedzieć mi o swojej sytuacji. Pan Marcus wspomniał o odmowie stałego pobytu?

Przez następne piętnaście minut Zoe wyjaśniała swoje doświadczenie, specjalistyczne szkolenia i odrzucenie wniosku o stały pobyt. Bryce słuchał uważnie, od czasu do czasu robiąc notatki na żółtym bloku.

— Problem — powiedział, gdy skończyła — nie leży w pani kompetencjach ani w wartości dla społeczności. To widać. — Stuknął piórem w stronę notatek. — Problemem jest sztywna konstrukcja australijskiego systemu punktowego. Bez formalnych kwalifikacji po prostu nie da się uzbierać wystarczającej liczby punktów, niezależnie od praktycznych umiejętności.

— Ale chyba lata wyspecjalizowanego szkolenia coś znaczą — zaprotestowała Zoe. — Pracowałam z końmi na poziomie olimpijskim, rehabilitowałam zwierzęta, z których wielu weterynarzy już zrezygnowało.

Bryce uśmiechnął się ze współczuciem. — Rozumiem pani frustrację. Niestety Departament bardzo sztywno podchodzi do papierowych kwalifikacji. Pani praktyczne umiejętności, choć imponujące, nie liczą się w ich macierzy oceny. Szukają dyplomów, certyfikatów, formalnych szkoleń, które ładnie mieszczą się w ich kategoriach.

Zoe poczuła, jak uchodzi z niej ostatnia nadzieja. — Czyli nic się nie da zrobić?

— Tego nie powiedziałem — odparł Bryce, pochylając się lekko do przodu. — Zawsze istnieją alternatywne ścieżki. Na przykład: czy od przyjazdu do Australii weszła pani w jakiś związek romantyczny?

Pytanie zbiło ją z tropu. — Słucham?

— Czy jest pani w związku z obywatelem Australii lub osobą ze stałym pobytem? — doprecyzował Bryce.

— A jaki to ma związek z sprawą? — zapytała Zoe, czując, jak ciepło napływa jej na kark.

— Wiza partnerska całkowicie omijałaby kwestię kwalifikacji — wyjaśnił Bryce. — Opiera się na statusie związku, nie na umiejętnościach czy edukacji. Jeśli jest pani w stałym związku z obywatelem lub rezydentem, otwiera to zupełnie inną ścieżkę.

Marcus rzucił jej ukradkowe spojrzenie.

— Ja, cóż... — zawahała się Zoe, nagle skrępowana. — Ktoś jest, ale to bardzo świeże. Oficjalnie spotykamy się od niedawna.

Bryce skinął głową i zanotował coś jeszcze. — Jak długo dokładnie?

— Kilka tygodni oficjalnie — przyznała Zoe. — Choć znamy się od kilku miesięcy.

— Rozumiem — powiedział Bryce, nie zdradzając nic wyrazem twarzy. — Przy wizie partnerskiej trzeba wykazać, że związek jest autentyczny i trwały. Zwykle oznacza to współdzielone finanse, wspólne miejsce zamieszkania, dowody wspólnego życia, oświadczenia przyjaciół i rodziny potwierdzające autentyczność relacji.

W żołądku Zoe zawiązał się twardy supeł. Związek z Dannym był wciąż tak nowy, tak kruchy. Nie rozmawiali nawet o wyłączności, nie mówiąc o wspólnym mieszkaniu czy łączeniu finansów.

— To nie... — zaczęła, po czym urwała, niepewna, jak ubrać w słowa złożoność uczuć. — Jeszcze nie jesteśmy na tym etapie.

— Oczywiście — powiedział gładko Bryce. — Przedstawiam po prostu możliwe opcje. Inną alternatywą jest sponsorowanie przez pracodawcę, choć musiałaby pani przejść na etat zamiast rozliczać klientów bezpośrednio, a przy niepewności wokół Ridgewater z powodu zawiadomienia o wywłaszczeniu może to być trudne. Albo może dałoby się to zrobić przez praktykę weterynaryjną, panie Marcusie? Opcja warta rozważenia.

Kontynuował wyliczanie różnych ścieżek wizowych, ale Zoe trudno było się skupić. W głowie wciąż brzmiała wiza partnerska — niewygodna, a jednak nie do zignorowania. Czy Danny w ogóle wziąłby coś takiego pod uwagę? Czy ona sama by tego chciała, wiedząc, że naraziłoby to ich kruchy, świeży związek na drobiazgową kontrolę urzędników? I jaki wpływ miałoby przyspieszanie wszystkiego na Lucy?

Gdy wychodzili z kancelarii Bryce'a, Zoe miała w ręku teczkę z informacjami o różnych możliwościach wizowych, jaśniejsze pojęcie o swojej kruchej sytuacji i kotłującą się niepewność w sprawie wizy partnerskiej.

Podróż powrotna do Ridgewater zaczęła się w milczeniu, każde z rodzeństwa zatopione we własnych myślach. Dopiero za granicami miasta Marcus w końcu się odezwał.

— No więc — powiedział z nutą wymuszonej lekkości — zamieszkanie razem z Dannym Warehamem. Ładnie by to rozwiązało sprawę, co?

Głowa Zoe gwałtownie obróciła się w jego stronę, oczy zwęziły. — Daj spokój, Marcus. To nie wchodzi w grę.

— Ja tylko...

— To nie — ucięła ostrzej, niż planowała. — Danny i Lucy przeszli już wystarczająco dużo, żebym miała ich użyć do zdobycia wizy.

Marcus zmarszczył brwi, odrywając na moment wzrok od drogi, żeby na nią spojrzeć. — Nie o to mi chodziło, Zo. Każdy widzi, że między wami jest coś prawdziwego.

— To nie ma znaczenia — powiedziała Zoe, krzyżując mocno ramiona na piersi. — Ledwo zaczęliśmy cokolwiek. Nie będę wywierać na nim presji, żeby przyspieszać naszą relację przez moje problemy z imigracją. To wobec niego nie fair, a nawet nie chcę myśleć, jaki miałoby to wpływ na Lucy.

Odwróciła się do okna; w szybie widziała własne odbicie z zaciśniętą szczęką i zmarszczką między brwiami. Krajobraz rozmazał się, gdy napłynęły łzy, ale uparcie je odmrugała.

Mijały pola i farmy, a ogrom Australii był zarówno piękny, jak i nagle groźny w swej potencjalnej niedostępności. Zoe myślała o Midnightcie, o zaufaniu, które tak powoli budowali, o twarzy Lucy rozświetlonej, gdy opanowała nową umiejętność, o cichej sile Danny'ego. Myślała o Ridgewater, o życiu starannie ułożonym, o domu, który znalazła wtedy, gdy najbardziej go potrzebowała.

Sześć miesięcy nagle wydało się żadnym czasem.

Danny dostrzegł jej sylwetkę na tle spektakularnego zachodu słońca, gdy wjeżdżał długim szutrowym podjazdem Ridgewater. Zoe siedziała na górnej żerdzi ogrodzenia przy padoku Midnighta, zupełnie nieruchoma. Coś w jej postawie — opadłe ramiona, przechylona głowa — mówiło o porażce; tak niepodobna do jej zwykłej cichej pewności, że w jego głowie natychmiast zabrzmiały wszystkie alarmy. Zaparkował i ruszył w jej stronę, żwir chrzęścił pod butami w wieczornej ciszy.

Midnight spokojnie skubał trawę w oddali, od czasu do czasu podnosząc łeb, by sprawdzić, co u Zoe, po czym wracał do kolacji. Niesamowite postępy czarnego kuca w ostatnich tygodniach były odbiciem cierpliwego, metodycznego podejścia Zoe, jej intuicyjnego rozumienia poturbowanych zwierząt. Danny przystanął, chłonąc ten obrazek, uderzony tym, jak naturalnie wrosła w ten krajobraz, jak bezszwowo wplotła się w tkankę Ridgewater.

Nie odwróciła się, gdy podszedł, choć musiała go słyszeć. Wzrok miała utkwiony w horyzoncie, gdzie ostatnie pomarańczowe smugi malowały niebo dogasającym blaskiem.

— Upal daje ci się we znaki, Angielko? — rzucił tonem, który miał brzmieć lekko. Dzień był zabójczo gorący i nawet po zachodzie słońca niewiele się ochłodziło. Koszula kleiła mu się od potu do pleców.

Rzuciła na niego okiem, obdarzając uśmiechem, który nie dotarł do oczu, i znów spojrzała przed siebie. — Teraz już nie jest tak źle — powiedziała tylko.

Danny stanął obok, zauważając, jak ostrożnie trzyma się w ryzach, jakby jeden nieopatrzny ruch mógł roztrzaskać jej spokój. Studiował jej profil: napiętą linię szczęki, lekko zaczerwienione oczy, zdradzające niedawne łzy. — Powiedz, co się stało — poprosił cicho.

— Nic — odparła odruchowo, po czym westchnęła. — Po prostu długi dzień.

— Spróbuj jeszcze raz — zasugerował Danny. — Jestem dziennikarzem, pamiętasz? Przepytuję ludzi zawodowo. Poznaję uniki, gdy je słyszę.

Na jej twarzy przemknął krótki, prawdziwy uśmiech, który zaraz zgasł. — Nie chcę cię obciążać moimi problemami.

— To tak nie działa — odparł Danny, opierając się o słupek ogrodzenia. — Cokolwiek się dzieje, nie musisz dźwigać tego sama.

Zoe milczała tak długo, że pomyślał, iż nie odpowie. Potem, jakby kosztowało ją to mnóstwo wysiłku, sięgnęła do tylnej kieszeni i wyjęła złożony list. Podała mu go, nie patrząc mu w oczy.

— Department of Home Affairs — przeczytał na głos, rozkładając kartkę. Żołądek mu się ścisnął, gdy przeskanował pierwszy akapit; zrozumienie spadło na niego z bolesną jasnością. — Odrzucili twój wniosek o stały pobyt?

Zoe skinęła głową, wciąż wpatrując się w ciemniejący padok. — Najwyraźniej lata praktyki nie liczą się bez właściwych certyfikatów. Zostało mi sześć miesięcy na wizie wakacyjnej, a potem... — Wykonała drobny gest dłonią, jakby coś od siebie odsuwała.

Danny uważnie przeczytał pismo, a w nim narastał gniew na chłodny, urzędowy język, który zbywał wyjątkowe umiejętności Zoe. — To nie może być ostatnie słowo. Muszą być procedury odwoławcze, inne kategorie wiz.

— Marcus zabrał mnie dziś do prawnika imigracyjnego w Brisbane — powiedziała. — Opcji jest niewiele. Bez formalnych kwalifikacji nie kwalifikuję się do migracji wykwalifikowanej.

Ciężar implikacji osiadł na barkach Danny'ego.

— A twój brat? Nie ma jakiejś wizy rodzinnej?

Pokręciła głową. — Nie dla dorosłego rodzeństwa. To skomplikowane. Posiadanie tu rodziny daje trochę punktów, ale wciąż za mało, by spełnić wymogi na stały pobyt.

Danny ostrożnie złożył list, a myśli popędziły ku możliwym wyjściom i temu, co to oznacza nie tylko dla Zoe, ale i dla niego oraz Lucy. Oferta pracy w Melbourne wypłynęła na powierzchnię myśli, nagle w zupełnie innym świetle.

Początkowo wydawała się skomplikowaną decyzją: odważyć rozwój kariery przeciwko nowo zdobytej stabilizacji Lucy. Melbourne oznaczało bezpieczeństwo, awans, bliskość rodziców, ale wiązało się z opuszczeniem Ridgewater. Zostawieniem Zoe — właśnie wtedy, gdy okoliczności mogły zmusić ją do wyjazdu.

Uderzyło go z niespodziewaną jasnością: nie chciał wyjeżdżać z Ridgewater. Gdzieś po drodze to miejsce stało się czymś więcej niż szkółką jazdy Lucy czy tematem materiału śledczego. Stało się domem — z jego dziwakami, poczuciem wspólnoty, uzdrawiającą mocą dla niego i jego córki.

— Prawnik wspomniał o jeszcze jednej opcji — powiedziała nagle Zoe tak cicho, że musiał się przysunąć, by ją usłyszeć. — O wizie partnerskiej.

Serce Danny'ego zadrżało, rozumiejąc niewypowiedzianą implikację. — Na podstawie związku z obywatelem lub rezydentem — dokończył, dziennikarskim refleksem uzupełniając brakujące ogniwo.

Skinęła głową, wciąż nie patrząc na niego. — To by całkowicie ominęło kwestię kwalifikacji. — Jej głos lekko stwardniał. — Powiedziałam Marcusowi, że to nie wchodzi w grę. Nasza relacja jest zbyt świeża. Nie wykorzystam ciebie ani Lucy jako wygodnego rozwiązania moich problemów z imigracją.

Duma w jej głosie, odmowa traktowania go jako środka do celu, poruszyła w Danny'm coś głębokiego. Pomyślał o przemianie Lucy od czasu przyjazdu do Ridgewater, o jej rosnącej pewności siebie, prawdziwym szczęściu. Pomyślał o tym, jak Zoe stała się integralną częścią tej przemiany, dając jej nie tylko naukę jazdy, ale wzorzec łagodnej siły, której Lucy bardzo potrzebowała.

Pomyślał o własnym gojeniu się ran, o nocnych rozmowach nad dokumentacją obwodnicy, które przerodziły się w coś znacznie więcej, o tym, jak obecność Zoe ugruntowywała go w sposób, którego nie czuł od czasów przed rozpadem małżeństwa.

Oferta z Melbourne nagle wydała się błyskotką odwracającą uwagę od tego, co naprawdę ważne. Bezpieczeństwo jest ważne, owszem, ale nie kosztem domu, który tu budowali. Uznanie ma znaczenie, ale nie za cenę relacji, które zaczęły leczyć rany, wydawałoby się nieuleczalne.

— Mogę? — zapytał, skinieniem głowy wskazując miejsce obok niej na żerdzi.

Zoe skinęła. Danny podciągnął się i usiadł, tak że ich ramiona lekko się musnęły. Przez chwilę milczeli, patrząc, jak na granatowym niebie zapalają się pierwsze gwiazdy.

— Co mówił prawnik o wizie partnerskiej? — zapytał w końcu. — Co by to obejmowało?

Zoe odwróciła się do niego; na jej twarzy mieszały się zaskoczenie i ostrożność. — Danny, nie. Nie mówiłam ci tego po to, żebyś czuł się zobowiązany do...

— Pytam tylko z ciekawości — powiedział łagodnie. — Dziennikarz, pamiętasz? Lubię rozumieć wszystkie opcje.

Przyjrzała mu się przez moment, potem odwróciła wzrok. — Trzeba byłoby wykazać, że związek jest prawdziwy i trwały. Wspólne finanse, mieszkanie, oświadczenia przyjaciół, którzy znają nas jako parę. To... intensywne. I mocno sprawdzane przez urzędników imigracyjnych.

Danny przyjął to do wiadomości, przetrawiając informacje. To nie było proste rozwiązanie, ale też nie niemożliwe.

— Zrezygnuję z oferty w Melbourne — powiedział po chwili milczenia.

Głowa Zoe gwałtownie się odwróciła. — Co? Dlaczego? To dla ciebie idealna okazja.

— Na papierze może tak — przyznał. — Ale Lucy tu rozkwita. Po raz pierwszy od rozwodu ma prawdziwych przyjaciół. Znalazła coś, co kocha, i w czym jest naprawdę dobra. Nawet jeśli Ridgewater jako ośrodek będzie musiał się przenieść, pojedziemy za wami. — Zawahał się, zbierając odwagę. — A ja też znalazłem tu coś, co jest dla mnie ważne.

Ich spojrzenia spotkały się w gasnącym świetle, a porozumienie przeszło między nimi bez słów. Więź, która się między nimi budowała, ostrożnie i z namysłem, nagle stała się jednocześnie kruchsza i bardziej niezbędna.

— Coś wymyślimy — powiedział cicho Danny, sięgając po jej dłoń spoczywającą na żerdzi. — Nigdzie nie jedziesz.

Palce Zoe zacisnęły się na jego dłoni; na twarzy miała skomplikowaną mieszankę nadziei i ostrożności. — Tego nie możesz obiecać. Wymogi wizowe, kontrola...

— Zobaczysz — odparł Danny z dawną nutą determinacji w głosie. — Spędziłem lata na badaniu rządowych decyzji, wyszukiwaniu furtek, rozumieniu systemów. Jeśli da się to zrobić, znajdziemy sposób. Nie przestałem walczyć o uratowanie Ridgewater i nie przestanę walczyć o ciebie.

Ostatnie światło zgasło, a nad nimi rozbłysły gwiazdy. Midnight podszedł bliżej ogrodzenia, miękko zarżał, rozpoznając ich obecność. Zoe wyciągnęła wolną rękę i pogłaskała aksamitny chrap, a kucyk wtulił się w jej dłoń, niemo prosząc o drapanie.

— Mamy sześć miesięcy — powiedział Danny, patrząc na kobietę i konia, na zaufanie budowane cierpliwie przez czas. — W sześć miesięcy może się wydarzyć wiele.

Zoe odwróciła się do niego, a ostrożny uśmiech wreszcie dotarł do jej oczu. — Tak — zgodziła się cicho. — Chyba rzeczywiście może.

Rozdział trzynasty

Słońce prażyło w ramiona Danny'ego, gdy opierał się o ogrodzenie padoku Midnighta i patrzył, jak Zoe pracuje z czarnym kuckiem. Odkąd poprzedniego wieczoru zwierzyła mu się ze swoich problemów, nie przestawał o nich myśleć, miotając się między szukaniem praktycznych rozwiązań a rozważaniem niewypowiedzianych możliwości. Opowiadał właśnie o swoich poszukiwaniach alternatyw sponsorskich, podczas gdy Zoe szczotkowała lśniącą sierść Midnighta, kiedy z krytej ujeżdżalni dobiegł ostry krzyk i wyraźny łomot upadku. Głowa Danny'ego gwałtownie drgnęła w stronę dźwięku, serce ścisnęło mu się, gdy rozpoznał głos Lucy.

— Lucy — wyszeptał, już ruszając, zanim w ogóle zdążył pomyśleć.

Zoe biegła tuż za nim, kiedy pognali w stronę ujeżdżalni, żwir chrzęścił pod pędzącymi stopami. Przez głowę Danny'ego przelatywały najgorsze scenariusze, każdy straszniejszy od poprzedniego. Brzmienie tego upadku było solidne — wcale nie jak lekkie potknięcie dziecka o własne nogi.

Dopadli do bramy ujeżdżalni akurat w chwili, gdy chórek dziecięcych głosów podniósł się w zaniepokojeniu. Przez otwarte drzwi Danny zobaczył Lucy rozciągniętą w piasku po drugiej stronie małego krzyżaka; przez ułamek sekundy leżała bez ruchu, po czym podparła się i usiadła. Kuc Sparky stał obok, z opuszczonymi wodzami, delikatnie szturchając Lucy w ramię niby z troską. Kolana Danny'ego niemal się pod nim ugięły z ulgi, gdy Lucy się poruszyła, ale zaraz zastąpił ją niepokój, kiedy zobaczył łzy spływające jej po policzkach.

Całe jego ciało spięło się do skoku do środka, żeby porwać córkę w ramiona i sprawdzić centymetr po centymetrze, czy nic jej nie jest, gdy dłoń Zoe zacisnęła się mocno na jego przedramieniu.

— Zaczekaj — powiedziała cicho.

Danny odwrócił się do niej, nie dowierzając. — Zaczekać? Moja córka właśnie spadła z konia!

— Wiem — odparła Zoe ze współczuciem, ale stanowczo. — Ale Pip już tam jest. Pozwól jej najpierw zrobić swoje i ocenić sytuację.

Przy ogrodzeniu pojawiła się Jemima, z twarzą ściągniętą zmartwieniem. — Źle trafiła w odskok do przeszkody — wyrzuciła z siebie, słowa potoczyły się kaskadą. — Sparky musiał mocno wyskoczyć, żeby ją pokonać, a Lucy nie była gotowa. Straciła równowagę przy lądowaniu.

Danny ledwie ją słyszał, wpatrzony w drobną sylwetkę Lucy pośrodku ujeżdżalni. Kurczowo trzymał się poręczy, aż pobielały mu kostki. Każdy instynkt opiekuńczy wrzeszczał, żeby do niej podejść, upewnić się, że wszystko w porządku, osłonić ją przed kolejnym nieszczęściem.

— Musi nauczyć się spadać — szepnęła obok niego Zoe. — To część jeździectwa.

— Niczego się nie nauczy, jeśli naprawdę się potłukła — odparł Danny napiętym głosem.

Pip klęczała już przy Lucy; mówiła spokojnie, kojąco. Dookoła, na arenie, inne dzieci siedziały cicho na swoich kucach, zostawiając upadłej jeźdźczyni bezpieczny dystans. Na ich twarzach malowało się i zatroskanie, i ta odrobina ulgi, że to nie oni zaliczyli glebę.

Danny patrzył, serce waliło mu w żebra. Już tu bywał: w szpitalnych poczekalniach po — wypadkach — Ginny, w szkolnych gabinetach po incydentach na placu zabaw, w przerażającej próżni niewiedzy, jak bardzo jego dziecko jest ranne. Za każdym razem to samo: absolutna bezradność zmieszana z rozpaczliwą miłością.

— Spójrz na Sparky'ego — mruknęła Zoe.

Danny zmusił się, by spojrzeć na kuca, zauważając, jak ten stoi ochronnie przy Lucy, z uszami skierowanymi do przodu, jakby w trosce. Sparky nie był spłoszony ani nie próbował uciec; sprawiał raczej wrażenie, jakby sprawdzał, co z jego amazonką, delikatnie trącając ją nosem na przeprosiny.

— To dobry kuc — ciągnęła Zoe. — Wie, że spadła, i zostaje przy niej. Gdyby groziło coś poważnego, Pip nie byłaby taka spokojna.

Szczęka Danny'ego wciąż była zaciśnięta, ale pierwsze nitki rozsądku zaczęły przebijać się przez panikę. Pip poruszała się z pewnością kogoś, kto radzi sobie z rutynową sytuacją, a nie z prawdziwym zagrożeniem.

— To się zdarza, prawda? — wychrypiał. — Dzieci spadają.

Zoe skinęła głową. — Cały czas. Spadałam z koni tyle razy, że już nie zliczę. I to nie mija. W zeszłym tygodniu zsunęłam się z jednego z emerytowanych po wyścigach koni Emmy, bo koń spłoszył się cholernym motylem, wyobrażasz sobie.

— I to niby ma mnie uspokoić? — zapytał Danny, choć mimo niepokoju kącik ust drgnął mu w zalążku uśmiechu.

Lucy siedziała już prościej, ocierała twarz grzbietem dłoni. Danny widział, jak przytakuje na coś, co mówi Pip; ramiona wciąż lekko drżały, ale postawa tężała.

— Bo ja wciąż tu jestem, co najwyżej trochę poobijana — odparła prosto Zoe. — Wszyscy spadamy. Wszyscy potem wstajemy.

W przeciwieństwie do jego gorączkowego niepokoju, Pip emanowała spokojną kompetencją; jej głos niósł się przez ujeżdżalnię, bez protekcjonalności i przesadnej troski. Przesunęła wprawnymi dłońmi po rękach i nogach Lucy, sprawdzając urazy, poprosiła, by najpierw poruszała stopami, potem dłońmi, a następnie ostrożnie wstała.

— Sprawdza, czy nie ma skręceń albo złamań — wyjaśniła cicho Zoe. — Pip ukończyła zaawansowane szkolenie z pierwszej pomocy pod kątem upadków z konia, my wszystkie zresztą też.

Danny skinął głową, zbyt ściśniętym gardłem, by coś powiedzieć. Pierwotny, lodowaty strach powoli odpuszczał, ustępując miejsca bardziej znośnemu niepokojowi.

— Nic złamanego, tylko trochę się poobijała — obwieściła Pip na tyle głośno, by wszyscy usłyszeli. Zamaszyście strzepnęła piasek z kasku Lucy. — Dlatego *zawsze* je nosimy, prawda, jeźdźcy?

Z chóru dzieci rozległo się zgodne — Tak, Pani Pip! — wyraźnie był to stały element ich przypominajek o bezpieczeństwie.

Lucy otarła oczy grzbietem dłoni, zostawiając na zaróżowionych policzkach smugi czerwonego piasku. Dolna warga wciąż jej drżała, ale łzy ustały. Danny widział, jak zbiera się w sobie, by sprostać temu, czego najwyraźniej oczekiwano w tej małej społeczności jeźdźców.

— Gotowa wsiąść z powrotem? — zapytała Pip spokojnym, rzeczowym tonem. Jakby jedyną możliwą odpowiedzią było po prostu tak, oczywiście.

Danny znów się spiął, palce wbiły mu się w drewnianą poręcz. Przecież chyba nie oczekiwali, że po takim upadku będzie kontynuować? Lucy jeździła dopiero od kilku tygodni i to był jej pierwszy prawdziwy lot. Otworzył usta, by zaprotestować, ale łagodny uścisk Zoe na jego ramieniu sprawił, że zamilkł.

— Daj jej szansę — szepnęła. — Teraz jest najważniejszy moment.

— Chyba nie mówisz poważnie. Przed chwilą spadła!

— I właśnie dlatego musi znowu wsiąść w siodło — nalegała Zoe. — Jeśli nie zrobi tego teraz, strach zdąży się zagnieździć. Zaufaj Pip w tej sprawie.

Po drugiej stronie ujeżdżalni Pip podawała Lucy wodze, zachęcająco kiwając głową. Danny patrzył na twarz córki; widział zawahanie, przelotny błysk strachu, gdy spojrzała na kuca, który dopiero co ją zrzucił.

— Jest odważniejsza, niż myślisz — powiedziała Zoe.

— Wiem dobrze, jaka jest dzielna — odparł cicho Danny. — Po prostu nie znoszę, gdy cierpi.

— Bo jesteś dobrym ojcem — powiedziała Zoe. — Ale czasem bycie dobrym ojcem oznacza, że pozwalasz jej stawiać czoła wyzwaniom, nawet jeśli ciężko na to patrzeć.

Danny skinął powoli głową, nie spuszczając wzroku z Lucy, która wzięła głęboki oddech i sięgnęła po wodze Sparky'ego. W tej chwili zobaczył nie tylko swoją małą dziewczynkę, ale też przebłyski silnej młodej kobiety, którą się staje — kogoś, kto potrafi upaść i znaleźć w sobie odwagę, by spróbować jeszcze raz.

Lucy otrzepała bryczesy, a z nich posypały się na ziemię obłoczki drobnego piasku. Jej wyraz twarzy był mieszanką zażenowania, resztkowego lęku i determinacji.

— Nie wiem, czy dam radę — powiedziała Lucy tak cicho, że Danny musiał się wsłuchać.

— Na pewno dasz — odparła Pip rzeczowo, ale łagodnie. — Sparky trochę się zapalił do skoku, bo wjechałaś za szybko, pognałaś, bo byłaś podekscytowana. Tym razem pojedziemy wolniej.

Lucy zerknęła z nieufnością na przeszkodę: prosty krzyżak, nie wyższy niż dwanaście cali. Danny'emu wydawał się stanowczo zbyt niski, by spowodować tak spektakularny upadek, ale przypomniał sobie tłumaczenie Jemimy o złym odskoku i tym, że Sparky musiał mocno doskoczyć.

— A jeśli znowu spadnę? — zapytała Lucy, a ta bezbronność w jej głosie ugodziła Danny'ego prosto w serce.

— To znowu wsiądziesz — powiedziała Pip zwyczajnie. — Ale nie sądzę, żebyś spadła. Wiesz już, co poszło źle, i wiesz, że trzeba podjechać ostrożniej. Tak czy siak prawdopodobnie miałaś polecieć. Gdyby Sparky nie był odważnym kuckiem, który chce ci pomóc, zatrzymałby się, a ty przeleciałabyś przez jego szyję i wylądowała na drągach, co — zapewniam was wszystkich — boli dużo bardziej niż piasek. — Potarła teatralnie pupę, a kilkoro dzieci parsknęło śmiechem.

Pip uśmiechnęła się i ciągnęła dalej: — Ale Sparky jest dzielny i próbował ci pomóc. Zawsze to robi, dlatego uczymy na nim początkujących kłusa wyciągniętego, galopu i skoków. Gdyby skakanie było łatwe, każdy by to robił. Nawet na igrzyskach jeźdźcy spadają, pamiętajcie. A tak jak we wszystkim, czego was uczę: trening czyni mistrza, a jeśli nie mistrza, to przynajmniej naprawdę, naprawdę dobrego jeźdźca. No to co. Poćwiczmy jeszcze, dobrze?

Danny patrzył, jak Lucy nabiera powietrza, prostuje drobne ramiona. Uniosła brodę i odważnie skinęła.

— Właśnie tak — zachęciła Pip, prowadząc dziecko i kuca do schodka do wsiadania. — Pamiętaj o dosiadzie. Pięty w dół, wzrok do przodu, delikatna ręka.

Z trzymanym przez Pip nachrapnikiem Sparky'ego Lucy weszła na schodek, wsunęła stopę w strzemię i zamachem wróciła w siodło. Usiadłszy, na moment się zatrzymała, poprawiła dosiad i wzięła kilka uspokajających oddechów. Danny niemal czuł, jak pracuje nad resztką strachu, zastępując go skupieniem.

— Dobra dziewczynka — powiedziała Pip, cofając się. — Teraz przejdź do galopu, raz po kole, a potem najedziemy na przeszkodę jak należy.

Danny wstrzymał oddech, gdy Lucy poprowadziła Sparky'ego naprzód. Kuc chętnie ruszył, uszy miał nastawione uważnie, jakby rozumiał, jak ważne jest teraz idealne zachowanie. Objechali ujeżdżalnię raz, a postawa Lucy stopniowo łagodniała, bo nic niepokojącego się nie działo; ponagliła Sparky'ego do galopu.

— Dobrze wygląda — mruknęła Zoe. — Widzisz, jak głębiej siedzi w siodle? Wróciła pewność.

Pip ustawiła się przy przeszkodzie, dając Lucy znak, by po kole podjechała. — Spokojnie i równo — zawołała. — I nie zapominaj oddychać!

Lucy skinęła głową, twarz miała zaciętą w ostrym skupieniu, gdy zwróciła Sparky'ego na najazd.

Dłonie Danny'ego zacisnęły się mimowolnie, gdy zbliżali się do krzyżaka. Obok czuł, jak Zoe też lekko tężeje, choć w wyrazie jej twarzy wciąż była pewność.

— Teraz! — krzyknęła Pip w idealnym momencie.

Sparky czyściutko przefrunął nad małym skokiem, a Lucy zgrała się z nim idealnie. Jej pozycja pozostała stabilna przy lądowaniu, a oni potoczyli się dalej w spokojnym galopie. Ulga na twarzy Lucy w jednej chwili zmieniła się w olśniewający uśmiech triumfu.

Z gardeł dzieci i dorosłych wyrwały się spontaniczne okrzyki. Jemima zagwizdała na palcach.

— Udało jej się — wyszeptał Danny, potężna fala dumy przeszła przez jego ciało. — Naprawdę się udało.

— Oczywiście, że tak — odparła Zoe, choć jej własny uśmiech ulgi zdradzał, że też się denerwowała. — Jest twardsza, niż myślisz.

— A Sparky potrafi skakać cztery razy wyżej — dorzuciła Jemima. — Z nim Lucy jest bezpieczna, Panie Wareham. Obiecuję!

Reszta lekcji minęła bez incydentów, a pewność siebie Lucy widocznie rosła z każdym udanym skokiem. Gdy Pip zarządziła koniec zajęć, Lucy siedziała dumnie wyprostowana w siodle, a wcześniejsze łzy odeszły w zapomnienie w blasku zwycięstwa nad strachem.

Kiedy dzieci zsiadły i zaczęły prowadzić swoje kuce do wyjścia, Danny podszedł, by spotkać się z Lucy. Była zarumieniona od wysiłku i satysfakcji, a kiedy zdjęła kask, włosy przykleiły jej się do czoła.

— Wszystko w porządku, Luce? — zapytał, lekko się pochylając, by obejrzeć jej twarz. — To był niezły upadek.

Ku jego zdumieniu Lucy przewróciła oczami tak nastoletnio, że Danny niemal się roześmiał, mimo wciąż tlącej się obawy.

— To tylko upadek, tato. Każdemu się zdarza. Przestań panikować! — Poklepała z czułością szyję Sparky'ego. — Pani Pip powiedziała, że jak już dobrze podjechałam, to miałam naprawdę fajną pozycję w skoku.

Jemima mądrze pokiwała głową. — Spadłam co najmniej sto razy i DLATEGO każdy w Ridgewater nosi kask ochronny. — Postukała w kask Lucy dla podkreślenia. — Mama mówi, że jeśli nigdy nie spadłaś, to nie stawiałaś sobie wyzwań.

Danny mrugnął, na moment oniemiały wobec tej beztroskiej postawy wobec czegoś, co pół godziny temu wydawało mu się sprawą życia i śmierci.

— To prawda — dodała Pip, podchodząc z ciepłym uśmiechem. — Nawet najlepsi spadają. Ważne jest to, że

Lucy wsiadła z powrotem i poprawiła błąd. — Skinęła Lucy z aprobatą. — Świetne opanowanie sytuacji. Na następnej lekcji popracujemy więcej nad półsiadem.

Lucy promieniała od pochwał, po czym odprowadziła Sparky'ego do stajni, już trajkocząc z Jemimą o kolejnych zajęciach, jakby upadek był zamierzchłą historią.

Danny wyprostował się, patrząc, jak córka odchodzi, z mieszaniną dumy, ulgi i wciąż tlącej się troski.

— Dobrze się spisałeś — powiedziała cicho Zoe obok niego. — Nie wbiegłeś, pozwoliłeś jej kontynuować.

— Bardzo chciałem — przyznał Danny. — Każdy instynkt wrzeszczał, żebym tam wparował.

— Ale nie zrobiłeś tego. I to się liczy. To jedna z najtrudniejszych lekcji rodzicielstwa, prawda? — odezwała się ze współczuciem Pip. — Wiedzieć, kiedy zareagować, a kiedy się cofnąć.

— Wciąż się tego uczę — powiedział z lekką ironią. — Najwyraźniej mam sporo do nadrobienia jako tata córki zakręconej na punkcie koni.

— Radzisz sobie świetnie — zapewniła go Zoe z ciepłym, aprobującym uśmiechem. — I ona też.

Gdy podążali za dziećmi do stodoły, Danny poczuł, jak resztki napięcia z niego schodzą. Lucy była bezpieczna, dumna z siebie i już wypatrywała kolejnego wyzwania. Może i dla nich wszystkich była w tym lekcja.

Chwilę później Danny siedział z Lucy na zwietrzałej drewnianej ławce przed stajnią. Wokół nich rytmiczne odgłosy Ridgewater tworzyły spokojne tło: stukot kopyt prowadzonych z padoków koni, chlupot napełnianych wiader, od czasu do czasu ciche rżenie na powitanie ludzi. Nogi Lucy kiwały się bezwiednie, nie sięgając ziemi, kask spoczywał obok na ławce, a ona łapczywie popijała wodę z butelki. Wyglądała zaskakująco spokojnie jak na kogoś, kto niespełna godzinę temu zaliczył glebę; jedynym śladem upadku był czerwony piasek z ujeżdżalni na twarzy i ubraniu.

Danny patrzył, jak Charlotte i Jemima prowadzą swoje konie obok, w drodze na bardziej zaawansowaną lekcję skoków. Lucy pomachała im, uśmiech miała swobodny i naturalny. Nie było śladu przerażonej dziewczynki, która przed chwilą siedziała w piasku z łzami zalewającymi twarz. Niezwykła odporność dzieci nie przestawała go zadziwiać — ich zdolność, by podnieść się, spojrzeć strachowi w oczy i iść dalej.

Jego własny strach jednak znikał wolniej. Ale obok niego zakiełkowało coś innego: głębokie uświadomienie, że nie zdoła ochronić Lucy przed każdym guzem i siniakiem, jakie może przynieść życie. Co więcej — może nawet nie powinien.

— Byłaś dziś naprawdę dzielna — powiedział, przerywając ich wygodne milczenie.

Lucy spojrzała na niego, zaskoczenie przemknęło po jej twarzy. — To nic wielkiego, tato. Pani Pip mówi, że każdemu czasem zdarza się spaść.

— Wiem. Ale to był twój pierwszy upadek, a ty od razu znowu wsiadłaś. To wymaga odwagi.

Zastanowiła się nad tym, przechyliła głowę. — Bałam się — przyznała. — Ale Sparky był jakby przepraszający, to się czuło. I wiedziałam, że jeśli nie wsiądę od razu, następnym razem będzie trudniej.

Danny skinął głową, poruszony prostą mądrością tych słów. — To prawda w wielu sprawach, nie tylko w jeździe.

Ciepły wietrzyk poruszył włosy Lucy, niosąc zapach siana i koni, który przez ostatnie miesiące stał się tak znajomy. W oddali Midnight spokojnie skubał trawę na swoim padoku, co jakiś czas podnosił łeb, by rozejrzeć się po okolicy, po czym wracał do poważnej czynności jedzenia.

— Luce — zaczął Danny, dobierając ostrożnie słowa. — Dużo myślałem o tym, co dalej z nami.

Zesztywniała obok niego, nagle czujna. — Co masz na myśli?

— Cóż, musimy podjąć parę decyzji. O tym, gdzie będziemy mieszkać, o mojej pracy. — Odwrócił się do niej nieco. — Dostałem propozycję pracy w gazecie w Melbourne. Dobre stanowisko, lepiej płatne. Byłoby też bliżej do babci i dziadka.

Twarz Lucy posmutniała, ramiona wyraźnie jej opadły. — A co z Ridgewater? Co z moimi lekcjami jazdy? A co z... — Urwała, zerkając w stronę okrągłego lonżownika, gdzie Zoe prowadziła sesję terapii Masterson Method na jednym z niedawno przybyłych do Emmy folblutów.

— Właśnie o tym chciałem z tobą porozmawiać — podjął Danny. — Zanim cokolwiek postanowię, chcę wiedzieć, co ty o tym myślisz. Czego ty chcesz.

Lucy uniosła na niego oczy, w których zabłysło zaskoczenie. — Pytasz mnie?

— Oczywiście. To dotyczy nas obojga. — Uśmiechnął się łagodnie. — Dorastasz, Luce; jesteś już na tyle duża, żeby myśleć samodzielnie. I to, czego ty chcesz, ma dla mnie znaczenie. Nie byłoby fair podejmować wielkie decyzje bez twojej konsultacji.

Przez chwilę milczała, wyraźnie ważąc odpowiedź. Potem wyprostowała się i spojrzała mu prosto w oczy, z absolutną pewnością w wyrazie twarzy.

— Chcę tu mieszkać i chcę dalej jeździć konno — powiedziała stanowczo. — Kocham to miejsce, tato. Mam tu przyjaciół. Tyle się uczę. I... — zawahała się, zerkając w stronę padoku Midnighta. — Myślę, że pomagam Midnightowi. Teraz mi ufa. Pozwala mi się nawet szczotkować, a Pani Zoe mówi, że to bardzo ważne dla jego powrotu do równowagi, żeby miał przy sobie dziecko, któremu ufa.

Danny podążył wzrokiem za czarnym kuckiem, pamiętając, jak przerażone to było zwierzę, kiedy spotkali go po raz pierwszy. Ta przemiana była niezwykła — niemal tak niezwykła jak rozwój samej Lucy.

— Praca w Melbourne oznaczałaby lepsze szkoły — powiedział Danny, nie po to, by ją przekonywać, tylko by dać pełen obraz sytuacji. — I babcia z dziadkiem byliby przeszczęśliwi, mogąc częściej cię widywać.

— Moglibyśmy ich odwiedzać, albo oni mogliby odwiedzać nas — odparła Lucy. — A tutejsza szkoła jest w porządku. Charlotte i Jemima tu chodzą i są bardzo mądre. Charlotte zostanie prawniczką jak jej tata. — Zawahała się, po czym dodała cicho: — Nie chcę znowu zaczynać od zera, tato. Lubię tu swoje życie. Dużo bardziej niż w Brisbane.

Ta prosta szczerość uderzyła Danny'ego z ogromną siłą. Po całym tym zamęcie ostatnich dwóch lat — odejściu matki, batalii o opiekę, przeprowadzce z Brisbane — Lucy wreszcie znalazła szczęście i stabilizację. Zapuściła tu korzenie, zawarła przyjaźnie, odkryła pasję. Kim on był, by znowu ją wykorzenić, nawet dla rzekomo lepszej szansy?

— To tak zrobimy — powiedział po prostu. — Zostajemy.

Twarz Lucy rozjaśniła się. — Naprawdę? Mówisz serio?

— Serio. — Uśmiechnął się na widok jej radości. — Szczerze mówiąc, ja też nie chcę wyjeżdżać. Mnie też podoba się nasze życie tutaj.

Lucy przyjrzała mu się uważnie, a jej mina stała się zamyślna. — To przez Panią Zoe? — zapytała, a jej przenikliwość zaskoczyła go nieprzygotowanego.

Danny poczuł, jak policzki mu płoną. — Po części — przyznał, nie widząc sensu udawać, skoro Lucy i tak już sobie to poukładała. — Ale głównie dlatego, że to miejsce teraz jest domem. Dla nas obojga.

— Ale Pani Zoe też jest ważna, prawda? — drążyła Lucy z figlarnym błyskiem w uśmiechu.

— Tak — powiedział Danny, sam zdumiony własną szczerością. — Jest. I właściwie jest coś, co powinnaś wiedzieć. Pani Zoe może być zmuszona wyjechać z Australii przez problemy z wizą i wrócić do Anglii.

Uśmiech Lucy zgasł. — Wyjechać? Ale nie może! Ona tu pasuje!

— Zgadzam się — powiedział Danny. — I mam nadzieję... cóż, mam nadzieję, że mogłaby stać się częścią naszej rodziny. Jeśli to byłoby dla ciebie w porządku.

Mina Lucy w jednej chwili zmieniła się z rozpaczy w zachwyt. — Chcesz się z nią ożenić? — podskoczyła lekko na ławce. — Bo to byłoby super! Mieszkałaby z nami, uczyłaby mnie o koniach codziennie i piekła swój niesamowity chlebek bananowy na śniadanie!

Danny roześmiał się, i z ulgą, i z wzruszeniem na widok jej entuzjazmu. — Zwolnij trochę! Jeszcze jej o nic nie pytałem. Wciąż wszystko układamy, a jej sytuacja wizowa to komplikuje. Ale... naprawdę byłabyś szczęśliwa, gdyby Zoe stała się większą częścią naszego życia?

— Tak! — wykrzyknęła Lucy bez wahania. — Dzięki niej się uśmiechasz, tato. Przed przyjazdem tutaj nie uśmiechałeś się zbyt często.

To spostrzeżenie — tak proste, a tak trafne — odebrało Danny'emu mowę na moment. Czy był aż tak czytelny? A może jego córka była po prostu bardziej przenikliwa, niż sądził?

— Cóż — powiedział wreszcie — zobaczymy, co się wydarzy. Ale na razie oboje chyba się zgadzamy, że to właśnie tutaj jest nasze miejsce.

Rozdział czternasty

Danny potarł zmęczone oczy i odchylił się na krześle, otoczony chaosem papierów, który pochłaniał go już od tygodni. Protokóły z posiedzeń rady, księgi wieczyste i dokumenty z rejestru gruntów tworzyły chybotliwe wieże na każdej wolnej powierzchni. Stary sosnowy stół kuchenny jego babci trzeszczał pod ciężarem archiwów samorządowych. Na zewnątrz grudniowe słońce bezlitośnie waliło w okna, a późnopopołudniowe światło rzucało długie cienie przez pokój, gdy Danny wrócił do dokumentu, który przykuł jego uwagę.

— Coś tu nie gra — mruknął.

Przerabiał te teczki już ze dwanaście razy, ale jakoś ten konkretny dokument umknął mu do tej pory.

Wpis w rejestrze gruntów sprzed osiemnastu miesięcy, wymieniający zakup pięciuset akrów dokładnie tam, gdzie proponowany wschodni objazd łączyłby się z główną autostradą — ziemi, która stałaby się niewiarygodnie wartościową nieruchomością komercyjną, jeśli wariant wschodni zostałby zatwierdzony. Kupującym nie było Coastal Holdings, firma, która przewijała się wielokrotnie w jego dochodzeniu, lecz Wilkins Family Holdings.

Puls Danny'ego przyspieszył, gdy instynkt ryknął mu w środku, że to coś ważnego. *Wilkins*. Sięgnął po laptop, palce przemknęły po klawiaturze, gdy wyszukiwał dane rejestracyjne spółki. Rejestr przedsiębiorstw ASIC potwierdził jego podejrzenie — Wilkins Family Holdings była administrowana przez pewnego Jamesa Wilkinsa, męża posłanki stanowej, Trishy Wilkins. I... kolejne wyszukiwanie powiedziało mu, że panieńskie nazwisko Trishy Wilkins brzmiało Conley. Była siostrą radnego Conleya, jednego z właścicieli Coastal Holdings. I zasiadała w komitecie bezpośrednio nadzorującym Main Roads.

— Mam cię — wyszeptał Danny. Sięgnął po telefon, zawahał się, po czym włączył aparat, zanim wykonał połączenie. Starannie sfotografował każdy istotny dokument, upewniając się, że wszystkie szczegóły są wyraźne, i zrobił kopie zapasowe w kilku różnych miejscach. Dopiero wtedy pozwolił sobie na krótką chwilę świętowania, bezgłośnie zaciskając pięść w geście triumfu.

To było to — brakujący dowód, którego szukał. Jasny konflikt interesów tłumaczący, dlaczego wariant wschodni był forsowany tak agresywnie, mimo że zachodni miał więcej sensu logistycznego. Jeśli posłanka Wilkins wykorzystywała swoje wpływy, by wzbogacić rodzinne grunty...

Konsekwencje były ogromne. Tu już nie chodziło tylko o ocalenie Ridgewater; chodziło o ujawnienie korupcji na najwyższych szczeblach władz lokalnych.

Z zamyślenia wyrwał go dzwonek telefonu. Na ekranie zamigało imię Grega.

— Właśnie miałem do ciebie dzwonić — przywitał się Danny.

— Powiedz, że coś masz — odparł jego redaktor. — Chciałbym opublikować ten artykuł raczej wcześniej niż później.

— Mam więcej niż coś — powiedział Danny, nie mogąc ukryć satysfakcji w głosie. — Znalazłem bezpośrednie powiązanie między posłanką stanową Trishą Wilkins a ziemią, której wartość wystrzeli w kosmos, jeśli zatwierdzą wschodni wariant obwodnicy.

Przedstawił swoje odkrycia, aparat już był podłączony do laptopa, gdy przesyłał zdjęcia.

— Jej brat to radny Conley, który przewodzi forsowaniu trasy wschodniej mimo ogromnego sprzeciwu społeczności — ciągnął Danny. — A firma jej męża jest właścicielem pięciuset akrów, które zostałyby przekwalifikowane z rolnych na komercyjne, jeśli wariant wschodni przejdzie.

— To warte miliony — powiedział Greg, a w jego głosie wyostrzyło się zainteresowanie. — Jesteś tego pewien? Dokumenty są jednoznaczne?

— Kryształowo — potwierdził Danny. — Wysyłam ci dowody — wpisy z rejestru gruntów, rejestracje spółek, wszystko. Kupili ziemię osiemnaście miesięcy temu, dokładnie wtedy, gdy powstawały pierwsze propozycje objazdu, i zanim cokolwiek trafiło do wiadomości publicznej. Tego się nie da wytłumaczyć przypadkiem.

— A jeśli wybiorą wariant zachodni?

— Ziemia pozostaje rolna, warta ułamek tego, co przy strefie komercyjnej. — Danny kliknął *Wyślij* przy mailu z załączonymi dowodami. — Powinieneś już to mieć.

W słuchawce zapadła cisza, gdy Greg przeglądał dokumenty. Danny czekał, bębniąc palcami w blat, boleśnie świadomy upływu czasu. Musiał dotrzeć do Ridgewater, powiedzieć McKenzie'om osobiście.

— To materiał na pierwszą stronę — odezwał się w końcu Greg. — Musi to sprawdzić dział prawny, ale jeśli wszystko się potwierdzi, publikujemy jutro. Świetna robota, Danny.

— Ile zajmie Prawnym? — zapytał Danny, już zbierając klucze i portfel.

— Pogonię ich do roboty. Daj mi godzinę. Jeśli nie dam znać, ruszamy.

Danny zakończył rozmowę i szybko obszedł dom, zamykając okna. Zatrzymał się w drzwiach, czując, jak ciężar odkrycia osiada mu na barkach. Ten artykuł mógł zmienić wszystko dla Ridgewater i McKenzie'ów. Mógł też jednak narobić mu potężnych wrogów. Trisha Wilkins miała reputację twardej sztuki; nie zostawi tego bez odpowiedzi.

Gdy wyszedł, uderzyło go gorąco, niemal fizycznie. Grudniowe Queensland bywa bezlitosne, a wilgotność sprawiała, że powietrze było gęste jak woda. Koszula przywarła mu do pleców, zanim jeszcze dotarł do samochodu, który prażył się w słońcu cały popołudnie. Kierownica paliła go w dłonie, gdy odpalał silnik i ustawił klimatyzację na maksimum.

Kiedy odjeżdżał spod domu, telefon zapikał wiadomością od Grega: — *Prawnicy mówią, że wszystko gra. Pierwsza strona, publikacja online o północy. Przygotuj się na konsekwencje.*

Danny czuł w sobie mieszankę emocji, gdy kierował w stronę Ridgewater — triumf, że znalazł kluczowy dowód, niepokój o możliwy odwet i nadzieję, że to może wystarczyć, by uratować posiadłość, która stała się tak ważna dla niego i Lucy.

Klimatyzacja w samochodzie walczyła z grudniową wilgocią bez większych szans. Nawet przy maksymalnie chłodnym nawiewie pot spływał Danny'emu po plecach, gdy pokonywał znajome drogi. Krajobraz falował od upału, eukaliptusy zwieszały liście w poddaniu się bezlitosnemu słońcu.

W myślach wrócił do Zoe, wyobrażając sobie jej twarz, gdy podzieli się tą nowiną. Czy ten przełom pomoże też w jej sytuacji wizowej? Na samą możliwość serce zabiło mu szybciej, i nie była to tylko wina upału.

Gdy skręcił w długi podjazd Ridgewater, żwir zachrzęścił pod oponami, a Danny w myślach ćwiczył, jak przedstawi swoje ustalenia. Rodzina musiała być przygotowana na to, co się stanie, gdy artykuł pójdzie w świat. Pojawią się pytania, zaprzeczenia, może nawet groźby. Posłanka Wilkins nie podda się bez walki.

Wielki Dom wyłonił się w końcu, solidny i gościnny na tle surowego krajobrazu. Przed wejściem stało kilka aut, co sugerowało, że cała rodzina jest w domu. Danny zaparkował obok i wyłączył silnik, dając sobie chwilę na zebranie myśli.

Miał dowody. Artykuł był w druku. To mogło być przełamanie, na które wszyscy czekali. Ale wychodząc w migoczący upał i ścierając pot z czoła, Danny przypomniał sobie, by nie obiecywać zbyt wiele. Walka jeszcze się nie skończyła — właśnie wchodziła w nową fazę.

Na ujeżdżalniach panowała cisza, choć z obory dobiegał śmiech dzieci. Lucy z Jemimą i Charlotte, podejrzewał, zatrzymując się na szybkie spojrzenie do siodlarni i znajdując je zajęte czyszczeniem sprzętu. Teresa, jedna z brazylijskich backpackerek, nadzorowała i przywitała go skinieniem głowy.

— Cześć, tato! — Lucy podniosła wzrok, a jej twarz natychmiast posmutniała. — Już pora wracać?

— Jeszcze nie. Muszę iść do pani Sarah i reszty McKenzie'ów. Tych dorosłych McKenzie'ów, to znaczy. — Uśmiechnął się do Jemimy.

— Wszyscy są w Wielkim Domu — powiedziała Jemima. — Teraz jest za gorąco na jazdę.

— Dobrze. Nie spiesz się z wyjazdem, skarbie — powiedział do Lucy, a ta wróciła do wcierania mydła w popręg Foxie z radosnym uśmiechem.

Wielki Dom przywitał Danny'ego błogosławionym podmuchem chłodu — klimatyzacja pracowała na pełnych obrotach. W drzwiach spotkała go Sarah McKenzie, jej zwykle opanowany wyraz twarzy ustąpił miejsca zaciekawieniu na widok jego niespodziewanego przyjazdu.

— Danny? Wszystko w porządku? — zapytała, uchylając się, by go wpuścić.

— Nawet lepiej — odparł, starając się poskromić ekscytację w głosie. — Muszę porozmawiać ze wszystkimi. Jesteście?

Sarah skinęła głową, badając jego twarz z zainteresowaniem. — Większość. Kate jest w The Shack z Benem, Emma i Ryan w kuchni, a Marcus właśnie wrócił. Pip się kąpie... Jake jeszcze w pracy. — Zawahała się. — Wyglądasz, jakbyś miał zaraz pęknąć, Danny. Co się stało?

— Znalazłem coś ważnego w sprawie objazdu — powiedział krótko. — Coś, co może zmienić wszystko.

Zrozumienie rozbłysło w oczach Sarah. — Zadzwonię po Kate i Bena i zbiorę resztę.

W ciągu dziesięciu minut dorośli McKenzie zebrali się w salonie. Danny stanął przy wygaszonym kominku, boleśnie świadomy, że wszystkie oczy są zwrócone na niego.

Kate przysiadła na oparciu skórzanego fotela, wyprostowana i czujna, a jej partner Ben siedział w fotelu z długimi nogami wyciągniętymi przed siebie. Emma i Ryan usiedli blisko na kanapie, splecioni palcami, Sarah zajęła uszak najbliżej Danny'ego. Marcus oparł się o framugę drzwi, skrzyżował ramiona, z ciekawym wyrazem twarzy. Pip, z mokrymi włosami zawiniętymi w ręcznik, przysiadła na parapecie. A Zoe siedziała po turecku na poduszce na podłodze, nie spuszczając z Danny'ego wzroku.

— Dziękuję, że tak szybko się zebraliście — zaczął Danny. — Od tygodni przekopuję się przez księgi wieczyste i protokoły rady, próbując znaleźć twardy dowód, który wytłumaczy, dlaczego trasa wschodnia jest tak agresywnie forsowana.

Zawahał się, ogarniając spojrzeniem pokój. — Dziś go znalazłem. Mąż posłanki Trishy Wilkins jest właścicielem pięciuset akrów, które zostałyby przekwalifikowane z rolnych na komercyjne, jeśli wariant wschodni zostanie zatwierdzony. Kupione za grosze jako zrujnowana farma, byłyby warte miliony.

Efekt był natychmiastowy. Emma głośno odetchnęła, a oczy Kate zwęziły się w kalkulującą szparę.

— Na ile jesteś tego pewien? — zapytała Sarah, pochylając się do przodu.

— W stu procentach — odparł Danny. — Ziemię kupiło Wilkins Family Holdings osiemnaście miesięcy temu, dokładnie wtedy, gdy powstawały wstępne plany objazdu. Mam wpisy rejestrowe, rejestracje spółek, wszystko. A radny Conley, który prowadzi na radzie forsowanie wariantu wschodniego i jest jednym z dyrektorów Coastal Holdings — drugiej spółki, która skorzystałaby na przekwalifikowaniu gruntów — to brat Trishy Wilkins. — Uśmiechnął się krzywo. — Ostatni gwóźdź do trumny: posłanka Wilkins zasiada w komitecie nadzorującym Main Roads.

Przez moment zapadła oszołomiona cisza, gdy wszyscy trawili informację. Potem Ben zagwizdał przez zęby, przerywając milczenie. — Niezła korupcja, którą odkryłeś, Wareham. Dobra robota.

— To kryminał — powiedziała Emma, a w jej głosie zabrzmiała złość. — Chcą zniszczyć nasz dom, nasze źródło utrzymania, dla zysku?

— Technicznie rzecz biorąc, nie jest nielegalne, że rodziny posłów mają nieruchomości — zauważyła Sarah, jak zwykle pragmatyczna. — Ale konflikt interesów przy forsowaniu trasy, która bezpośrednio wzbogaca jej rodzinę, bez ujawnienia tego i bez zachowania właściwych procedur... — Pokręciła głową. — To zupełnie inna sprawa.

— Courier-Mail to publikuje — powiedział Danny. — Pierwsza strona, jutro rano. Online o północy.

Ciężka cisza opadła na pokój, gdy dotarły do nich konsekwencje. Wtedy odezwała się Kate, cicho, ale zdecydowanie.

— To całkowicie zmienia zasady gry. Main Roads nie może zatwierdzić trasy z takim piętnem korupcji.

— Nie przeceniaj zdolności polityków do krycia swoich — ostrzegł Ryan, dając o sobie znać jego biznesowy realizm. — Ale na pewno to zwiększy presję opinii publicznej, by się wycofali.

Danny skinął głową, doceniając realizm Ryana. — Artykuł zmusi posłankę Wilkins do reakcji, ale ma potężnych przyjaciół. Będzie kontratak, możliwe groźby prawne. Spróbują zdyskredytować tekst, a może i mnie osobiście.

— Niech próbują — powiedziała ostro Zoe, a jej dumny uśmiech rozjaśnił twarz, gdy spojrzała na Danny'ego. — Wykonałeś kawał znakomitej roboty.

Danny poczuł ciepło rozlewające się w środku na jej słowa, ale wrócił myślami do sedna sprawy. — Najważniejsze, że to daje nam dźwignię. Wariant zachodni nagle wygląda dużo korzystniej, gdy wschodni jest skażony skandalem.

Sarah wstała i podeszła do okna, patrząc na posiadłość, którą jej rodzice zbudowali od zera na jeden z czołowych ośrodków jeździeckich w stanie. — Myślisz, że to wystarczy? — zapytała, nie odwracając się.

— Nie mogę tego obiecać — przyznał Danny. — Ale to niezwykle mocny argument. W najgorszym razie powinien wymusić przegląd procesu decyzyjnego, a to kupi nam czas.

— Czas, który możemy wykorzystać, by jeszcze bardziej zmobilizować społeczność — dodała Pip. — Kiedy to wyjdzie, będziemy mieć twardy dowód korupcji, a nie tylko nasze emocjonalne apele o wartość Ridgewater.

Emma energicznie przytaknęła. — Powinniśmy przygotować oświadczenie na media społecznościowe, tak, żeby poszło od razu, gdy artykuł będzie dostępny.

— I skontaktować się z naszym prawnikiem — dodała Kate. — Potrzebujemy porady, jak wykorzystać to w formalnych sprzeciwach wobec wywłaszczenia.

Danny patrzył, jak rodzina naturalnie przechodzi w tryb działania, każdy dorzuca pomysły zgodnie ze swoimi mocnymi stronami. Szok ustępował determinacji i konkretom. Widział to już wcześniej — McKenzie'owie byli, jak mało kto, odporni.

— Danny — powiedziała nagle Sarah, odwracając się od okna. — Ty i Lucy musicie zostać na kolację. Dziewczynki mają ze sobą tyle frajdy, a i tak robimy grilla. To minimum, co możemy zaoferować po tym, co dla nas zrobiłeś.

— Absolutnie — przytaknęła Pip. — Jake po dyżurze podjedzie do rzeźnika po świeże steki. Planowaliśmy jeść na zewnątrz, jak słońce trochę opadnie i zrobi się chłodniej.

— Brzmi świetnie — odparł Danny, szczerze poruszony tym zaproszeniem. — Lucy będzie zachwycona.

Gdy rodzina rozeszła się do dalszych przygotowań, Danny poczuł, że Zoe stanęła obok niego.

— Naprawdę to zrobiłeś — powiedziała cicho, z oczami rozświetlonymi podziwem. — Znalazłeś element, który może uratować Ridgewater.

— Mam taką nadzieję — odparł, świadomy, jak blisko stoi, i delikatnego zapachu koni i słońca, który zawsze zdawał się ją otulać. — Ale jeszcze nie ma co świętować.

— Wiem — przyznała. — Ale dziś wieczorem pozwólmy sobie chociaż na odrobinę nadziei.

Na zewnątrz późne popołudnie wciąż było bezlitośnie gorące, ale wewnątrz Wielkiego Domu, pośród twardego optymizmu rodziny McKenzie, Danny poczuł zmianę. Problem nie był rozwiązany — daleko do tego — ale po raz pierwszy od chwili, gdy przyszło zawiadomienie o wywłaszczeniu, pojawiło się prawdziwe poczucie, że Ridgewater może przetrwać.

Gdy nadchodził wieczór, a Jake przyjechał z torbą termiczną pełną steków i soczystych, wykwintnych kiełbasek, Danny patrzył na Lucy i Jemimę, których śmiech niósł się przez podwórze, kiedy podbiegały do Wielkiego Domu i zostały natychmiast wysłane przez Sarah do łazienki, by umyć brudne ręce i buzie. Pomyślał o ofercie pracy w Melbourne, którą w myślach miał już definitywnie odrzuconą, i o przyszłości, którą zaczynał sobie wyobrażać tutaj, w Queensland. Przyszłości, w której Lucy jest szczęśliwa i rozkwita, otoczona końmi i dobrymi ludźmi. Przyszłości, która, jak coraz mocniej wierzył, mogłaby obejmować również Zoe.

Powietrze wypełnił zapach skwierczących steków, gdy słońce zaczęło opadać, rzucając długie cienie na padoki Ridgewater. Jutro przyniesie własne wyzwania, ale dziś, pod pogłębiającym się niebem Queensland, pozwolą sobie na tę chwilę ostrożnego świętowania.

Słońce w końcu poddało się horyzontowi, ale upał wciąż wisiał jak nieproszony gość, ciężki i przytłaczający w grudniowy wieczór. Zoe odgarnęła niesforny kosmyk z czoła, czując, jak od razu przykleja się do wilgotnej skóry. Obok niej Danny szedł w wygodnym milczeniu, a ich ścieżka przecinała wschodnie padoki Ridgewater w stronę jeziora. Kolacja była ciekawą mieszanką świętowania i ostrożności; rodzina oscylowała między ekscytującym planowaniem a trzeźwiącymi przypomnieniami o czekającej walce. Teraz, z dala od pozostałych, Zoe czuła narastające między nimi inne napięcie — o wiele bardziej osobiste niż los posiadłości.

— Nadal nie mogę uwierzyć, że znalazłeś to powiązanie — odezwała się, przerywając ciszę. — To, jak wszystko poskładałeś! Imponujące.

Danny zerknął na nią, z skromnym uśmiechem igrającym na ustach. — Po prostu robiłem swoją robotę. Śledziłem papierowy trop, aż gdzieś doprowadził.

— Nie umniejszaj temu — nalegała Zoe. — Wiesz, że zostałeś orędownikiem Ridgewater. McKenzie'owie błądzili po omacku, zanim zacząłeś kopać, nawet jeśli Ryan pociągał za sznurki na poziomie korporacji.

Trawa na padoku muskała jej nogi, wciąż ciepła po upalnym dniu. Cykady brzęczały nieustannie w eukaliptusach na granicy posiadłości, a ich chór wznosił się i opadał falami. Koszulka Zoe nieprzyjemnie kleiła się do pleców, ale w obecności Danny'ego przestało jej to przeszkadzać.

— Nie wiem, co będzie dalej — przyznał Danny, zamyślony. — Artykuł wywoła burzę, ale czy to wystarczy, by zmienić decyzję... — Urwał, zostawiając niepewność, by zawisła w wilgotnym powietrzu.

— Przynajmniej zmienia narrację — odparła Zoe. — Utrudnia im przepchnięcie wszystkiego bez odpowiedzi na niewygodne pytania. — Uśmiechnęła się lekko. — Wy, dziennikarze, macie talent do sprawiania, że możni się wiercą.

Wspięli się na niewielkie wzniesienie i jezioro wyszło im na spotkanie, ciemne i nieruchome w gęstniejącym półmroku. Prosty drewniany pomost sięgał kilka metrów w głąb wody, a na kamienistym brzegu stało palenisko — ślad po licznych letnich wieczorach McKenzie'ch spędzanych na pływaniu i gotowaniu pod chmurką.

— Jest tu pięknie — powiedział cicho Danny, jakby nie chciał zakłócić spokoju tej sceny.

Zoe skinęła głową, czując znajomy ścisk w piersi na myśl, że to wszystko wciąż może przepaść. — Sarah mówiła, że jej ojciec zbudował ten pomost, gdy dziewczynki były małe — powiedziała. — Schodzili tu niemal każdego letniego wieczoru, gdy upał stawał się nie do zniesienia. Dziewczynki nauczyły się pływać w tym jeziorze, zanim potrafiły chodzić.

Doskoczyli do brzegu, a ich buty zachrzęściły na drobnych kamieniach. Tafla odbijała pierwsze pojawiające się gwiazdy — maleńkie punkciki światła na pogłębiającym się granacie — i księżyc właśnie wstający nad wzgórzami. Mimo zmroku powietrze wciąż było gęste od upału, przyciskało się do nich jak koc.

— Boże, jak gorąco — westchnęła Zoe, znów ocierając czoło. — W porze lunchu było dziś trzydzieści osiem stopni i nie sądzę, żeby teraz, po zachodzie, spadło jakoś znacząco.

Naszedł ją psotny impuls i zanim zdążyła się rozmyślić, odwróciła się do Danny'ego z uśmiechem. — Ridgewater może nie ma basenu, ale... — Wskazała na jezioro. — Skusisz się na kąpiel?

Danny wyglądał na zaskoczonego, potem zaintrygowanego. — Teraz? Nie mamy strojów.

— Stroje są przereklamowane — odparła Zoe, sama zaskoczona własną śmiałością. — Poza tym rodzina została w domu.

Zanim zdążyła się rozmyślić, Zoe zsunęła buty i ściągnęła z siebie przepoconą koszulkę. Lekki wietrzyk na skórze był błogosławioną ulgą po dusznym upale. Zauważyła, jak oczy Danny'ego rozszerzają się, a potem ciemnieją z uznaniem, co posłało przez nią dreszcz, który nie miał nic wspólnego z temperaturą.

— No i? — podpuściła, wymykając się z reszty ubrań. — Wchodzisz czy będziesz stał i się gapił?

To przełamało jego chwilowy bezruch. — Za nic bym tego nie przegapił — powiedział, pospiesznie odpinając koszulę.

Zoe odwróciła się i weszła do wody, wzdychając z przyjemnością, gdy chłód objął najpierw nogi, potem biodra. Za sobą usłyszała plusk — Danny szedł jej śladem. Dno jeziora było gładkie, łagodnie opadające.

Kiedy woda sięgnęła jej ramion, odwróciła się i zobaczyła Danny'ego kilka kroków dalej, z włosami przyklejonymi do głowy i kropelkami na rzęsach. W bladym świetle księżyca, z wodą kołyszącą się dookoła, wyglądał młodziej, jakby bez trosk, które zwykle rysowały mu się na twarzy.

— Lepiej? — zapytała, utrzymując się na wodzie.

— Dużo — przyznał, podpływając bliżej. — Choć zaczynam myśleć, że ochłoda była tylko częścią twojego planu.

Zoe roześmiała się, a dźwięk poniósł się po cichej tafli. — Jestem oportunistką, nie intrygantką.

— Tak czy inaczej — powiedział Danny niższym głosem — aprobuję.

Zamknął dzielący ich dystans, a jego ramiona wsunęły się pod wodą wokół jej talii. Dotyk jego skóry na jej skórze posłał przez ciało Zoe iskrę, mimo chłodu dookoła. Oplotła mu szyję, ich twarze dzieliły już tylko centymetry.

— To skandalicznie nieprzyzwoite — wyszeptała z uśmiechem, którego nie potrafiła ukryć. — Kąpiel nago w jeziorze szefowej po godzinach.

— Szokujące zachowanie — zgodził się Danny, nie spuszczając z niej wzroku. — Co powiedzieliby sąsiedzi?

— Najbliżsi mieszkają ponad kilometr stąd — zauważyła Zoe — i prawdopodobnie robią to samo, żeby uciec przed tym upałem.

Śmiech Danny'ego zadrżał w wodzie między nimi, a potem jego usta były na jej ustach — smakowały winem, które pili do kolacji, i czymś wyłącznie jego. Zoe rozpłynęła się w pocałunku, dociskając ciało do jego ciała, gdy razem utrzymywali się na wodzie.

To, co zaczęło się od igraszek, szybko pogłębiło się w coś bardziej pilnego, bardziej pierwotnego. Ich ciała odnalazły się w ciemności, dłonie badały, oddechy przyspieszały. Chłód wody kontrastował z żarem narastającym między nimi, tworząc rozkoszne napięcie, od którego Zoe jęknęła mu w usta i zarzuciła nogi na jego biodra.

Później siedzieli na kamienistym brzegu, otuleni dużymi ręcznikami plażowymi, które Zoe przyniosła ze skrzyni na werandzie The Shack. Zoe oparła się o ramię Danny'ego, a jej wilgotne włosy kręciły się dziko w lepkim nocnym powietrzu.

— Odrzuciłem pracę w Melbourne — powiedział nagle Danny. — Wczoraj zadzwoniłem do Grega, żeby go poinformować.

Zoe wyprostowała się i spojrzała na niego. — Naprawdę? Przecież to była taka dobra okazja.

— Na papierze może tak — odparł, sięgając, by odgarnąć niesforny loczek zza jej ucha. — Ale to jest teraz dom — dla mnie i dla Lucy. Tu jest szczęśliwsza, niż widziałem ją od lat. Ma przyjaciół, ma konie. Ma ciebie. — Zawiesił głos, nie odrywając od niej wzroku. — I ja też.

Zoe poczuła, jak szczypią ją oczy — niespodziewana fala wzruszenia. — Danny...

— Wiem, że to wciąż skomplikowane — ciągnął. — Twoja wiza, niepewność wokół Ridgewater. Ale niezależnie od wszystkiego chcę zostać. Chcę, żebyśmy zostali.

Słowo *my* zawisło między nimi, ciężkie od znaczeń. Zoe przełknęła, a radość i strach splątały się jej w piersi.

— Nie pragnę niczego bardziej — powiedziała, a głos jej zadrżał. — Ale moja wiza...

Danny skinął głową i ujął jej dłoń. — Właściwie to już to sprawdzałem. Wizy małżeńskie.

Oddech Zoe zaciął się. — Małżeńskie?

— Mój rozwód będzie prawomocny pod koniec lutego — powiedział, kciukiem kreśląc wzory na jej dłoni. — Moglibyśmy się pobrać.

Słowa spadły między nich z hukiem, z ogromem konsekwencji. Zoe poczuła, jak serce wali jej o żebra.

— Danny, nie możemy brać ślubu tylko dla wizy — powiedziała, choć sama myśl wywołała w jej piersi trzepot, który nie był czystym sprzeciwem. — To... to ogromny krok. Jesteśmy razem tak krótko.

— Wiem — przyznał. — I nie oświadczam się, no, nie formalnie. Po prostu rzucam pomysł. Wiza małżeńska rozwiązałaby twoje problemy imigracyjne od ręki. Miałabyś klarowną ścieżkę do stałego pobytu.

Zoe spojrzała w stronę jeziora, zbierając myśli. Jej praktyczna część dostrzegała, jak eleganckie to rozwiązanie. Emocjonalna buntowała się na myśl, by ich związek sprowadzać do strategii imigracyjnej.

— Nie zniosłabym, gdybyśmy wzięli ślub z powodów praktycznych, a potem tego żałowali — powiedziała w końcu. — Co to by zrobiło Lucy? Nam?

Dłoń Danny'ego ścisnęła jej dłoń mocniej. — To nie są jedyne powody, Zoe.

— Co masz na myśli? — odwróciła się do niego, badając jego twarz w blasku gwiazd.

— To, że jestem w tobie zakochany — powiedział po prostu. — Od dnia, kiedy posadziłaś moją córkę na kucu i jakoś sprawiłaś, że się uśmiechnęła. Wiza byłaby korzyścią, jasne. Ale nie dlatego o tym myślę. — Zawahał się, z półuśmiechem. — Choć przyznaję, że termin jest wygodny.

Zoe mimo siebie parsknęła śmiechem, a napięcie pękło. — Jesteś niemożliwy.

— Jestem praktyczny — odparł. — I wiem już, co jest dla mnie ważne, czego chcę na przyszłość. Dla przyszłości Lucy. — Jego twarz znów spoważniała. — Nie proszę cię o odpowiedź dziś w nocy. Po prostu... pomyśl o tym. Mamy czas.

Z drugiej strony jeziora odezwał się nocny ptak, a jego głos poniósł się echem po wodzie. Zoe znów oparła głowę na ramieniu Danny'ego i pozwoliła sobie wyobrazić, choć przez chwilę, jakby to było. Życie tutaj, w Ridgewater, z Dannym i Lucy. Własna rodzina.

— Pomyślę — obiecała cicho.

Danny musnął ustami czubek jej głowy i siedzieli w wygodnej ciszy, patrząc, jak odblask ognia tańczy po tafli jeziora. Przyszłość wciąż była niepewna; los Ridgewater, jej status wizowy, zawiłości łączenia ich żyć. Ale tej nocy, pod rozległym niebem Queensland, ta niepewność mniej przypominała zagrożenie, a bardziej możliwość, rozciągającą się bez końca przed nimi.

Rozdział piętnasty

ZOE WESZŁA NA SZEROKĄ werandę Big House, a serce podskoczyło jej, gdy dostrzegła, jak samochód Danny'ego wznieca kurz na podjeździe. Lucy niemal podskakiwała na fotelu pasażera, jej ekscytacja była widoczna nawet z daleka. Grudniowy upał ciężko wisiał w powietrzu, ale Zoe niemal go nie czuła, patrząc, jak parkują. Danny wysiadł z plikiem gazet ściśniętym w jednej ręce, telefonem w drugiej i uśmiechem, który rozszerzył się, gdy zerknął na ekran. Kolejne powiadomienie, bez wątpienia; jego demaskatorski tekst od dwóch dni rozchodził się po mediach społecznościowych i serwisach informacyjnych jak pożar.

— Już są! — zawołała przez ramię, choć zapowiedź była właściwie zbędna. McKenzie'owie wypatrywali przyjazdu Danny'ego z taką samą niecierpliwością, z jaką dzieci czekają na poranek Bożego Narodzenia.

Trzasnęły drzwi z siatką i cała rodzina wypadła na werandę za nią. Sarah pierwsza dopadła poręczy, a jej zwykły spokój ustąpił miejsca ledwie skrywanej ekscytacji. Tuż za nią pędziły Kate i Pip, a Emma ciągnęła za rękę Jemimę. Nawet Marcus się pojawił, z kubkiem kawy w dłoni, udając, że nie jest równie przejęty co reszta.

— Lucy! — krzyknęła Jemima, wyrywając się matce i pędząc po schodach w dół. Lucy ledwie dotknęła ziemi, gdy Jemima zderzyła się z nią w uścisku tak mocnym, że obie niemal się przewróciły.

Danny roześmiał się, wymijając dziewczynki i wchodząc po schodach, trzymając gazety w górze jak trofeum. — Prosto z drukarni — oznajmił. — Dzisiejsze wydanie zawiera oficjalne ogłoszenie.

Rodzina otoczyła go ciasnym kręgiem pochylonych głów i wyciągniętych rąk, gdy ujrzała pierwszą stronę. Nagłówek krzyczał pogrubioną czcionką: POSŁANKA REZYGNUJE WOBEC SKANDALU KORUPCYJNEGO DOTYCZĄCEGO OBWODNICY.

— Daj zobaczyć — nalegała Kate, wyciągając z pliku jedną z gazet. — Naprawdę zrezygnowała?

Sarah już sięgała po pilota. — Mówili, że w południowych wiadomościach będzie ogłoszenie. Już prawie czas.

Telewizor zamontowany w zewnętrznej strefie wypoczynkowej zamigotał, ustawiony na lokalny kanał informacyjny. Grupa przesunęła się, żeby widzieć ekran, a Danny odnalazł drogę do boku Zoe. Jego palce musnęły jej dłoń, a w jej piersi rozlało się ciepło, które nie miało nic wspólnego z latem w Queensland.

— Wszystko w porządku? — zapytał cicho.

— Lepiej niż — odparła, nie mogąc powstrzymać uśmiechu.

Z głośników przeciął ich chwilę spikerkowy głos: — Pilne wiadomości: posłanka stanowa Trisha Wilkins ogłasza swoją natychmiastową rezygnację po oskarżeniach o korupcję związanych z projektem obwodnicy Ridgemont...

Kamera przeniosła się na rządowego rzecznika na mównicy, o odpowiednio poważnej minie. — Po dokładnym przeglądzie procesu planistycznego Departament Transportu i Dróg Głównych ustalił, że zachodni wariant obwodnicy Ridgemont jest najbardziej właściwą opcją, równoważącą potrzeby społeczności, kwestie środowiskowe i odpowiedzialność fiskalną...

Resztę oświadczenia zagłuszyły wiwaty, które wybuchły wokół Zoe. Kate w triumfie pacnęła Pip w ramię, strącając drobniejszą kobietę z równowagi i posyłając ją, śmiejącą się, prosto na Jake'a. Emma podrzuciła Jemimę w górę z okrzykiem radości. Sarah, zwykle tak powściągliwa, zacisnęła pięść i wydała z siebie okrzyk zwycięstwa, zupełnie nie w jej stylu.

Lucy oplotła ramionami talię Danny'ego, wtulając twarz w jego bok. — Udało ci się, tato! Uratowałeś Ridgewater!

Danny spłonął rumieńcem i wzruszył skromnie ramionami. — Szczerze mówiąc, to zasługa ich ciężkiej pracy — powiedział, skinieniem głowy wskazując McKenzie'ów. — Dokładność Sarah przy papierach to umożliwiła. Ja tylko połączyłem fakty.

— Połączyłeś fakty? — pisnęła Pip z ekscytacji. — Wysadziłeś w powietrze cały skorumpowany układ! Nigdy by się nie wycofali bez twojego artykułu.

Sarah przytaknęła, nagle na tyle opanowana, by mówić. — Pip ma rację. Miałyśmy dokumenty, miałyśmy wsparcie społeczności, ale bez twojego śledztwa przejechaliby po nas walcem. — Wyciągnęła rękę i ścisnęła ramię Danny'ego. — Ridgewater stoi dzięki tobie, Danny.

Zoe patrzyła, jak po twarzy Danny'ego przemykają emocje: duma, zakłopotanie, ulga. Uświadomiła sobie, że nie przywykł do roli bohatera. Tak długo koncentrował się na chronieniu Lucy, na odbudowie ich życia po tym, jak jego małżeństwo tak okropnie się rozpadło, że zapomniał o swojej własnej zdolności do zmieniania rzeczy na lepsze.

— Czy to znaczy, że możemy zostać na zawsze? — zapytała Lucy, zadzierając do ojca rozświetlone oczy.

— Myślę, że tak, skarbie — odparł Danny, gładząc jej włosy. — Jeśli tego chcesz.

— Tego chcę bardziej niż czegokolwiek — oznajmiła Lucy z absolutną pewnością, jaką potrafią mieć tylko dzieci.

Zoe poczuła, jak ściska ją w gardle. *Na zawsze.* To słowo zawisło w powietrzu, pełne możliwości. Skoro Ridgewater jest bezpieczne, jej własna przyszłość nagle też wydała się jaśniejsza. Wiza partnerska przestała być desperackim środkiem, a stała się drzwiami otwierającymi się na coś, czego naprawdę pragnęła.

— Potrzebujemy szampana — oznajmiła Kate, już kierując się do drzwi. — I lemoniady dla dziewczynek. To trzeba porządnie uczcić!

Gdy rodzina rozeszła się po napoje i przekąski, Emma została, by mocno uścisnąć Danny'ego. — Dziękuję — wyszeptała. — Uratowałeś więcej, niż ci się wydaje.

Zoe spojrzała Danny'emu w oczy ponad ramieniem Emmy, a to spojrzenie znaczyło więcej niż słowa. W tej chwili wiedziała, że myślą o tym samym: to miejsce, ci ludzie, stali się ich domem. Ich rodziną.

Ryan pojawił się od środka z wiaderkiem lodu i butelkami szampana. — Chłodziłem je — wyjaśnił. — Nazwijmy to korporacyjnym optymizmem.

Atmosfera na werandzie przemieniła się w radosną fetę. Kieliszki się napełniały, wznoszono toasty, a śmiech płynął równie swobodnie co szampan. Lucy i Jemima usiadły na schodach z lemoniadą, ściszonymi głowami snując plany jeździeckich przygód, które teraz miały gwarantowane miejsce w ich przyszłości.

Zoe oparła się o poręcz, chłonąc wszystko. Zaledwie kilka miesięcy temu przyjechała do Ridgewater, niepewna i samotna poza bratem. Teraz stała otoczona ludźmi, którzy stali się dla niej niezbędni, patrząc, jak mężczyzna, w którym się zakochiwała, odbiera należne mu uznanie za odwagę i prawość.

Rozmowy wirowały wokół niej, a plany ulepszeń posiadłości powstawały już teraz, gdy przyszłość była zabezpieczona. Kate upierała się, że potrzebują drugiej krytej ujeżdżalni, na co Ben wesoło oferował sfinansowanie jej z zaliczki na swoją najnowszą książkę, podczas gdy Emma dowodziła, że priorytetem powinno być rozszerzenie zaplecza rehabilitacyjnego, a Sarah z Marcusem rozmawiali o... odwodnieniu? *Tak bardzo w stylu Sarah*, pomyślała Zoe z rozbawieniem.

— Grosik za twoje myśli? — zapytał Danny, pojawiając się u jej boku z nowym kieliszkiem szampana dla niej.

Zoe przyjęła go z uśmiechem. — Myślę tylko, jak wszystko teraz wygląda inaczej niż kilka tygodni temu.

— Prawda? — Stuknął delikatnie swoim kieliszkiem o jej. — Za nowe początki.

— Za nowe początki — powtórzyła, a jej serce wypełniła nadzieja na to, co mogą przynieść.

Świętowanie trwało, kolejni McKenzie'owie znikali w kuchni i wracali z przygotowanymi wcześniej przekąskami. Zoe stała na skraju grupy, sącząc drugi kieliszek szampana, patrząc, jak Sarah przestawia krzesła przed dużym ekranem. Rodzinny WhatsApp aż buzował od wiadomości od Jima i Ingrid od czasu serwisu informacyjnego; domagali się porządnej wideorozmowy, żeby świętować razem, mimo że byli na drugim końcu kraju w swoim kamperze.

— Wszyscy zbierzcie się — zawołała Sarah, klaszcząc dla zwrócenia uwagi. — Mama i tata są gotowi połączyć się z nami z Tasmanii. Znalazło się wyjątkowo przyzwoite Wi-Fi na kempingu.

McKenzie'owie ustawili się w luźną półkole, twarze rozświetlone oczekiwaniem. Zoe zauważyła, jak naturalnie Danny i Lucy zostali wchłonięci w to ustawienie, Jemima pociągnęła Lucy, by usiadła obok niej, a Ben zrobił miejsce dla Danny'ego bliżej środka grupy. Poczuła delikatną dłoń na łokciu i odwróciła się, by ujrzeć Pip, która prowadziła ją do przodu.

— Chodź — mruknęła Pip. — Dziś nie czaj się w tle. Ty też jesteś rodziną.

Ciepło rozlało się w piersi Zoe na te proste słowa i pozwoliła wciągnąć się do kręgu, znajdując miejsce, z którego widziała i ekran, i profil Danny'ego.

Sarah zastukała w tablet i duży ekran zamigotał. Po chwili cyfrowych zakłóceń na ekranie pojawiły się twarze Jima i Ingrid, lekko rozpikselowane, ale niewątpliwie promienne. Siedzieli obok siebie w niewielkiej jadalnej części kampera, w tle widać było małą choinkę. Jim uniósł szklankę czegoś bursztynowego — pewnie whisky — a Ingrid entuzjastycznie pomachała.

— No i są! — głos Jima dudnił z głośników. — Nasi obrońcy Ridgewater!

Z werandy popłynął chór powitań, wszyscy mówili naraz, dopóki Sarah nie uniosła rąk, prosząc o ciszę.

— Po kolei, bo nic nie usłyszą — zganiła ich łagodnie, choć jej uśmiech był wręcz nieprzyzwoicie szeroki. — Mamo, tato, udało się. Zachodni wariant potwierdzony.

— Śledziliśmy to cały dzień — odparła Ingrid, a jej zwykle ledwo wyczuwalny szwedzki akcent wybrzmiał wyraźniej z emocji. — Wieść dotarła nawet do tego zapomnianego zakątka Tasmanii. Jesteśmy z was wszystkich bardzo dumni.

Jim pochylił się bliżej kamery, a jego poorana wiatrem twarz wypełniła większą część ekranu. — Ale wiemy, że jest tu ktoś, komu w szczególności powinniśmy podziękować.

— Jest tutaj! — Ben chwycił Danny'ego za ramię i uniósł mu je. — Danny Wareham, absolutna legenda!

Jim uśmiechnął się szeroko. — Oto on! Człowiek chwili.

Danny nieco spuścił głowę, wciąż nieswojo przyjmując pochwały. — Zrobiłem tylko to, co było do zrobienia, sir.

— Żadne tam sir — uciął Jim, unosząc szklankę. — Uratowałeś nasz dom, synu. Ty i Lucy jesteście teraz częścią rodziny, zawsze mile widziani. — Upijając łyk whisky, dodał z przymrużeniem oka: — Choć, z tego co mówią dziewczyny, chyba już całkiem nieźle się tu zadomowiłeś. — Spojrzał wyraźnie prosto na Zoe.

Zoe zarumieniła się i uśmiechnęła, gdy i policzki Danny'ego oblały się rumieńcem. Rodzina McKenzie miała niezwykły talent sprawiania, że człowiek czuł się jednocześnie serdecznie przyjęty i łagodnie droczony.

— Nie jesteśmy w stanie wam wystarczająco podziękować — dodała Ingrid, a jej zwykle żelazny spokój wreszcie zaczynał się kruszyć, gdy ocierała łzę. — Ridgewater to nie tylko majątek czy biznes. To dorobek naszego życia, spuścizna dla naszych dzieci i wnuków.

Jim objął żonę ramieniem, a w jego własnych oczach też błysnęła wilgoć. — Inga próbuje powiedzieć, że zrobiliście więcej niż ocalenie skrawka ziemi i budynków. Ocaliliście serce naszej rodziny.

Emocja w głosie Jima udzieliła się wszystkim na werandzie. Zoe rozejrzała się, widząc zaszklone oczy i drżące uśmiechy. Sarah stała wyprostowana jak struna, ale mocno ściskała dłoń Marcusa. Emma wtuliła się w bok Ryana, a Pip bez skrępowania ocierała policzki.

— Nie dalibyśmy rady bez was wszystkich — odparł Danny, trzymając w ryzach wzruszenie w głosie. —

Ridgewater jest warte walki dzięki ludziom, którzy tworzą to miejsce.

Lucy, dotąd wyjątkowo cicha, nagle się odezwała. — Panie Jimie, Pani Ingrid, czy to znaczy, że mogę dalej tutaj jeździć i uczyć się u pani Pip i pani Zoe?

Twarz Ingrid zmiękła w uśmiechu. — Oczywiście, maleńka. Tak długo, jak tylko zechcesz.

— Wobec tego na zawsze — oznajmiła Lucy z absolutną pewnością, wywołując chichoty w całym kręgu.

Jim znów uniósł szklankę. — Za przyszłość Ridgewater i za nowych członków naszej rodziny. Niech to miejsce rośnie i kwitnie przez wiele pokoleń.

Po kilku minutach wymiany wieści i planów — Jim i Ingrid wrócą w marcu albo kwietniu, na razie nasyciwszy apetyt na przygody kamperem — połączenie zakończyło się obietnicami porządnego świętowania po ich powrocie.

Gdy Sarah wyłączyła ekran, rodzina rozproszyła się w mniejsze grupki, a ulga i radość wciąż były niemal namacalne. Zoe przyłapała się na tym, że obserwuje Danny'ego, który stał z Lucy wtuloną w jego bok, przyjmując gratulacje od Jake'a i Bena. Jego twarz rozświetlało coś, co rozpoznała jako więcej niż dumę czy satysfakcję. To było poczucie przynależności.

— Całkiem nieźle się wpasował, co? — odezwał się cicho obok niej głos Kate.

Zoe odwróciła się, zaskoczona. — Słucham?

Kate uśmiechnęła się porozumiewawczo. — Danny. On i Lucy. Oni już są ludźmi Ridgewater. — Upijając łyk szampana, zerknęła na Zoe znad krawędzi kieliszka. — Tak jak ty.

— Ja, eee... — urwała Zoe, niepewna, co odpowiedzieć.

— Och, nie martw się — roześmiała się lekko Kate. — Wszyscy jesteśmy zachwyceni. Zwłaszcza po tym wszystkim, co się wydarzyło. Należy ci się trochę szczęścia, Zoe. Wam obojgu.

Zanim Zoe zdołała ułożyć odpowiedź, Kate odeszła, by dołączyć do rozmowy o przygotowaniach do wigilijnej kolacji. Zoe została na miejscu, a delikatne ciepło rozgościło się w jej piersi, gdy patrzyła, jak Danny śmieje się z czegoś, co powiedział Ben, oczy marszczą mu się w kącikach, a Lucy wciąż przytula się do jego boku.

Nagle, z olśniewającą jasnością, uderzyło ją, że być może po raz pierwszy w dorosłym życiu, w tę Wigilię jest dokładnie tam, gdzie powinna. Nie tylko w Ridgewater, choć to miejsce stało się dla niej drogie, lecz z tymi ludźmi. Z Dannym i Lucy. Z rozległym, szczodrym klanem McKenzie, który bez wahania zrobił dla niej miejsce.

Ostatnie tygodnie wypełniała niepewność: zagrożenie dla Ridgewater, kwestia wizy, nieśmiałe początki jej relacji z Dannym. Ale stojąc tu teraz, patrząc, jak ta poskładana rodzina świętuje nie tylko zwycięstwo, ale i wzajemną więź, Zoe poczuła, że coś w niej się układa.

To był dom. To byli jej ludzie. I jakoś, wbrew przeciwnościom, odnaleźli się nawzajem i zapewnili Ridgewater bezpieczną przyszłość akurat na Święta.

Gdy przyjęcie przeciągało się w noc, a świąteczna wesołość rosła z każdą godziną, Zoe poczuła potrzebę chwili cichej refleksji. Wymknęła się z tłocznej werandy, przyciągnięta do ogrodzenia, za którym konie Ridgewater spokojnie skubały trawę na nocnych padokach. Aksamitną ciemność rozpraszały sznury lampek, które Sarah uparła się powiesić pod okapem stajni, rzucając łagodną poświatę na znajomy krajobraz. Nie stała tam długo, gdy za plecami zachrzęścił żwir; odwróciła się i zobaczyła zbliżającego się Marcusa z dwiema parującymi kubkami.

— Pomyślałem, że może będziesz chcieć — powiedział, podając jej jeden. — To to obrzydliwe kakao instant, które w niewytłumaczalny sposób wolisz od porządnej czekolady do picia.

Zoe przyjęła kubek z wdzięcznym uśmiechem. — Mój wyrafinowany smak docenia nostalgiczne chemiczne nuty. — Powachała. — Choć zdaje się, że tu jest małe co nieco... pozwoliłeś Sarah dolać rumu, prawda?

Marcus się uśmiechnął, opierając się o ogrodzenie obok niej. — Pamiętasz tamte Wigilie w domu? Tata pozwalał nam siedzieć tylko tyle, żebyśmy wystawili dla Świętego Mikołaja mince pie, a potem poganiał do łóżek, strasząc, że ten gruby gość nie przyjdzie, jeśli będziemy jeszcze nie spać.

— A ty leżałeś i tworzyłeś coraz bardziej wymyślne teorie, jak jeden człowiek może doręczyć prezenty każdemu dziecku w jedną noc — dodała Zoe, upijając łyk gorącej czekolady. — Rozszerzenie czasu, fizyka kwantowa...

— Byłem przedwcześnie rozwiniętym dzieckiem — odparł Marcus z udawaną godnością. — Chyba nie możesz mnie winić, że stosowałem dociekania naukowe do tak mało prawdopodobnego scenariusza.

Zapadło między nimi komfortowe milczenie; patrzyli, jak Midnight i pozostałe konie suną jak cienie po padoku, czasem oświetlane przez lampki. Ciepło kubka w dłoniach zakotwiczało Zoe, stanowiło przeciwwagę dla wiru emocji wznieconych przez wieczór.

— W tym roku jest inaczej, co? — odezwał się w końcu Marcus, ciszej. — Mam na myśli Święta.

Zoe skinęła. — Trudno uwierzyć, że minęło dopiero sześć miesięcy, odkąd tu przyjechałam. Czuję, jakby...

— Dom? — podsunął Marcus.

— Tak — przyznała. — Bardziej niż kiedykolwiek czułam w Anglii, szczerze mówiąc.

Marcus przyjrzał się jej profilowi w przyćmionym świetle. — Ale nie tylko przez konie i pracę, prawda?

Zoe ostentacyjnie upiła łyk czekolady, unikając jego wzroku. — Nie wiem, o czym mówisz — odparła przesadnie poprawnie.

— Nie? — Marcus obrócił się do niej całkiem, z niewinną miną. — Czyli nie widziałem, jak patrzysz na Danny'ego przez ostatnie trzy godziny, jakby to on zawiesił księżyc i gwiazdy? Albo jak uśmiechasz się tym swoim szczególnym uśmiechem, jakbyś połknęła promień słońca, za każdym razem gdy Lucy powie coś mądrego?

Zoe szturchnęła go ramieniem. — Wydaje ci się.

— I pewnie też wyobraziłem sobie, że wymknęłaś się z nim nad jezioro ostatniej nocy? — ciągnął Marcus, ściszając głos do droczącego szeptu. — I wróciłaś podejrzanie wilgotna na brzegach?

— Marcus! — syknęła Zoe, śmiertelnie zawstydzona. — To było, my tylko... było gorąco i...

Marcus ryknął śmiechem, spontanicznym, prawdziwym dźwiękiem, jakiego Zoe nie słyszała od dawna u zwykle powściągliwego brata. — Twoja mina! — wydyszał przez chichot. — Wyglądasz dokładnie tak, jak wtedy, gdy mama przyłapała cię na przemycaniu jeża do pokoju.

Mimo zażenowania Zoe sama też wybuchnęła śmiechem. — Jesteś niemożliwy.

— A ty jesteś zakochana — odparł Marcus, a jego śmiech ustąpił miejsca ciepłemu uśmiechowi. — Dobrze ci z tym, Zo.

Tym razem nie zaprzeczyła, odwracając się znów ku koniom. — To skomplikowane.

— Życie zazwyczaj takie jest — wzruszył ramionami Marcus. — Ale czasem jego najlepsze części są zaskakująco proste. Kochasz go. On wyraźnie kocha ciebie. Lucy cię uwielbia. — Upił łyk. — Sprawa wizy to tylko technikalność.

— Technikalność, która może mnie odesłać do Anglii — przypomniała mu Zoe.

Marcus pokręcił głową. — Nie, jeśli znam Danny'ego Warehama. Ten facet nie obalił skorumpowanej polityczki i nie uratował całego ośrodka jeździeckiego, żeby potem stracić kobietę, którą kocha, przez biurokratyczną czerwoną taśmę.

Zanim Zoe zdołała sformułować odpowiedź, ich uwagę przyciągnął pisk zachwytu dobiegający od domu.

— Brzmi, jakby zaczęła się wymiana prezentów — zauważył Marcus.

— W Wigilię? — zdziwiła się Zoe.

— Tutaj tak to robią. Sarah ci nie mówiła? Podobno to szwedzki zwyczaj, który wprowadziła Ingrid. Jim zwykle przebiera się za Tomtena, czyli szwedzką wersję Świętego Mikołaja — Sarah pytała mnie, ale powiedziałem, że nie mam pojęcia, co robić.

— Po prostu nie chciałeś zakładać głupiego kostiumu — wytknęła Zoe.

— Znasz mnie aż za dobrze — uśmiechnął się Marcus. — Idziemy?

Wrócili do Big House, gdzie zabawa przeniosła się z werandy do rozległego salonu. Okazała choinka dominowała w rogu, otoczona paczkami w różnych fazach rozpakowania. Lucy siedziała po turecku na podłodze w centrum, w kręgu McKenzie'ów, a wokół niej kolorowy konfetti z papieru.

— Pani Zoe! — zawołała, dostrzegłszy ich w progu. — Zobacz, co dała mi pani Pip!

Uniosła lśniący, zupełnie nowy, różowy kask jeździecki, odwracając go, by pokazać imię wyklejone z drobnych cyrkonii z tyłu.

— Jest przepiękny — pochwaliła Zoe, podchodząc, by obejrzeć go z bliska. — I spersonalizowany! Cudo!

— Cyrkonie przyklejałam sama — oznajmiła dumnie Pip.

— I zobacz — ciągnęła Lucy, ledwie łapiąc oddech, sięgając po kolejny rozpakowany prezent. — Pani Sarah dała mi te książki o koniach, a pani Kate kupiła mi te specjalne rękawiczki do jazdy, a pani Emma te bryczesy ze specjalnymi wstawkami na kolanach, żeby lepiej trzymać, i...

Danny stał za córką, patrząc z mieszanką rozbawienia i czegoś głębszego, bardziej czułego. Jego wzrok spotkał się z oczami Zoe ponad głową Lucy, a więź między nimi była niemal namacalna — nić porozumienia i wspólnej radości.

— Będzie najlepiej wyposażoną początkującą jeźdźczynią w Queensland — powiedział, a w jego głosie pobrzmiewała wdzięczność.

— Jest jeszcze jeden — przypomniała sobie Zoe. — Ode mnie. Mały niebieski pakunek.

Lucy szybko go wypatrzyła i z zapałem rozerwała papier. Westchnęła, gdy wyjęła solidną srebrną bransoletkę z drobnymi końskimi zawieszkami, dyndającymi na ogniwach.

— Jest piękna — wyszeptała, trzymając ją pod światło. — Tato, zobacz! Ta wygląda jak Midnight!

Danny przykucnął przy córce, pomagając zapiąć bransoletkę na jej nadgarstku. — Jest idealna, Luce. Co się mówi pani Zoe?

Lucy rzuciła się przez pokój i zderzyła z Zoe w mocnym uścisku. — Dziękuję, dziękuję, dziękuję! Nigdy jej nie zdejmę, nawet do kąpieli!

— A może właśnie do kąpieli lepiej ją zdejmować — zasugerował Danny ze śmiechem. — Srebro nie bardzo lubi mydło.

Lucy odsunęła się, podziwiając bransoletkę na nadgarstku. — To najlepsze Święta w życiu — oznajmiła. — Uratowaliśmy Ridgewater I dostałam błyszczący różowy kask I srebrną bransoletkę!

Dorośli wymienili rozbawione spojrzenia nad jej hierarchią ważności, ale nikt jej nie poprawił. Zoe znów złapała Danny'ego spojrzeniem, gdy Lucy wróciła do oglądania prezentów. Jego twarz była otwarta, bezbronna, wypełniona czymś, co sprawiło, że serce jej zadrżało.

Wieczór toczył się dalej, dorośli obdarowywali się prezentami, choć żaden nie został przyjęty z tak nieokiełznanym entuzjazmem jak u Lucy. Zoe patrzyła na tę scenę z rosnącą pewnością, która osiadała głęboko w kościach. Tu jest jej miejsce — z Dannym i Lucy, jako część tej rozległej, kochającej rodziny w Ridgewater.

Kwestie wizy, ciągle wiszące pytania o przyszłość — wszystko to jakoś się ułoży, nagle była tego pewna. Liczyła się ta chwila, ci ludzie, to miejsce, które stało się domem, gdy najmniej się tego spodziewała.

Później, gdy wigilijna noc zbliżała się do północy, a Lucy wreszcie się uspokoiła, skulona obok Jemimy na sofie, z nową bransoletką lśniącą na nadgarstku i nowymi książkami otwartymi na kolanach, Zoe stanęła z Dannym na werandzie, patrząc na gwiazdy nad Ridgewater.

— Szczęśliwa? — zapytał cicho.

— Całkowicie — odparła, wtulając się w niego, gdy objął ją ramieniem. — To najlepsze Święta, jakie miałam od lat.

— Może najlepsze, jakie w ogóle miałem — powiedział Danny, zerkając do środka na Lucy. — Dla niej na pewno najlepsze, a ty masz ogromny udział w tym, że były magiczne, więc dziękuję.

— Nic nie zrobiłam — zaprotestowała Zoe. — To ty jesteś w te Święta bohaterem Ridgewater; pław się w tej jak najbardziej zasłużonej chwale!

— Dosłownie tylko robiłem swoją robotę — odparł, ale Zoe widziała dumę w jego oczach i wiedziała, że to konkretne dziennikarskie śledztwo znaczy dla niego więcej niż tylko praca.

Stali w wygodnym milczeniu jeszcze chwilę, aż drzwi werandy otworzyły się i na zewnątrz wyszła ziewająca Emma. — Zabieram Jemimę do domu — oznajmiła. — Ona i Lucy już przysypiają.

— Tak, mnie też już pora — powiedział Danny, ale nie ruszył do środka po córkę. Zamiast tego spojrzał na Zoe. — Chodź z nami do domu — zaprosił łagodnie.

Zawahała się. — Lucy...

— Będzie zachwycona, że zjesz z nami śniadanie w Boże Narodzenie — uśmiechnął się Danny. — Ja też.

Nie musiała się nad tym długo zastanawiać. — Daj mi dwie minuty, żebym złapała szczoteczkę do zębów i wrzuciła do torby ubranie na zmianę.

Rozdział
szesnasty

D ANNY PRZYSTANĄŁ NA SKRAJU padoku, z aparatem zwisającym mu z szyi, poruszony sceną przed sobą. Lucy i Zoe stały ramię w ramię przy ogrodzeniu, a poranne słońce pozłacało ich profile, gdy patrzyły, jak Midnight spokojnie skubie trawę kilka metrów dalej. Kiedyś przerażony kuc poruszał się teraz ze spokojną rozwagą, co jeszcze kilka tygodni temu wydawałoby się nie do pomyślenia. Danny uniósł aparat, starannie ustawił ostrość, by uchwycić tę chwilę, więź między dziewczynką a koniem, mentorką a uczennicą, która rozkwitła w upale queenslandzkiego lata.

Midnight wyglądał teraz jak zupełnie inne zwierzę niż wychudzony, wytrzeszczający oczy stwór, który przybył do Ridgewater. Jego czarna sierść lśniła zdrowiem, łapiąc w słońcu niebieskawe refleksy. Żebra już nie wystawały, a ruchy straciły tamten nerwowy, szarpany charakter. Najbardziej uderzająca była zmiana w jego oku — kiedyś bielało ze strachu, teraz było miękkie i uważne; co jakiś czas podnosił głowę, by zerknąć na swoich ludzkich obserwatorów, po czym wracał do poważnego zajęcia, jakim było skubanie trawy.

Danny wytarł pot z czoła grzbietem dłoni. Styczeń w Queenslandzie był bezlitosny, a wilgotność sprawiała, że powietrze było tak gęste, iż można by je żuć. Z eukaliptusów okalających posiadłość darły się cykady, a ich chór wzbierał i opadał falami, jak migotliwy żar nad padokami. Sięgnął po pojemnik z chlebkiem bananowym i butelkę wody, które odstawił, i ruszył dalej do Zoe i Lucy.

— Wygląda wspaniale — zawołał Danny, zbliżając się.

— Tato! — Lucy odwróciła się, twarz rozpromieniona z ekscytacji. — Zoe mówi, że dziś zaczynamy porządną pracę z ziemi z Midnightem. W okrągłym lonżowniku!

— To spory krok — odparł Danny, dołączając do nich przy ogrodzeniu. Podał pojemnik Zoe. — Pomyślałem, że przyda ci się coś na wzmocnienie przed wielkim wydarzeniem.

Zoe otworzyła wieczko, a słodki aromat chlebka bananowego uniósł się w górę. — Przyniosłeś mój chlebek bananowy! W punkt — właśnie myślałam, że może zróbmy przerwę na herbatę, zanim zabierzemy się do pracy.

— Najlepszy chlebek bananowy w całym Queenslandzie — powiedział Danny, puszczając jej szybkie oczko. — Może nawet w całej Australii. Musiałem przynieść, żeby się podzielić, zanim zjadłbym wszystko sam.

Uwaga Lucy znów wróciła do Midnighta. — Zoe mówi, że mam obserwować wszystko: jak stoi i jak się porusza. To tak, jakby mówił całym ciałem.

— Dokładnie tak — przytaknęła Zoe, podając Lucy kawałek chlebka bananowego. — Konie bez przerwy się komunikują, jeśli nauczymy się słuchać. Widzisz, jak jego uszy latają tam i z powrotem? Śledzi nas, ale jest na tyle rozluźniony, że nadal pasie się spokojnie.

Danny znów uniósł aparat, chwytając skupiony wyraz twarzy Lucy, gdy studiowała kuca. — Co jeszcze widzisz, Luce?

— Ogon nie zamiata jak kiedyś, gdy był zdenerwowany — zauważyła Lucy, mówiąc z pełnymi ustami chlebka. — I szyja nie jest tak wysoko i sztywno podniesiona.

— Dobre spostrzeżenia — pochwaliła Zoe. — Opuszczona szyja oznacza, że czuje się bezpiecznie. Kiedy wejdziemy do lonżownika, będziemy szukać tych samych sygnałów, żeby wiedzieć, kiedy jest mu komfortowo.

Danny cyknął kolejne zdjęcie, po czym poczęstował się kawałkiem chlebka bananowego. Trójka z nich stała zgodnie przy ogrodzeniu, dzieląc się smakołykiem i obserwując Midnighta. Te chwile stały się dla Danny'ego bezcenne — ta swobodna bliskość wspólnego celu i czułości.

— To czym dokładnie jest ta praca z ziemi? — zapytał, ustawiając obiektyw na pełne gracji ruchy Midnighta.

— To wszystko, co robimy z koniem, zanim wsiądziemy — wyjaśniła Zoe, tym łagodnym, nauczycielskim tonem, który tak w nim lubił. — Buduje zaufanie, ustanawia komunikację i tworzy fundament pod jazdę. Dla takiego konia jak Midnight, po traumach, to absolutnie kluczowe.

Lucy poważnie skinęła głową. — Nauczymy go, że ludzie są bezpieczni i że jestem jego przyjaciółką.

— Najważniejsze, o czym trzeba pamiętać — ciągnęła Zoe, znacząco patrząc na Lucy — to cierpliwość i konsekwencja. Konie znajdują poczucie bezpieczeństwa w przewidywalności. Jasne sygnały, spójne reakcje.

— Jak ludzie — mruknął Danny i uchwycił pełen zrozumienia uśmiech Zoe.

Kiedy skończyli chlebek bananowy, Zoe zerknęła na zegarek. — Gotowa spróbować, Lucy? Powinnyśmy zacząć, zanim zrobi się zbyt gorąco.

Lucy chętnie skinęła głową i ruszyli w stronę bramki. Danny patrzył, jak Zoe demonstrowała, jak podejść do Midnighta — spokojnymi, wyważonymi krokami. Kuc podniósł głowę, nastawił uszy do przodu, ale stał, gdy Zoe założyła mu kantar i przypięła uwiąz.

Droga do okrągłego lonżownika odbywała się z uważnością na komfort Midnighta. Lucy trzymała się przy boku Zoe, dopasowując się do jej cichej energii, a Danny szedł w szacownej odległości, z aparatem w pogotowiu. Zachwycał się, jak naturalnie jego córka przyswoiła łagodne, metodyczne podejście Zoe do pracy z końmi.

W lonżowniku Zoe odpięła uwiąz i cofnęła się, pozwalając Midnightowi poruszać się swobodnie w okrągłym ogrodzeniu. Ustawiła Lucy w środku, starannie ją pozycjonując.

— Teraz czekamy — wyjaśniła Zoe, a jej głos doleciał do miejsca, gdzie Danny stał przy barierce. — Niech oswoi się z przestrzenią i z naszą obecnością.

Midnight zaczął nerwowo kłusować przy ogrodzeniu, z wysoko uniesioną głową i rozszerzonymi nozdrzami. Lucy stała nieruchomo obok Zoe, a jej mała twarz miała wyraz cierpliwości, którego Danny jeszcze pół roku temu nie uznałby za możliwy.

— Jest zaniepokojony — szepnęła Lucy.

— Tak — przyznała Zoe. — Ale zobacz, że nie wpada w panikę. Sprawdza, myśli. To dobrze.

Danny podniósł aparat, uchwycił kontrast między krążącym kuckiem a nieruchomymi sylwetkami w centrum. Słońce prażyło bez litości, ale ani Zoe, ani Lucy nie zdradzały dyskomfortu czy zniecierpliwienia.

Po kilku minutach kłus Midnighta zwolnił do stępa. Głowa opadła nieco, choć nadal krążył po obwodzie.

— Doskonale — powiedziała cicho Zoe. — Teraz, Lucy, odwróć ciało lekko od niego. Nie patrz prosto — to może być presja.

Lucy wykonała polecenie z precyzją, ustawiając się tak, jakby nagle niezwykle interesował ją słupek ogrodzenia po lewej.

— Idealnie. Patrz teraz kątem oka. Kiedy zwalnia albo nadstawia ucho w twoją stronę, to znak, że zaczyna zwracać na ciebie uwagę.

Danny był tak pochłonięty cichym dramatem rozgrywającym się przed nim, że aż podskoczył, gdy tuż obok odezwał się głos.

— Ona to ma we krwi — powiedziała Pip, podchodząc bezszelestnie. Oparła się o barierkę, a jej wprawne oko badało scenę. — Zoe ma prawdziwy dar, ale naprawdę myślę, że Lucy też może go mieć.

W lonżowniku Midnight zwolnił krążenie, od czasu do czasu zerkając w stronę Lucy i Zoe. Zoe wyszeptała coś do Lucy, ta skinęła i zrobiła mały krok w stronę kuca, po czym się zatrzymała, czekając.

— Oferuje mu kontakt — wyjaśniła cicho Pip do Danny'ego. — Zaprasza go, żeby rozważył podejście, zamiast go do tego zmuszać.

— Czy to zawsze tyle trwa? — zapytał Danny, zauważając, że minęło już blisko dwadzieścia minut, a postępy wydawały się niewielkie.

Pip parsknęła śmiechem. — I właśnie taka niecierpliwość psuje dobre jeździectwo. To w gruncie rzeczy szybkie tempo, biorąc pod uwagę jego przeszłość.

W środku lonżownika Midnight przestał krążyć. Stał na wprost Lucy i Zoe, z uszami do przodu, jakby rozważał ich obecność. Zoe wyszeptała instrukcje Lucy, która powoli sięgnęła do kieszeni i wyciągnęła dłoń, wyprostowaną, z czymś małym na środku.

— Smakołyk z lukrecji — szepnęła Pip. — Nagroda za uwagę.

Danny znów uniósł aparat, zafascynowany tą grą. Utrwalił chwilę, gdy Midnight postąpił nieśmiało krok w stronę Lucy, potem kolejny, zwabiony ciekawością i proponowanym smakołykiem.

Następne minuty rozwijały się z kunsztowną powolnością, każda chwila była delikatnym negocjowaniem zaufania. Lucy pozostawała zadziwiająco nieruchoma, gdy Midnight podchodził, brał smakołyk aksamitnymi wargami, po czym się cofał. Zoe prowadziła ją przez kolejne etapy — ponowne zaoferowanie smakołyku, a potem delikatne wyciągnięcie ręki, by dotknąć szyi, gdy tylko kuc podszedł dostatecznie blisko.

Danny czuł się uprzywilejowany, mogąc oglądać ten ostrożny taniec — odbudowywanie zaufania między straumatyzowanym zwierzęciem a cierpliwym dzieckiem. Złapał się na tym, że wstrzymuje oddech, gdy Midnight wreszcie pozwolił Lucy głaskać się po szyi przez kilka sekund, zanim odszedł.

— Popatrz na jego wyraz — szepnęła Pip, z czcią w głosie. — To przełom.

Midnight stał kilka kroków od Lucy, z opuszczoną głową i miękkim spojrzeniem. Wypuścił długie westchnięcie nozdrzami — brzmiało tak, jakby zawierało w sobie lata napięcia, które wreszcie puściło.

Twarz Lucy rozjaśniło ciche zwycięstwo, uśmiech był tak promienny, że niemal zatrzymał Danny'emu serce. Utrwalił tę chwilę aparatem, instynktownie wiedząc, że będzie ją nosił w sobie zawsze: jego córkę, która odnalazła siłę w łagodności, prowadzoną przez kobietę, która stała się tak ważna dla nich obojga.

Tydzień później Danny opierał się o drzwi boksu, patrząc, jak Lucy starannie przeczesuje lśniącą czarną grzywę Midnighta. Kuc stał spokojnie, z odciążonym tylnym kopytem, od czasu do czasu odwracając głowę, by szturchnąć nosem kieszeń Lucy, w której trzymała trochę marchewkowych kawałków na nagrody. Zoe pracowała po drugiej stronie, sunąc dłońmi po mięśniach w technice, którą wyjaśniła jako metodę Mastersona służącą uwalnianiu napięcia.

— Widzisz, jak oko mruga, a warga drga? — zademonstrowała Zoe, ledwie dotykając punktu na łopatce Midnighta. — To reakcja uwalniania. Jego ciało porzuca stare wzorce utrzymywania napięcia.

Lucy poważnie skinęła głową, patrząc z pełnym skupieniem. — Jak kiedy ludzie idą na masaż i mięśnie robią się takie wiotkie?

— Dokładnie tak — uśmiechnęła się Zoe. — Konie noszą w ciele pamięć emocjonalną, tak jak my. To pomaga im puszczać dawne traumy.

Te subtelne interakcje fascynowały Danny'ego — język dotyku i reakcji, który Zoe czytała tak płynnie i którego uczyła Lucy. Zachwycał się metamorfozą córki: z dziecka, które ledwo mówiło, stała się kimś, kto zadaje przemyślane pytania i obserwuje z bystrą uwagą.

— Tato, patrz! — zawołała Lucy, gdy Midnight opuścił głowę i delikatnie przycisnął chrapy do jej klatki piersiowej w geście końskiej sympatii. — On mnie przytula!

Danny pstryknął zdjęcie, a w piersi zaszczypało go wzruszenie. — I to jak, Luce. Zasłużyłaś na jego zaufanie.

Zoe złapała spojrzenie Danny'ego ponad grzbietem Midnighta, a jej uśmiech zmiękł od wspólnej dumy. Te chwile połączenia zdarzały się między nimi coraz częściej — małe mosty porozumienia, które nie potrzebowały słów.

W kolejnym tygodniu znów trafili do lonżownika, a poranne powietrze mimo wczesnej godziny już się nagrzewało. Pip siedziała na grzbiecie Midnighta, a uszy kuca drgały w przód i w tył, gdy przyzwyczajał się do nietypowego ciężaru. Zoe stała przy jego głowie, mówiąc cicho, a Lucy obserwowała z boku, stojąc przy Dannym przy ogrodzeniu.

— Pip jest taka drobna, idealna na jego pierwsze jazdy — wyjaśniła Zoe. — Mniej ciężaru, a do tego ma niesamowicie miękkie ręce.

Danny obserwował, jak nieruchomo siedzi Pip, niemal się nie poruszając, gdy Midnight ostrożnie stawiał kolejne kroki. Jej twarz miała wyraz spokojnej koncentracji, a małe dłonie trzymały wodze z łagodnym wyczuciem.

— Naprzód — mruknęła Pip, zadając najlżejszy nacisk łydkami. Midnight ruszył, ostrożnie krążąc po lonżowniku. — Dobry chłopak. Świetnie.

Po kilku okrążeniach Pip poprosiła o zatrzymanie, potem zmianę kierunku. Midnight odpowiadał na każde polecenie z rosnącą pewnością, a początkowe napięcie widocznie topniało.

— Mądra bestia — skomentowała Pip, przechodząc płynnie ze stępa do kłusa. — Szybko łapie.

Lucy aż promieniała na pochwałę swojego ulubieńca, twarz rozświetliła duma. — Kiedy ja będę mogła na nim jeździć?

— Dajmy mu najpierw kilka tygodni fundamentów z Pip — odpowiedziała Zoe. — Chcemy, żeby był pewny w podstawach, zanim na niego wsiądziesz.

Danny skinął, doceniając ostrożność. Mimo niezwykłych postępów Midnighta, pamięć o tamtym pierwszym, przerażonym kucku była wciąż żywa. Cierpliwość zaprowadziła ich tak daleko; cierpliwość doprowadzi ich do końca.

Kilka dni później Lucy miała swoją regularną lekcję na Sparky'm w krytej ujeżdżalni. Danny siedział na ławce przy krawędzi placu, obok rozłożony wydruk manuskryptu, a Ben Crossley przechadzał się w pobliżu, gestykulując, gdy mówił.

— Tempo w trzecim rozdziale jest idealne — powiedział Ben, a jego wzrost sprawiał, że cień dramatycznie wydłużał się na piasku. — Napięcie pięknie narasta aż do odkrycia dowodów. Czuć impet śledztwa.

— Dzięki — odparł Danny, szczerze zadowolony z opinii odnoszącego sukcesy autora kryminałów. — Martwiłem się, że może się rozwlec w środku.

— Wcale nie. Techniczne szczegóły mogłyby być suche, ale nadałeś im ludzką twarz. — Ben przerwał, patrząc, jak Lucy prowadzi Sparky'ego po serii zwężeń i poszerzeń kół, a jej dosiad był wyraźnie lepszy niż na wcześniejszych zajęciach. — Robi się naprawdę dobra.

— Prawda — zgodził się Danny, nie kryjąc dumy w głosie. — Trudno uwierzyć, że pierwszy raz wsiadła zaledwie kilka miesięcy temu.

Ben posłał mu porozumiewawcze spojrzenie. — A jak postępy w tej drugiej relacji?

Danny poczuł, jak na twarz wypływa rumieniec, który nie miał nic wspólnego z upałem Queenslandu. — To też... dobrze się rozwija.

— Myślałem — uśmiechnął się Ben. — Masz ten wygląd. Taki, co mówi, że trafiłeś na coś, czego warto się trzymać.

Zanim Danny zdążył odpowiedzieć, po placu poniósł się głos Pip. — Świetna robota, Lucy! Dużo lepsza równowaga w tym ustępowaniu!

Danny znów skupił się na córce, patrząc, jak głęboko siedzi w siodle w trakcie kłusa Sparky'ego, ze stabilnymi rękami i twarzą napiętą koncentracją.

— Urodzona amazonka — zauważył Ben. — Jakby była tu od zawsze.

Dzień pierwszej jazdy Lucy na Midnightzie nadszedł z całą ekscytacją wielkiego kamienia milowego. Danny krążył przy krawędzi ujeżdżalni, co chwila zerkając na zegarek, podczas gdy Zoe poprawiała Lucy kask i kamizelkę ochronną.

— Pamiętaj, dziś tylko krótki stęp — instruowała Zoe. — Trzymaj wodze równo, a jeśli choć przez chwilę poczujesz się niepewnie, po prostu powiedz: stój i natychmiast się zatrzymamy.

Lucy skinęła poważnie, cała w skupieniu. Pip stała przy głowie Midnighta, trzymając uwiąz przypięty do ogłowia na wszelki wypadek. Kuc stał spokojnie, nieporuszony przygotowaniami wokół.

Danny zmusił się, by przestać krążyć, wiedząc, że jego nerwowa energia może udzielić się i koniowi, i jeźdźczyni. Wziął kilka głębokich oddechów, przypominając sobie wszystkie staranne kroki, które doprowadziły do tej chwili — tygodnie pracy z ziemi, udane jazdy treningowe Pip, eksperckie wskazówki Zoe.

A jednak, gdy Pip zrobiła Lucy podpórkę, a jego córka osiadła w siodle na grzbiecie Midnighta, serce Danny'ego podskoczyło mu do gardła. Lucy wydawała się tak krucha, mimo całego sprzętu i nadzoru.

— Wyluzuj, tato — zawołała Lucy, czytając jego twarz z zadziwiającą trafnością. — Midnight to mój przyjaciel. Zaopiekuje się mną.

Prosta pewność w jej głosie go uspokoiła. To był moment Lucy, nie jego — by psuć go rodzicielską paniką. Skinął, zdobywając się na uśmiech, i uniósł aparat, by ukryć w oczach resztki niepokoju.

Pip odpięła uwiąz, ale została blisko, gdy Lucy zebrała wodze. Zoe ustawiła się po drugiej stronie Midnighta, kładąc lekko dłoń na nodze Lucy.

— Poproś go, żeby ruszył stępem — poleciła Zoe. — Delikatny, równy sygnał obiema łydkami.

Lucy przyłożyła łydki, a Midnight chętnie ruszył naprzód. Danny wstrzymał oddech, gdy córka prowadziła kuca w wolnym stępie dookoła ujeżdżalni. Małe dłonie trzymały wodze równo, jej postawa była rozluźniona, a jednocześnie prosta. Uszy Midnighta co chwila odchylały się do tyłu, by jej słuchać, gdy mówiła do niego uspokajająco; jego krok był równy i spokojny.

Kontrast między cichą pewnością Lucy a resztkami niepokoju Danny'ego uderzył w niego z całą mocą. Kiedy jego córka stała się kimś tak sprawnym, tak odważnym? Zawsze miała w sobie ogień, ale ta cierpliwa determinacja była nowa — wykuta w relacji z końmi i z Zoe.

Po dwóch ostrożnych okrążeniach i krótkim kłusie Zoe zaproponowała, by zakończyć na pozytywnej nucie. Lucy zatrzymała Midnighta idealnie na środku, z wyraźną czułością głaszcząc go po szyi, zanim Pip pomogła jej zsiąść.

— Brawo, oboje — pochwaliła Zoe, szeroko uśmiechnięta z prawdziwej dumy. — Idealna pierwsza jazda.

Twarz Lucy promieniała spełnieniem, gdy przytuliła szyję Midnighta. — Udało się — wyszeptała do kuca. — Tak jak wiedziałam, że się uda.

Ostatnia faza przygotowań nadeszła kilka tygodni później, gdy po lekcjach do Lucy dołączyły Jemima i Charlotte. Danny zastał trzy dziewczynki w korytarzu stajni; Midnight stał cierpliwie, a one pracowały nad jego wyglądem z zawziętym skupieniem.

Danny oparł się o drzwi boksu, z cichym zadowoleniem patrząc na tę scenę. Rozmowa płynęła między dziewczynkami w rytmie przyjaźni — lekko, z wybuchami śmiechu, ale i z poważnymi dyskusjami o strategii na pokaz.

— Teraz kopyta — oznajmiła Charlotte, wyciągając małą buteleczkę oleju. — Muszą błyszczeć, kiedy wjedziecie na ring.

— Wygramy na zawodach — oznajmiła Lucy, cofając się, by podziwiać ich dzieło. — Prawda, Midnight?

Kuc zarżał cicho, jakby w potwierdzeniu, i Danny sam zaczął w to wierzyć. Już i tak wygrali coś o wiele cenniejszego niż jakakolwiek wstążka — coś, czego nie da się zmierzyć ani ocenić, ale co czuło się w każdym geście między jego córką a kiedyś złamanym kuckiem, który pomógł uleczyć jej serce.

Rozdział
siedemnasty

Teren wystawy Ridgemont Agricultural Show buzował od aktywności pod olśniewającym marcowym niebem. Danny lawirował między przyczepami do koni a zaparkowanymi samochodami, z torbą na aparat przewieszoną przez ramię i programem pokazu ściśniętym w dłoni. Wokół nich zawodnicy w galowych strojach jeździeckich prowadzili lśniące konie do i z rozprężalni, a sędziowie z podkładkami pod dokumenty przemierzali zdecydowanym krokiem przestrzeń między ringami. W powietrzu unosił się zapach kurzu, koni, waty cukrowej z pobliskich miasteczek atrakcji i ten nie do pomylenia aromat jarmarcznego jedzenia z food trucków, które właśnie rozgrzewały grille na cały dzień. Danny po raz trzeci w ciągu tylu minut zerknął na zegarek, a niepokój ścisnął mu żołądek mimo świątecznej atmosfery.

— Ring trzeci dla klas krzyżówek z arabem zaczyna się dopiero o dziewiątej — przypomniała mu łagodnie Zoe, zjawiając się u jego boku z termosem. — Kawy? Sarah zrobiła ją tak mocną, że łyżka stoi.

Danny z wdzięcznością przyjął kubek, a znajoma obecność Zoe odrobinę złagodziła jego napięcie. — Gdzie jest Lucy?

— Z Pip i innymi dziewczynami przy przyczepach Ridgewater. Midnight zachowuje się jak prawdziwy dżentelmen, nie martw się.

Ruszyli przez tłum w stronę miejsca, gdzie McKenzie'owie rozbili na dziś swój obóz. Przyczepy Ridgewater łatwo było wypatrzyć — zdobiło je znajome logo, a wokół kręciły się konie i kucyki na różnych etapach przygotowań. Lucy stała przy Midnightcie w nowych bryczesach i śnieżnobiałej koszuli, a Pip robiła ostatnie poprawki w ogłowiu kuca.

— Wyglądacie świetnie, Drużyno Midnight — zawołał Danny.

Lucy odwróciła się, a jej twarz rozjaśnił zachwyt zamiast spodziewanej tremy. — Tato! Czyż Midnight nie jest piękny?

Metamorfoza kiedyś przerażonego, uratowanego kuca była rzeczywiście niezwykła. Czarna sierść Midnighta lśniła w słońcu jak wypolerowany onyks, grzywa i ogon spływały falami czarnego jedwabiu, oczy miał spokojne i czujne. Nie było śladu po chudym, rozszalałym ze strachu stworzeniu, które z czystej paniki zaatakowało Zoe, gdy trafiło do Ridgewater.

— Traficie na mocną konkurencję — ostrzegła Pip, skinieniem głowy wskazując grupkę po drugiej stronie. — Zwłaszcza dziewczynę z Thornley na siwku. To Snowflake, którego kupili po tym, jak w zeszłym roku na Sydney Easter Show wygrał wszystkie klasy, w których startował.

Danny podążył wzrokiem za jej wskazaniem. Dziewczynka może dwunastoletnia stała przy pięknym białym kucu. W przeciwieństwie do podekscytowanego oczekiwania Lucy, na jej twarzy malowała się znudzona wyższość.

— Wyglądają bardzo... dopracowanie — zauważył Danny, zerkając na drogi rząd i nieskazitelny strój dziewczynki.

— Kupiony sukces — powiedziała cicho Pip. — Ten kuc kosztował więcej niż samochód większości ludzi i został wyszkolony jak robot. Technicznie perfekcyjny, ale bez serca. — Nagle się uśmiechnęła. — Dlatego myślę, że nasza Lucy dziś wszystkich zaskoczy.

Zoe wygładziła kołnierzyk Lucy, potem cofnęła się, by ocenić efekt. — Pamiętaj, co ćwiczyłyśmy. Stój prosto, uśmiechnij się do sędzi przy wejściu i pozwól, żeby Midnight sam się zaprezentował. On już wie, co robić.

— Pamiętam — przytaknęła uroczyście Lucy. — A jeśli on się zdenerwuje, będę oddychać wolno i głęboko, żeby czuł, że jestem spokojna.

Danny poczuł nagły przypływ dumy z opanowania córki. Sześć miesięcy temu na samą myśl o wejściu na ring i byciu ocenianą schowałaby się za jego nogi. Teraz stała wyprostowana, skupiona i gotowa.

— Zawodnicy klasy 3A, prosimy o udanie się do ringu zbiorczego — rozległ się komunikat z głośników.

— To my — powiedziała Lucy, przejmując uwiąz od Pip.

Danny instynktownie zrobił krok w przód, ale dłoń Zoe na jego ramieniu go powstrzymała. — Musi zrobić to sama — szepnęła Zoe. — My będziemy patrzeć zza ogrodzenia.

Zajęli miejsca przy płocie ringu, gdy Lucy i pozostali uczestnicy wchodzili do areny, każdy prowadząc swojego kuca. Serce Danny'ego waliło, kiedy patrzył, jak córka kroczy pewnie u boku Midnighta, jej drobna sylwetka jest prosta i pełna gracji. W centrum ringu stała sędzia o surowym wyrazie twarzy, w tweedowej marynarce, z podkładką w dłoni.

— Proszę oprowadzić kucyki po obwodzie ringu — poleciła. — Potem ustawcie się w szeregu przez środek, frontem do mnie.

Lucy poprowadziła Midnighta w idealnym stępie, zachowując dokładny dystans od poprzedzającego kuca, tak jak uczyła ją Zoe. Krok Midnighta był równy i rozluźniony, szyja elegancko wygięta, głowa niesiona na idealnej wysokości, by podkreślić jego budowę.

— Wygląda, jakby robiła to całe życie — mruknął Danny, unosząc aparat, by uchwycić chwilę.

— Wrodzony talent — przytaknęła Pip, dołączając do nich przy ogrodzeniu. — Oboje.

Gdy uczestnicy ustawili się w szeregu, Danny zauważył, że dziewczyna z Thornley manewruje swoim białym kucem tak, by stanął tuż obok Lucy, rzucając jej twarde spojrzenie, zanim skupiła się z powrotem na sędzi. Jeśli Lucy zauważyła próbę onieśmielenia, nie dała tego po sobie poznać, całą uwagę poświęcając poprawnemu ustawieniu Midnighta.

Sędzia przesuwała się wzdłuż szeregu, oglądając po kolei każdego kuca i prosząc prowadzących, by odeszli i wrócili kłusem dla lepszej oceny ruchu. Kiedy dotarła do Lucy, poświęciła Midnightowi wyraźnie więcej czasu, obchodząc go dookoła z fachowym okiem.

— Proszę ustawić go równo, na cztery nogi — poprosiła.

Lucy delikatnie ustawiła nogi Midnighta, a kuc współpracował idealnie, stojąc nieruchomo, gdy sędzia oceniała jego budowę z każdej strony. Danny dostrzegł, jak kobiecie lekko unoszą się brwi i jak skinęła z aprobatą, notując coś na podkładce.

— Proszę odejść stępem i wrócić kłusem — poleciła.

Lucy wykonała to ze zdumiewającym opanowaniem, prowadząc Midnighta prosto od sędzi, po czym zawróciła i zachęciła go do równego kłusa z powrotem. Ruch kuca był płynny i wyważony, głowę niósł dumnie, ogon wysoko, jak przystało na potomka arabów.

Po obejrzeniu ostatnich uczestników sędzia wróciła na środek ringu. — Podjęłam decyzję — oznajmiła. — Proszę wszystkich prezenterów o jeszcze jedno kółko dookoła ringu, a potem podam miejsca.

Napięcie przy ogrodzeniu było niemal namacalne, gdy młodzi prezenterzy kończyli ostatnie okrążenie. Danny wstrzymał oddech, kiedy sędzia zaczęła ogłaszać wyniki, zaczynając od szóstego miejsca. Dziewczyna z Thornley na swoim drogim Snowflake'u została wywołana na drugie miejsce i z miną jak burza ustawiła się z innymi.

— A na pierwszym miejscu — ogłosiła w końcu sędzia — numer 7, Ridgewater Midnight, prezentowany przez Lucy Wareham. Doskonały przykład prawidłowej prezentacji i prowadzenia; kuc o niezwykłej jakości i prezencji.

Zanim zdążył się powstrzymać, Danny wydał z siebie okrzyk radości, dołączając do entuzjastycznych oklasków puszczanych przez ekipę Ridgewater. Twarz Lucy rozkwitła zdumieniem i radością, gdy poprowadziła Midnighta po niebieską rozetę. Obok niej twarz dziewczyny z Thornley pociemniała od grymasu; zapomniawszy o własnym kucu, wbiła wzrok w triumfujący moment Lucy.

— Wiedziałam — wyszeptała ostro Pip. — Wiedziałam, że zobaczą w nim to, co my.

Po dekoracji Lucy wyprowadziła Midnighta z ringu, niemal unosząc się ze szczęścia. — Tato! Zoe! Widzieliście? Wygraliśmy!

— Widzieliśmy — powiedział Danny, kucając, by ją objąć, gdy tylko podała uwiąz Pip. — Byłaś absolutnie niesamowita, Luce.

— Taka opanowana — dodała Zoe, a jej oczy podejrzanie zalśniły. — Jak profesjonalna prezenterka. Jestem z was obojga taka dumna.

Ledwie zdążyli chwilę poświętować, a już trzeba było szykować się do klasy pod siodłem. Pip pomogła Lucy osiodłać i wsiąść, poprawiła strzemiona, a Zoe dała ostatnie wskazówki.

— Pamiętaj, to trudniejsze niż klasa w ręku. Niektórzy jeżdżą w pokazach od lat. Skup się tylko na tym, by jechać Midnighta tak, jak ćwiczyłaś. Czyste przejścia, równy rytm.

Danny nerwowo dreptał, kiedy Lucy rozprężała, nie mogąc uciszyć niepokoju na widok córki w jej pierwszej klasie pod siodłem. Midnight wydawał się spokojny pod nią, chętnie odpowiadał na delikatne pomoce, ale wyobraźnia Danny'ego podsuwała mu wszelkie możliwe katastrofy — od nagłych spłoszeń po nieudane przejścia.

— Poradzi sobie — zapewniła go Zoe, wplatając rękę w jego i zatrzymując jego krążenie. — Przestań wydeptywać rów w ziemi.

Kiedy wywołano klasę, Danny znów wstrzymał oddech, gdy Lucy wjechała na Midnightcie do ringu razem z sześcioma innymi młodymi jeźdźcami. Serce podeszło mu do gardła, gdy sędzia poleciła im jechać stępem, następnie kłusem i galopem, w obu kierunkach wokół ringu.

Twarz Lucy była obrazem skupienia, drobne dłonie pewnie trzymały wodze, gdy prowadziła Midnighta przez kolejne przejścia. Kuc szedł z elegancją, rytm miał równy, reakcje były szybkie, ale spokojne. Danny patrzył z mieszaniną grozy i dumy, jak córka galopuje dookoła ringu, siedzi pewnie w siodle, a pewność siebie bije z każdego jej ruchu.

— Popatrz tylko — mruknęła obok niego Pip. — Lucy jeździ, jakby urodziła się w siodle, Danny. Szczerze mówiąc, ma dosiad prawie jak Jemima, a ona naprawdę prawie *urodziła się* w siodle!

Potem sędzia kazała wykonać elementy indywidualne; każdy jeździec po kolei prezentował prosty układ przejść i wolt. Kiedy przyszła kolej Lucy, poprowadziła Midnighta uważnie przez cały schemat, z twarzą znów skupioną, kończąc idealnym zatrzymaniem w kwadrat przed sędzią, która skinęła z aprobatą.

Po czymś, co wydawało się wiecznością, sędzia wezwała jeźdźców do środka. Danny ścisnął ogrodzenie tak mocno, że pobielały mu kłykcie, gdy ogłaszano wyniki. Gdy Lucy i Midnight znów dostali pierwsze miejsce, ekipa Ridgewater wybuchła radosnymi okrzykami. Pip zagwizdała na palcach, bas Jake'a huknął gratulacjami, a Sarah biła brawo z niecodzienną dla siebie żywiołowością.

Twarz Lucy w chwili, gdy odbierała drugą niebieską rozetę, była czystym obrazem szczęścia; uśmiech dzielił ją niemal na pół. Dziewczyna z Thornley, która tym razem była trzecia, posłała jej kolejne jadowite spojrzenie, po czym ostro wyjechała na białym kucku z ringu, nawet nie biorąc udziału w rundzie honorowej, ku wyraźnej dezaprobacie sędzi.

— Nie umie przegrywać — skomentowała Pip z szerokim uśmiechem. — Ale kogo to obchodzi, nasza dziewczyna zgarnęła wszystko!

Gdy Lucy zjechała z ringu, otoczyli ją ludzie składający gratulacje; przyjmowała je z nieśmiałym uśmiechem, który przypominał Danny'emu, że wciąż jest jego małą dziewczynką, mimo nowo zdobytej pewności siebie. Jemima i Charlotte dopadły ją, oglądając rozetki z podekscytowanym trajkotem, a Emma pstryknęła telefonem dziesiątki zdjęć.

— Wygląda na to, że szykuje się świętowanie — oznajmiła Sarah. — Przyniosłam piknikowy kosz i sądzę, że to okazja na lemoniadę dla wszystkich.

Zebrali się w cieniu wielkiego eukaliptusa, rozkładając na ziemi koce na spontaniczne przyjęcie zwycięstwa. Lucy siedziała w centrum, z rozetami Midnighta dumnie rozłożonymi na kolanach, i z wypiekami na twarzy relacjonowała każdy moment obu klas. Sam kuc pasł się zadowolony nieopodal, zasłużenie odpoczywając, z ogłowiem zamienionym na wygodny kantar.

Danny znalazł się obok Zoe na skraju grupy, patrząc na tę scenę z sercem przepełnionym ciepłem. — Nie mogę w to do końca uwierzyć — powiedział cicho. — W nic z tego, tak naprawdę. Ten przerażony kuc, który stał się czempionem pokazów. Moja zamknięta w sobie córeczka, która zmieniła się w pewną siebie młodą amazonkę. To jak bajka.

— Nie bajka — poprawiła Zoe, ujmując jego dłoń. — To po prostu dzieje się wtedy, kiedy dajesz miłość, cierpliwość i właściwe warunki komuś, kto został skrzywdzony. Niezależnie od tego, czy ma cztery nogi, czy dwie.

Danny spojrzał na ich splecione palce, potem znów na Lucy, otoczoną przyjaciółmi; Charlotte i Jemima z powagą podziwiały jej rozetki, choć same musiały mieć na koncie ich całe dziesiątki.

— Dziękuję — powiedział po prostu, świadom, jak bardzo te słowa nie oddają tego, co czuje.

— Za co?

— Za to, że pomogłaś jej odnaleźć siebie. Za to, że pomogłaś mi znaleźć sposób, by być takim ojcem, jakiego potrzebuje. — Zawahał się, zbierając odwagę. — Za to, że stałaś się częścią naszej rodziny.

Oczy Zoe spotkały się z jego spojrzeniem, ciepłe od zrozumienia i czegoś więcej. — Myślę, że znaleźliśmy się nawzajem. Wszyscy troje.

Wtedy Lucy podniosła wzrok i dostrzegła ich stojących, trzymających się za ręce. Jej uśmiech stał się jeszcze szerszy, niemożliwie wręcz, gdy triumfalnie zamachała rozetami. W tej chwili, z dłonią Zoe w swojej, Danny wiedział, że wygrali coś znacznie cenniejszego niż jakiekolwiek zawody. Znaleźli drogę do domu — do siebie nawzajem, do rodziny, którą mieli stworzyć.

Lucy gładziła szyję Midnighta, wciąż ściskając w dłoni rozetki, kiedy czekali na rozpoczęcie klasy Charlotte. Zoe zerknęła na zegarek, zastanawiając się, jak długo jeszcze Danny będzie po lody, gdy rozdrażnione głosy przecięły jednostajny gwar wystawy, z każdą sekundą coraz bliższe.

— Mówię wam, to on! To Ebony!

Zoe odwróciła się w stronę zamieszania, instynktownie stając bliżej Lucy i Midnighta. Przez grupkę widzów przy rozprężalni przeciskała się elegancko ubrana para, za nimi dziewczyna. Kobieta miała na sobie drogi strój jeździecki, choć wyraźnie nie startowała; rozjaśnione blond włosy ściągnęła w surowy kucyk. Mężczyzna obok, w wyprasowanych chinosach i koszulce polo, miał na twarzy minę kogoś, komu zwykle się nie odmawia.

Ale to dziewczyna przyciągnęła uwagę Zoe najmocniej. Może dwanaście, trzynaście lat, na sobie markowe bryczesy, długie włoskie oficerki i szytą na miarę marynarkę pokazową, która pewnie kosztowała więcej niż miesięczny dochód Zoe — tę samą marynarkę Zoe widziała przed chwilą na jeźdźczyni białego kuca, którego Lucy i Midnight dwa razy pokonali. Jej twarz była wykrzywiona dziecięcą, kapryśną wściekłością.

— To mój kuc! — wykrzyknęła dziewczyna, wskazując prosto na Midnighta. Jej głos poniósł się po okolicy, zwracając uwagę kilku pobliskich zawodników. — To Ebony!

Obok Zoe Lucy zesztywniała, mocniej ściskając uwiąz Midnighta. Kuc natychmiast wyczuł napięcie; uszy położył lekko do tyłu, ciało napiął.

— Słucham? — odezwała się Zoe, celowo zachowując spokojny ton i ustawiając się tak, by osłonić Lucy.

Mężczyzna wysunął się do przodu, z oburzeniem wypiętą piersią. — Ten kuc należy do naszej córki. Szukaliśmy go wszędzie!

Zoe poczuła, jak zalewa ją zimny dreszcz zrozumienia. Ci ludzie — ta przebrana i wściekła rodzina — musieli być dawnymi właścicielami Midnighta. Tymi, którzy głodzili i bili go tak długo, aż wkroczyło RSPCA. Tymi odpowiedzialnymi za terror w jego oczach, który miesiącami trzeba było leczyć cierpliwą pracą.

— Tego kuca zgodnie z prawem odebrało RSPCA i jest w pieczy zastępczej u Ridgewater Equestrian — odparła Zoe, usiłując mówić spokojnie. — Ma na imię Midnight.

— Ebony — wtrąciła ostro kobieta. — A RSPCA nie miało prawa go zabrać. To było jedno wielkie nieporozumienie. Nasz stajenny nie karmił go jak należy, kiedy byliśmy na wakacjach.

Lucy przylgnęła do boku Zoe, twarz miała bladą z konfuzji i narastającego strachu. Midnight nerwowo przestępował za nimi, wyczuwając wrogość bijącą od nieznajomych.

— Nieporozumienie? — powtórzyła Zoe, a w jej tonie zabrzmiało niedowierzanie. — Midnight był skrajnie niedożywiony, kiedy go odebrano. Miał nieleczone rany świadczące o pobiciach.

Mężczyzna machnął lekceważąco ręką. — Przesadzone raporty. Nasza córka dopiero uczyła się z nim obchodzić. Wypadki zdarzają się podczas treningów.

— *Wypadki*? Zoe poczuła, jak wzbiera w niej gniew, ale walczyła o opanowanie. Wokół nich zaczął się gromadzić mały tłum, przyciągnięty awanturą.

Dziewczyna nagle tupnęła i wyszła do przodu, wskazując Lucy oskarżycielskim palcem.

— To MÓJ kuc! — wrzasnęła, a jej twarz poczerwieniała w brzydki sposób. — Ukradliście go! On jest MÓJ!

Lucy drgnęła, jakby dostała policzek, a jej oczy rozszerzyły się z bólu i konsternacji. Spojrzała na Zoe, w milczeniu błagając o wyjaśnienie, o zapewnienie.

— RSPCA nielegalnie zabrało naszego kuca — upierała się kobieta, podnosząc głos tak, by widownia usłyszała jej wersję wydarzeń.

Dziewczyna znowu tupnęła, a po jej twarzy spłynęły łzy wściekłości. — To niesprawiedliwe! — zawyła, znowu wskazując na Lucy. — Jak to możliwe, że jakiś nikt wygrywa na MOIM kucu? Chcę go z powrotem NATYCHMIAST!

Twarz Lucy skurczyła się pod naporem okrutnych słów, w oczach zaszkliły się łzy. Przycisnęła się do boku Midnighta, jakby szukała u niego ochrony, zamiast ją oferować. Midnight odpowiedział, opuszczając łeb do jej poziomu, ale jego ciało pozostało napięte, a oczy czujne, gdy obserwował krzyczących ludzi.

Dość, pomyślała Zoe. *Koniec z tym teraz.*

Stanęła całym ciałem między Lucy a rodziną, prostując się do pełnego wzrostu. Instynkt ochronny, który w niej zapłonął, stwardniał w chłodną determinację.

— Tego kuca zgodnie z prawem odebrało RSPCA po udokumentowanym znęcaniu — oświadczyła, a jej głos wyraźnie niósł się do gapiów. — Nie pójdzie z państwem nigdzie.

Oczy kobiety zwęziły się. — Czy ma pani w ogóle pojęcie, kim jesteśmy?

— Ludzie, którzy znęcali się nad zwierzęciem — odparła Zoe bez wahania. — I którzy teraz nękają dziecko w dniu, który powinien być świętem.

— Nie może pani tak do nas mówić — burknął mężczyzna, czerwieniejąc. — Zapłaciliśmy dwadzieścia tysięcy dolarów za tego kuca!

— A potem państwo niemal go zniszczyli przez zaniedbania i przemoc — odcięła Zoe, a wraz z narastającym gniewem wyraźniej zabrzmiał jej akcent. — Pieniądze nie dają prawa krzywdzić zwierząt.

Wokół nich przez zgromadzonych widzów przebiegł szmer. Do uszu Zoe dotarły strzępy szeptów: „To Thornleyowie... Słyszałem o tej sprawie... Biedny kuc...”

Dziewczyna nagle rzuciła się naprzód, sięgając po uwią Midnighta. — Oddajcie go!

Zoe zablokowała jej ruch, stanowczo wchodząc między nie, gdy Midnight z przestrachu szarpnął głową, o mało nie wyrywając liny z dłoni Lucy.

— Nawet go nie dotykaj — ostrzegła Zoe, tracąc resztki cierpliwości. — Lucy, trzymaj się za mną.

Mrs Thornley chwyciła córkę za ramię, odciągając ją, ale jej wzrok pozostał utkwiony w Zoe z lodowatą furią. — To jeszcze nie koniec — syknęła. — Ten kuc należy do Cassandry i to udowodnimy.

Zoe nie ustąpiła ani o krok, boleśnie świadoma drżenia Lucy za jej plecami i narastającego wzburzenia Midnighta.

Na skraju tłumu pojawiła się Pip, jednym spojrzeniem ogarniając sytuację. — Jaki tu mamy problem? — zapytała, przeciskając się, by stanąć obok Zoe.

Mężczyzna przeniósł uwagę na Pip, wyraźnie kalibrując podejście do nowej słuchaczki; dostrzegł logo *Pip's Perfect Ponies* na jej koszulce polo. — Ci ludzie mają kuca naszej córki. Zaszło nieporozumienie, które właśnie wyjaśniamy.

Brwi Pip lekko powędrowały w górę. — Tak? Bo z tego, co wiem, RSPCA odebrało tego kuca z powodu poważnych zaniedbań i znęcania.

Awantura przyciągnęła już tyle uwagi, że wokół zebrał się spory tłum. Zoe poczuła, jak Lucy jeszcze mocniej przyciska się do jej boku, ramiona dziewczynki drżały od stłumionego płaczu.

Ojciec rozejrzał się po widzach i najwyraźniej uznał to za okazję; wyprostował drogi koszulę i przyjął ton, który — jak wyobrażała sobie Zoe — uważał za władczy.

— Wystąpimy na drogę prawną — oznajmił na tyle głośno, by wszyscy w pobliżu usłyszeli. — Tego kuca bezprawnie zabrano z naszej posiadłości i mamy dokumenty potwierdzające własność. Oskarżę państwa o kradzież.

Zoe poczuła cień wątpliwości; czy naprawdę mieli papiery, które mogłyby skomplikować sprawę? Ale RSPCA miało Midnighta przez sześć tygodni, zanim trafił do Ridgewater, a Thornleyowie przez kolejne miesiące najwyraźniej ani drgnęli, by go odzyskać. Tylko teraz, kiedy został zrehabilitowany i wygrywał na ringu, nagle chcieli go z powrotem — pomyślała z goryczą.

— Proszę bardzo, mogą państwo próbować — odparła pewnym głosem. — Bo my mamy pełną dokumentację z RSPCA, włącznie ze szczegółowymi raportami medycznymi o stanie Midnighta w chwili odebrania. Radzę, żeby porozmawiali państwo ze swoim prawnikiem, zanim zaczną państwo grozić.

Matka znów wystąpiła do przodu, a jej głos obniżył się do groźnego pomruku. — Mamy znajomości, których pani nawet sobie nie wyobraża. Mój kuzyn pracuje bezpośrednio z ministrem rolnictwa. Jeden telefon i jutro ten kuc wróci do stajni naszej córki.

— *Znajomości*? — powtórzyła Zoe, nie kryjąc pogardy. — Takie jak te, które miała stanowa posłanka Wilkins, zanim zmuszono ją do dymisji za korupcję? W Ridgewater nie boimy się takich układów.

Oczy kobiety nieznacznie się rozszerzyły i Zoe wiedziała, że trafiła w czuły punkt. Afera wokół obwodnicy była przez tygodnie na pierwszych stronach gazet w Queensland.

Dziewczyna — Cassandra, jak nazwała ją matka — nie była zainteresowana groźbami prawnymi ani politycznymi koneksjami. Jej napad furii tylko się nasilił, gdy zrozumiała, że nie dostanie tego, czego chce, od ręki.

— To niesprawiedliwe! — wrzasnęła ponownie, a jej głos wzniósł się do tonu, od którego kilka pobliskich koni nerwowo podrzuciło głowami. — Taki nikt nie zasługuje na MOJEGO kuca! Ona nawet porządnie nie umie jeździć!

Lucy drgała przy każdym okrutnym słowie, jej drobna dłoń zacisnęła się na uwiązie Midnighta tak mocno, że zbielały kłykcie. Kuc zaczął się trząść, a jego uszy nerwowo latały w przód i w tył, gdy napięcie wokół narastało.

Coś w Zoe pękło. Tygodnie ostrożnego treningu z Midnightem, cierpliwe oddanie Lucy, radość na jej twarzy, gdy odbierała rozety — wszystko to zderzyło się z roszczeniową wściekłością tych ludzi, którzy zadali tyle cierpienia, a teraz chcieli odzyskać swoją ofiarę.

— Niech państwo wsadzą sobie te groźby tam, gdzie słońce nie dochodzi — powiedziała głośno, a jej głos drżał od gniewu. — Ten kuc zostaje przy kimś, kto naprawdę o niego dba. Przy kimś, kto miesiącami leczył szkody, które *państwo* spowodowali. Przy kimś, kto traktuje go z szacunkiem i życzliwością, a nie jak przedmiot do bicia, gdy nauka nie idzie łatwo.

W tłumie rozległy się westchnienia. Twarz mężczyzny pociemniała z furii, ale zanim zdążył odpowiedzieć, naprzód wysunęła się Pip, stając tuż przed nim.

— Myślę, że czas, żeby państwo się już stąd zabrali — powiedziała, a jej drobna postura kryła stal w głosie. — Chyba że chcieliby państwo, żebym poprosiła komitet zawodów o przejrzenie nagrań z monitoringu z tego rejonu? Na pewno zainteresuje ich, kto nęka młodych zawodników.

Kobieta zawahała się, zerkając na kamery CCTV zamontowane na rogu pobliskiego pawilonu. Zoe nawet ich nie zauważyła, ale w duchu błogosławiła bystrość Pip.

— To jeszcze nie koniec — warknął ojciec, wytykając palcem Zoe. — Skontaktujemy się z panią przez naszego prawnika.

Zoe odwróciła się od nich, całą uwagę skupiając na Lucy i Midnightcie. — Wyjeżdżamy — powiedziała cicho. — Teraz.

Lucy skinęła głową, a po policzkach wciąż cicho spływały łzy.

— Lucy, chcę, żebyś zaprowadziła Midnighta prosto do przyczepy — poleciła, zachowując spokojny ton mimo wciąż buzującej w niej furii. — Idź normalnie, nie biegnij. Midnight potrzebuje, żebyś była dla niego spokojna, dobrze?

Lucy drżąco zaczerpnęła tchu i znów skinęła głową, widocznie zbierając się na odwagę. — Chodź, Midnight — wyszeptała, odwracając kuca od awantury.

— Idź z nimi — powiedziała do Zoe Pip. — Ja zbiorę wasze rzeczy i przyniosę do przyczepy. I nie martw się o Charlotte i Jemimę, dopilnujemy ich. Emma jest teraz w konkursie skoków na głównym ringu, ale znajdę Sarah i będziemy trzymać się razem. Zadzwonię do Kate, żeby przyjechała ciężarówką po pozostałe konie, więc nie martw się o odstawienie przyczepy. Po prostu bezpiecznie zawieź Midnighta do Ridgewater.

— Dziękuję — mruknęła Zoe, wdzięczna za to, że rodzina McKenzie potrafi tak sprawnie zebrać się w kryzysie.

Utrzymywała się między Lucy a rozwścieczoną rodziną, gdy przepychali się przez teren zawodów, wyczulona na każdy ruch za plecami. Jak na okoliczności, Lucy szła z niezwykłą przytomnością, cicho mówiąc do Midnighta, kiedy mijały przyczepy i zaparkowane samochody. Uszy kuca były nastawione na jej głos, choć jego mowa ciała wciąż zdradzała niepokój.

Dotarli do przyczepy akurat, gdy Midnight zaczął nerwowo uskakiwać, przejmując od Lucy resztki napięcia. Zoe błyskawicznie opuściła rampę, po czym pomogła Lucy wprowadzić go do środka. Kuc na moment zastopował przy wejściu, niespodziewanie oporny.

— Spokojnie, chłopaku — uspokajała Zoe, gładząc jego napiętą szyję. — Jesteś bezpieczny. Wracamy teraz do domu.

Pod delikatną zachętą Midnight w końcu wszedł. Zoe zamknęła poprzeczkę z tyłu i podniosła rampę, po czym odwróciła się i zobaczyła Lucy stojącą obok przyczepy; jej twarz była umazana łzami, a rozety wciąż ściskała w drżącej dłoni.

— Nie mogą go zabrać, prawda? — zapytała Lucy cichutko, przerażona. — Nie mogą sprawić, żeby Midnight do nich wrócił?

Zoe przykucnęła na wysokości oczu Lucy, kładąc dłonie na jej ramionach. — Nie, kochanie. Nie mogą.

— Ale mówili, że mają znajomości. I że są bogaci.

— Bogactwo nie stawia nikogo ponad prawem — powiedziała twardo Zoe. — A znajomości działają tylko do pewnego momentu. RSPCA ma kompletną dokumentację tego, jak go traktowali. My mamy też wyniki badań od mojego brata, weterynarza, z chwili, gdy do nas trafił, pokazujące jego stan. Thornleyowie mogą grozić, ile chcą, ale nie zmuszą RSPCA, żeby im go oddało. Była wręcz wdzięczna, że jej prośba o opłacenie adopcji i zatrzymanie Midnighta jeszcze nie została zatwierdzona — prawnicy RSPCA to potężny oręż, którym można się odgryźć.

Dolna warga Lucy zadrżała. — Nazwała mnie nikim.

Zoe poczuła nowy przypływ gniewu na okrutne dziecko i rodziców, którzy taką roszczeniowość w niej pielęgnowali. — Nie jesteś żadnym nikim, Lucy Wareham. Jesteś mądrą, dobrą i cierpliwą dziewczynką, która zdobyła zaufanie tego kuca, gdy nikomu innemu się to nie udawało. Te rozety wygrałaś dlatego, że ty i Midnight stanowicie prawdziwy zespół, a nie dlatego, że twoi rodzice kupili ci drogi sprzęt albo włoskie, designerskie oficerki, czy wydali na kuca tyle, co na nowy samochód, którego ktoś inny nauczył wygrywać.

Pip podbiegła, niosąc torbę z ich sprzętem na zawody. — Wszystko spakowane — zameldowała, podając ją Zoe. — A widziałam Danny'ego, jak idzie w tę stronę z lodami. Mam nadzieję, że jesteś gotowa na wyjaśnienia.

Jak na zawołanie zza rogu pobliskiej przyczepy wyłonił się Danny z kartonową tacką lodów w rękach, a obok podskakiwała Jemima. Uśmiech natychmiast zniknął mu z twarzy, gdy zobaczył zapłakaną buzię Lucy.

— Co się stało? — zapytał, pospiesznie wciskając tackę z lodami w ręce Jemimy.

— Pojawili się dawni właściciele Midnighta — wyjaśniła szybko Zoe. — Zrobili awanturę, grozili krokami prawnymi, roztrzęśli Lucy. Musimy jechać.

Na twarzy Danny'ego konsternację zastąpiła opiekuńcza złość, gdy przyswajał jej słowa. Kucnął przy Lucy, delikatnie wycierając jej łzy z policzków. — Wszystko w porządku, skarbie?

Lucy wpadła w jego ramiona, wtulając twarz w jego ramię. — Chcą zabrać Midnighta — zaszlochała. — Nazywali go Ebony i mówili, że do nich należy.

Wzrok Danny'ego spotkał się z oczami Zoe nad głową Lucy; w jego spojrzeniu było nieme pytanie.

— Nie mogą go zabrać — zapewniła ich oboje Zoe. — RSPCA nigdy by na to nie pozwoliło. Ale rzucali groźby, a Lucy była roztrzęsiona, więc uznałam, że najlepiej będzie odjechać.

Danny skinął głową, zaciśniętą szczęką. — Dobrze zrobiłaś. — Odwrócił się do Jemimy, która patrzyła szeroko otwartymi, zatroskanymi oczami. — Jem, zaniesiesz te lody do cioci Sarah i powiesz jej, że musieliśmy wyjechać? Lucy się trochę wystraszyła.

— Jasne — odparła natychmiast poważnie Jemima. — Nie martw się, Lucy. Nikt nie zabierze Midnighta. Tata Charlotte jest prawnikiem, pamiętasz? Pomoże.

Gdy Jemima pobiegła, a Pip ruszyła z powrotem dopilnować klasy Charlotte, Zoe wsiadła do kabiny pick-upa i uruchomiła silnik, a Danny posadził Lucy na tylnym siedzeniu. Midnight zarechotał niespokojnie z przyczepy przypiętej z tyłu, ale na szczęście nie zaczął kopać, kiedy Zoe powoli ruszyła.

Gdy odjeżdżali z terenu zawodów, Zoe zerknęła w lusterko boczne, na pół spodziewając się ujrzeć, że rozwścieczona rodzina jedzie za nimi. Widać było jednak tylko kurz z parkingu, a kolorowe flagi wyznaczające ringi pokazowe malały w oddali.

— Midnight wiedział, prawda? Dlatego się ich bał — odezwał się cichutki głos Lucy z tylnego siedzenia.

Zoe rozważyła pytanie uważnie. — Konie mają bardzo dobrą pamięć, zwłaszcza do ludzi, którzy je skrzywdzili. Tak, myślę, że ich rozpoznał.

— Ale ze mną się nie bał — powiedziała Lucy z nutą zdumienia, mimo wciąż tlącego się niepokoju. — Nawet kiedy to wszystko się działo, trzymał się przy mnie.

— Bo ci ufa — odparła prosto Zoe. — Zapracowałaś na to zaufanie cierpliwością i dobrocią. To jest warte więcej niż jakakolwiek rozeta.

Lucy znów skinęła głową, a w lusterku wstecznym Zoe zobaczyła, jak spogląda na rozety w swoich dłoniach; na jej twarzy pojawił się maleńki uśmiech, gdy odjeżdżali od cienia, który na chwilę przyćmił ich triumf, ku bezpieczeństwu Ridgewater i domu.

Rozdział osiemnasty

LIST DOTARŁ DO RIDGEWATER trzy dni po pokazie, w sztywnej białej kopercie z wytłoczonym prawniczym nagłówkiem, który aż krzyczał pieniędzmi i wpływami. Sarah spotkała Danny'ego przy samochodzie i wręczyła mu list z ponurą miną, gdy Lucy pobiegła odszukać Jemimę.

— Thornleyowie? — zapytał.

— I ich drogi prawnik. — Wzruszyła ramionami. — Już wysłałam skan do Joe Ashforda, który powiedział, żeby zostawić to RSPCA, ale...

— Mam w tym osobisty interes. Dzięki. — Podniósł kopertę. — Zoe już wie?

Sarah pokręciła głową. — Dopiero pół godziny temu przyszło. — Wyglądała na trochę winną. — Jeśli byś nie miał nic przeciwko...

— Ja jej powiem. — Danny znalazł Zoe w stajni terapeutycznej, gdy delikatnie sunęła dłońmi po boku kasztanowej klaczy.

Podniosła wzrok, gdy wszedł, a jej uśmiech zgasł, kiedy odczytała jego minę. — Co się stało?

Danny bez słowa podał jej list. Wytarła dłonie w ręcznik i wzięła go, marszcząc brwi, gdy czytała.

— Nie tracą czasu — powiedziała w końcu. — Bałam się, że mogą próbować czegoś takiego.

— Twierdzą, że nigdy nie zrzekli się własności — oznajmił Danny. — Że RSPCA nie miało prawa go zabrać i że podejmą wszelkie kroki prawne, żeby go odzyskać. — Oparł się plecami o ścianę stajni, krzyżując ramiona. — Co o tym sądzisz?

Zoe złożyła list i oddała mu go. — Chcą go z powrotem, teraz, kiedy wygrywa rozetki. Typowy schemat u takich ludzi. Był zbyt żywiołowy, żeby Cassandra sobie z nim poradziła, więc próbowała złamać mu charakter, ale gdy ktoś inny włożył pracę i on sprawdził się na ringu, nagle znów stał się dla nich cenny.

Kasztanka szturchnęła Zoe w ramię, domagając się uwagi. Zoe pogłaskała ją odruchowo po szyi, wciąż skupiona na problemie.

— Jakie mamy możliwości? — zapytał Danny.

— RSPCA ma pełną dokumentację jego stanu w chwili odebrania — odparła Zoe. — Ale Thornleyowie mają pieniądze i, jak widać, koneksje. Mogą nam to utrudnić.

Danny wyprostował się, gdy w głowie zaczął mu kiełkować plan. — Muszę porozmawiać z osobą prowadzącą tę sprawę w RSPCA.

— To będzie Graham, ten, który przywiózł go tutaj. Rozmawiałam z nim kilka razy, zdając mu relacje z postępów Midnighta. Mówi na mnie cudotwórczynię.

— Wyciągnęła telefon z kieszeni, odnalazła kontakt i udostępniła go Dannemu, który wyszedł na zewnątrz, by zadzwonić.

Graham odebrał po trzecim sygnale, jego głos był szorstki, ale życzliwy. Danny przedstawił się i zwięźle wyjaśnił sytuację, dziennikarz w nim instynktownie porządkował fakty w klarowną narrację.

— Ci cholerni Thornleyowie — westchnął Graham, gdy Danny skończył. — Nic dziwnego, że próbują. Zrobili awanturę, kiedy pierwszy raz odebraliśmy kuca, ale potem ucichli. Myślałem, że odpuścili — przestali domagać się jego zwrotu w zamian za brak oskarżeń.

— Widzieli, jak wygrywał na pokazie w Ridgemont — wyjaśnił Danny. — Z moją córką. Teraz chcą go z powrotem.

— Oczywiście, że tak — obrzydzenie Grahama było wyczuwalne nawet przez telefon. — Słuchaj, mam całą dokumentację i zdjęcia z odbioru. Okropny widok. Ślady bata, rany po ostrogach, a biedaczysko — sama skóra i kości. Do tego żył w brudzie.

— Chciałbym dostać kopie — powiedział Danny. — Do materiału, który rozważam napisać.

Zapadła chwila ciszy. — Artykuł, tak? To może im napędzić stracha. Mógłbyś wpaść jutro rano do mojego biura w Dakabin? Przygotuję wszystko.

— Będę o dziewiątej — potwierdził Danny. — I, Graham... dzięki.

Zakończył rozmowę i przez chwilę wpatrywał się w telefon, zamyślony. Kiedy podniósł wzrok, Zoe przyglądała mu się z progu stajni, z założonymi rękami i pytaniem w oczach.

— Zamierzam złożyć Thornleyom wizytę — oznajmił. — Po tym, jak odbiorę od Grahama dowody.

— Danny... — w głosie Zoe zabrzmiała nuta ostrożności. — Ci ludzie to naprawdę paskudni gracze. I mają środki.

— Ja też — odparł Danny z ostrym uśmiechem, czując, jak twardnieje mu postanowienie. — Rozpracowywałem skorumpowanych polityków i zawodowych przestępców. Poradzę sobie z Thornleyami.

Następnego ranka, po odstawieniu Lucy do szkoły i uspokojeniu jej, że wszystko będzie dobrze, Danny odebrał dokumentację od Grahama. Tekturowa koperta była wypchana zdjęciami, od których przewracał mu się żołądek, gdy je przekartkował. Graham dołączył też oświadczenie weterynarza, który badał Midnighta przy przyjęciu, ze szczegółowym opisem zaniedbań i przemocy.

Wsuwając kopertę do aktówki, Danny ruszył do miasta. Skoro już tu był, powinien wpaść do redakcji i pogadać z redaktorem. Wspomnieć, że może pracować nad kolejną sprawą korupcyjną — tym razem o zamiataniu pod dywan spraw o znęcanie się nad zwierzętami, o ile sprawcy mają „odpowiednie znajomości". Nawet jeśli popołudnie potoczy się po jego myśli, materiał i tak mógł się z tego urodzić.

Wczesnym popołudniem Danny jechał przez zamożne przedmieście na obrzeżach Brisbane, kierując się GPS-em do rezydencji Thornleyów. Dom był dokładnie taki, jak się spodziewał: duży, ostentacyjny, z wypielęgnowanym ogrodem i okrągłym podjazdem, a za nim kilka akrów padoków, gdzie widział białego kuca, Snowflake'a, pasącego się spokojnie. Zaparkował obok Porsche i ruszył do drzwi frontowych z aktówką w dłoni, a tekturową kopertą bezpiecznie w środku.

Zadzwonił dzwonkiem i czekał, prostując się, by emanować zawodową pewnością siebie. Gdy drzwi się otworzyły, stanął w nich sam pan Thornley — wysoki, bary, w drogich, choć „casualowych" ciuchach.

— W czym mogę pomóc? — zapytał, lustrując Danny'ego z góry na dół, z lekkim skrzywieniem ust sugerującym, że chinosy i zwykła koszula na guziki są dla tego prestiżowego adresu zdecydowanie zbyt pospolite.

— Pan Thornley? Danny Wareham, dziennikarz Courier-Mail. — Danny wyciągnął rękę, przybierając najbardziej profesjonalny uśmiech. — Dzwoniłem wcześniej z pytaniem, czy porozmawia Pan ze mną w sprawie pewnego kucyka — może być z tego ciekawy materiał.

Wyraz twarzy Thornleya natychmiast się zmienił: ostrożność ustąpiła miejsca samozadowoleniu. Uścisnął entuzjastycznie dłoń Danny'ego.

— Oczywiście, oczywiście. Proszę wejść. Liczyłem, że media zainteresują się tą niesprawiedliwością. — Odsunął się, wpuszczając Danny'ego do holu z marmurową posadzką. — Moja żona jest w salonie. Cassandra zaraz wróci ze szkoły i na pewno z przyjemnością porozmawia z panem o ukochanym Ebony. Wszyscy jesteśmy zdruzgotani.

Danny przeszedł za nim przez dom, zerkając na drogie meble i ostentacyjne obrazy, które mówiły o bogactwie bez gustu. Pani Thornley podniosła się z białej skórzanej sofy, gdy weszli; jej elegancka sukienka sugerowała, że wróciła dopiero co z wystawnego lunchu. A może tak ubierała się zawsze; Danny'ego to ani grzało, ani ziębiło.

— Kochanie, to dziennikarz z Courier-Mail — oznajmił Thornley. — Przyszedł w sprawie Ebony.

Jej perfekcyjnie umalowana twarz rozjaśniła się wyreżyserowanym zachwytem. — Cudownie! Najwyższy czas, żeby ktoś usłyszał naszą wersję tej strasznej historii.

Danny usiadł w podanym fotelu, stawiając aktówkę obok. — Rozumiem, że uważają państwo, iż kuc został państwu bezprawnie odebrany — podsunął neutralnym tonem, mentalnie przygotowując się na to, co miało nastąpić.

— Absolutnie — przytaknął energicznie Thornley. — Całkowita przesada ze strony RSPCA. Wyjechaliśmy na kilka tygodni, a nasz stajenny wyraźnie nie stosował się do instrukcji. Kiedy wróciliśmy i zobaczyliśmy, w jakim stanie jest Ebony, byliśmy przerażeni. Ale zanim zdążyliśmy zareagować, RSPCA wpadło i go zabrało.

— Co za wstyd — dodała pani Thornley głosem ociekającym wyćwiczoną szczerością. — Cassandra była zdruzgotana. Ten kuc znaczy dla niej wszystko.

Danny skinął głową, zachowując profesjonalny wyraz twarzy, i otworzył aktówkę. — Chciałbym poznać państwa reakcję na pewne dowody, które zdobyłem.

Wyjął tekturową kopertę i kilka dużych fotografii, rozkładając je ostrożnie na szklanym stoliku kawowym między nimi. Obrazy były surowe i wstrząsające — Midnight (czy też Ebony, jak go nazywali) stał w brudnym boksie, żebra wyraźnie wystawały pod matową sierścią, głowę miał spuszczoną nisko. Zbliżenia pokazywały ślady po batogach na zadzie i nieleczone rany po ostrogach, gdzie skóra została przerwana.

Thornleyowie wpatrywali się w zdjęcia, przez moment oniemiali.

— Jak państwo widzą — kontynuował spokojnie Danny — te zdjęcia dokumentują stan kuca w chwili odebrania. Z raportu weterynarza wynika, że obrażenia są zgodne z długotrwałym znęcaniem, a nie z kilkoma tygodniami zaniedbań stajennego.

Thornley szybko się pozbierał, twarz mu poczerwieniała. — Wypadki treningowe — zbył to machnięciem ręki. — Cassandra dopiero uczyła się, jak sobie z nim radzić. I, jak mówiłem, stajenny ewidentnie nie opiekował się nim należycie, gdy byliśmy poza domem.

— Interesujące — odparł Danny, wyjmując kolejne dokumenty z aktówki. — Bo według zestawień państwa kart kredytowych, które stanowiły część postępowania RSPCA, w omawianym okresie wcale państwo nie byli poza domem. Regularne płatności tu, w Brisbane. Restauracje, taksówki, zakupy... a Cassandra nie opuściła ani jednego dnia w szkole, co potwierdził pracownik ds. frekwencji.

Perfekcyjnie wypielęgnowana dłoń pani Thornley powędrowała do gardła. — Nie ma Pan prawa do tych danych!

— RSPCA pozyskało je legalnie w toku postępowania, ponieważ twierdzili państwo, że byliście wyjechani i obwinialiście stajennego — wyjaśnił Danny, zachowując równy ton. — Tak samo, jak legalnie odebrali kuca, którego głodzono i bito. — Zawiesił głos, mierząc wzrokiem Thornleya. — Jestem gotów opublikować szczegółowy materiał śledczy na ten temat, ze zdjęciami i dokumentacją.

— Nie odważy się Pan — wykrztusił Thornley, a jego pewność siebie zaczęła pękać. — Pozwę Pana za oszczerstwo!

— W przypadku publikacji chodzi o zniesławienie na piśmie, nie o ustne oszczerstwo — poprawił go łagodnie Danny. — I Pan nie wygra. Te zdjęcia i raport weterynarza są niepodważalnymi dowodami. Mam pełne prawo to opublikować, a przy takich materiałach pozew o zniesławienie nie ma szans. — Wyjął ostatni dokument z aktówki. — Jednak mogę wstrzymać publikację... jeśli Pan to podpisze.

Przesunął kartkę przez stół. Był to dokument przygotowany przez prawników RSPCA, stanowiący, że Thornleyowie zrzekają się wszelkich roszczeń do Midnighta i zgadzają się na regularne kontrole RSPCA wszystkich zwierząt w ich pieczy przez następne dziesięć lat.

W pokoju zapadła cisza, gdy Thornley czytał dokument, a jego twarz mętniała z każdą kolejną linijką. Pani Thornley zajrzała mu przez ramię; jej mina przeszła od oburzenia, przez kalkulację, aż po strach.

— To jest szantaż — powiedział w końcu Thornley, ale w jego głosie brakowało przekonania.

— To wybór — odparł Danny. — Podpisze Pan i sprawa zostanie między nami. Odmówi Pan — a każdy miłośnik zwierząt w Queensland dowie się dokładnie, co spotkało Midnight w państwa rękach. Mój redaktor bardzo jest tym zainteresowany, podobnie jak tymi zdjęciami. Trafi się gorszy dzień w redakcji w ciągu najbliższego miesiąca i to będzie okładka, która sprzeda mnóstwo gazet.

Trzasnęły frontowe drzwi i w progu stanęła Cassandra w mundurku jednej z najbardziej ekskluzywnych prywatnych szkół w Brisbane. Ogarnęła wzrokiem scenę, a jej oczy rozszerzyły się, gdy ujrzała zdjęcia na stoliku.

— Co się dzieje? — zażądała. — Kim on jest?

— Idź do swojego pokoju, Cassandro — powiedziała ostro matka.

— Ale...

— Natychmiast! — oboje rodzice odezwali się jednocześnie, ich głosy napięte.

Dziewczyna zmierzyła Danny'ego wrogim wzrokiem, potem rodziców, po czym wybiegła, dudniąc krokami po marmurowej podłodze.

Pan Thornley spojrzał raz jeszcze na dokument, potem na obciążające zdjęcia, po czym niechętnie sięgnął po długopis, który podał mu Danny. Ręka lekko mu drżała, gdy składał podpis; jego żona uczyniła to samo, z zaciśniętymi wargami.

Danny zebrał podpisany dokument i schował go do aktówki wraz ze zdjęciami i pozostałymi dowodami. Wstał, jeszcze raz wyciągając dłoń.

— Dziękuję za poświęcony czas — powiedział oficjalnie. — RSPCA skontaktuje się z państwem w sprawie harmonogramu kontroli.

Choć kusiło go, by i tak opublikować materiał, czasem trzeba było paktować z diabłem, by osiągnąć właściwy cel. A przynajmniej w ten sposób Snowflake będzie chroniony. Rzucił ostatnie spojrzenie białemu kucowi, który pasł się spokojnie na padoku, po czym wsiadł do samochodu i odjechał.

Wyjeżdżając przez bramę, wziął głęboki oddech, czując, jak napięcie uchodzi mu z ramion, i wydał telefonowi polecenie, by wykonał połączenie.

Graham odebrał po drugim sygnale. — I jak poszło? — zapytał bez wstępów.

— Załatwione — odparł Danny z cichą satysfakcją w głosie. — Podpisali zrzeczenie wszelkich roszczeń do Midnight i zgodę na kontrole.

— Cholera jasna — w głosie Grahama zabrzmiał szczery podziw. — Nie byłem pewien, że tak łatwo pękną. Zdjęcia zrobiły swoje, co?

— To i groźba publicznej kompromitacji. Thornley zdawał się szczególnie przejęty swoją reputacją w lokalnej społeczności.

Graham parsknął. — Tę reputację już dawno powinien mieć w strzępach. Chcieliśmy postawić zarzuty znęcania się nad zwierzętami, gdy tylko odebraliśmy tego kuca. Mieliśmy wszystko poukładane, żelazna sprawa.

— Co się stało? — Danny wjechał na główną drogę, a jego dziennikarskie instynkty się wyostrzyły.

— Polityka — głos Grahama stał się gorzki. — Żona Thornleya ma kuzyna w Ministerstwie Rolnictwa. Nagle okazało się, że „brak wystarczających dowodów" na postawienie zarzutów i kazano nam skierować ograniczone zasoby gdzie indziej.

Danny zmarszczył brwi, myśląc o szkieletycznym kucu ze zdjęć, o nieleczonych ranach, o oczywistych zaniedbaniach i przemocy, których doświadczył. — Jak to możliwe? Dowody wyglądały na przytłaczające.

— Witaj w cudownym świecie załatwiactwa i układów — westchnął Graham. — Przynajmniej udało się zabrać kuca. Zdarzają się sprawy, w których nie potrafimy nawet tego.

Rezygnacja w głosie Grahama mówiła o zbyt wielu przegranych bitwach, o zbyt wielu zwierzętach, których nie zdołali uratować. Danny poczuł na nowo uznanie dla pracy RSPCA, często toczonej wbrew potężnej opozycji.

— Cóż, tym razem wygraliście — powiedział stanowczo Danny. — Ten dokument daje wam podstawę, by kontrolować wszystkie konie w ich pieczy, w tym tego drogiego białego kucyka, którego niedawno kupili.

— Ach tak, biedny Snowflake. — Ton Grahama nieco się rozjaśnił. — Wierz mi, ja i moi koledzy będziemy robić niezapowiedziane kontrole regularnie. Nie będą mieli szansy skrzywdzić kolejnego zwierzęcia.

Danny lawirował w popołudniowych korkach, kierując się z powrotem do ośrodka RSPCA w Dakabin. — Podrzucę podpisany dokument do twojego biura w ciągu godziny.

— Idealnie — odparł Graham. — A skoro już będziesz, mam dla ciebie jeszcze jedne papiery. — W jego głosie pojawił się uśmiech. — Wniosek Zoe o adopcję Midnight został zatwierdzony. Jest teraz jego prawną właścicielką.

Serce Danny'ego podskoczyło na tę wieść. — Rewelacja! Ona jeszcze o tym nie wie?

— Dokumenty przyszły dosłownie parę godzin temu. Miałem zadzwonić później, ale skoro i tak wpadniesz...

— Chętnie sam jej to powiem — powiedział Danny, już wyobrażając sobie reakcję Zoe i zachwyt Lucy, gdy usłyszy tę nowinę.

— Załatwione. Do zobaczenia wkrótce.

Danny zakończył rozmowę, a poczucie właściwości osiadło mu w piersi. Po miesiącach niepewności, po tym, jak patrzył, jak Lucy zżywa się z Midnightem, wiedząc, że przyszłość kuca nie jest pewna, to brzmiało jak brakujący element, który wreszcie wskoczył na swoje miejsce. Teraz Midnight zostanie z ludźmi, którzy go kochają, którzy uleczyli jego ciało i ducha.

Ośrodek RSPCA jak zwykle przywitał Danny'ego hałasem: psy szczekały w kojcach, potencjalni adoptujący cmokali na słodkie kociaki w boksach. Znalazł Grahama w jego małym biurze, otoczonego aktami i nieuniknionymi kubkami po kawie, świadczącymi o długim dniu pracy.

Graham wstał, by uścisnąć mu dłoń, a na jego pooranej zmarszczkami twarzy rozbłysł uśmiech. — Człowiek chwili — powiedział, przyjmując kopertę z podpisanym dokumentem. — Szkoda, że nie byłeś przy tym od początku. Może udałoby się doprowadzić zarzuty znęcania do skutku.

— Cieszę się, że udało się to teraz domknąć — odparł Danny. — Lucy byłaby zdruzgotana, gdyby zdołali zabrać Midnight.

Graham skinął głową z porozumieniem w oczach. Widział już dość, by wiedzieć, że więź między dzieckiem a zwierzęciem to coś cennego, wartego ochrony. Otworzył szufladę i wyjął kolejny skoroszyt.

— Oto, co obiecałem — powiedział, podając go Dannemu. — Wszystko podpisane i oficjalne. Zoe Webb jest teraz prawną właścicielką kuca znanego jako Midnight.

Danny przyjął teczkę; jej ciężar zdawał się oznaczać coś więcej niż tylko prawo własności. Był namacalnym dowodem przemiany Midnighta z bitego, zalęknionego stworzenia w ukochanego członka rodziny z domem na zawsze.

— To dla nas naprawdę wiele znaczy — powiedział tylko Danny.

— Za mało mamy w tej robocie szczęśliwych zakończeń — odparł Graham, a jego głos był chrapliwy od emocji, których najwyraźniej nie zwykł okazywać. — Dobrze widzieć, że ta historia tak się kończy.

— Gdyby trafiła się sprawa podobna do Midnight — taka, gdzie naciski polityczne nie pozwalają użyć prawa... masz mój numer — zaproponował Danny.

— Byłbyś otwarty na anonimowe źródło? — zapytał Graham. — Teoretycznie?

— Oczywiście. — Danny podał mu wizytówkę z uśmiechem. — Anonimowe źródło może pisać do mnie pod ten adres.

Danny opuścił biuro RSPCA z poczuciem domknięcia, które towarzyszyło mu w drodze do Ridgewater. Popołudnie przechodziło w wieczór, złote światło Queenslandu zmiękczało krajobraz i ogrzewało wnętrze samochodu. Nie mógł się doczekać, aż podzieli się wiadomością z Zoe, aż zobaczy jej twarz, gdy uświadomi sobie, że Midnight jest oficjalnie jej.

Ale gdy jechał, w jego umyśle zaczęła nabierać kształtu inna myśl, ta, która przez ostatnie tygodnie narastała coraz natarczywiej. Jego rozwód miał zostać sfinalizowany w ciągu kilku dni, zamykając rozdział bolesnej części życia. A kiedy to nastąpi, może przyjdzie czas, by oficjalnie rozpocząć następny.

To wydało się właściwe, osiadło w jego sercu z pewnością, która i zaskakiwała, i koiła. Jakoś znalazł coś, czego się nie spodziewał: drugą szansę na miłość, rodzinę, dom.

Skręcił w żwirową drogę prowadzącą do Ridgewater, czując, jak rośnie w nim oczekiwanie. Dziś wieczorem opowie Zoe o dokumentach adopcyjnych. A wkrótce, bardzo wkrótce, zada jej jeszcze ważniejsze pytanie.

Na biurku Danny'ego leżał wyrok rozwodowy. Prawomocny. Po miesiącach papierologii i postępowania sądowego jego małżeństwo z Ginny było oficjalnie zakończone. Danny przejechał palcem po wytłoczonej pieczęci, nie czując ani triumfu, ani smutku, tylko ciche poczucie domknięcia. Ten dokument oznaczał i koniec, i początek; zamknięcie rozdziału, który stawał się coraz boleśniejszy, i otwarcie nowego, pełnego nieoczekiwanej radości.

Od lat wiedział, że jego małżeństwo się sypie, jeszcze zanim doszło do romansu Ginny. Oddalili się od siebie, stając się obcymi, których łączył dom i dziecko, ale niewiele więcej. Odkrycie jej związku z mężczyzną, o którym Danny wiedział, że jest niebezpieczny, złamało mu serce mniej niż go przeraziło — to pchnęło go do walki o pełną opiekę nad Lucy. Ta batalia była warta każdej nieprzespanej nocy i każdego wydanego dolara; liczyło się tylko bezpieczeństwo i szczęście córki.

Teraz, siedząc w cichym domowym biurze, Danny ostrożnie wsunął wyrok do teczki i schował ją w szufladzie. Przeszłość była oficjalnie zamknięta. Przyszłość zaś czekała w Ridgewater pod postacią kręconowłosej terapeutki koni o złotobrązowych oczach i dłoniach, które potrafiły czynić cuda z niespokojnymi, spiętymi końmi.

Jego dłoń powędrowała do kieszeni marynarki, wyczuwając małe aksamitne pudełeczko. Kupił pierścionek trzy dni temu, robiąc jeszcze jeden kurs do Brisbane. Jubiler cierpliwie znosił wahania Danny'ego, aż w końcu wybrał prosty, ale elegancki wzór z małym szafirem otoczonym dwiema diamentami. Niespektakularny, ale piękny i niepowtarzalny — jak sama Zoe.

Danny spojrzał na zegarek. Miał odebrać Lucy z Ridgewater za godzinę, ale jeśli pojedzie wcześniej, może złapie Zoe na chwilę sam na sam. Chwycił kluczyki i ruszył do samochodu, a jego serce biło szybkim rytmem o żebra.

Po drodze Danny próbował w myślach ułożyć to, co chciał powiedzieć, przestawiając słowa na różne sposoby, z których żaden nie wydawał się idealny. Jak powiedzieć komuś, że odmienił ci życie? Że przywrócił światło w miejscach od dawna pogrążonych w mroku? Że patrząc na tę osobę z twoim dzieckiem, znów uwierzyłeś w drugie szanse?

Zaparkował przy głównej stajni, a znajome dźwięki i zapachy Ridgewater otuliły go jak zawsze. Kilka koni pasło się na pobliskich padokach, a ktoś lonżował konia w okrągłym lonżowniku — gdy podszedł bliżej, zorientował się, że to Zoe.

Stała w środku lonżownika i prowadziła kasztana samymi subtelnymi ruchami ciała i dłoni, bez bata czy liny. Koń krążył wokół niej lekkim kłusem, czasem podrzucając łbem, ale w dużej mierze skupiony na cichych komendach Zoe. Danny oparł się o ogrodzenie, zadowolony, że może patrzeć, jak pracuje. Poruszała się z taką gracją i pewnością; jej mowa ciała była jasna i stanowcza. Koń odpowiadał na nią z rosnącym zaufaniem, a każda udana runda umacniała ich więź.

Danny przypomniał sobie pierwszy raz, kiedy widział Zoe przy pracy z koniem — w dniu, gdy przeprowadzał wywiad z Kate. Już wtedy uderzyły go jej cierpliwość i łagodna stanowczość. Te same cechy przyciągnęły go do niej jako do kobiety, budując fundament zaufania, który przerodził się w coś znacznie głębszego.

Zoe uniosła wzrok i dostrzegła go, a jej twarz rozjaśnił ciepły uśmiech, który wciąż — po tych wszystkich miesiącach — sprawiał, że jego serce przyspieszało. — Podglądasz mnie? — zawołała, podchodząc do ogrodzenia, z policzkami zaróżowionymi od wysiłku i kilkoma loczkami wymkniętymi z warkocza.

— Podziwiam — poprawił, schylając się, by musnąć jej usta krótkim pocałunkiem. — Masz do nich niesamowitą rękę.

Odrobinę spuściła głowę na ten komplement — gest, który go rozczulał. Jak na kogoś tak zdolnego, Zoe potrafiła być zaskakująco skromna.

— Najnowszy projekt Emmy — wyjaśniła, skinieniem głowy wskazując kasztana, który teraz obwąchiwał kępkę trawy przy krawędzi lonżownika. — Jeszcze zielony, ale bystry jak brzytwa i bardzo chętny do współpracy.

Otworzyła furtkę i dołączyła do niego po zewnętrznej stronie, strzepując kurz z ubrań. — Nie spodziewałam się cię jeszcze; myślę, że Lucy wciąż jest na wyjeździe w teren z Jemimą i Charlotte?

— Wszystko w porządku — uspokoił ją. — Pomyślałem, że może się przejdziemy, jeśli nie jesteś zbyt zajęta?

Zoe wpatrzyła się w jego twarz, a między brwiami pojawiła się lekka zmarszczka. — Wyglądasz poważnie.

— Po prostu zamyślony — odparł, podając jej dłoń. — Przejdziesz się ze mną?

Spleciła z nim palce i ruszyli ramię w ramię ku jezioru. Szli chwilę w wygodnym milczeniu, a popołudniowe słońce grzało im barki. Danny czuł w kieszeni ciężar pudełeczka z pierścionkiem — i obietnicę, i pytanie.

— Dziś dostałem prawomocny wyrok rozwodowy — powiedział, gdy zbliżyli się do brzegu, a woda mieniła się w późnopopołudniowym świetle. — Teraz to już oficjalne.

Zoe ścisnęła lekko jego dłoń. — Jak się z tym czujesz?

— Głównie ulgę — przyznał. — To była długa droga, ale dobrze mieć to domknięte. — Zawahał się, zbierając myśli. — Z Ginny rozstaliśmy się na długo przed złożeniem papierów. Ale kiedy to jest oficjalne... to jakby dostać zgodę, by naprawdę przyjąć to, co będzie dalej.

Doszli do prostego drewnianego pomostu, który wcinał się w jezioro — tego samego, przy którym pływali tamtej dusznej grudniowej nocy. Danny wprowadził ją na wysłużone deski, pod którymi łagodnie pluskała woda.

— Dużo myślałem o kolejnych krokach — podjął, odwracając się do niej. — O tym, czego chcę dla swojej przyszłości. I dla przyszłości Lucy.

Oczy Zoe spoczęły na jego, ciepłe i cierpliwe. — I czego chcesz?

— Ciebie — powiedział po prostu. — Ciebie w naszym życiu, jako rodziny. Jako moją żonę.

Ujął obie jej dłonie, serce waliło mu w piersi, ale głos miał pewny. — Nie proszę cię o to z powodu twojej wizy, choć wiem, że to wciąż problem. Proszę, bo nie wyobrażam sobie życia bez ciebie. Bo pokazałaś mi, jak wygląda prawdziwe partnerstwo. Bo Lucy cię uwielbia, a ja... — urwał, przełykając wzruszenie ściskające mu gardło. — Kocham cię, Zoe. Bardziej, niż sądziłem, że potrafię.

Jej oczy rozszerzyły się i zaszkliły łzami. Danny wypuścił jedną z jej dłoni na tyle długo, by sięgnąć do kieszeni i wyjąć małe aksamitne pudełko. Potem ukłęknął na drewnianym pomoście.

— Zoe Webb — powiedział, otwierając pudełeczko i ukazując pierścionek w środku — wyjdziesz za mnie?

Czas jakby stanął w miejscu, gdy obserwował, jak na jej twarzy przetaczają się emocje — zaskoczenie, radość, miłość. Jej dłonie lekko drżały, gdy wyciągnęła je ku niemu.

— Tak — szepnęła, a potem głośniej: — Tak. Oczywiście, że tak.

Danny wsunął pierścionek na jej palec, po czym podniósł się i przyciągnął ją do objęć; to uścisk, który czuł się jak powrót do domu. Oplotła ramionami jego szyję, a ich usta spotkały się w pocałunku o smaku słonych łez i szczęścia.

— Wy się POBIERACIE! — Lucy wyskoczyła zza eukaliptusa, a jej twarz lśniła radością. — Wiedziałam! Wiedziałam!

Danny i Zoe odsunęli się od siebie, zaskoczeni, gdy Lucy wpadła na nich z impetem, o mało nie strącając całej trójki do jeziora.

— Lucy! — Danny ich ustabilizował, patrząc na córkę ze zdumieniem. — Co ty tu robisz? Myślałem, że jesteś na jeździe w terenie.

— Wróciłyśmy wcześniej, bo kucyk Charlotte poluzował podkowę — wyrzuciła z siebie Lucy jednym tchem, słowa potykały się o siebie z ekscytacji. — I zobaczyłam wasz samochód, a Sarah powiedziała, że poszliście z Zoe w stronę jeziora, i pomyślałam, że może

ZAPYTASZ JĄ DZISIAJ, tak jak mówiłeś, że niedługo możesz, więc poszłam za wami!

Objęła ich oboje, jej drobne ciałko aż drżało ze szczęścia.

— Będziemy prawdziwą rodziną! Zostaniesz moją nową mamą! To najlepszy dzień W ŻYCIU!

Danny spojrzał Zoe w oczy ponad głową Lucy, a serce miał tak pełne, że mogło się przelać. Od dnia, w którym Lucy po raz pierwszy usiadła na Foxie, do tej chwili czystej radości przeszli drogę, której nikt z nich by nie przewidział. Walczyli o Ridgewater, o Midnighta, o siebie nawzajem. I jakoś, wbrew przeciwnościom, wygrali.

— Najlepszy dzień w życiu — zgodził się cicho, jedną ręką obejmując córkę, a drugą kobietę, która miała zostać jego żoną. W ciepłym słońcu Queenslandu, z jeziorem przed nimi i Ridgewater za plecami, Danny Wareham przytulił swoją rodzinę i poczuł się wreszcie całkiem u siebie.

Rozdział dziewiętnasty

ZOE ŚCISNĘŁA DŁOŃ DANNY'EGO, kiedy jechali windą na czternaste piętro szklano-stalowego biurowca. Dziś mogło się rozstrzygnąć wszystko: jej przyszłość w Australii, jej przyszłość z Dannym i Lucy. Danny uścisnął jej dłoń uspokajająco, gdy wyszli do recepcji kancelarii prawniczej; klimatyzacja była zbawienna po wilgotnym, kwietniowym poranku.

— Pan Wareham i pani Webb? — Recepcjonistka powitała ich profesjonalnym uśmiechem. — Pan Weston się państwa spodziewa. Proszę za mną.

Zoe nerwowo wygładziła granatową sukienkę, życząc sobie, by włożyła coś bardziej formalnego. Danny, wyczuwając jej niepokój, położył delikatnie dłoń na dole jej pleców, kiedy podążali za recepcjonistką korytarzem wzdłuż ściany ozdobionej oprawionymi dyplomami i referencjami wdzięcznych klientów, którym udało się przejść przez skomplikowany australijski system imigracyjny.

Bryce Weston podniósł się zza biurka, gdy weszli, uśmiechnął się i uścisnął im dłonie.

— Miło znów panią widzieć, pani Webb, i poznać pana, panie Wareham. Proszę usiąść — zaprosił, wskazując krzesła naprzeciwko. — Zaproponować państwu herbatę albo kawę?

— Herbata byłaby w sam raz, dziękuję — odparła Zoe, czując nagłą suchość w ustach.

Gdy recepcjonistka wyszła po napoje, Bryce usiadł wygodnie i otworzył teczkę, którą Zoe rozpoznała jako tę z kompletem dokumentów przesłanych wcześniej. Jej formularze wizowe, wyrok rozwodowy Danny'ego, ogłoszenie o zaręczynach, zdjęcia ich trojga z Lucy w Ridgewater, referencje od kilku klientek Zoe oraz oficjalny list na papierze firmowym Ridgewater podpisany przez Sarah, potwierdzający zatrudnienie Zoe.

— Przejrzałem jeszcze raz państwa sprawę w świetle tych nowych informacji — zaczął Bryce. — Dostarczyli państwo świetną dokumentację, co bardzo ułatwia mi pracę.

Zoe poczuła, jak dłoń Danny'ego znajduje jej dłoń pod stołem, a kciuk kreśli małe kółka na jej dłoni. Ten prosty gest uspokoił jej rozszalałe serce.

— Pozwolą państwo, że nakreślę procedurę — podjął Bryce, gdy przyniesiono napoje. — Składa pani wniosek o wizę partnerską, podklasa 820, czyli czasowy komponent pobytowy. Po jego przyznaniu wejdzie pani na ścieżkę do stałego pobytu, podklasa 801, który zwykle jest rozpatrywany dwa lata od daty złożenia pierwszego wniosku.

Zoe skinęła głową, próbując przyswoić informacje, jednocześnie walcząc z uporczywym lękiem, który dręczył ją od miesięcy. Co, jeśli znajdą powód, by odmówić? Co, jeśli będzie musiała opuścić Australię, opuścić Danny'ego i Lucy, opuścić Ridgewater i wszystkie konie, które jej potrzebowały?

— Dobra wiadomość — powiedział Bryce, jakby czytał w jej myślach — jest taka, że przy waszym autentycznym związku i widocznym przywiązaniu Lucy do was obojga wszystko powinno pójść gładko.

— Naprawdę? — w głosie Zoe zabrzmiała nie do końca skrywana nadzieja.

Bryce się uśmiechnął. — Naprawdę. Departament Spraw Wewnętrznych szuka dowodów na prawdziwy i trwały związek. Wy macie tego aż nadto. — Stuknął palcem w teczkę. — Zdjęcia, wspólne konto bankowe, oświadczenia przyjaciół i rodziny — to wszystko rysuje bardzo jasny obraz.

— A co ze ślubem? — zapytał Danny. — Jak to się ma do sprawy?

— Ślub znacząco wzmacnia państwa sprawę — wyjaśnił Bryce. — Podkreślę jednak, że Departamentowi zależy na istocie relacji, a nie wyłącznie statusie prawnym. Chcą widzieć, że dzielą państwo życie w znaczący sposób. — Zerknął w notatki. — Wspólne zamieszkanie, dzielenie odpowiedzialności finansowych, budowanie życia z Lucy — to kluczowe elementy.

— To wszystko już robimy — powiedział pewnie Danny.

Zoe ścisnęła Danny'emu dłoń pod stołem, a po plecach spłynęła jej ulga. Jej sytuacja wizowa wydawała się nie do przezwyciężenia, odkąd odrzucono wniosek o wizę dla wykwalifikowanych. Teraz, siedząc w tym biurze ze swoim narzeczonym, wyłaniała się jasna ścieżka naprzód.

— Dziś będzie jeszcze kilka formularzy do wypełnienia — ciągnął Bryce, podsuwając im kilka dokumentów. —

I powinni państwo liczyć się z możliwością rozmowy lub wizyty domowej po ślubie. To standardowe procedury weryfikujące związek.

— Czy uprzedzą o wizycie domowej? — zapytała Zoe, myśląc o napiętym grafiku w Ridgewater.

— Niekoniecznie — odparł Bryce. — Niezapowiedziany charakter pomaga zobaczyć autentyczny obraz państwa wspólnego życia.

Kolejną godzinę spędzili na papierkowej robocie, parafując stronę po stronie prawniczych formularzy. Zoe podpisała się tyle razy, że jej własny podpis zaczął wydawać się jej obcy. Ale z każdym kolejnym dokumentem supeł w żołądku rozluźniał się odrobinę bardziej.

— A teraz — powiedział Bryce, gdy skończyli ostatni dokument — porozmawiajmy o państwa planach ślubnych. Kiedy myślą państwo o ślubie?

— W połowie kwietnia — odparł Danny. — Stawiamy na prostotę, kameralna ceremonia w Ridgewater, tylko najbliżsi przyjaciele i rodzina.

— Idealny termin — Bryce skinął z aprobatą. — Złożymy wniosek natychmiast po wydaniu aktu małżeństwa. Sama ceremonia w Ridgewater to też świetny pomysł — pokazuje państwa integrację ze społecznością i ugruntowane życie Zoe tutaj.

Na myśl o ich ślubnych planach Zoe aż się rozpromieniła. — Chcemy czegoś intymnego, z ludźmi, którzy są dla nas najważniejsi. McKenzie'owie byli tak wspierający, że są właściwie rodziną — no, w zasadzie są już moją rodziną, a przynajmniej Sarah, odkąd poślubiła mojego brata!

— A Lucy aż pęka z ekscytacji — dodał z uśmiechem Danny. — Już ćwiczy rolę dziewczynki sypiącej płatki.

— Myślę, że jesteśmy w znakomitej sytuacji — podsumował Bryce, układając wypełnione formularze w równą stertę. — Osobiście zajmę się całą dokumentacją imigracyjną i będę do dyspozycji za każdym razem, gdy pojawią się pytania lub wątpliwości. — Spojrzał prosto na Zoe. — Na podstawie wszystkiego, co dziś zobaczyłem, jestem przekonany, że pani przyszłość w Australii jest bezpieczna.

Proste stwierdzenie uwolniło falę emocji, których Zoe nawet nie była świadoma. Z oczu zaszkliły jej się łzy, kiwnęła wdzięcznie głową.

— Dziękuję — wydusiła, głosem ściśniętym wzruszeniem.

Gdy chwilę później opuszczali biurowiec i wyszli w jasne słońce Brisbane, Zoe czuła się lżejsza niż od wielu miesięcy. Danny objął ją, idąc w stronę parkingu, i musnął ustami jej skroń.

— Mówiłem, że pójdzie dobrze — mruknął.

— Mówiłeś — przyznała, wtulając się w jego solidną obecność. — Tylko że... tak długo się martwiłam, że trudno mi uwierzyć, iż to może naprawdę pójść tak gładko.

— Uwierz w to — powiedział Danny z przekonaniem w głosie. — Za kilka tygodni będziesz Zoe Wareham. I nic naszej rodziny nie rozdzieli.

Nasza rodzina. Te słowa wypełniły jej serce po brzegi. Przyjechała do Australii w poszukiwaniu nowego początku, nie przypuszczając, że znajdzie tak pełny dom, tak wszechogarniającą miłość. Kiedy jechali z powrotem do Ridgewater, Zoe patrzyła przez okno na krajobraz Queensland, który tak bardzo pokochała, i wreszcie pozwoliła sobie naprawdę uwierzyć, że właśnie tu jest jej miejsce.

Zoe stała przed antycznym lustrem w pokoju gościnnym w Big House, ledwie rozpoznając siebie w prostej sukni z kości słoniowej, która otulała sylwetkę i miękko spływała do kostek. Jej niesforne loki zostały ujarzmione w luźny kok, w który Kate cierpliwie wplotła drobne rodzime kwiaty. Za oknem Ridgewater rozciągało się w całej okazałości, padoki złociły się w popołudniowym słońcu, a eukaliptusy rzucały długie cienie na trawę. Przycisnęła dłoń do brzucha; motyle tańczyły pod palcami. Za mniej niż godzinę będzie żoną Danny'ego, macochą Lucy.

Cichy puk do drzwi poprzedził wejście Sarah, której zwykłe dżinsy i T-shirt zastąpiła zwiewna sukienka w odcieniu błękitu dorównującym bezchmurnemu niebu Queensland. — Wszyscy już prawie gotowi — powiedziała, a jej zwykłą rzeczowość zmiękczał szczery uśmiech. — Wyglądasz przepięknie, Zoe.

— Dzięki wam — odparła Zoe, wskazując na suknię, którą pomogła jej znaleźć Emma, kwiaty ułożone przez Kate i miejsce, które Sarah przemieniła. — Nie mogę uwierzyć, ile pracy w to włożyłyście.

Sarah machnęła ręką na podziękowania. — Od tego jest rodzina. — Podeszła do okna i spojrzała na coraz liczniejsze grono gości na dole. — Wygląda na to, że wszyscy już są. Marcus czeka, kiedy tylko będziesz gotowa. — Uśmiechnęła się szerzej. — Wygląda na bardziej zdenerwowanego niż ty.

Gdy Sarah wyszła, Zoe raz jeszcze spojrzała w lustro, wciąż z trudem wierząc, że ten dzień naprawdę nadszedł. Podążając za bratem do Australii w poszukiwaniu nowego początku, nie mogła sobie wyobrazić, że znajdzie to wszystko: mężczyznę, który kocha ją bez reszty, dziecko, które rozkwitło pod jej opieką, i miejsce, które bardziej niż jakiekolwiek inne pachniało domem.

Drzwi znów się otworzyły i stanął w nich Marcus, przystojny w idealnie skrojonym garniturze; zwykły spokój pękł na chwilę, gdy zobaczył siostrę w roli panny młodej.

— Wyglądasz... — zaczął, po czym odchrząknął. — Mama i tata byliby tacy dumni.

Zoe poczuła napływ łez i szybko zamrugała. — Nawet nie waż się doprowadzić mnie do płaczu przed ceremonią — ostrzegła, a głos lekko jej zadrżał. — Kate nigdy mi nie wybaczy, jeśli zrujnuję jej wizaż.

Marcus przeszedł przez pokój i ostrożnie ją objął, uważając na suknię. — Gotowa zostać Wareham?

— Bardziej niż gotowa — odparła, zaplatając ramię w jego ramię.

Zeszli razem po schodach Big House i wyszli na werandę okalającą dom, gdzie czekała Pip z Lucy. Dziewczynka westchnęła na widok Zoe, oczy rozbłysły jej zachwytem.

— Wyglądasz jak księżniczka! — pisnęła Lucy, sama ubrana w miniaturową wersję sukni Zoe, z wiankiem z rodzimych kwiatów na ciemnych loczkach.

— A ty wyglądasz jak najpiękniejsza druhenka w całej Australii — odparła Zoe, schylając się, by pocałować ją w policzek. — Gotowa?

Lucy skinęła poważnie głową, nagle spoważniała pod ciężarem swojej roli. — Tata czeka. Wygląda bardzo przystojnie i bardzo się denerwuje.

Pip podała Lucy koszyczek z płatkami i stanęła na czele, by poprowadzić je na miejsce ceremonii. Gdy szli ścieżką od domu do starych eukaliptusów, pod którymi miała się odbyć ceremonia, Zoe chłonęła przemienione Ridgewater.

McKenzie'owie przeszli samych siebie. Rzędy bel słomy, przykryte miękkimi kocami, tworzyły miejsca siedzące, wzdłuż których stały słoje z rodzimymi kwiatami. Między gałęziami eukaliptusów rozwieszono światełka, gotowe rozbłysnąć o zmierzchu po ceremonii. Z przodu znajdował się prosty łuk opleciony eukaliptusem i akacją, wyznaczający przestrzeń ołtarza. Z pobliskich gałęzi zwisały podkowy — detal, który wywołał u Zoe uśmiech: szczęście i konie, dwie rzeczy, które doprowadziły ją do tej chwili.

I wtedy zobaczyła Danny'ego, czekającego obok celebrantki, z Benem u boku. Miał na sobie prosty garnitur, włosy lekko zmierzwione łagodnym wiatrem, a twarz rozjaśniła mu się, gdy ją ujrzał. Lucy miała rację: wyglądał przystojnie, ale Zoe najbardziej uderzyła miłość bijąca od niego tak mocno, że niemal czuła ją mimo dzielącej ich odległości.

Gdy Lucy ruszyła, rozrzucając płatki wzdłuż alejki i cała grupa gości wstała, jej twarz była uosobieniem koncentracji. Kiedy przyszedł moment, by Zoe i Marcus ruszyli, ogarnęła ją przytłaczająca pewność. To było dobre. To było domem.

Celebrantka, ciepła w głosie kobieta polecona przez Emmę, powitała wszystkich, gdy Zoe stanęła u boku Danny'ego, a Lucy dumnie u jej boku. Sama ceremonia była krótka, zgodna z ich pragnieniem prostoty, ale gdy przyszła pora na wymianę osobistych przysiąg, serce Zoe waliło pod ciężarem tej chwili.

Danny zaczął pierwszy, jego głos był pewny mimo emocji błyszczących w oczach.

— Zoe, pojawiłaś się w naszym życiu, kiedy Lucy i ja byliśmy zagubieni, i pokazałaś nam drogę do domu. Nauczyłaś mnie, że cierpliwość i łagodność potrafią uleczyć nawet najgłębsze rany. Dałaś Lucy nie tylko matczyną miłość, ale i wzór siły i współczucia, o jakim mogłem tylko marzyć. — Zawiesił głos, ujmując jej dłonie. — Obiecuję wspierać twoje marzenia tak zaciekle, jak ty wspierałaś nasze. Obiecuję być twoim partnerem we wszystkim, stawiać czoła temu, co przyjdzie, z taką samą odwagą, jaką ty okazałaś. I obiecuję każdego dnia przypominać ci, ile radości wniosłaś do naszego życia.

Zoe odpędziła łzy, gdy zaczęła swoją przysięgę, głosem miękkim, ale pewnym.

— Danny, powierzyłeś mi Lucy, swoje serce i swoją przyszłość. Dziś obiecuję szanować to zaufanie na każdy możliwy sposób. Obiecuję być nie tylko żoną dla ciebie, ale mamą dla Lucy — kochać ją jak własne dziecko i pomagać jej wyrosnąć na niezwykłą kobietę, którą już się staje. — Spojrzała na Lucy, której oczy lśniły szczęściem. — Obiecuję budować nasz dom na śmiechu, szczerości i takiej cierpliwości, która pozwala miłości pogłębiać się z każdym mijającym dniem. Ty i Lucy jesteście rodziną, której nawet nie wiedziałam, że szukałam, i będę was oboje cenić przez wszystkie dni mojego życia.

Wymienili obrączki, proste krążki złapały złote popołudniowe światło. Gdy celebrantka ogłosiła ich mężem i żoną, pocałunek Danny'ego był delikatny, ale pełen obietnicy — przypieczętował początek ich wspólnego życia wśród tych, którzy byli im najważniejsi. Lucy zaklaskała z entuzjazmem, wywołując falę oklasków i okrzyków gości.

Przyjęcie po ceremonii było tak swobodne i radosne, jak sobie wymarzyli: stoły ustawione pod drzewami, półmiski z jedzeniem krążyły między gośćmi. Gdy na zmierzchu rozbłysły światełka, Zoe złapała wzrok Danny'ego i lekko skinęła głową. Uśmiechnął się, rozumiejąc sygnał, i dyskretnie zawołał Lucy.

— Mamy ci coś do pokazania — powiedziała Zoe, prowadząc Lucy i Danny'ego z dala od zabawy, ku padokowi, gdzie Midnight spokojnie się pasł.

Midnight uniósł głowę, gdy podeszli, zarżał na powitanie. Lucy natychmiast podbiegła do ogrodzenia, a kucyk przyszedł, by musnąć chrapami jej wyciągniętą dłoń.

— Lucy — powiedziała Zoe, serce rozpierało ją na widok więzi między dzieckiem a koniem — mam dla ciebie wyjątkowy ślubny prezent. — Sięgnęła do kieszeni sukienki i wyjęła kopertę, klękając, by być na wysokości oczu swojej nowej pasierbicy. — To oficjalne papiery własności Midnighta. Teraz są na twoje nazwisko.

Lucy spojrzała na kopertę, potem na Zoe, a jej oczy stały się ogromne. — Moje? Naprawdę moje?

— Naprawdę twoje — potwierdziła Zoe. — To moja obietnica dla ciebie, jako twojej nowej mamy. Midnight zawsze będzie twój i zawsze będzie bezpieczny tutaj, w Ridgewater.

Twarz Lucy zadrżała od emocji; najpierw rzuciła się Zoe na szyję, a potem objęła też ojca. — Kocham cię, mamo — wyszeptała w ramię Zoe, a słowo mama wciąż było między nimi nowe i bezcenne.

Ramiona Danny'ego objęły je obie, a jego spojrzenie spotkało się ze spojrzeniem Zoe ponad głową Lucy. W tej chwili, z Midnightem patrzącym ciekawie z padoku i odległymi odgłosami ich świętujących gości, Zoe wiedziała, że znalazła wszystko, czego kiedykolwiek pragnęła: rodzinę stworzoną nie przez krew, lecz wybór, miłość i kojącą magię cierpliwości i zaufania.

Zoe sortowała tygodniowe pranie w salonie, kiedy energiczne pukanie do drzwi wejściowych sprawiło, że podskoczyła. Nie spodziewała się nikogo, a Danny miał wrócić z spotkania z redaktorem dopiero za godzinę. Odłożywszy złożone ubrania, podeszła do drzwi i otworzyła je, zaskoczona widokiem surowo wyglądającej kobiety w idealnie skrojonym granatowym garniturze stojącej na ganku. Kobieta uniosła służbową legitymację z australijskim godłem i napisem Department of Home Affairs.

— Pani Wareham? — zapytała kobieta tonem rzeczowym i profesjonalnym. — Nazywam się Veronica Pearson z Departamentu Spraw Wewnętrznych, Wydział Imigracji. Jestem tu, by przeprowadzić wizytę weryfikacyjną w sprawie pani wniosku o wizę partnerską.

Serce Zoe podskoczyło do gardła. Bryce uprzedzał, że coś takiego może się zdarzyć, ale co innego ostrzeżenie, a co innego rzeczywistość stojąca na progu.

— Oczywiście — wydusiła, cofając się, by wpuścić funkcjonariuszkę. — Proszę wejść. Nie spodziewałam się... to znaczy, nie zostaliśmy uprzedzeni...

— Te wizyty z definicji są niezapowiedziane, pani Wareham — wyjaśniła funkcjonariuszka Pearson, wchodząc do holu. Miała przy sobie tablet i smukłą teczkę, a bystre oczy już rejestrowały szczegóły domu. — Czy pani mąż jest w domu?

— Jest na spotkaniu z redaktorem w Brisbane, ale powinien zaraz wrócić — odparła Zoe, w myślach kalkulując, jak szybko może wysłać do Danny'ego wiadomość, nie wyglądając podejrzanie. — Napije się pani herbaty, zanim poczekamy?

— Najpierw się rozejrzę, dziękuję — powiedziała funkcjonariuszka, zerkając w tablet. — To standardowa procedura, która ma zweryfikować, czy małżeństwo nie zostało zawarte wyłącznie dla celów imigracyjnych. Muszę obejrzeć państwa warunki życia i zadać kilka pytań.

Zoe skinęła głową, starając się emanować spokojem, choć żołądek ściskał się z niepokoju. Poprowadziła przez dom — stary dom babci Danny'ego, który właśnie modernizowali. Wyremontowali kuchnię i jedną z dwóch łazienek, odnowili też pokój Lucy, ale pracy wciąż było sporo.

— To nasza sypialnia — powiedziała, otwierając drzwi do głównej sypialni.

Funkcjonariuszka Pearson weszła, zauważając łóżko king size z szafkami nocnymi po obu stronach: jedna zawalona okularami do czytania Danny'ego, notesem i sfatygowaną powieścią kryminalną, druga z kremem do rąk Zoe, miseczką z gumkami do włosów i książką o metodach werkowania boso. Na ścianie wisiało oprawione ślubne zdjęcie: Danny i Zoe pod światełkami w Ridgewater, Lucy między nimi z lekko przekrzywionym kwiatowym wiankiem — cała trójka promienna ze szczęścia.

Oficer podeszła do otwartej szafy: koszule Danny'ego wisiały obok sukienek Zoe, a na podłodze piętrzyły się wspólnie ich buty. Zanotowała coś w tablecie, nie zdradzając nic wyrazem twarzy.

— Jak długo mieszkają państwo razem pod tym adresem? — zapytała, zaglądając do łazienki przy sypialni, gdzie w ceramicznym kubku stały dwie szczoteczki do zębów, a pod prysznicem były i męskie, i kobiece mydła oraz szampony.

— Wprowadziliśmy się razem około czterech miesięcy temu — wyjaśniła Zoe, pamiętając radę Bryce'a, by być szczerą i rzeczową. — Po oświadczynach Danny'ego.

Przeszli dalej po domu; funkcjonariuszka odnotowała pokój Lucy z końskimi dekoracjami i zdjęciami z jazd na Midnightcie, dumnie wyeksponowanymi. W korytarzu ściana-galeria prezentowała kolejne rodzinne fotografie: pierwszy dosiad Lucy na Foxie, Lucy na świątecznych zawodach na Honey, cała trójka z Midnightem po zdobyciu przez Lucy wstążek na Ridgemont Show.

W kuchni funkcjonariuszka Pearson zatrzymała się przy lodówce, oblepionej pracami Lucy. Kolorowy rysunek z podpisem My Family przedstawiał trzy postacie trzymające się za ręce: przy wysokiej widniał napis Dad, przy średniej z kręconymi włosami — Mum, a przy małej pośrodku — Me. Z boku znajdował się czarny koń podpisany Midnight. Funkcjonariuszka wpatrywała się w rysunek dłużej niż w cokolwiek wcześniej, po czym zrobiła kolejną notatkę.

— Lucy narysowała to dzień po ślubie — wyjaśniła Zoe, nie mogąc powstrzymać ciepła w głosie.

Drzwi wejściowe otworzyły się i rozległ się głos Danny'ego: — Zo? Wróciłem wcześniej. Spotkanie skończyło się szybciej niż myślałem.

Stanął w progu kuchni; na widok funkcjonariuszki Pearson na jego twarzy przemknęło zaskoczenie, ale szybko się pozbierał. — Dzień dobry — powiedział, wyciągając rękę. — Danny Wareham.

— Funkcjonariuszka Pearson, Departament Spraw Wewnętrznych — odparła, ściskając dłoń. — Właśnie tłumaczyłam pani pańskiej żonie, że to standardowa wizyta weryfikacyjna.

— Oczywiście — powiedział Danny, naturalnie podchodząc do Zoe i kładąc dłoń na dole jej pleców, w geście wsparcia. — Napije się pani herbaty? Postawić wodę, Zo?

Zoe skinęła z wdzięcznością, uspokojona spokojem Danny'ego. Poruszali się po kuchni razem: Danny napełniał czajnik, Zoe wyjmowała kubki z szafki — ich domowa synchronizacja mówiła sama za siebie. Funkcjonariuszka Pearson obserwowała ich, sporadycznie notując i zadając coraz mniej pytań.

Kiedy woda zawrzała, Zoe sięgnęła po puszkę z ciastkami i automatycznie podała ją Danny'emu, który otworzył ją i ułożył wybór na talerzyku. Ten taniec przy parzeniu herbaty wykonywali już niezliczoną ilość razy, a ich łatwa współpraca dobitnie świadczyła o wspólnym życiu.

Drzwi znów trzasnęły i rozległ się huk upuszczonego w przedpokoju plecaka. — Mamo! Tato! Dostałam A z przyrody za esej o anatomii konia! — Głos Lucy uprzedził ją, gdy wpadła do kuchni, mundurek trochę pognieciony, a twarz rozpromieniona ekscytacją.

Pobiegła prosto do Zoe i mocno ją objęła w pasie. — Pani Thompson powiedziała, że był najlepszy w klasie i że mogę kiedyś przyprowadzić Midnighta do szkoły, żeby go zaprezentować na zajęciach. Możemy? Proszę?

Zoe roześmiała się, gładząc włosy Lucy. — Pogadamy o tym, kochanie. Na razie mamy gościa. — Delikatnie obróciła Lucy w stronę funkcjonariuszki Pearson, która przyglądała się tej scenie z niekrytym zainteresowaniem.

Entuzjazm Lucy na moment przygasł, gdy zauważyła nieznajomą, ale jej naturalna otwartość szybko wróciła. — Dzień dobry — powiedziała grzecznie. — Jest pani od wydawcy taty? On pisze książkę o tym, jak uratował Ridgewater przed skorumpowanymi politykami.

Cień uśmiechu naruszył profesjonalną powagę funkcjonariuszki. — Nie, jestem z rządu, przyszłam zadać twoim rodzicom kilka pytań.

— Aha — powiedziała Lucy, przetwarzając informację. — To o wizie mamy? Nasz prawnik, pan Weston, mówił, że wszystko jest w porządku, odkąd się pobrali.

— Lucy — wtrącił łagodnie Danny — przebierz się z mundurka, a my w tym czasie dokończymy rozmowę z panią Pearson. Potem opowiesz nam wszystko o swoim eseju.

Lucy skinęła głową, jeszcze raz szybko przytuliła Zoe i pognała na górę, dudniąc krokami z nieposkromioną energią dziewięciolatki.

Funkcjonariuszka Pearson przyjęła podaną herbatę, odkładając tablet na bok. — Wygląda na to, że czuje się z państwem bardzo swobodnie — zauważyła, w tonie zabrzmiała autentyczna ciekawość.

— To była droga — przyznała Zoe. — Kiedy poznałam Lucy, była bardzo wycofana po wszystkim, co spotkało ją z jej biologiczną mamą. Ale konie mają niezwykłą moc leczenia ludzi. — Uśmiechnęła się, wspominając tamte początki. — Dziś nie wyobrażam sobie życia bez niej. Bez nich obojga.

Funkcjonariuszka skinęła głową, a wyraz jej twarzy nieco złagodniał, gdy upiła łyk herbaty. Zadała jeszcze kilka pytań o ich codzienną rutynę, pracę i plany na przyszłość. Po opróżnieniu kubka zrobiła kilka ostatnich notatek, po czym spojrzała na nich oboje.

— Wszystko wydaje się w porządku — stwierdziła. — Państwa warunki życia i dynamika rodzinna są spójne z obrazem autentycznego małżeństwa. — Wstała, zbierając rzeczy. — Ta wizyta była formalnością, ale ważną.

Gdy odprowadzali ją do drzwi, funkcjonariuszka Pearson na moment uchyliła profesjonalną maskę i uśmiechnęła się szczerze. — Gratuluję ślubu, pani Wareham. Ma pani uroczą rodzinę.

Kiedy drzwi zamknęły się za funkcjonariuszką, Zoe osunęła się na Danny'ego z ulgą, a jego ramiona natychmiast ją objęły.

— Widzisz? — szepnął we włosy. — Nie było się czym martwić. Zdaliśmy śpiewająco.

— Zdaliśmy, prawda? — uśmiechnęła się Zoe, zadzierając do niego głowę. — Bo to jest prawdziwe. Wszystko.

Z góry dobiegł głos Lucy, wołającej, czy może pokazać im swój esej. Danny pocałował Zoe w czoło, po czym ruszyli razem w stronę schodów — ku nowemu rozdziałowi ich rodzinnego życia.

Epilog

RIDGEWATER CHRISTMAS SHOW ZMIENIŁ zwykle użytkowe centrum jeździeckie w świąteczną krainę czarów. Lampki choinkowe migały przy każdych drzwiach boksów i na słupkach ogrodzeń, zielone i czerwone wstążki zdobiły bandy placu, a przy wejściu na główną arenę dumnie stała ogromna choinka. Zoe poprawiła kołnierzyk Lucy, wygładzając nieskazitelnie białą koszulę, która mimo porannych przygotowań wciąż wyglądała nienagannie. Od stremowanej początkującej do opanowanej zawodniczki w niewiele ponad rok — przemiana Lucy była niemal równie niezwykła jak ta Midnighta.

— Pamiętaj, co ćwiczyłyśmy — powiedziała Zoe, strzepując niewidoczny pyłek z ramienia Lucy. — Wyprostuj się, trzymaj dystans od innych i pozwól Midnightowi się zaprezentować.

— Wiem, mamo — odparła Lucy, a to słowo wciąż wywoływało u Zoe ciepłe drżenie za każdym razem, gdy je słyszała. — Ćwiczyliśmy od tygodni.

Midnight stał cierpliwie obok nich, jego sierść lśniła w porannym słońcu jak wypolerowany onyks. Kiedyś przerażony koń po przejściach, teraz trzymał głowę wysoko, a srebrne dzwoneczki wplecione w grzywę delikatnie pobrzękiwały przy każdym ruchu. Jego oczy, niegdyś rozszerzone ze strachu, teraz emanowały spokojną pewnością, gdy lustrował tętniący życiem tłum.

— Wyglądacie oboje perfekcyjnie — zapewniła ich Zoe, zerkając na zegarek. — Prawie czas. Chodźmy, zaraz wywołają waszą klasę.

Gdy szły w stronę areny, Zoe dostrzegła Danny'ego przy bandzie, z aparatem już gotowym. Złapał jej spojrzenie i pokazał kciuk w górę, a jego dumny uśmiech był widoczny nawet z daleka. Wokół niego kłębiła się rodzina McKenzie; Sarah podskakiwała delikatnie, kołysząc na biodrze małego Kita, a Marcus krążył w pobliżu niczym czujny ochroniarz. Pip zmusiła Jake'a, by wziął ją na barana, żeby lepiej widzieć, co sprawiło, że Zoe parsknęła, tłumiąc śmiech, gdy przechodziły obok.

— Klasa 2A, prowadzący do lat dwunastu z kucami, proszeni o wejście na ring — rozległo się z głośników.

— To wy — ścisnęła Lucy ramię Zoe. — Powodzenia!

Lucy skinęła głową, wzięła głęboki oddech i wprowadziła Midnighta na arenę z pewnością doświadczonej handlerki. Zoe pospiesznie dołączyła do Danny'ego przy bandzie.

— Ale ona wydoroślała — wyszeptał Danny, gdy Zoe stanęła u jego boku.

— Jest dorosła — odparła Zoe, a gardło ścisnęła jej duma. — Popatrz na nią, Danny. Rok temu ledwo odzywała się do obcych, a teraz wchodzi na ring, jakby był jej.

Sędzia, dystyngowana kobieta w świątecznej, czerwonej sukni, poleciła zawodnikom poprowadzić kucyki po obwodzie. Lucy prowadziła Midnighta subtelnymi, pewnymi sygnałami, utrzymując idealny odstęp od pozostałych. Midnight poruszał się z płynną gracją, równym, zdecydowanym krokiem, niosąc głowę pod takim kątem, by podkreślić swój elegancki profil.

— Zobacz, jak się pokazuje — szepnęła za nimi Pip. — Ten kuc wie już, że jest wyjątkowy.

Sędzia kazała ustawić się w szeregu na środku, po czym zaczęła oględziny, przesuwając się równym tempem wzdłuż linii. Gdy dotarła do Lucy i Midnighta, Zoe wstrzymała oddech. Kobieta krążyła wokół nich powoli, doświadczonym okiem oceniając każdy aspekt pokroju Midnighta: jego ustawienie, połysk sierści, czujność spojrzenia. Skinęła z uznaniem głową, zanotowała coś na podkładce, po czym poprosiła Lucy, by odeszła z Midnightem stępem i wróciła kłusem.

— Idealne przejścia — mruknęła Kate, zrównując się z Zoe, a jej zawodowa ocena brzmiała tym pewniej, że stały za nią lata startów. — Popatrz na ten wyniosły kłus. Czysta jakość. Byłby świetnym kucem ujeżdżeniowym... w tym roku zaczniemy z Lucy trudniejsze elementy.

Po obejrzeniu wszystkich par sędzia wróciła na środek ringu. — Podjęłam decyzję — oznajmiła. — Poproszę wszystkich prowadzących jeszcze raz o okrążenie ringu, a następnie ogłoszę miejsca.

Lucy i Midnight ukończyli ostatnie kółko z tą samą ogładą, którą pokazywali przez cały przejazd.

— Na pierwszym miejscu — ogłosiła sędzia — numer piętnaście, Ridgewater Midnight, prowadzony przez Lucy Wareham.

Tłum z Ridgewater wybuchł owacjami, a entuzjastyczne gwizdy Pip przebiły się przez brawa.

Twarz Lucy rozkwitła radością, gdy podprowadziła Midnighta po niebieską wstążkę. Stała przy nim wyprostowana, ze stabilną dłonią na uwiązie, przyjmując gratulacje sędzi ze swadą, po czym odwróciła się, by z życzliwością pogratulować pozostałym.

— Nasza dziewczynka — powiedział Danny, głosem zdławionym wzruszeniem, pstrykając jedno zdjęcie za drugim.

Gdy Lucy i Midnight wyszli z ringu, Zoe przywitała ich mocnym uściskiem. — Byliście wspaniali, oboje!

— Widziałaś? — zapytała Lucy, oczy jej błyszczały. — Midnight był taki grzeczny, nawet nie drgnął, kiedy przy wejściu pękł balon!

— Widziałam — zapewniła ją Zoe, znów zerkając na zegarek. — Masz teraz pół godziny do klasy pod siodłem. Osiodłamy Midnighta.

W stajni Lucy pomagała Zoe siodłać Midnighta, a Danny nie przestawał dokumentować każdej chwili. Kuc stał spokojnie, od czasu do czasu odwracając łeb, żeby szturchnąć nosem kieszeń Lucy, w której trzymała smakołyki. Roześmiała się i podała mu jeden, chwaląc go za wywalczenie wstążki, ale upominając, żeby nie ślinił wszystkiego, kiedy już będzie miał ogłowie.

— Pamiętaj — powiedziała Zoe, sprawdzając popręg — płynne przejścia, równy rytm i głowa do góry. Dasz radę.

Lucy znów spoważniała, skupiona przed startem. — Nie zawiodę go.

— Nigdy byś nie mogła — odparła cicho Zoe, podsadzając Lucy w siodło.

Patrząc, jak Lucy wjeżdża na ring do klasy pod siodłem, Zoe poczuła nagły przypływ emocji. Trudno było uwierzyć, że Lucy zaczęła jeździć dopiero rok temu; jeździła już tak dobrze jak wiele dzieci, które niemal urodziły się w siodle. A Midnight, idąc pod nią równym, wyważonym krokiem, nie zdradzał cienia dawnego, skrzywdzonego kuca, który kiedyś ze strachu zaatakował Zoe.

Sędzia przeprowadziła klasę przez kolejne chody, prosząc o stęp, kłus i galop w obu kierunkach. Lucy prowadziła Midnighta subtelnymi pomocami, z małymi dłońmi pewnie trzymającymi wodze i z równą, stabilną postawą w siodle.

Gdy zaczęły się przejazdy indywidualne, Lucy i Midnight wykonali swój układ z płynną perfekcją. Uszy Midnighta przy każdym delikatnym sygnale nasłuchująco odchylały się do tyłu, a reakcje były natychmiastowe, lecz spokojne. Kończyli idealnym, kwadratowym stój przed sędzią, a Zoe dostrzegła aprobujące skinienie kobiety i poczuła, jak wzbiera nadzieja.

Ogłoszenie kolejnego pierwszego miejsca wywołało świewą falę świętowania wśród kibiców Ridgewater. Twarz Lucy rozjaśniła czysta radość, gdy odebrała niebieską wstążkę; Midnight stał dumnie pod nią, a Danny i Zoe w sektorze dla widzów wiwatowali i podskakiwali z radości.

W defiladzie finałowej na arenę wjechali wszyscy młodzi jeźdźcy Ridgewater, by uczcić osiągnięcia roku. Lucy, nie mogąc oprzeć się świątecznemu nastrojowi, założyła Midnightowi na ogłowie parę reniferowych rogów. Ku powszechnej uciesze kiedyś płochliwy kuc przyjął tę ujmę z godną podziwu cierpliwością, protestując tylko jednym wstrząśnięciem głowy, które zadźwięczało dzwonkami w grzywie.

Gdy kończyli rundę honorową, a Midnight dumnie paradował w tych komicznych rogach, Zoe oparła się o bok Danny'ego, a jego ramię otuliło jej ramiona ciepłem.

— Od przypadku do ratowania po świąteczną gwiazdę — wyszeptała, patrząc, jak Lucy promienieje z dumy. — Całkiem niezła przemiana.

— Jak u nas wszystkich — odparł Danny, muskając jej skroń pocałunkiem. — Na Święta znaleźliśmy drogę do domu.

Zoe skinęła głową, a serce miała pełne, gdy patrzyła na Lucy i Midnighta okrążających arenę wśród lampek i świątecznej radości — ich wspólna podróż dobiegła pełni.

Wielki Dom w Ridgewater tonął w świątecznej atmosferze; każdy kąt zdobiły dekoracje, które Ingrid zbierała przez dekady rodzinnych obchodów. Zoe podążała za Dannym i Lucy po schodkach na werandę i do środka, gdzie błogosławieństwem było chłodne powietrze klimatyzacji po lepkiej od wilgoci nocy na zewnątrz. Z ukrytych głośników cicho płynęły kolędy, mieszając się z wesołymi rozmowami rozległej rodziny McKenzie, już zebranej w rozległym salonie. Zoe poczuła przypływ przynależności, rozglądając się po rodzinie, która stała się jej własną — jeszcze cenniejszą teraz, gdy oficjalnie była Wareham, bez lęku o wizy i to, czy będzie mogła zostać.

— Oto są! Nasi czempioni! — donośny głos Jima McKenziego przebił się przez gwar, gdy podniósł się z fotela. Wciąż wyprostowany i imponujący, mając siedemdziesiąt jeden lat, Jim poruszał się z łatwą gracją człowieka koni na całe życie, kiedy przeszedł przez pokój i serdecznie uścisnął Lucy.

Tuż za nim szła Ingrid, której platynowy bob lśnił w miękkim świetle; jak zawsze elegancka, w czerwonej, jedwabnej bluzce. — Chodź, chodź, Lucy, musisz usiąść ze mną — powiedziała, a jej lekki szwedzki akcent wyraźniał się z podekscytowania. — Jemima cały dzień nie może się doczekać twojego przyjazdu.

Lucy pozwoliła się porwać w centrum pokoju, gdzie Jim i Ingrid urządzili swoje świąteczne „królewskie" miejsce — dumni dziadkowie w bliźniaczych fotelach. Zoe z uśmiechem patrzyła, jak Lucy pokazuje wstążki i z ożywieniem opowiada każdy szczegół konkurencji.

— Będzie o tych wstążkach mówić do Nowego Roku — mruknął Danny, kładąc dłoń na krzyżu Zoe. — I wcale się jej nie dziwię.

— Zapracowała na nie — odparła Zoe, rozglądając się za bratem.

Sarah i Marcus stali przy choince, otoczeni grupką zachwyconych osób, które piały nad niemowlęciem w ramionach Marcusa. Zaledwie trzymiesięczny Christopher, znany jako Kit, Webb już przyciągał uwagę tą samą cichą stanowczością co jego ojciec, choć jego strój — maleńki kostium Mikołaja z czapeczką — nieco podważał powagę wyrazu twarzy.

— Chodźmy do naszego siostrzeńca — zaproponowała Zoe, kierując Danny'ego w stronę choinki. Gdy podeszli, Sarah ich dostrzegła i pomachała.

— No wreszcie! — powiedziała Sarah, ściskając dłoń Zoe. — Lucy choć na minutę wypuściła te wstążki z rąk?

— Mam wrażenie, że spała z nimi — odparł Danny z kamienną twarzą, rozśmieszając wszystkich.

Marcus ostrożnie przekazał dziecko w ramiona Zoe. — Ćwiczył oklaski, ale na razie wygląda to jak przypadkowe machanie rączkami.

Zoe otuliła siostrzeńca, zachwycając się jego maleńkimi rysami i tym, jak poważne spojrzenie wbiło się w jej twarz. — Cześć, przystojniaku. Podobały ci się twoje pierwsze zawody? — Maluch zagulgotał w odpowiedzi, a jego maleńka dłoń wyciągnęła się po kosmyk jej włosów. — Uznam to za tak.

— Zdecydowanie jest McKenzie — stwierdziła dumnie Sarah. — Od razu ożywia się, kiedy zabieramy go do stajni.

— A skoro mowa o przyszłych jeźdźcach — oznajmiła Pip, pojawiając się przy łokciu Zoe i z szerokim uśmiechem zerkając na małego Kita — źrebak Honey będzie w sam raz na jego pierwszego kuca. Zanim Kit będzie gotów, żeby na nim usiąść, on będzie już po zajeżdżeniu.

Jim, który miał doskonały słuch, jeśli chodziło o rozmowy o koniach, zawołał z drugiego końca pokoju:
— Zaczekaj no, Pip! Tradycja McKenzie jest taka, że to ja kupuję wnukom pierwszego kuca. Kupiłem Jemimie i kupię też małemu Kitowi.

— Za późno, staruszku — droczyła się Pip, a w jej oczach tańczyły iskierki psoty. — Mały bułany ogierek Honey jest już obiecany Kitowi. Wykapana mama, a wiesz, jak wyjątkowa jest Honey.

Twarz Jima ułożyła się w przesadną zgryzotę, co rozbawiło wszystkich. — Jakież to brak szacunku spotyka mnie we własnym domu! Po tylu latach budowania renomy Ridgewater!

Ingrid poklepała go pocieszająco po ramieniu. — Możesz kupić mu drugiego kuca, kochanie. Dzieci zawsze potrzebują przesiadki na lepszego.

Ta rozsądna sugestia wywołała kolejną salwę śmiechu i niechętny, ale zgodny skinięcie Jima. Zoe oddała Kita Marcusowi, gdy do ich kółka dołączyły Emma i Kate, obie zaróżowione z ekscytacji planowaną europejską trasą.

— Dokumenty przyszły wczoraj — oznajmiła Emma. — Phoenix i Sparrow mają zgodę na podróż, a boksy mamy zarezerwowane we wszystkich głównych ośrodkach zawodów.

— I wreszcie dotarł paszport Cavaliera — dodała Kate, a jej zwykła powściągliwość ustąpiła miejsca szczerej ekscytacji. — Z Em mamy bazę we Francji, gdzie będziemy się spotykać między zawodami. Zostaniemy tam co najmniej sześć miesięcy.

— Szykuje się niezły najazd Ridgewater na Europę — stwierdził Ryan, obejmując Emmę w talii. Przez ostatni rok projektanckie ciuchy stopniowo ustąpiły u niego miejsca bardziej praktycznym, ale Zoe zauważyła, że nawet w codziennym stroju wciąż emanował nienaganną elegancją.

— Ben i Ryan są absolutnymi bohaterami w tej całej układance — ciągnęła Kate. — Poprzestawiali terminy pracy pod kalendarz startów.

Ben, który pogrążony był w rozmowie z Dannym, podniósł wzrok na dźwięk swojego imienia. — Warto, żeby zobaczyć, jak te dwie rywalizują na takim poziomie. Poza tym ja mogę pisać skądkolwiek, a pole golfowe Ryana praktycznie działa samo.

— Zostawiamy Jemimę z mamą i tatą — wyjaśniła Emma, zerkając tam, gdzie jej córka pokazywała właśnie Lucy filmik z fantazyjną techniką zaplatania grzywy na tablecie. — Ale przywiozą ją do nas na ferie. Już planuje, które europejskie zabytki chce zobaczyć.

— Głównie słynne ośrodki jeździeckie — dodał sucho Ryan. — Choć udało mi się w negocjacjach wcisnąć kilka prawdziwych atrakcji turystycznych.

Rozmowa potoczyła się dalej, gdy Ben zwrócił się ponownie do Danny'ego: — Oficjalna premiera w marcu, prawda? Zespół marketingu był zachwycony koncepcją okładki.

Zoe patrzyła, jak twarz Danny'ego rozjaśnia się, gdy opowiada o swojej książce — zbiorze reportaży true crime o korupcji w rządzie, z historią o skandalu korupcyjnym przy obwodnicy, który niemal zniszczył Ridgewater. Poczuła przypływ dumy: zamienił dziennikarskie śledztwa w wciągającą opowieść, którą wydawca kupił od razu.

— Już przebąkują o potencjalnej serii — zwierzył się Danny z odrobiną niedowierzania w głosie. — Jeśli ta książka sobie poradzi, chcą więcej australijskich historii true crime.

— Daleko szukać nie będziesz — odparł Ben z porozumiewawczym uśmiechem. — Ten kraj produkuje wyjątkowo pomysłowych przestępców.

— Wciąż brzmi to nierealnie — przyznał Danny. — Od freelancera do kontraktu książkowego z jednym z największych wydawców w kraju.

— Zapracowałeś na to — powiedziała Zoe, ściskając jego dłoń. — Ta historia zasługiwała, żeby opowiedzieć ją porządnie.

— A Verity z radością ogarnęła umowę — dodał Ben, mając na myśli swoją agentkę, która wzięła też Danny'ego pod skrzydła. — Jestem prawie pewien, że zaraz zadzwoni w sprawie praw telewizyjnych. To byłaby fascynująca seria dokumentalna.

W miarę upływu wieczoru impreza nabierała rozmachu. Na stole w jadalni pojawiały się półmiski z jedzeniem, korki od szampana strzelały, a tło zaczęły wypełniać kolędy.

Energia w pokoju subtelnie się zmieniła, gdy Jim wymknął się po cichu — zapewne, by włożyć strój Świętego Mikołaja. Zoe poczuła w brzuchu trzepot ekscytacji, który nie miał nic wspólnego z jego nadchodzącym występem w roli szwedzkiego Tomtena.

Patrzyła, jak Jim znika korytarzem, wiedząc, że wkrótce przyjdzie pora na wymianę prezentów, a najważniejszy z nich wreszcie ujrzy światło dzienne.

Jim wrócił do salonu odmieniony. Jego biała broda mogła być sztuczna, ale błyszczące oczy i donośny śmiech były jak najbardziej prawdziwe, gdy wkroczył przebrany za Tomtena. Ingrid wyjaśniła Zoe, że w szwedzkiej tradycji Tomten to krasnoludkowata postać, która przynosi prezenty w Wigilię, a nie ten dobrze znany Mikołaj z poranka Bożego Narodzenia. Miał na sobie czerwony strój podobny do świętego Mikołaja, ale z dłuższą czapką i bardziej rustykalnymi detalami, na których autentyczności Ingrid bardzo zależało.

— Ho ho ho! — zagrzmiał Jim, a jego głos przebił się przez muzykę i rozmowy. — Czy wszyscy byli grzeczni w tym roku?

Pokój wybuchł śmiechem i okrzykami, gdy Jim podszedł do ogromnej choinki, pod którą czekała góra zapakowanych prezentów. Zoe złapała spojrzenie Ingrid z drugiego końca pokoju; starsza kobieta skinęła jej zachęcająco. Oczywiście, że Ingrid się domyśliła, pomyślała Zoe. W Ridgewater nic nie umykało jej uwadze.

— Najpierw — oznajmił Jim, z przesadną pieczołowitością grzebiąc wśród pakunków — specjalna dostawa dla panny Lucy Wareham, mistrzyni w siodle!

Lucy wystąpiła do przodu, z szeroko otwartymi z wrażenia oczami, gdy Jim wręczył jej duży, pięknie zapakowany pakunek. Zoe patrzyła, jak Lucy ostrożnie zdejmuje wstążkę i papier, ukazując lśniące, nowe siodło i pasujące ogłowie dla Midnighta. Czarna skóra była miękka jak masło, przeszycia — bezbłędne, z subtelnymi srebrnymi dodatkami, które idealnie podkreślałyby czarną sierść Midnighta.

— Tato! — wyrwało się Lucy, gdy spojrzała na Danny'ego z oszołomioną radością. — Jest przepiękne! Dokładnie o takim marzyłam!

— Dla mojej mistrzyni tylko to, co najlepsze — odparł Danny z ciepłym uśmiechem, gdy Lucy rzuciła mu się na szyję. — Ty i Midnight na to zasłużyliście.

Zoe czuła, jak serce jej pęcznieje, gdy na nich patrzyła — ojciec i córka związani miłością, która z każdym miesiącem w Ridgewater tylko się pogłębiała. Lucy z czcią przesuwała palcami po siodle, oglądając każdy detal z powagą prawdziwej amazonki.

— Midnight będzie w tym wyglądał tak przystojnie — orzekła. — Mogę jutro rano zanieść mu, żeby mu pokazać?

— Od samego rana — obiecał Danny. — Choć podejrzewam, że bardziej zainteresuje go świąteczna marchewka niż nowy rząd.

Jim kontynuował rozdawanie prezentów wśród śmiechów i okrzyków zachwytu. Zoe przyjęła pięknie zapakowany podarek od Sarah i Marcusa, zmuszając się, by skupić się na chwili, a nie na zbliżającym się wyjawieniu.

— A teraz — oznajmił Jim, unosząc małe pudełeczko — specjalny prezent dla Danny'ego i Lucy Wareham.

Danny uniósł zaskoczony wzrok, wyraźnie nie spodziewając się kolejnego upominku. Przyjął pudełko z zagadkowym uśmiechem, a Lucy przylgnęła do jego boku, gdy ostrożnie je rozpakowywał.

— No dalej, otwórz — ponagliła Lucy, a ciekawość iskrzyła w jej oczach.

Zoe wstrzymała oddech, gdy Danny uniósł wieczko, odkrywając maleńką parę ręcznie robionych, żółtych bucików, wtulonych w kształtkę bibuły. Przez moment tylko patrzył, nie rozumiejąc. Obok niego oczy Lucy rozszerzyły się w nagłym olśnieniu.

— Naprawdę?! — zawołała, podskakując z ekscytacji. — Naprawdę, naprawdę?!

Danny wpatrywał się w buciki, oniemiały, po czym powoli uniósł wzrok na Zoe. Zobaczyła moment, w którym przyszło zrozumienie: wyraz twarzy przeszedł od konsternacji do zachwytu, a w oczach zebrały się łzy.

— Zoe? — wyszeptał, a w tym jednym słowie mieścił się cały wszechświat pytań.

Skinęła, a jej własne spojrzenie zamgliły łzy. — Termin mam na lipiec — potwierdziła cicho, głosem spokojnym mimo wzruszenia, które groziło, że ją zaleje.

W pokoju zrobiło się cicho; rodzina McKenzie wstrzymała zbiorowo oddech, będąc świadkami tej niezwykle osobistej chwili. Danny ostrożnie odstawił pudełko na stolik, po czym podszedł do Zoe i ujął jej dłonie.

— Dziecko? — zapytał, ochrypłym z emocji głosem. — Będziemy mieć dziecko?

— Tak — skinęła, a jedna łza wymknęła się mimo starań. — Wiedziałam od kilku tygodni, ale chciałam powiedzieć ci właśnie tak: z Lucy, przy wszystkich.

Lucy objęła ich oboje, cała drżąca z ekscytacji. — Będę starszą siostrą! Nauczę dzidziusia wszystkiego o koniach, jak jeździć, jak zaplatać grzywy i w ogóle!

Danny zaśmiał się półszlochem i przyciągnął zarówno Zoe, jak i Lucy do ciasnego uścisku. — To jest wszystko — wyszeptał we włosy Zoe. — Ty jesteś wszystkim.

Pokój eksplodował wiwatami i gratulacjami; rodzina McKenzie otoczyła ich falą uścisków i życzeń. Marcus poklepał Danny'ego po plecach, a Sarah objęła Zoe, szepcząc: — Witaj w macierzyństwie, siostrzyczko.

Pip koniecznie chciała obejrzeć buciki, orzekając, że są „absolutnie idealne dla przyszłego jeźdźca", czym rozbawiła Zoe.

— To wymaga toastu — oznajmił Jim, sięgając po szklankę whisky. — Sarah, nalej coś bezalkoholowego naszej przyszłej mamie!

Kieliszki szybko poszły w ruch; Zoe przyjęła kieliszek musującego soku jabłkowego z wdzięcznym uśmiechem. Jim uniósł swój, a jego głos dotarł w każdy kąt pokoju.

— Za nowe początki — zawołał. — Za następne pokolenie rodziny Ridgewater. Niech jeżdżą tak dobrze jak ich rodzice i kochają tę ziemię tak jak my wszyscy.

— Za nowe początki — powtórzyli wszyscy, wznosząc toast.

Ramię Danny'ego mocniej objęło talię Zoe, a jego dłoń spoczęła ochronnie na jej dłoni, leżącej na wciąż płaskim brzuchu. Lucy oparła się z drugiej strony, trajkocząc o wszystkim, czego nauczy swoje nowe rodzeństwo.

Przez szerokie okna Zoe widziała konie na nocnych padokach — spokojne sylwetki na tle rozgwieżdżonego nieba nad Queensland. Midnight ginął w ciemności, ale wiedziała, że tam jest: bezpieczny, szczęśliwy i kochany, tak jak było mu pisane.

Od uratowanego kuca do ukochanego członka rodziny, od obcych do rodziny — wszystkie ich drogi zbiegły się w Ridgewater, gojąc rany widoczne i ukryte, tworząc więzi na całe życie.

— Szczęśliwa? — mruknął Danny, muskając jej skroń pocałunkiem.

— Spełniona — odparła Zoe, wtulając się w jego objęcia i wpatrując w konie pod gwiazdami, z sercem przepełnionym miłością, która ją otaczała, i nowym życiem, które rosło w jej wnętrzu.

Chlebek bananowy Zoe

SKŁADNIKI:

3 lub 4 bardzo dojrzałe banany, rozgniecione

⅓ szklanki oleju z orzechów makadamia (lub roztopionego masła)

¾ szklanki cukru trzcinowego

1 jajko, roztrzepane

1 łyżeczka ekstraktu waniliowego

1 łyżeczka sody oczyszczonej

Szczypta soli

1 ½ szklanki mąki pszennej

Opcjonalnie:
¼ szklanki suszonego mango, drobno posiekanego
½ szklanki posiekanych orzechów makadamia
¼ szklanki wiórków kokosowych

PRZYGOTOWANIE

Nagrzej piekarnik do 175°C/350°F. Natłuść formę keksową.

Wymieszaj rozgniecione banany z olejem, cukrem, jajkiem i wanilią.

W osobnej misce połącz mąkę, sodę oczyszczoną i sól.

Delikatnie wmieszaj suche składniki do masy bananowej, tylko do połączenia.

Wmieszaj orzechy makadamia, wiórki kokosowe i mango, jeśli ich używasz.

Przelej do przygotowanej formy i piecz przez 60-65 minut, aż patyczek wbity w środek wyjdzie suchy.

Studź w formie 10 minut, następnie wyjmij i odstaw na kratkę do całkowitego ostudzenia.

Pyszny sam w sobie, ale spróbuj kromki posmarowanej świeżym masłem!

Mam nadzieję, że spodobały ci się tradycyjne przepisy z Queensland od kobiet z Ridgewater! Koniecznie przeczytaj całą serię, by poznać je wszystkie!

Inne książki autorki Caitlyn Lynch

Oddział Ratunkowy

Ratunek Rangera
Powrót Rangera
Misja Rangera
Krew Rangera
Żar Rangera (tylko dla subskrybentów newslettera)

Amazonki z Ridgewater

Zaufaj procesowi
Przełamywać bariery
Wspólny grunt
Zapisane w gwiazdach
Święta w Ridgewater

Poznaj wszystkie publikacje Shenanigans Press, odwiedzając naszą stronę internetową, https://www.shenaniganspress.com/pl!

Możesz też obserwować nas w mediach społecznościowych – jesteśmy na Facebooku i Instagramie (@ShenanigansPressPolska)

I nie zapomnij zapisać się do naszego newslettera, aby otrzymywać informacje o nowościach, promocjach, konkursach i wiele więcej!

www.ingramcontent.com/pod-product-compliance
Lightning Source LLC
Chambersburg PA
CBHW030601170726
48283CB00002B/422